W0358126

OBLADÌ OBLADÀ

Gavin Esler

L'ULTIMO SALUTO

Traduzione di Stefano Bortolussi

POLILLO
EDITORE

ISBN 88-8154-038-X

COPYRIGHT © GAVIN ESLER 1995
© 1998 BY MARCO POLILLO EDITORE S.P.A., MILANO

TITOLO ORIGINALE DELL'OPERA:
«THE BLOOD BROTHER»

I EDIZIONE: GENNAIO 1998

L’ULTIMO SALUTO

Per Mr e Mrs B. C. Warner

“Ed egli sarà un selvaggio;
e la sua mano si alzerà contro ogni uomo,
e quella di ogni uomo contro la sua;
e dimorerà alla presenza di tutti i suoi fratelli”.

Genesi, 16, 22

Parte prima

Il dubbio

1

David Kerr scoprì di avere un fratello il giorno in cui ricevette una lettera che lo informava della sua morte. La missiva era in una busta dal vistoso sigillo, indirizzata a "David Courtland Kerr" – aveva un aspetto così formale che Kerr aveva deciso di aprirla per prima, immaginando che fosse importante. Di sicuro era diversa dal mucchio di bollette e pubblicità che lo accoglieva in corridoio quando tornava a Londra dopo una settimana di assenza. Quella sera era rientrato tardi, e leggendo lentamente Kerr socchiuse gli occhi arrossati di stanchezza, assimilando lentamente l'assurdità del messaggio.

"Siamo spiacenti di informarla", recitava, "che suo fratello è deceduto nel corso di un'esercitazione militare per conto dell'Aviazione degli Stati Uniti".

C'era poco altro. Un gran profluvio di paroloni burocratici, tre espressioni di condoglianze in quattro paragrafi, ma essenzialmente il punto focale era la morte. Suo fratello è deceduto. Le esequie ufficiali si svolgeranno presso il cimitero di Arlington, in Virginia. Il dipartimento della Difesa degli Stati Uniti sarebbe onorato dalla sua presenza. Per ulteriori informazioni, si prega contattare. Dio benedica l'America, e buona giornata. Non augurava esattamente "buona giornata", ma ostentava un'irritante cordialità di fondo che Kerr trovava offensiva. Sfiorò con un dito la sottile carta bianca nel tentativo di capire cosa potesse significare, turbato dal risvolto più ovvio della questione: il fatto che lui fosse figlio unico. E quando non hai un fratello, si disse – americano o inglese, vivo o morto che sia – la triste notizia di un decesso nella famiglia di qualcun altro non significa un granché. Tornando a guardare la lettera, si grattò la testa con gesto irritato.

«Uno scherzo di cattivo gusto», borbottò alzando gli occhi al soffitto come per rimproverare un Dio eccentrico e crudele. «Credevo fossimo d'accordo sul fatto che non mi sarei più occupato di morte. Ho smesso, d'accordo?».

Si strofinò la spalla attraversata da una costante fitta reumatica attorno alla ferita che aveva soprannominato il suo "Souvenir di Sarajevo". Due anni prima, era stato colpito dalle schegge di un colpo di mortaio serbo mentre assisteva all'evacuazione di un orfanotrofio bosniaco. Era stato il suo ultimo incarico come corrispondente di guerra per il *London Tribune*.

Cercò di massaggiarsi il muscolo dolorante con la punta delle dita, ma la situazione non parve migliorare di molto. Ingerì due antidolorifici con un goccio di whisky, si tolse la camicia e si parò di fronte allo specchio della camera da letto per assolvere al quotidiano rituale di studio. Notò con disappunto che il Souvenir non era scomparso. Sulla spalla e lungo la schiena si stagliava una confusa chiazza di pelle di un innaturale colore fra il rosa e il bianco. Un'altra serie di cicatrici gli percorreva il braccio fino alla mano destra, che reggeva la lettera con i deformi moncherini dell'indice e del medio.

«Smetto perché ho seguito più guerre di quante sia in grado di contarne sulle dita che mi restano», aveva detto Kerr al direttore del *Tribune* quando era stato dimesso dall'ospedale. «E sai qual è la cosa peggiore, Frank? Dopo Belfast, le Falkland, l'Afghanistan, l'Iran, il Nicaragua, El Salvador, Grenada, l'Angola, Panama, l'Iraq e la Bosnia? Sai qual è la cosa che più mi distrugge?».

«Che cosa, Frank? Il fatto che tu non abbia mai spedito una cartolina a casa?».

«Parlo sul serio, Frank. I bambini. I bambini uccisi. Giacevo in mezzo a tutte quelle povere vite spezzate, e ciò che mi ha sconvolto è il fatto che non ne fossi sconvolto più di tanto».

«I tuoi servizi dimostrano il contrario».

«È un orrore professionale. Parlo di quello umano, Frank. C'è una grossa differenza».

Ed era orrore umano quello che David Kerr provava in quel momento. La lettera dell'ambasciata americana l'aveva irritato e depresso. L'accartocciò e la gettò dalla parte opposta del salotto, facendola rimbalzare contro il caminetto e rotolare sulla moquette. Tornò davanti al mobile bar e si versò un'altra dose di whisky al malto. Ne bevve un sorso, gustandone il pizzicore sulla lingua. Si sentiva già molto meglio. Un povero americano era morto: gli dispiaceva, ma non aveva niente a che fare con lui. Era come ricevere l'estratto conto sbagliato della carta di credito: meglio ignorarlo. La segreteria telefonica segnalava due messaggi. Kerr premette il tasto della riproduzione. La prima telefonata era di Colette. Dai tempi di Sarajevo erano rimasti amici, ma non più amanti. Kerr era convinto che lei si sentisse in colpa per quanto era successo: lavorava con lui come fotografa del giornale, e le schegge del colpo di mortaio che avevano colpito lui e i bambini l'avevano lasciata illesa.

«Richiamami se non rientri troppo tardi», diceva il suo messaggio. «Voglio sapere come sta andando il nuovo lavoro».

Il nuovo lavoro, dopo mesi di indolenza, era quello di direttore delle pubbliche relazioni di un istituto di carità per i bambini. Era appena tornato da un viaggio in Scozia per la raccolta dei fondi, e non sapeva se sarebbe stato in grado di confessare a Colette quanto si era annoiato. In quell'istante la segreteria telefonica emise un altro segnale acustico, subito seguito dal sonoro basso di una voce dall'accento americano.

«Mister Kerr, sono Joseph R. Huntley, dell'ambasciata americana. Sono le sei e venti. Sto cercando di mettermi in contatto con lei da diversi giorni, ma immagino sia fuori città. Spero abbia avuto modo di leggere la mia lettera, e la prego di richiamarmi al più presto. Riguarda suo fratello, Richard Rush. Ancora una volta, le porgo le nostre più sentite condoglianze, e le chiedo scusa per il modo in cui sono stato costretto a comunicarle la notizia».

Joseph R. Huntley aveva lasciato il suo numero di telefono, ma Kerr era così sbalordito che in un primo tempo non si curò di prenderne nota. Grazie alla burocrazia americana, sembrava che dovesse accettare l'idea di avere un fratello defunto.

Bevve un altro sorso di whisky e riascoltò il messaggio, segnandosi il numero telefonico. Forse il governo statunitense aveva confuso il suo nome con quello di un altro Kerr, e il risultato era un invito presso la Tomba del Fratello Sconosciuto al cimitero di Arlington. Poteva anche essere divertente, se non fosse che da qualche parte c'era una famiglia ancora ignara della morte del povero Richard Rush.

Kerr controllò l'ora. Era tardi, e al momento tutto ciò che desiderava era qualcosa che gli facesse passare il male alla spalla e una bella dormita. Disfece la valigia e si fece una doccia, strofinandosi le cicatrici che coprivano la ferita. Era una sorta di crescita aliena, parte di lui e al tempo stesso estranea. Mentre l'acqua lo tempestava con forza, Kerr iniziò a ripensare alla lettera con un crescente disagio.

Condoglianze. Funerale. È il benvenuto. Momento difficile. Ancora condoglianze. Spiacenti di non poterla incontrare. Suo fratello, il capitano Richard Courtland Rush. Un incidente durante un volo di addestramento. Oltreoceano. Suo fratello.

«Fratello», disse a voce alta, ascoltando la strana eco della parola nel vapore sempre più fitto del bagno. Uscì dalla doccia, si asciugò delicatamente la cicatrice e si strofinò con forza il resto del corpo. «Fratello».

Rabbrividì in preda a una terribile sensazione, il fantasma di un pensiero che gli aveva posato una mano attorno al collo come lo spirito di un morto, un confuso ricordo che faceva capolino nella nebbia. Fece ritorno in camera da letto e indossò una camicia di tela e un paio di jeans.

«Fratello», ripeté.

Una delle poche cose di cui David Kerr era certo era di essere figlio unico. Ma potrei avere un fratellastro, si disse mentre il sangue gli pulsava nelle orecchie. Un fratellastro battezzato con il suo stesso secondo nome, Courtland. Era il cognome da nubile di sua madre: Jennifer Kerr, nata Courtland. Lo ricordava segnato sulla vecchia Bibbia di famiglia che suo padre teneva nello studio a Edimburgo, una Bibbia che aveva conservato la memoria di sua madre persino quando il padre cercava di fingere che non fosse mai esistita.

Fratello. Madre. Famiglia. Parole che in lui rievocavano associazioni piacevoli quanto "plutonio" o "colera". Si sedette e si passò le mani sul volto, pensando al lungo elenco di divisioni e odi generazionali che percorrevano la storia dei Kerr. Rilesse un'altra volta la lettera spiegazzata dell'ambasciata americana, sorprendendosi a tremare per l'emozione. Un fratellastro! Era possibile, forse, ma poteva essere vero? Sua madre si era risposata? Aveva messo al mondo un altro figlio? Un fratello che era morto ancora prima che lui lo sapesse in vita? Tremando, Kerr sollevò la cornetta del telefono e compose il numero dell'ambasciata americana.

«Risponde l'ufficio di Joseph R. Huntley», recitò una voce metallica. «Lasciate un messaggio».

Kerr riagganciò. Le segreterie d'ufficio non erano mai state di suo gradimento. Tornò a controllare l'ora.

«Ecco cosa combina la famiglia», borbottò, pensando a quanto fosse stato stupido a pensare di trovare qualcuno all'ambasciata alle undici di sera. «Il cervello si trasforma in un ammasso di crauti».

I ricordi stavano iniziando a penetrargli la mente come chiazze di umidità attraverso una parete: il giorno in cui sua madre se n'era andata di casa, quando lui non aveva che sette anni; il giorno in cui era morta, tanto per lui quanto per suo padre; il giorno il cui ricordo era ancora vivo in lui, come il reumatismo che gli tormentava la spalla. La parola "famiglia" era diventata per lui il sinonimo di "passato" – qualcosa da cui cercavi di fuggire, un'anomalia genetica, un difetto di nascita. Si sentiva come la sera prima del bombardamento a Sarajevo, consapevole che la sua fortuna era svanita, che il mattino dopo, al suo risveglio, sarebbe successo qualcosa di terribile, di inevitabile.

Chiamò Colette.

«Bentornato, David. Com'è andata in Scozia?».

«Benino. Mi ci sto abituando, non è terribile come dicevi. Ma credo di dover partire per gli Stati Uniti».

«Per lavoro?».

«No. Sei libera di non crederci, ma devo andare a un funerale a Washington».

«Chi è morto?».

«Mio fratello».

«Non sapevo che avessi un fratello».

«Nemmeno io», rispose David Kerr.

2

Non appena vide che David Kerr era partito per Heathrow, da dove avrebbe preso il volo per gli Stati Uniti, il mormone ripose la sua Bibbia. Aveva parcheggiato in modo da avere una visuale perfetta della casa di mattoni rossi di Chiswick, nella zona occidentale di Londra. Aveva trascorso il tempo a leggere le scritture, recitandone silenziosamente ogni verso.

"E vidi un nuovo paradiso e una nuova terra; poiché il primo paradiso e la prima terra erano scomparsi, e il mare non esisteva più".

Scott Swett stava riflettendo sul nuovo paradiso e la nuova terra fin da quando, qualche giorno prima, era giunto a Londra dagli Stati Uniti. Non riusciva a capire quale fosse il problema col vecchio paradiso. Se era il paradiso, non doveva essere perfetto? E allora perché ce ne doveva essere uno nuovo? Il primo si era forse consumato? Era roba profonda, quella, e gli faceva venire il mal di testa. Aveva letto soltanto due libri della Bibbia, la Genesi e l'Apocalisse, l'inizio e la fine, sperando che se avesse capito quei due tutto ciò che stava nel mezzo sarebbe stato facile. Poi era venuto a Londra sulle tracce di David Kerr, e adesso Kerr era partito per il funerale di suo fratello negli Stati Uniti, e lui doveva entrare in azione. Ripose la Bibbia nel cassettino del cruscotto. Non era facile, con la pistola sempre fra le palle. Era una Ruger P85, e a Scott non era mai piaciuto portarla nella fondina: gli faceva venire in mente il cancro, gli dava la sensazione di avere un tumore all'ascella. La verità era che avrebbe voluto sparare a Kerr e farla finita.

Avviò l'auto e partì alla ricerca di una cabina telefonica da cui chiamare il suo compare, Bob Allen. Ripensò al verso dell'Apocalisse che Bob gli aveva fatto leggere dopo che avevano ucciso quei due in Virginia, la settimana prima che il capitano Ricky Rush ci lasciasse le penne. Li avevano scaricati nella palude. Li avevano crivellati di proiettili con i loro MAC 10, avevano avvolto i corpi in spessi teloni di plastica e li avevano gettati nella Great Dismal Swamp. Sulla strada per Washington, Bob Allen aveva tirato fuori la sua Bibbia e gli aveva letto il passo sulla seconda morte che attendeva gli assassini.

La Bibbia non scherza un cazzo, si disse Scott. La seconda morte. Forse era per quello che poi avevano bisogno di un nuovo paradiso. Due morti, due paradisi. Altrimenti diventava troppo affollato, lassù.

Vide una cabina telefonica e parcheggiò. Non si sentiva troppo bene. Era intontito dal raffreddore, aveva passato troppo tempo sulle tracce di David Courtland Kerr e Londra era come uno di quei paesi del terzo mondo, come il Messico o posti del genere, dove niente sembrava mai funzionare nel modo giusto.

«Bob Allen, per favore. Stanza 314».

Una voce assonnata giunse in linea. Bob Allen era a letto nella stanza del fetido e costoso albergo in Cromwell Road in cui alloggiavano mentre tenevano d'occhio David Kerr.

«È andato all'aeroporto», disse Scott. «Avverti Washington. Ci vediamo a casa sua. Non dimenticare gli attrezzi».

Tornò alla sua auto pensando a quanto Kerr somigliasse al fratellastro Ricky Rush, e a come i suoi capi dell'America First Corporation sarebbero stati contenti di saperlo in viaggio per Washington. Parcheggiò davanti all'abitazione di Kerr, si infilò la pistola in tasca e attese l'arrivo di Bob Allen. Insieme al suo socio raggiunse il retro della costruzione e sfondò un vecchio cancelletto di legno, così decrepito che il chiavistello di metallo cedette al primo colpo. La porta di servizio aveva una piccola serratura, molto vetro e nessuna chiusura di sicurezza. Dovevano soltanto stare attenti a non fare rumore. Scott estrasse di tasca la Ruger, se l'infilò sotto la cintura, si tolse la giacca e l'appallottolò. La posò sul pannello della porta a pochi millimetri dalla serratura mentre Bob Allen si preparava a calare un gran colpo con la pesante mazza da muratore.

«Se mi colpisci», sussurrò Scott, «sei un uomo morto».

Bob Allen non rispose. Sollevò la mazza dietro la schiena e l'abbassò con violenza sulla giacca del compare. Il legno si staccò dalla serratura, che rimase attaccata allo stipite. I due uomini attesero in silenzio. Nulla. Scott Swett scosse le schegge di legno dalla giacca, tornò a indossarla e aprì la porta con la punta del piede.

«A te l'onore», disse spingendo Bob davanti a sé.

Posò la mano sulla Ruger, chiedendosi se per caso avessero commesso un errore. Forse Kerr aveva una ragazza, o una donna delle pulizie era passata a controllare le condizioni dell'appartamento. Che cosa si provava a uccidere una donna? Ci aveva pensato un paio di volte quand'era ancora sposato, e forse avrebbe dovuto farlo quando la sua ex moglie l'aveva denunciato alla chiesa, accusandolo di frustarla con la cinghia di cuoio. Era suo marito, maledizione, e stava solo cercando di insegnarle un po' di disciplina, come dicevano le Scritture. La stronza. Bob Allen imprecò sottovoce, e Scott s'irrigidì.

«Cosa c'è?».

«Il maledetto tavolino», bisbigliò Bob. «Ho picchiato il ginocchio».

Grande e grosso com'era, Bob Allen si muoveva agilmente di stanza in stanza, concentrato nella perlustrazione. Scott era sicuro che ciò che cercavano non fosse in quella casa, ma sapeva di doversi guardare bene in giro per poi riferirlo ai capi dell'America First.

Passò in rassegna le scene di guerra in bianco e nero incorniciate e appese alle pareti. "Argentina, 1982". "Panama, 1989". "Kuwait, 1991". Molte delle fotografie erano complete di didascalie, come se fossero state ritagliate da un giornale. Due erano più grandi delle altre, sistemate su un foglio di carta grigia riquadrato da un passepartout nero. Una ritraeva David Kerr in quello che sembrava il cortile di una scuola, fiancheggiato da un tipo strano con due baffi da tricheco e una ragazzina dai capelli scuri. Nell'immagine accanto, David Kerr era a terra, il volto insanguinato e contorto dal dolore, il braccio destro praticamente maciullato. Accanto a lui, la ragazzina non sembrava stare molto meglio. Forse era addirittura morta. "Souvenir di Sarajevo", diceva la didascalia. Scott non era certo un esperto d'arte, ma sapeva che l'arte era qualcosa che le scimmie non erano in grado di fare, e quella che vedeva non era certo opera di qualche stupida scimmia. Era qualcosa di notevole.

Bob Allen fece ritorno in salotto.

«Trovato niente?».

Bob scosse la testa.

«Macché. Ha un computer, un portatile Toshiba. Ma non è quello che stiamo cercando. Ho dato una controllata ai dischetti. Niente».

«E il video? Hai trovato qualche cassetta?».

«Non ha nessun video. Non ha neanche un televisore».

«Bob, non dire cazzate. Ce l'hanno tutti, la televisione».

«Tranne il nostro amico».

«Non ci posso credere».

Insieme ripresero a perlustrare la casa. Scott si dedicò agli scaffali gettando i libri a terra con violenza, ma per quanto imprecasse, del videoregistratore o del televisore continuava a non esserci traccia.

«Lo Scuro non ci crederà mai», disse infine. «Ma chi è questo tizio? Un pazzo che non crede alla televisione?».

«Forse dovremmo rubare qualcosa», suggerì Bob Allen.

«E cosa? Un libro? Magari il video gliel'hanno rubato. Andiamocene, Bob. Li avevo avvertiti che sarebbe stato inutile. Che avremmo dovuto aspettare che Kerr arrivasse al funerale di Ricky».

Stavano per uscire quando Scott tornò a posare lo sguardo sulle fotografie di guerra e sorrise fra sé.

«Incredibili, vero? A quanto pare, Ricky aveva un fratello matto quanto lui. Lavoravano persino nello stesso campo».

Bob Allen lo fissò con sguardo assente.

«In che senso, nello stesso campo?».

Era come lavorare con una patata, si disse Scott Swett. Bisognava parlare lentamente, per farsi capire da uno come Bob.

«Quello della morte, Bob. Quello della morte. Ma lascia perdere. Qui abbiamo finito. Torniamocene a Washington, prima che ci prendiamo un accidente».

3

Al suo arrivo all'aeroporto di Washington, David Kerr venne accolto da un autista del dipartimento della Difesa americano, che lo accompagnò fino all'albergo nei pressi di Dupont Circle. Prima di allontanarsi, gli consegnò una busta con il sigillo del Pentagono.

«Le mie condoglianze, signore», disse.

Il messaggio all'interno della busta riportava un numero telefonico del dipartimento della Difesa e lo pregava di chiedere informazioni al sergente incaricato. Il giorno dopo, gli spiegò il sergente, avrebbe dovuto prendere un taxi e presentarsi al Pentagono per le dieci in punto. Aveva appuntamento con il comandante di suo fratello, il colonnello Noah McGhie. L'ultima indicazione gli riservò una sorpresa.

«Devo chiedere del colonnello McGhie?», s'informò Kerr.

«Nossignore, di mister Huntley».

«Huntley», ripeté Kerr con una sfumatura di divertimento. «Intende dire Joseph R. Huntley, dell'ambasciata americana a Londra?».

«Sissignore, ma mister Huntley lavora qui a Washington. È stato lui a organizzare l'incontro. Buona serata».

Prima di decidersi ad assistere al funerale, Kerr aveva parlato al telefono con Huntley. Da ciò che lui gli aveva detto, si era figurato che lavorasse a Londra. Il fatto che lo aspettasse in America lo lasciava perplesso. Sia come sia, si disse, ora sono troppo stanco. Si mise a letto, ma il mattino dopo si svegliò molto presto, infastidito dalla differenza di fuso orario. Rintracciò la palestra dell'albergo e fece i consueti esercizi, quindi corse fino al canale di Georgetown lungo le strade secondarie e la vecchia alzaia.

Facendo colazione cercò di leggere il *Washington Post*, ma presto rinunciò. Non riusciva a concentrarsi: continuava a pensare al fratello e al fantasma di una madre che – gli aveva detto Huntley – era ufficialmente morta, trasformandolo nell'unico parente ancora in vita di Richard Rush.

«Per quale ragione il capitano Rush non mi ha mai contattato, se sapeva della mia esistenza?», aveva domandato Kerr.

«Lo sa il diavolo», aveva replicato Huntley. «A quanto sembra, ha aggiunto il suo nome a soli tre mesi dalla morte. Forse l'aveva appena rintracciata».

Kerr giunse al Pentagono con la speranza di trovare una risposta a quegli interrogativi. Salì la scalinata e si voltò verso la città al di là del Potomac, dove il sole illuminava la statua di Washington e il Campidoglio. L'edificio del Pentagono aveva un solo pregio architettonico: faceva una profonda impressione dall'alto, soprattutto nelle fotografie scattate dai satelliti spia, che ne facevano risaltare la forma geometrica. Dal basso, al contrario, non era che un'enorme topaia burocratica attraversata da ventotto chilometri di corridoi e popolata da uno staff di 20.000 dipendenti. Una corpulenta donna di colore sulla ventina lo ricevette nell'atrio.

«Sono Kyesha», si presentò. «L'assistente di mister Huntley».

Kyesha lo condusse attraverso i *metal detector*, le apparecchiature a raggi X e diversi corridoi, guidandolo dall'anello esterno contrassegnato da una "A" al settore "E". Camminarono per quelli che gli parvero chilometri, finché Kerr non cominciò a sentirsi come una sorta di Teseo alla ricerca del Minotauro del Pentagono: si chiese se non dovesse lasciarsi un filo alle spalle per ritrovare la via d'uscita.

Le pareti dell'ufficio di Huntley erano color crema, la moquette verde. Non vi erano fotografie, quadri o effetti personali, ma in un angolo una pianta dall'aria malsana disseminava il pavimento di foglie giallastre. La finestra offriva un panorama del successivo anello della topaia.

«Lieto di conoscerla di persona, mister Kerr», lo accolse allegramente Huntley trasferendo una sigaretta accesa sulla mano sinistra e stringendo calorosamente quella di Kerr. Era prossimo ai sessant'anni, con una gran massa di lunghi capelli bianchi e il volto rugoso di un fumatore incallito.

«Sto cercando di localizzare il suo accento», replicò Kerr. «Texas?».

«Già, Texarkana».

Kerr lo guardò. Aveva la strana sensazione che Huntley gli nascondesse qualcosa. Il suo squallido, impersonale ufficio, il modo in cui i suoi occhi da ragno affamato lo fissavano da dietro gli occhiali dalla montatura dorata come se volessero penetrarlo, il fatto stesso che fumasse all'interno del Pentagono, dove Kerr era sicuro che fosse vietato...

«Lei è uno che viaggia», osservò. «Quando abbiamo parlato al telefono, ho dato per scontato che lavorasse all'ambasciata di Londra».

«No, il mio ufficio è qui. Ma ho voluto occuparmi di persona del caso di suo fratello. E quando a offrire è lo zio Sam, chi rinuncerebbe a un bel viaggetto a Londra?».

Kerr comprese all'improvviso. Era il modo in cui Huntley lo guardava a innervosirlo, quel suo fissarlo senza mai battere le palpebre. Sapeva anche come l'avrebbe descritto, se avesse dovuto scrivere un articolo. Occhi di serpente. Decise di contarne i battiti.

«Bene», riprese Huntley aspirando una boccata dalla sua sigaretta, «l'ho fatta venire per parlare del funerale di domani e... Kyesha», disse chinandosi sull'interfono, «chiama il colonnello McGhie e avvertilo che il fratello di Ricky Rush è qui da me, se ci vuole raggiungere...».

Passò quindi a descrivergli le procedure per il funerale, fissandolo coi suoi occhi da rettile. Kerr si sorprese a chiedersi quale lingua sarebbe sbucata dal volto grigiastro. All'improvviso, Huntley si alzò, si avvicinò alla porta ed estrasse un pacchetto di sigarette dal taschino della giacca appesa.

«Quando abbiamo parlato a Londra», disse Kerr, «lei ha accennato a un incidente nel corso di un'esercitazione, ma ha ammesso di non avere altri dettagli. Ora ce li ha?».

Huntley si accese una sigaretta e sorrise con un'espressione di cui Kerr sentiva di poter tranquillamente fare a meno.

«I famigliari hanno il diritto di sapere il più possibile», rispose. «Quantomeno a mio parere. Il problema è che certa gente in questo edificio... insomma, David, la verità è che mi è stato detto di non interferire. Non c'è niente di misterioso, mi hanno spiegato: il capitano Rush è morto in un incidente di volo, ma la natura dell'esercitazione potrebbe rivelarsi imbarazzante. Si teneva in un paese straniero, dove sono restii ad ammettere la presenza delle nostre truppe».

«Non capisco», lo interruppe Kerr. «Come può la morte di mio fratello essere d'imbarazzo per un paese straniero?».

Testa di cazzo, si disse Huntley.

Tornò a sedersi, rammentando ogni dettaglio del dossier personale di Kerr – costosa scuola scozzese, università di Edimburgo, ottimi voti, lo *Scotsman*, Fleet Street. Una mezza dozzina di premi giornalistici, quindi l'uscita di scena a Sarajevo.

«Suo fratello», ripeté soffiando una nuvola di fumo.

«Fratellastro», precisò Kerr.

«Certo, fratellastro».

Testa di cazzo.

Huntley riusciva persino a riconoscere la somiglianza con Ricky Rush. Avevano gli stessi capelli neri e dritti e il medesimo aspetto sano, sebbene Kerr fosse più asciutto del capitano Rush, che era più grosso, muscoloso, con un carattere irascibile e una linguaccia.

«Il suo fratellastro è deceduto nel corso di un'esercitazione presso una base aerea americana al di fuori del territorio nazionale. Non ho il permesso di rivelarle dove si trovasse, e se devo essere sincero, David, non lo so nemmeno. Non ci dicono niente, a noi passacarte, ma ciò che mi hanno fatto notare è che questo paese sconosciuto non pubblicizza la presenza delle truppe americane sul proprio territorio – soprattutto se si tratta di specialisti come suo fratello».

Kerr fu quasi sul punto di ridere.

«Continuo a non capire, mister Huntley. Chi sarebbero i nemici ai quali nascondere un simile segreto?».

Huntley aspirò una profonda boccata dalla sua sigaretta.

«Gli stessi di sempre, David. I paesi stranieri. Non è da lì che provengono sempre i nemici?». Terminò la sigaretta e la spense nel posacenere. «E le sarei grato», riprese, «se non chiedesse informazioni al colonnello McGhie o agli ufficiali che lavoravano con suo fratello. Sono sconvolti quanto lei, non so se mi spiego».

Kerr annuì.

«Erano con Richard al momento della sua morte, questi "ufficiali" a cui ha accennato?».

«No».

«Dunque Ricky è morto da solo?».

Kerr era irritato, e desiderava vendicarsi. Gli occhi di serpente ammiccarono per la prima volta, e Huntley tese la mano verso l'ennesima sigaretta.

«Non ho detto che è morto da solo», replicò, «perché non lo so. So una cosa, però: suo fratello non avrebbe desiderato che i particolari della sua missione venissero resi pubblici. Era un patriota, un vero americano».

Magnifico, si disse Kerr. Mio fratello, l'eroe di guerra.

Huntley soffiò una nuvola di fumo. «Da quanto ho capito, il capitano Rush non era il tipo da creare problemi alla sua grande famiglia militare. Sono certo che riuscirà a capirlo».

«Compagni d'arme», commentò laconico Kerr.

«Se preferisce».

Il texano non sorrise, e Kerr stava iniziando a stancarsi di quel suo modo di riferirsi agli interessi del Pentagono come se fossero comandamenti divini.

«Ascolti, mister Huntley...».

«Joe».

«Ascolti, Joe. Non ho idea di cosa sia successo, e in un certo senso immagino che non mi interessi un granché. C'è qualcosa che non quadra, tutto qui. Ma c'è anche qualcosa che mi interessa, ed è scoprire chi era mio fratello».

«È comprensibile, ma...».

«Le sono grato di avermi avvertito, e le garantisco che la vita di Richard mi interessa molto più della sua morte. Mi aiuti, e io le prometto che non caccerò il naso nel resto. Qualunque sia il gioco che stiamo giocando, per voi è evidentemente importante, altrimenti non l'avrebbero fatta venire fino a Londra per controllarmi».

Huntley aspirò una profonda boccata dalla sua Marlboro.

«Nessuno mi ha mandato a controllarla, David. Sono venuto a Londra perché le forze armate americane si preoccupano dei loro uomini e delle loro famiglie».

Kerr sorrise. "Ma certo, Joe", si disse in silenzio.

La conversazione fu interrotta da un colpo alla porta e dall'ingresso di un ufficiale delle forze aeree, un attraente uomo di colore alle soglie della cinquantina.

«Noah», disse Huntley in tono strascicato, evidentemente lieto dell'interruzione. «Grazie di essere venuto. So quanto sei occupato. Ti presento David Kerr, il fratello del capitano Rush. David, questo è l'uomo a cui suo fratello era più legato. Il colonnello Noah McGhie».

McGhie ostentava una stretta di mano decisa. Aveva una carnagione color caffelatte, luminosa come se una lampadina fosse accesa appena sotto la pelle. I suoi corti capelli ricci tradivano qualche ciuffo grigio, e la sua voce rivelava l'intonazione di chi era abituato a dare ordini.

«Lieto di conoscerla, mister Kerr, davvero lieto. Siamo addolorati dalla perdita di suo fratello. È un brutto momento per la sua famiglia, ed è un brutto momento anche per noi. Lo consideravamo un fratello».

Kerr annuì. «Così mi ha detto Joe».

McGhie era più alto di lui, e ostentava una corporatura da pugile e la dignità di un uomo sicuro delle proprie capacità.

«Noah non glielo dirà mai», s'intromise Huntley in tono improvvisamente affabile, «quindi tanto vale che glielo riveli io. Ricky gli era caro come un fratello minore».

McGhie si aprì in un gran sorriso.

«Sorpreso?», chiese ridendo. «Be', posso immaginarlo. Ricky aveva quasi quindici anni meno di me, io ero il suo comandante, e...». Fece una pausa e abbassò sorridendo gli occhi sul dorso delle mani. «Diciamo che avevamo una leggera differenza di colore. Ma le unità in cui lavoravamo, le missioni che svolgevamo... suppongo di aver visto in lui ciò che anni or sono vedevo in me stesso».

«E cioè?».

McGhie sollevò la brocca del caffè dalla scrivania di Huntley e se ne riempì una tazza.

«Ambizione, suppongo. Determinazione. Voglia di fare. Di contare qualcosa. La mentalità americana».

«"Realizza il tuo potenziale"?», domandò Kerr in tono serio. «Come recita lo slogan delle forze militari?».

«Se preferisce metterla in questi termini, d'accordo. Realizza il tuo potenziale. Io sono fatto così, e lo era anche Ricky. Un gran bel tipo. Sono felice che qualcuno della sua famiglia sia venuto al funerale».

Nell'udire la parola "famiglia", Kerr trasalì. Fin dalla sua prima conversazione con Huntley, aveva ripreso a pensare a sua madre. In viaggio verso Washington, si era sorpreso a rammentare un Natale di più di trent'anni prima, quando suo padre era andato a prenderlo al collegio e gli aveva annunciato che da quel giorno non avrebbe più avuto una madre. Al suo posto, una donna che David avrebbe dovuto chiamare madre e che professava di amarlo. Quel giorno, al freddo, in piedi davanti al muro di granito grigio della scuola, era stata l'ultima volta che suo padre aveva ammesso l'esistenza di sua madre.

«Tua madre *biologica*», aveva detto come se parlasse di un'arma chimica.

«La mia vera madre».

Kerr rammentava ancora le parole del padre come vecchi colpi di scalpello su una pietra morbida. Le ripeté a McGhie.

«Tua madre biologica è una donna ritorta», aveva detto. «Ci ha lasciati, e noi dobbiamo dimenticarla».

«"Ritorta"?» ripeté perplesso McGhie.

Kerr si ridestò come da un sogno.

«È un'antica espressione scozzese. Significa essere testardi al di là dei propri stessi interessi».

Noah McGhie annuì. «Suo fratello era ritorto, questo è poco ma sicuro. Ricky era testardo come un mulo».

«È una tara di famiglia», rispose Kerr in tono dolente.

McGhie sorseggiò il suo caffè.

«Immagino voglia scoprire il più possibile su Ricky», disse quindi. «Capire che persona era».

«Proprio così. E come ha fatto a sapere di me, e per quale ragione non ci siamo mai incontrati».

«Ricky parlava raramente della sua famiglia», spiegò McGhie. «Era molto riservato, persino con me. Eccetto quando sua madre si ammalò».

«Mia madre», lo corresse Kerr in tono brusco. «Era anche mia madre».

«Mi perdoni», si scusò McGhie. «Avrei dovuto pensarci. È come la mia famiglia: un pezzo di qua, uno di là. Non ho mai conosciuto mio padre. Per questo, forse, andavo così d'accordo con Ricky. Sapevo tenermi in disparte. Vedevo che c'era qualcosa che lo faceva soffrire».

Kerr tradì un'altra smorfia. Non sapeva che dire.

«Forse, se avesse tempo, potrebbe aiutarmi... a conoscere gli amici di Ricky».

«Certo», rispose McGhie. «Lasci fare a me. Per quanto si ferma in città?».

«Ho prenotato il volo di ritorno fra quattro giorni».

«Venga a cena da me», propose McGhie. «Ho una casa sul lago. Ci metteremo d'accordo domani, dopo il funerale». McGhie si alzò. «Ora devo andare. Oggi sono in trincea, a parare l'assalto delle carte».

Kerr decise di non lasciarsi sfuggire l'occasione. Lo stesso istinto che gli aveva reso immediatamente sgradevole Huntley gli diceva di potersi fidare del colonnello McGhie.

«Joe mi ha pregato di non chiederglielo, ma...».

McGhie sorrise.

«Vuole sapere com'è morto?».

«Sì. È ovvio che mi interessa. Se fosse...».

«Interessa anche a me». McGhie s'irrigidì e fissò Huntley negli occhi. «E interessa a tutti i suoi amici. Era in missione di appoggio a un'altra unità. Mi è stato fatto capire che si tratta di una questione delicata. È tutto quello che so, e io sono il suo comandante. Lo ero, quantomeno».

«E io sono suo fratello. Ma chi era Ricky? James Bond? Perché tutta questa riservatezza?».

Gli occhi di serpente lo fissarono impassibili.

«Ha mai sentito parlare della SIGINT, David?», domandò McGhie.

«Sì. Signals Intelligence. Attività di spionaggio».

«Suo fratello lavorava in quel campo. Grazie alla sua abilità, veniva spesso interpellato da agenzie esterne alle forze aeree. È stato nel corso di una di queste missioni specializzate che è morto». McGhie tradiva una rabbia glaciale. Diede le spalle a Huntley e proseguì: «Non era ai miei ordini e pertanto non conosco le precise circostanze della tragedia, ma se potessi tirarla fuori a suon di botte da certi figli di buona donna che lavorano in questo posto, lo farei».

Con la stessa rapidità con la quale era giunta in superficie, la rabbia scomparve dall'espressione del colonnello. Dunque era quello il problema, si disse Kerr. Qualcuno aveva coinvolto suo fratello in una missione segreta che ne aveva causato la morte, e la burocrazia militare stava semplicemente cercando di coprirsi le spalle. Il Nemico non era lo straniero, come aveva detto Huntley. Il Nemico era semplicemente l'Opposizione. Era interno, come sempre, e Kerr fu lieto di vedere che se ne rendeva conto anche McGhie. Gli strinse la mano.

«Ci vediamo al funerale», disse il colonnello in tono affabile. «Avremo tempo di parlare. È stato un piacere conoscerla».

«Il piacere è reciproco, colonnello».

«Noah».

«A domani, Noah».

Non appena McGhie si fu allontanato, Huntley si accese un'altra sigaretta. Stava per far capire a Kerr che il loro incontro era finito, ma lui lo precedette. «Solo un'altra domanda, Joe. Potrebbe dirmi il nome dell'impresa di pompe funebri? Temo di doverlo visitare. Non vorrei, ma sento che è mio dovere farlo».

Huntley rispose che era impossibile.

«A quanto pare, l'incidente è stato molto... violento», gli spiegò. «Ha reso necessaria la chiusura del feretro. Mi dispiace, non avevamo scelta. Il colonnello McGhie le ha già fatto sapere fin troppo, ma credo che a questo punto si possa rendere conto del problema».

Kerr lo guardò e in quel preciso istante, senza sapere bene come, capì che Joseph R. Huntley gli stava mentendo. Sorpreso dalla chiarezza della sua percezione, inarcò un sopracciglio e si rilassò sulla sedia.

«Un feretro chiuso», ripeté in tono piatto. «Per ragioni estetiche. Niente a che vedere con lo spionaggio e la sicurezza nazionale?».

«No», rispose seccamente Huntley, sospettando per la prima volta di aver sottovalutato David Kerr. Il loro lavoro si sarebbe rivelato più difficile del previsto. Era un figlio di buona donna "ritorto", per usare il vecchio termine scozzese, proprio come suo fratello. «Assolutamente nulla. Ma ho qualcosa da darle, se le interessa».

Estrasse una sottile cartella marroncina da un cassetto, l'aprì e allungò a Kerr una copia del curriculum militare del capitano Richard Rush e una fotografia che lo ritraeva nell'uniforme delle forze aeree. Il giovane uomo sulla foto aveva capelli simili a quelli di David, ma tagliati più corti, un collo da sollevatore di pesi e l'aspetto del duro, nonostante un sorriso da collegiale. Sembrava che stesse ridendo di qualche scherzo segreto. Kerr rivolse un cenno all'immagine come se stesse fronteggiando uno specchio leggermente deformato.

«Salve, capitano Rush», disse a voce alta senza alcun imbarazzo. «Ciao, fratellino». Qualche secondo dopo, ritirò i documenti e strinse la mano a Huntley. «Grazie dell'aiuto».

«Si figuri. Ci vediamo domani al funerale. Buona giornata».

Non appena Kerr uscì dalla porta, Huntley si accese l'ennesima sigaretta, si tolse la giacca, si rilassò sulla sedia e posò i piedi sulla scrivania, riflettendo sulla sua prossima mossa. Dopo due mesi di sofferenza, si sentiva finalmente meglio. Forse sarebbero riusciti nell'impresa, grazie all'improbabile contributo del fratello di Ricky, l'ex giornalista stronzo. Quando ebbe concluso i suoi festeggiamenti privati, compose un numero telefonico della Virginia, sulla riva opposta del Potomac.

«Sono Huntley», disse in tono strascicato. «Facile come bere un bicchier d'acqua. È così eccitato che per poco non se l'è fatta addosso».

Il suo interlocutore rispose con una battuta. Huntley rise finché le rughe grigiastre sul suo volto non parvero sul punto di spezzarsi.

«Giusto», convenne ridacchiando. «Grande Fratello, siamo *noi* che ti osserviamo».

4

Ad Arlington faceva caldo, e dalle colline del cimitero lo sguardo spaziava fino alla riva opposta del Potomac, al monumento a Washington e al Campidoglio. A sinistra, risalendo il corso del fiume, si riusciva a scorgere la sgraziata cima di un massiccio grattacielo, dominata da un trasmettitore televisivo e da una chiassosa insegna che strillava la sigla "America First" in lettere bianche, rosse e blu. Una banda delle forze aeree suonava un repertorio di inni, e i partecipanti al funerale cantavano in coro. Kerr era fiancheggiato da Noah McGhie e da un gruppo di ufficiali in uniforme. Un ragazzo d'oro, dicevano – Ricky Rush era un ragazzo d'oro. Kerr sapeva di essere al centro dell'attenzione, ma si sentiva a proprio agio. Erano uomini allegri, addolorati per la scomparsa di suo fratello ma così abituati al buonumore che la loro disposizione traspariva persino a un funerale. Il capitano Tom Snow, alto, biondo e simile in tutto al soggetto di un manifesto per il reclutamento, disse di trovarlo molto simile al fratello.

«Le piace la birra?», gli domandò. «Ricky ne andava matto. E il football? E...».

«E la passera», interloquì il maggiore Steve Jiminez, un corpulento latino-americano dal naso storto.

«Già, le fanciulle gli piacevano molto», convenne Snow.

«Ed era ricambiato. Lo prendevamo in giro, dicevamo che il suo motto non era "*E pluribus unum*" ma "Non me ne faccio scappare una". Chissà, forse gli piacerebbe che lo incidessimo sulla lapide».

«Piacerebbe a tutti».

«Una forza della natura», commentò Noah McGhie in tono affettuoso. «Ma era un bravo ragazzo, Ricky il selvaggio. Ci mancherà».

Kerr si sentiva assurdamente sollevato. Gli ufficiali drizzarono la schiena e presero a cantare l'inno intonato dalla banda. Abbi fede in Dio. Segui la retta via. Sul lato opposto del tumulo, Kerr vide un altro gruppo di uomini: giacche e cravatte, camicie con il colletto abbottonato, un altro genere di uniforme. Huntley era in prima fila, e dietro di lui vi erano due bellissime donne, una delle quali, di razza italiana o latino-americana, indossava un abito nero aderente con calze di seta nere e reggeva un bouquet di orchidee rosa. Era a braccetto di una bionda con un vestito a disegni floreali e un ampio cappello da sole. A qualche metro di distanza dal gruppo vi erano altri due uomini in giacca, cravatta e occhiali da sole. Uno era bianco, l'altro di colore. Alla fine dell'inno, prima che il prete iniziasse la sua orazione, McGhie scostò dolcemente Jiminez e si avvicinò a Kerr.

«Vede i due elegantoni?», gli sussurrò all'orecchio. «Fbi».

Kerr trasalì.

«Fbi? Ma cosa...».

Sentì le dita di McGhie stringergli il gomito e si fermò.

«Dobbiamo parlarne in privato», bisbigliò il colonnello.

«In che senso?».

«Nel senso che Huntley non deve saperlo. D'accordo?».

Kerr fissò il colonnello negli occhi. Non c'è alcun pericolo, sembrò dirgli. Huntley non saprà mai nulla.

«D'accordo».

McGhie tornò al proprio posto. Il pastore delle forze aeree, un grassone dalla voce tonante, si scostò goffamente dalla banda e si portò all'estremità del tumulo.

«Oggi ci troviamo qui», recitò indicando i ciliegi dai germogli rosa che circondavano la collina, «per commemorare una vita spezzata, abbattuta come uno di questi alberi in fiore prima della maturazione del frutto. Il capitano Richard Courtland Rush».

Kerr guardò alla sua sinistra. I due agenti dell'Fbi lo stavano fissando. All'improvviso ebbe uno strano presagio, la sensazione di essere coinvolto in qualcosa che non riusciva né a capire, né a evitare. Il prete annunciò che l'elogio funebre sarebbe stato offerto dal senatore Mark Barker, e un mormorio percorse il gruppo. Kerr osservò un rigido ometto dalle grandi orecchie e dal cranio apparentemente rasato spuntare dalle fila degli uomini in giacca e cravatta attorno a Huntley, avvicinarsi deciso al pastore, stringergli la mano e voltarsi sorridendo verso i convenuti come per saggiare la disponibilità di una platea. Kerr aveva già sentito il suo nome, ma non riusciva a localizzarlo.

«America First», gli sibilò all'orecchio McGhie. «Il grattacielo laggiù», soggiunse indicando con un cenno del capo il mostruoso trasmettitore televisivo che torreggiava su ogni altro edificio. «Copresidente della commissione del Senato sui servizi segreti, è il responsabile dei problemi commerciali per il partito repubblicano, ha fondato il movimento religioso America First ed è uno stronzo di prima categoria».

Kerr ricordò all'improvviso. Barker era un ricco petroliere dell'Oklahoma che nelle ultime primarie aveva partecipato alla corsa alla candidatura repubblicana con una piattaforma a base di protezionismo, odio per i giapponesi e disprezzo per gli omosessuali, gli abortisti, i progressisti, gli immigranti, gli stranieri, i media e qualcun altro che al momento Kerr non rammentava. Girava voce che fosse pronto a riprovarci.

«Questi sono tempi che mettono alla prova l'animo umano», prese ad abbaiare Barker in tono tanto solenne quanto curiosamente sconnesso.

«E quando ci ritroviamo a seppellire. Uno dei nostri. Le nostre anime vengono sommerse dai dubbi. Come può essere questo. Il disegno divino? Strappare un eroe americano. Al seno della sua famiglia?».

Mentre Barker procedeva a frasi spezzate, Kerr ripensò a ciò che aveva letto di lui. Era stata l'America First a spingere il presidente in un'assurda guerra commerciale con l'Europa, il Giappone e l'Estremo Oriente. Il senatore Barker l'aveva paragonata a una guerra santa contro lo straniero che per anni aveva succhiato il sangue dell'America. Kerr era incuriosito: com'era possibile che quel pazzo delirante dall'assurdo taglio di capelli conoscesse suo fratello?

«Questo giovane», declamava Barker fissando la bara, «è morto svolgendo il duro lavoro della libertà...».

Kerr si voltò a destra e scorse i capelli bianchi e il volto grigiastro di Joseph R. Huntley. Sembrava avere bisogno di una sigaretta.

«È nella natura dell'Uomo cercare le ragioni», latrava Barker. «Ma dobbiamo accontentarci di dire. Come hanno fatto, prima di noi, generazioni di combattenti americani. Abbiate fede in Dio e nell'America».

«E non fatevene scappare una», bisbigliò McGhie.

Il senatore Barker fece un passo indietro e il pastore riprese a tuonare le sue preghiere mentre la bara veniva calata nella terra umida. Il trombettiere intonò il silenzio, e per la prima volta Kerr si sorprese a combattere le lacrime.

Sollevò il volto e prese a fissare il cielo finché non ebbe ripreso il controllo, pensando a quanto fosse assurdo piangere un fratello che non aveva mai conosciuto. Quando riabbassò il capo, il trombettiere emise l'ultima nota e la banda attaccò un brano malinconico. La guardia d'onore si allontanò a passo di marcia, e la donna dai capelli scuri si alzò stringendosi al petto il bouquet di fiori come una damigella a uno sposalizio fallito. Drizzò la schiena, quindi gettò i fiori nella fossa. Accanto a lei, l'amica bionda piangeva in silenzio, come per un dolore privato. La donna scura s'inginocchiò davanti alla tomba, sistemò i fiori e si fece il segno della croce. Mentre si rialzava, Kerr le si avvicinò ignorando Huntley, che sembrava attenderlo al varco.

«Mi chiamo David Courtland Kerr», si presentò. «Il capitano Richard Courtland Rush era il mio fratellastro. Mi perdoni per la mancanza di tatto, ma mi stavo chiedendo come lo conoscesse».

Le due donne si scambiarono un'occhiata.

«Salve», disse la mora dandogli la mano. «Ci avevano detto che sarebbe venuto un membro della famiglia. Lieta di conoscerla».

I suoi occhi erano di un intenso color castano, ma sembravano spenti. La sua voce tradiva un tono piatto, uniforme, come se fosse sotto l'effetto di un tranquillante.

«Sono Beatriz Ferrara. Suo fratello è stato parte della mia vita per quattro anni. Io... l'amavo».

Cominciò a piangere in silenzio, si voltò di lato e posò la testa sulla spalla della bionda.

«Buongiorno», disse lei stringendogli goffamente la mano senza smettere di abbracciare l'amica. «Sono Lucy Cotter. Anch'io conoscevo Ricky. Lei è inglese? Ricky non aveva mai detto di essere inglese».

«Scozzese», rispose deciso Kerr. «Sono scozzese».

«Qualsiasi cosa sia, ha un magnifico accento. Lieta di conoscerla».

«Grazie. Senta, mi fermerò in città per qualche giorno. Non conoscevo Richard...».

«Ricky», lo corresse Lucy Cotter sistemandosi il vestito mentre Beatriz Ferrara sembrava riprendere il controllo. «Per noi è sempre stato Ricky. Non aveva niente di particolare, se non la sua intelligenza. Ed era tutt'altro che rigido, nonostante fosse un militare».

«Ricky», ripeté Kerr. «Sia come sia, non lo conoscevo». Raccontò come aveva scoperto di avere un fratello per quella che gli parve la centesima volta. «Forse potete aiutarmi a farmene un'idea, a mettere insieme i frammenti. È come un puzzle, capite?».

«Certo», rispose Lucy con un sorriso dolce. Guardandola, Kerr si rese conto che era una delle donne più belle che avesse mai visto: un volto a forma di cuore, occhi azzurro chiaro, una figura perfetta. «Certo che capiamo. E ci piacerebbe conoscerla meglio. Forse possiamo aiutarla, vero Bea?».

«Sì», disse Beatriz in tono inespressivo. Si voltò verso Kerr, ma il suo sguardo sembrava perdersi in lontananza. «Possiamo aiutarla. Riesco a vedere una parte di Ricky nella sua aura. Riconosco il rapporto».

«È una specie di chiaroveggente», spiegò Lucy Cotter.

«Chiaroveggente?».

«Già, riesce a capire molto dalla sua aura. Le può dire quando l'equilibrio è instabile, cose del genere».

«Davvero», disse Kerr in tono dubbioso, chiedendosi se fosse necessario distinguere l'aura per percepire il dolore di un uomo che aveva appena seppellito il fratello.

«Mi chiami stasera», disse Beatriz mentre il suo sguardo si rimetteva a fuoco sul presente. «Farò il possibile per aiutarla».

«La ringrazio».

Gli diede il suo numero di telefono, che Kerr trascrisse sul retro dell'agenda.

«Mi piacerebbe sapere qualcosa della famiglia di Ricky».

Piacerebbe anche a me, pensò Kerr annuendo.

«È stato un piacere conoscerla, David», interloquì Lucy in tono caloroso, scoccandogli un sorriso radioso. «Lasci che le dia anche il mio numero, nel caso possa esserle utile».

Kerr si rese conto che Lucy lo stava corteggiando. L'Fbi, un senatore pazzo, una chiaroveggente e una civetta – gran bel funerale. Solo in America, si disse, dove tutto è possibile e quasi tutto è permesso. Lucy Cotter condusse l'amica verso una limousine nera. Kerr le osservò mentre facevano elegantemente scivolare le gambe oltre la portiera, Lucy lo salutò con un cenno della mano e l'auto si allontanò verso Washington. Piegando il foglio di carta con il numero di Lucy e inserendolo nel portafoglio, Kerr ebbe l'improvvisa, netta sensazione di essere osservato. Si voltò di scatto verso Huntley. Gli occhi di serpente si scostarono con un moto imbarazzato. Una buona metà dei convenuti si era già dispersa, ma alcuni capannelli di uomini in uniforme e in borghese restavano a conversare sotto il sole. Era quasi mezzogiorno, e Kerr stava iniziando a sudare. Quando fece per togliersi la giacca, si sentì aiutare da una mano alle sue spalle. Si voltò e vide che il colonnello Noah McGhie gli si era avvicinato insieme al senatore Mark Barker. Da vicino, il senatore somigliava a un chihuahua dall'aria vagamente folle.

«Questo è il fratello di Rush, senatore», esordì McGhie. «David Kerr. David, le presento il senatore Barker. Un grande ammiratore di suo fratello».

«Davvero?», replicò Kerr. «Per quale ragione?».

Il chihuahua era di una quindicina di centimetri più piccolo di lui, e sembrava studiarlo con due occhietti vispi e una sorta di perpetuo ghigno sulle labbra.

«Suo fratello collaborava a uno dei progetti a me più cari», replicò con la rapidità di un mitragliatore. «Volto a conservare la forza dell'America. Ho avuto modo di incontrarlo in diverse occasioni. Ne sono rimasto colpito. Ottimo uomo. Magnifico intelletto. È stato un piacere, mister Kerr. Le mie condoglianze e a lei e alla sua famiglia. Ottimo uomo. Ottima famiglia».

Gli strinse la mano, ruotò sui tacchi e se ne andò.

«Va di fretta», bisbigliò Kerr all'orecchio di McGhie. «Non si è sbilanciato su questo fantomatico progetto, Noah. Ne sa qualcosa?».

«Più tardi», replicò McGhie. «Non qui. Le avevo detto che è uno stronzo, no? Uno stronzo ricchissimo. Venga a mangiare da me, potremo parlare in santa pace. La chiamo stasera».

«D'accordo, ma qual è il gran segreto?».

«Cinque o sei settimane prima di morire, Ricky mi disse tutto di vostra madre, del fatto che fosse riuscito a rintracciarla e che fosse pronto a mettersi in contatto con lei. E poi è successo questo». McGhie indicò il tumulo con un gesto e vide che Huntley si stava avvicinando con la sigaretta accesa. «Le spiegherò più tardi».

«Sono addolorato per la sua perdita», s'intromise Huntley soffiando una nuvola di fumo, «ma l'ho trovata una gran bella cerimonia».

«Già», replicò Kerr, irritato per l'interruzione. Per qualche minuto proseguirono a conversare, finché Huntley gli chiese quando avesse intenzione di tornare in Europa. Sembrava molto interessato alla risposta.

«Fra qualche giorno», rispose Kerr tenendosi sul vago. «Vorrei conoscere gli amici di mio fratello».

«Ottima idea», convenne Huntley. «Sono lieto che le abbiamo presentato...». S'interruppe. «Come si chiamano, Noah? Gli amici di Ricky?».

«Snow e Jiminez», rispose McGhie.

«Snow e Jiminez», ripeté Huntley. «Gli erano molto vicini. E quelle due magnifiche donne, Beatriz e Lucy. Davvero speciali. Credo che le potranno essere utili. Lo conoscevano meglio di chiunque altro. Mi raccomando, le vada a trovare».

«Non mancherò, Joe».

Huntley aspirò una rapida boccata dalla sigaretta, posò una mano sulla spalla di McGhie e disse di dover tornare al lavoro.

«Ha bisogno di un passaggio?», domandò quindi a Kerr. «Venga con noi».

«No, grazie. Vorrei stare da solo per qualche minuto».

«Ma certo. Capisco. Andiamo, Noah».

Si allontanarono, e Kerr s'incamminò verso la villa di Custis Lee, l'antica abitazione di Robert E. Lee, situata in cima alla collina a dominare il cimitero di Arlington. Gli girava la testa, aveva bisogno di stare un po' solo, di tirare il fiato. Prese tempo facendo il giro completo della villa, quindi tornò davanti alla tomba del fratello, ormai coperta della terra rossiccia del Potomac. Finalmente solo. Si fermò a capo chino fissando la terra, e sentì le lacrime velargli dolcemente gli occhi e scorrergli sulle guance con naturalezza, senza dolore. Restò così per una quindicina di minuti, guardando la tomba e pensando a ciò che non era stato e avrebbe potuto essere, a sua madre, a suo padre e al suo fratellastro, alla morte e per un istante anche a Yasmin, la bambina dagli occhi castani che gli era morta fra le braccia a Sarajevo. Il ricordo della tragedia parve illuminare la sua stessa infanzia, e Kerr si sentì invadere dal passato come un mare che risaliva l'estuario di un fiume con un'inarrestabile ondata di ricordi. Drizzò la schiena, si soffiò il naso e s'incamminò lungo la collina. Dopo qualche istante udì dei passi alle sue spalle e si voltò. I due uomini che McGhie aveva identificato come agenti dell'Fbi apparvero come dal nulla e gli si avvicinarono. L'uomo di colore era magro, e indossava un abito marrone. La sua pelle era più chiara di quella di McGhie, tanto che sul naso si poteva distinguere una spruzzata di efelidi. Lo fiancheggiava un bianco più giovane, più alto e corpulento, con occhiali da sole e un completo di tela crespa a righe azzurre.

«Mi chiamo Harold Ruffin», si presentò l'agente di colore. «E questo è il mio collega, Brooks Johnson».

Johnson fece un cenno col capo.

«Piacere. Eravate amici di mio fratello?», replicò Kerr in tono innocente.

«Non esattamente, mister Kerr», disse Ruffin. «Lavoriamo per il Federal Bureau of Investigation. Crediamo che lei ci possa aiutare, e vorremmo parlarle, ma non qui. E non oggi, dopo un funerale. Potremmo rivederci in un momento più opportuno?».

«Ma certo». Dopo un istante di esitazione, Kerr propose un incontro per il giorno successivo nel suo albergo. «Ma ditemi, perché tutto questo interesse? Sono forse nei pasticci?».

Prima che Ruffin potesse rispondere, Brooks Johnson fece un passo avanti.

«Non ci risulta», disse con un sorriso sgradevole. «Per il momento, se non altro».

Kerr riconobbe il proprio riflesso nelle lenti dell'agente.

«Sicuri di non volermene accennare subito? Non è un problema, davvero. Il funerale è finito, e io preferisco non perdere altro tempo».

«Non il giorno in cui ha sepolto suo fratello, mister Kerr», replicò Ruffin. «Non è nulla di così urgente. È solo un normale controllo».

«D'accordo», si arrese Kerr. «Domani alle quattro, allora?».

«Va bene».

David Kerr si voltò e s'incamminò fra le lapidi, udendo dentro di sé la stessa voce che gli aveva fatto abbandonare il giornalismo di guerra dopo Sarajevo. Gli diceva che la cosa più sensata da fare sarebbe stata prendere il primo volo per Londra, prima che piovesse un altro colpo di mortaio, ma Kerr l'azzittì. Era una faccenda di famiglia.

5

«No, non abbiabo visto Buckiddam Palace», disse Scott Swett. «Non abbiabo visto un cabolo».

«Un cabolo?», ripeté ridendo lo Scuro. «Nemmeno il Big Ben?».

«Macché».

«Neanche Harrods?».

Scott Swett gli rivolse un'occhiata bruciante. Era felice di aver lasciato l'Inghilterra, ma aveva un raffreddore che gli impediva di parlare, un mal di testa terribile ed era ancora stordito per la differenza di fuso orario. Poteva anche fare a meno delle spiritosaggini dello Scuro. Il vero nome dello Scuro era John Oberdorfer, ma il capitano Rush gli aveva affibbiato un soprannome, come faceva con tutti. Oberdorfer aveva trascorso tanto di quel tempo nel tentativo di abbronzarsi con lampade solari e unguenti dagli strani colori che la sua pelle tradiva ormai una curiosa sfumatura arancione. Ricky era l'unico ad avere il coraggio di chiamarlo "Scuro" a quattr'occhi.

Si erano riuniti tutti e cinque attorno alla scrivania di Oberdorfer, nel superattico del grattacielo dell'America First, a pochi chilometri dal cimitero di Arlington. Lo Scuro presiedeva il consesso, seduto sulla sua poltrona di pelle. Gli altri quattro erano quelli che Ricky Rush aveva soprannominato i mormoni: Scott Swett, Bob Allen, Brigham Y. Dodds e Ben Ritter.

Scott Swett si soffiò il naso e cercò di non farsi distrarre dallo splendido panorama alle spalle dello Scuro: il corso del Potomac e il cuore di Washington, il Campidoglio, la statua di Washington e, qualche chilometro più in là, il monumento a Lincoln.

«Ma non eravate a Londra per divertirvi», fece notare Oberdorfer balzando in piedi e attraversando la finestra panoramica a grandi passi. «Avreste dovuto trovare la cassetta e il portatile, e invece siete tornati a mani vuote. Il senatore Barker ha un diavolo per capello».

Oberdorfer ostentava un'aria di esagerato nitore, quasi fosse stato disinfettato di recente. Aveva quarant'anni, e il suo volto arancione era sottile e infelice. Si fermò accanto a una lavagna sulla quale aveva segnato i turni di sorveglianza per la settimana a venire.

«Nel caso ve ne foste dimenticati, la nostra organizzazione segue una politica interna basata sulla comunanza», ringhiò. «Comunanza della felicità, o comunanza del dolore. Oggi stiamo parlando di sofferenza, poiché nessuno di voi si è dimostrato adeguato al proprio compito».

I quattro mormoni annuirono cupamente. La divisa degli uomini dell'America First era molto rigorosa: completi grigio scuro o blu, camicie bianche, cravatte rosse o blu. Scott, Bob, Brigham e Ben erano sui trentacinque anni, e non si sognavano nemmeno lontanamente di mettere in discussione le regole di un'organizzazione in cui portare una camicia a righe, la barba o i capelli lunghi era ragione sufficiente per farsi cacciare. La loro uniformità li faceva sembrare i tipici prodotti dello Utah, e il soprannome coniato da Ricky Rush aveva attecchito nonostante Ben Ritter fosse di padre ebreo e madre cattolica e il loro comportamento non si attenesse esattamente ai dettami della teologia mormone.

«Bene, mettiamoci al lavoro», decretò Oberdorfer battendo le mani. Era un battista, e non aveva mai deciso se considerare cristiana la religione mormone, ma per gli interessi dell'America First era disposto a concedere a Scott, Bob e Brigham il beneficio del dubbio. «Cosa abbiamo?».

«Come lei sa», iniziò Brigham, «Kerr somiglia molto a Ricky. Ha persino le stesse abitudini. Fa molta ginnastica. Ben e io l'abbiamo sorpreso nella palestra dell'albergo. Cento piegamenti, mezz'ora di pesi e una lunga corsa. È in forma, anche se forse non troppo sveglio».

«Brillante come una lampadina da quaranta watt», interloquì Ben Ritter. «Non ci ha mai visti, non sospetta di niente. Avremmo potuto farlo fuori facilmente, se avessimo voluto».

«Incontri?», domandò Oberdorfer. «Chi ha visto, il nostro Quaranta Watt?».

«È andato al Pentagono», riprese Brigham. «Come lei aveva previsto. Poi è uscito a pranzo e ha cercato di abbordare una cameriera. Ci ha provato in ogni modo, con il solito repertorio. Niente male, fra l'altro».

«Uguale a suo fratello», riflетté Oberdorfer carezzandosi la mascella abbronzata. «Come se la sua missione fosse sollevare tutte le gonne del pianeta. Ce l'ha fatta, con la cameriera?».

Ben Ritter scosse la testa.

«Non c'è riuscito, ma lei ha ragione. Kerr è uguale a Ricky, il che significa grossi problemi nelle zone basse».

Una parete dell'ufficio era occupata da una dozzina di televisori sintonizzati su canali diversi a circondare un grande schermo che trasmetteva i programmi dell'America First Network. Per l'ora dedicata ai Valori della Famiglia, la stazione via cavo trasmetteva una replica di "I Love Lucy". Il sonoro era regolato al minimo. Oberdorfer raggiunse un armadietto chiuso a chiave dietro ai televisori e ne estrasse una voluminosa cassetta. Consci di quanto stava per succedere, i quattro mormoni si agitarono sulle sedie. Lo Scuro aveva fatto la stessa mossa appena prima di ordinare l'esecuzione nelle paludi della Virginia. Oberdorfer trasse a sé la cassetta e la posò sulla scrivania.

«Immagino che abbiate bisogno di armi», disse in tono piatto estraendo quattro fucili mitragliatori MAC 10 e altrettante buste di cellofan colme di polvere bianca. Cocaina.

«È il momento di un Big Mac», scherzò Ben Ritter. «Per me una Coca piccola, grazie».

«Vuole che fingiamo ancora di essere trafficanti di droga?», protestò Bob Allen, a disagio. «Non mi piace andare in giro con la roba».

Oberdorfer ostentò un'espressione da dobermann affamato, ritraendo le labbra e sfoderando i denti. «Ha sempre funzionato. C'è qualcosa che non ti garba?».

Bob Allen fece rapidamente marcia indietro. Era quello che si faceva sempre, con Oberdorfer, a patto di non chiamarsi Ricky Rush e aver voglia di andarsene all'altro mondo. Scott Swett era sul punto di dire qualcosa sulle esecuzioni della palude, ma ci ripensò. L'aria di tensione che circondava Oberdorfer era così spessa che si poteva quasi fiutare l'adrenalina. Il senatore Barker doveva essere davvero infuriato per la cassetta scomparsa. Altro che comunanza.

«Lasciate che vi rammenti», riprese Oberdorfer controllando lo stato dei MAC 10, «che prima di sbarazzarci di Kerr dobbiamo trovare il video e il computer portatile. Avete capito bene? Prima il portatile e la cassetta, poi la palude. Giusto?».

«Giusto», risposero in coro i mormoni.

Ritirarono un mitragliatore e un sacchetto di cocaina per ciascuno e firmarono il modulo di ritiro del fucile e delle munizioni. Oberdorfer controllò attentamente i nomi, le firme, la data e l'ora, quindi prese da un cassetto una confezione di fazzolettini profumati e si strofinò le mani odoranti di metallo. Il suo amore per la pulizia, persino per le rigorose abitudini dei suoi interlocutori, era addirittura ossessivo. Scott si ricordò del giorno in cui Ricky Rush gli aveva piantato un dito sul risvolto della giacca.

«Ehi, Scuro, dicono che ti stiri l'uccello ogni mattina», l'aveva canzonato nel suo classico tono da sbruffone. «È vero? E dimmi una cosa: usi anche l'amido? Secondo me ci dai dentro di brutto. Hai l'aria di averne un gran bisogno».

«Ci rivediamo all'inferno, Ricky», si era limitato a rispondere Oberdorfer. E forse il suo augurio si sarebbe avverato, dopo tutto. Lo Scuro batté le mani.

«Se avete voglia di vendicarvi sugli inglesi per i loro schifosissimi alberghi», celiò, «fate il vostro lavoro, d'accordo? Trovate il video e il portatile. Il senatore mi sta facendo venire l'ulcera».

I mormoni annuirono all'unisono. Scott Swett sfilò un fazzolettino di carta dalla scatola e si soffiò il naso.

«D'accoddo», rispose.

«Le armi», interloquì Brigham Y. Dodds. «Le spiacerebbe

illuminarci sulle regole del gioco? E sull'uso della coca?».

«Non è cambiato nulla», rispose Oberdorfer. «Uccidete, se necessario, ma soltanto dopo che sarete in possesso del computer e della cassetta. Fino ad allora, Kerr deve restare vivo. I MAC 10 servono a fingere che si tratti di una faccenda di droga, come con i due che avete gettato nella palude. Se li usate, abbandonateli sulla scena insieme ai sacchetti. Dovrebbe bastare. E non dimenticate che Kerr finirà per aiutarci», soggiunse lentamente. «In un modo o nell'altro».

«E se ci mettesse sottanto i bastodi fra le ruote?», obiettò Scott.

Oberdorfer rifletté per un istante, quindi si fece scorrere la mano perfettamente curata sulla mascella scura. Sulle sue labbra ricomparve un sorriso crudele, e i denti da dobermann tornarono a luccicare.

«Se Kerr ci mettesse i bastoni fra le ruote», rispose, «potremmo essere costretti ad anticipare la costruzione della tomba di famiglia. Ma ora mettetevi al lavoro. E ricordatevi che in questo ufficio non sono io quello che soffre d'ulcera. Sono colui che la fa venire agli altri».

6

Non appena i mormoni ebbero varcato la soglia del suo ufficio, John Oberdorfer fece ritorno alla scrivania e aumentò il volume di uno dei televisori. Nel teatro di posa che occupava l'altra metà del superattico, il direttore di scena stava dando le ultime istruzioni al presidente a vita dell'America First. Il senatore Mark Barker stava per cominciare la registrazione della sua trasmissione settimanale, ed era seduto alla scrivania di fronte a uno spettacolare panorama della capitale.

«Salve, amici», esordì con un gran sorriso, calcando la mano sul suo accento dell'Oklahoma. «Immagino si possa dire che da dove sono seduto sto *dominando* Washington. Quella che vedete alle mie spalle è la capitale del nostro paese, la dimora dello zio Sam, del governo federale degli Stati Uniti... o di quello che la maggior parte di noi gente comune conosce come il *mal*governo degli Stati Uniti. Vedete...».

L'America First aveva costruito il proprio grattacielo in Virginia, facendosi beffe delle restrizioni edilizie in vigore a Washington, e aveva sistemato un ampio studio televisivo all'ultimo piano. Il teatro di posa fungeva da ufficio del senatore Barker nelle occasioni in cui egli si trovava nell'edificio e non nel suo studio al Campidoglio. Il grattacielo era stato localmente ribattezzato Power Tower, la torre del potere, e il senatore lo utilizzava per scagliare i suoi anatemi settimanali, criticando un presidente che non difendeva gli interessi dell'America e permetteva il declino dei valori della famiglia. Le trasmissioni erano diffuse dalla stazione via cavo dell'America First e riprese dai satelliti.

Ormai infervorato, il senatore abbaiava alla telecamera nella sua tipica inflessione spezzettata.

«Tutto quello che chiedo», disse indicando un grafico che illustrava lo sbilancio commerciale fra Stati Uniti e Giappone con una bandiera a stelle e strisce e un minaccioso sol levante, «tutto quello che chiedo è il rispetto delle regole. La Casa Bianca», soggiunse voltandosi e puntando un dito accusatore contro la finestra panoramica, «quell'edificio, amici miei, che vedete alle mie spalle, con quella bandiera sul tetto che sembra la bandiera bianca di chi si arrende, di chi rinuncia a difendere i propri interessi...».

È strano, si disse Oberdorfer, che i milioni di spettatori che seguivano il senatore non sapessero quant'era piccolo.

«Se sapessero che non è più grande di uno stramaledetto cane delle praterie», mormorò fra sé, «probabilmente non lo prenderebbero tanto sul serio».

Si fece scorrere lentamente la mano sul volto abbronzato, odorò il profumo di acqua di colonia, raggiunse il lavandino dell'ufficio e prese a lavarsi con acqua e sapone.

«Avete idea, amici miei», insisteva Barker, «di quanti, fra gli uomini d'affari e i diplomatici giapponesi che si trovano nel nostro paese, siano in realtà *spie* della terra dello yen levante?». Fece una pausa. «*Tutti*. Proprio così. Ognuno di loro è una spia. Fra le nostre fila – perché siamo un paese ospitale, giusto? – abbiamo gli agenti di una potenza straniera, la folla divoratrice di pesce crudo...».

Lo Scuro muoveva le labbra all'unisono con le battute e persino con le pause del suo capo. All'improvviso ripensò al giorno in cui Ricky Rush l'aveva soprannominato "Mark the Bark", Mark il latrato, paragonandolo a un "chihuahua impazzito" e descrivendo il suo taglio di capelli come una "granata con un po' di peluria". Il ricordo gli provocò una risata. Povero Ricky. Povero bastardo.

«E adesso in Florida», stava latrando Mark the Bark, «in Texas e in California i congiurati sinistrorsi stanno cercando di costringere i ragazzi americani a imparare lo spagnolo. Lo spagnolo nelle scuole americane, amici! Riuscite a crederci? Il linguaggio dell'unione cristiana è sempre stato l'inglese. E se l'inglese andava bene a Gesù Cristo, va bene anche a me. Ora, statemi bene a sentire...».

Oberdorfer controllò l'ora. Mancava poco al fatidico istante in cui Barker avrebbe chiesto notizie della videocassetta e del computer portatile. Lo Scuro deglutì a fatica. Non aveva niente da dirgli – tranne forse che il fratello di Ricky non sembrava possedere né un televisore né un videoregistratore. Ma chi ci avrebbe creduto? Da dove veniva, David Kerr? Dall'Età della Pietra? Persino gli Antenati avevano la televisione, Dio santissimo.

«Dunque, amici miei», stava continuando Barker, «ecco cosa possiamo fare insieme. Possiamo tenere lontani i valori omosessuali dalle nostre scuole e dalle nostre forze militari. Possiamo cacciare dal Senato i sinistrorsi procacciatori di aborti. E possiamo dare del lavoro americano ai cittadini americani. Non sto chiedendo il vostro denaro. Vi sto soltanto pregando di prendere carta e penna o di telefonare alla Casa Bianca dicendo cosa ne pensate del loro cosiddetto accordo commerciale. La guerra degli scambi internazionali è una guerra santa, amici miei, e non possiamo permetterci di perderla. Il numero di telefono della Casa Bianca è 202-4561414...».

Terminato il suo appello, il senatore Mark Barker si alzò, si staccò il microfono senza attendere il permesso della regia e rivolse un cenno impaziente alla truccatrice.

La giovane donna era china sulla scrivania, intenta a ripulire il volto del senatore, e John Oberdorfer studiò con occhio esperto la rotondità delle sue natiche. In camerino aveva cercato di spiegarle che se solo si fosse dimostrata un po' più disponibile, avrebbe potuto far carriera. In un paio di occasioni aveva cercato di posarle la mano sulle chiappe, ma senza esagerare. Era persino giunto a suggerire di prendere una stanza in affitto all'Holiday Inn per discutere del suo prossimo aumento, ma lei era andata a spifferare tutto a Ricky Rush, sostenendo che lui la molestava, e Ricky l'aveva minacciato.

«Se le dai fastidio un'altra volta», gli aveva detto, «ti ritroverai a pranzare con una cannuccia. E poi ti definisci un cristiano».

«Andiamo», aveva protestato Oberdorfer. «Se Dio non avesse voluto che l'uomo tormentasse la donna, non avrebbe creato le tette e il culo. Datti una calmata, Ricky».

Forse era un bene che Ricky fosse andato all'altro mondo, si disse Oberdorfer. Avrebbe fatto un altro tentativo con la ragazza, giusto per vedere se avesse cambiato idea. Ma proprio in quell'istante il senatore Barker, finalmente struccato, attraversò a passi rapidi il superattico della Tower Power e raggiunse il proprio ufficio, costringendolo a trotterellargli dietro. Alle spalle delle telecamere vi era una scrivania, un divano, qualche sedia e un acquario da duecento litri.

«Magnifica esibizione, senatore. Il centralino della Casa Bianca sarà...».

«Faccia uscire questa gente», tagliò corto Barker indicando i tecnici nello studio. «Dobbiamo parlare».

«Sì, senatore».

Il locale pullulava di telecamere automatiche in grado di riprendere Barker da ogni angolazione. Sulla scrivania del senatore vi era un tasto che regolava tutti i microfoni fissi dello studio. Barker convocò la sua assistente, Janey, e le ordinò di dare una mano a Oberdorfer. Janey prese ad aggirarsi per il locale sui suoi tacchi a spillo, gridando a tutti di levare le tende. È una donna che sa come tenersi stretto il proprio impiego, si disse Oberdorfer: accontentando sempre il suo capo. Barker si portò di fronte all'acquario e vi incollò il naso, fissando i quattro mostri che vi sguazzavano dentro. Oberdorfer si sentì lievemente sollevato: sapeva che ciò che stava per succedere avrebbe messo di buonumore il senatore. I pesci nella vasca erano piranha, predatori dalla bocca larga e perennemente imbronciata che fluttuavano sott'acqua come sommergibili. Erano una delle poche cose al mondo, oltre all'aumento del prezzo del petrolio di dieci dollari al barile, che riuscivano a tranquillizzare il senatore. I piranha lo occhieggiavano pregustando ciò che sarebbe successo di lì a poco. Barker si sfilò la giacca e chiese a Oberdorfer di portargli il grosso sacchetto di cellofan posato sulla scrivania. Il sacchetto conteneva una dozzina di pesci rossi.

«A casa ne ho uno stagno pieno», spiegò Barker per quella che Oberdorfer era certo fosse la cinquecentesima volta. «Si riproducono a centinaia alla volta. Forse a migliaia».

«E poi?», domandò Oberdorfer, anch'egli per la cinquecentesima volta.

«E poi finiscono qui».

Barker abbassò il sacchetto nella vasca e lo perforò con le unghie. I pesci rossi ne uscirono. I piranha, immobili, osservarono il loro pasto.

«Non hanno fretta», disse Barker. «È la grande lezione di Madre Natura. Attendi il momento opportuno, e soltanto allora colpisci».

Per diversi minuti, i due uomini osservarono i pesci in silenzio.

«Di solito iniziano succhiandone gli occhi», spiegò il senatore. «Poi passano al resto».

Mentre parlava, due piranha saettarono verso le prede più vicine, serrando le fauci sulle loro teste. Nel giro di pochi secondi l'acquario si trasformò in un turbinio di colori, mentre i pesci rossi, letteralmente accecati dal panico, cercavano di sfuggire ai loro implacabili predatori.

«L'avrò osservato un milione di volte», commentò Barker, «ma rimane sempre lo spettacolo più appassionante sul pianeta».

«Ha ragione, senatore», convenne entusiasta Oberdorfer.

«Bene», disse Barker in tono affabile. «A che punto siamo con il video?».

Oberdorfer cercò di illustrare la situazione nel modo più indolore.

«Stiamo ancora tenendo d'occhio David Kerr, il fratello di Ricky Rush. I mormoni sono rientrati da Londra. Abbiamo organizzato una sorveglianza a ciclo completo».

«Ma avete trovato la cassetta?».

«Non esattamente, senatore».

«E il portatile?».

«Non ancora».

Barker calò un pugno rabbioso sulla scrivania.

«Lo sa cosa c'è in ballo? Tutto, maledizione. Non è un innocuo giochetto. Il futuro della nostra organizzazione, dell'intero paese è in pericolo, e se lei non è in grado di risolvere il problema sarò costretto a trovare qualcuno che lo sia».

«No, senatore, sono perfettamente in grado», protestò Oberdorfer. Era stato silurato con una frequenza quasi pari alle volte in cui aveva assistito allo spettacolo del pasto dei piranha, eppure era sempre riuscito a mantenere il suo impiego nella Power Tower. In qualche modo, lo Scuro era riuscito a rendersi indispensabile alla visione dell'America del senatore Barker. «Ci stiamo impegnando. Siamo a buon punto».

Se il loro futuro era davvero basato sul ritrovamento della videocassetta, Oberdorfer avrebbe voluto rammentare al senatore di chi era stata la stupidissima idea di realizzarla; ma si trattenne, sapendo che non sarebbe stata una mossa molto diplomatica.

«Quando l'America First Movement raggiungerà la Casa Bianca», spiegò il senatore Barker, «quel video sarà parte integrante della rinascita morale del popolo americano».

«Sì, senatore».

«Ma prima di allora, potrebbe essere la nostra rovina».

«Sì, senatore».

«E allora lo trovi, figlio di puttana, se non vuole essere licenziato».

«Sì, senatore».

Barker aveva realizzato il filmato da solo, in gran segreto, avviando le telecamere e i microfoni della Power Tower e registrando quello che lui stesso aveva definito un incontro che sarebbe passato alla storia. Il problema era che Ricky Rush aveva deciso di anticiparla, la Storia: aveva rubato la cassetta, e nessuno poteva sapere con certezza se i segreti della registrazione fossero morti con lui.

"Per colpa di quella videocassetta", rifletté Oberdorfer, "invece di *passare* alla storia ci trasformeremmo all'istante in storia vecchia".

Nell'acquario, i piranha sembravamo ormai satolli. Un piccolo pesce rosso, poco più grande di una pinna del nemico, stava cercando di nascondersi fra le alghe.

I grossi pesci, intenti a digerire il lauto pasto, non gli prestavano alcuna attenzione. Ma all'improvviso la preda fece un errore fatale. Sbucò dalle alghe e cercò di portarsi in salvo con uno scatto, ma la vasca non gli offriva più alcun nascondiglio.

«La guardi», disse Barker in tono nuovamente cordiale. «Guardi cosa combina».

Nonostante fosse sazio, il piranha più grosso si lanciò d'istinto sulla preda, succhiandone i globi oculari e abbandonandola al suo destino. Il pesciolino accecato iniziò a roteare in circolo, risalendo in superficie e boccheggiando. Il senatore Barker scoppiò a ridere e batté le mani, quindi s'infilò la giacca e si allontanò verso l'ascensore.

«Non se ne dimentichi», gridò senza nemmeno voltarsi. «A questo mondo si mangia o si viene mangiati. Ha capito?».

«Sì, senatore», rispose Oberdorfer.

«E allora mi trovi la cassetta».

«Sì, senatore».

«Janey, tesoro, scendi con me. Ti devo mostrare una cosa».

7

Le note di un brano new age aleggiavano sul marciapiede: arpe e campane, chitarre e violini. Due altoparlanti sovrastavano la porta d'ingresso dell'edificio di mattoni rossi. Poco più in là, il Potomac lambiva il centro storico di Alexandria, pochi chilometri a sud di Washington. David Kerr controllò l'indirizzo, parcheggiò l'auto a noleggio e osservò la vetrina del negozio. Pullulava di cristalli di quarzo rosa e bianchi, rigogliose felci in vaso, piccole, rigide piante di aloe, boccette di vitamine e pillole, erbe mediche, libri e audiocassette, arazzi, tappeti indiani, fotografie di ambienti naturali e manifesti di animali. "Harmony Supplies", annunciava un'insegna sulla porta. Articoli per l'armonia. Appena accanto, un'asse di legno intagliata a forma di arcobaleno riportava alcune massime induiste e buddiste.

"Non ci si può tuffare due volte nello stesso fiume", pontificava una frase tracciata a lettere blu scure. "Ci si può tuffare due volte, ma non sarà mai lo stesso fiume", spiegava una scritta più piccola appena sotto.

Accanto alla banalità campeggiava un cartello scritto a mano: "Chiuso per lutto in famiglia".

Kerr suonò il campanello e attese ascoltando la musica. Dopo qualche minuto, udì una voce femminile.

«Chi è?».

«David Kerr», rispose accostando le labbra al citofono. «Sto cercando Beatriz Ferrara».

La porta si aprì con un ronzio. Kerr imboccò le scale e subito fiutò un forte odore di cannella mista ad altre erbe e profumi. La piacevole musica di poco prima stava cedendo il posto a una sorta di gemito, sempre più sonoro a mano a mano che Kerr si avvicinava alla soglia dell'appartamento.

Prima che potesse suonare o bussare, Beatriz aprì la porta. Indossava un ampio camice bianco, una calzamaglia rosa, scarpe di tela rosa e un panno rosa allacciato in vita. Era graziosa anche senza trucco: aveva un aspetto esotico, simile alle più belle fra le donne sandiniste che Kerr aveva visto in Nicaragua. La tensione del suo volto tradiva una profonda, dolorosa stanchezza, e la sua voce era sommessa, quasi indolente.

«Si accomodi».

Kerr la seguì nel salotto da cui proveniva la musica. Era un locale arredato con poco: un pavimento di legno coperto da due tappeti indiani rosa e marroni, due divani e una *chaise longue*. Un raffinato impianto quadrifonico campeggiava in un mobiletto di acciaio e cristallo, e dalle casse acustiche ai quattro angoli della stanza si diffondevano le note del brano new age. Lungo i muri erano sistemati diversi bassi tavolini di ciliegio da cui occhieggiavano voluminosi cristalli di quarzo rosa, ceramiche rosa, sculture geometriche rosa, arazzi rosa e un piccolo cartello su cui era stata tracciata, in un elegante corsivo, la scritta "Think Pink", pensa in rosa.

«Musica interessante», commentò Kerr pensieroso.

«Sinfonia di balene», spiegò Beatriz nello stesso tono di voce privo di emozioni con cui gli si era rivolta al funerale. «Il compositore ha unito i richiami amorosi delle megattere registrati al largo delle Hawaii al proprio sintetizzatore per creare qualcosa di...». Trasse un profondo respiro, cercando la parola giusta.

"Rosa", avrebbe voluto suggerire Kerr. «...completo», concluse invece lei.

Qualcosa di completo, si disse Kerr. Balene che si accoppiavano. Cercò di digerire il concetto guardandosi intorno per la seconda volta. Le pareti erano tinteggiate di un rosa delicato, leggermente più chiaro di quello dei cristalli. In un angolo era sistemato un pendolo la cui punta sfiorava un contenitore colmo di sabbia. Era fermo, ma sulla sabbia si stagliava ancora la gradevole fantasia geometrica tracciata in precedenza. Accanto al pendolo campeggiava un costoso computer completo di stampante laser e collegato alla linea telefonica. Mentre le balene continuavano a gemere dagli altoparlanti, Beatriz si distese sulla *chaise longue* e chiuse gli occhi. Un'odalisca americana, pensò Kerr.

«Le piace... il rosa», osservò.

«Il colore gentile», rispose lei riaprendo lentamente le palpebre. «Calore. Umanità. Li riconosco, in lei. Mi fanno rilassare. Riesco a pensare agli aspetti positivi dell'esistenza, nonostante tutte le brutture».

Per un attimo, Kerr si chiese se dicesse sul serio, ma Beatriz sembrava così vulnerabile che si sorprese a compatire la sua eccentricità come se fosse uno scudo dietro cui proteggersi. Beatriz prese il telecomando a raggi infrarosa e abbassò il volume della musica.

«Una tisana?», domandò.

«Molto volentieri», mentì Kerr.

Mentre la padrona di casa era in cucina, ne approfittò per ispezionare la stanza alla ricerca di qualcosa che gettasse luce sul rapporto fra lei e suo fratello. Qualche giorno prima li avrebbe trovati incompatibili, ma allora sapeva a malapena di avere avuto un fratello. Controllò gli scaffali, ma i titoli dei libri non gli dicevano nulla.

"Medicina Chakra. Il cristallo curativo".

"Donna Shakti: lo sciamano femmina".

"Liberate le E-MOZIONI a vostro vantaggio".

"La guida dell'aura".

"Il canale profondo".

"Come vivere una vita di COMPLETEZZA".

Kerr aprì il libro sulle E-MOZIONI e prese a leggere. Diversi passi erano scritti in maiuscolo, come grida stampate.

"Lasciate che vi riveli i DUE più grandi segreti. Il primo è che LO SPIRITO È TUTTO CIÒ CHE ALBERGA IN VOI. Il secondo è che LO SPIRITO PUÒ VENIRE INCANALATO VERSO CIÒ CHE DESIDERATE ATTRAVERSO LE E-MOZIONI O LE EMOZIONI-STIMOLO".

Seguiva una serie di massime.

"Sono io a usare il Denaro, non è il Denaro a usarmi. Sono

io a controllare il Denaro, non è il Denaro a controllarmi".
Kerr voltò pagina.
"IO POSSO FARE. IO DEVO FARE. IO FARÒ".
Beatriz tornò in sala con una teiera giapponese colma di tisana.
«Un regalo di suo fratello», disse. «Andava spesso in Giappone, e mi portava sempre qualcosa di bello». Indicò con un cenno del capo un paravento di seta con una fantasia di uccelli rosa. «Quello, per esempio. E kimoni di seta. Adorava che li indossassi, non so perché».
Kerr credeva di saperlo.
«Che cosa faceva in Giappone?».
«Era in missione per le forze aeree. Non ne parlava mai. Passava molto tempo nel Pacifico. So che era un esperto di computer, e che parlava giapponese. Quando ci conoscemmo, mi spiegò che si trattava di cose noiose, programmi... segnali, disse. Poi mi confidò di occuparsi della raccolta di informazioni, qualsiasi cosa significhi. Spionaggio, a quanto ho capito. Ma non gli facevo domande, e lui non mi diceva niente».
Mio fratello la spia, si disse Kerr.
«Era di Ricky, quel computer?».
Beatriz tradì una strana reazione, quasi imbarazzata.
«No, no, è mio. Mi ha insegnato lui a usarlo, per il mio lavoro».
Sembrava a disagio. Kerr ripose il libro sullo scaffale e la fissò con attenzione. I giornali scandalistici inglesi l'avrebbero definita "sensuale", ma la sua bellezza era sottoposta a una tale tensione che sembrava fragile come il vetro. Era una bellezza, si disse Kerr, che poteva farti dimenticare tutto il resto, comprese le balene che si accoppiavano e i cristalli rosa.
«Era appassionato di queste cose?», domandò indicando i libri e gli oggetti. «Mio fratello?».
Beatriz alzò le spalle.
«Non direi. Ma sperava che il negozio avesse successo. Aveva...». Fece un'altra pausa alla ricerca del termine giusto. «...il vizio della mancanza di tatto. A chiunque gli si rivolgesse in termini spirituali, Ricky rispondeva da vero materiali-

sta. E al contrario, se una persona si dimostrava materialista, lui iniziava a fare il filosofo. Era convinto di essere divertente, ma spesso ti metteva a disagio. Si potrebbe dire che andava sempre controcorrente».

«Spero che le mie domande non le diano fastidio», si affrettò a dire Kerr. «Tutto mi può essere utile, anche piccole cose come il servizio da tè giapponese...».

«L'aiuta a entrare in contatto con le sue sensazioni», lo interruppe lei. «Solo così potrà sentirsi a proprio agio, in pace come è in pace Ricky».

«Suppongo di sì...».

«Io lo so».

Meglio cambiare argomento, si disse Kerr.

«Dopo il funerale, due agenti dell'Fbi mi hanno avvicinato. Volevano parlare di Ricky. Li devo vedere domani. Hanno detto che non era urgente, ma che riguardava mio fratello. Mi hanno incuriosito. Lei ne sa qualcosa?».

La domanda non parve sorprenderla.

«Forse è meglio che le spieghi un paio di cose», disse con un sospiro. «Suo fratello era... o meglio era diventato... un individuo molto problematico. Non gliel'hanno detto?».

«No. Problematico? In che senso?».

«Non si confidava con nessuno, nemmeno con me», spiegò Beatriz. «Ma aveva qualcosa, specialmente negli ultimi mesi del nostro rapporto. E alla fine divenne insopportabile. Era angosciato dal suo lavoro e non era in grado di parlarne, come se facesse parte di una setta segreta. C'era una profonda ostilità, in lui. Un'interruzione del flusso naturale».

I suoi occhi parvero perdersi nel vuoto.

«Quando l'ha visto per l'ultima volta?», domandò Kerr.

Beatriz esitò.

«Un mese fa. Qualche settimana prima avevamo litigato. Non era la prima volta, e io... non vi avevo dato particolare importanza».

«Un litigio? Per quale ragione?». Kerr sentiva di essere sul punto di scoprire qualcosa, e non voleva che Beatriz tornasse a scivolare nel suo universo rosa. Lei lo guardò con una punta di ostilità.

«Per il sesso», scattò, «se proprio vuole saperlo. Suo fratello era... come lo chiamavano gli amici? Ricky il selvaggio. Era così che si vedeva. Sessualmente onnivoro. Finii per stancarmene. E avevo paura. Ci sono malattie che non hai voglia di prendere, nemmeno dalla persona che ami». Lo sfogo sembrò calmarla, ma la sua voce aveva conservato una traccia di rabbia. «I suoi problemi iniziarono più di un anno fa, quando sua madre si ammalò. E divennero insopportabili quando morì».

«Sua madre?», interloquì Kerr, improvvisamente infuriato. «*Nostra* madre. Mia madre».

Beatriz lo fissò assorta.

«Mi... mi dispiace. Certo, era anche sua madre. Non l'ho mai conosciuta. Non andava d'accordo con Ricky. Ma sapendola malata, credo che lui si sia sentito in colpa. Andò a trovarla in California e fecero la pace. Fu una lunga malattia, e quando lei morì Ricky ne rimase sconvolto. Gli aveva raccontato del suo primo matrimonio in Scozia, e avevano avuto una discussione».

«Una discussione?».

«Ricky le disse che avrebbe dovuto vergognarsi per aver abbandonato il proprio primogenito ed essere scappata in California. Lei ribatté che Ricky non poteva sapere quanto stesse male in Scozia». Beatriz sorseggiò il suo tè. «Ricky ci rimuginò sopra per un po', e alla fine decise di cercarla. Circa tre mesi fa mi confidò di averla trovata presso un quotidiano inglese. Era molto eccitato, ma poi...». Non riuscì a proseguire. Kerr temette che fosse sul punto di piangere, ma vide che resisteva, mentre il suo sguardo sembrava oscillare fra lucidità e astrazione. «Ma c'era dell'altro», riprese infine. «Qualcosa che lo tormentava, qualcosa che riguardava il suo lavoro con... *quella gente*», concluse in tono di disprezzo.

«Quale gente?».

Beatriz si strinse nelle spalle. «L'Activity».

Kerr le rivolse un'occhiata vacua.

«Non ne so molto, tranne che un anno fa Ricky venne trasferito a una nuova unità e che iniziò a collaborare con individui al di fuori delle forze aeree. L'unità era chiamata l'Activity. Ma c'erano altri personaggi, gente che Ricky detestava, che non facevano parte dell'Activity ma che erano collegati al suo lavoro. Lui li chiamava i mormoni».

«Mormoni? Seguaci del culto religioso?», domandò Kerr.

«Credo che alcuni lo fossero veramente», replicò Beatriz. «Ma il resto fingeva soltanto. Ricky era bravissimo a inventare soprannomi. Ma non si riusciva mai a farlo parlare dell'Activity. Aveva come un blocco, capisce? Un fenomeno tipicamente maschile».

Sembrava essersi persa un'altra volta.

«Suppongo sia difficile parlare del proprio lavoro quando è un'attività segreta», osservò Kerr.

«Segreta?», ripeté Beatriz in tono di spregio. «Ma cosa rimane di segreto, oggigiorno? Se vuole saperlo, più che un incarico governativo sembrava una setta religiosa. Ma forse... non so, se fossi stata più comprensiva forse tutto questo non sarebbe successo».

Kerr si sorprese a tradire un moto di commozione. New age o no, quella donna amava suo fratello.

«Ho cercato di superare», riprese lei con voce tremante, «ma Ricky mi ha lasciato una... ferita. Eravamo stati insieme quattro anni, prima di tutto questo. Era sempre stata una persona così dolce, almeno con me, fino alla crisi».

Kerr temette nuovamente che fosse sul punto di piangere, ma dietro a tutto quel rosa sembrava esserci un'anima di acciaio.

«È stato allora... che ho deciso di imboccare un'altra strada».

«E ha aperto il suo negozio».

«Già». Beatriz sorrise. «Ci stavo pensando da anni. Aspettavo soltanto l'occasione giusta».

«Mi stavo chiedendo cosa c'entrasse tutto questo con mio fratello», disse Kerr. «Non ci vedo molto di militare».

Beatriz annuì, nuovamente a proprio agio.

«La vedeva come un'opportunità commerciale. Per me invece era qualcosa di spirituale, un mezzo per uscire dalla sua vita. Ma Ricky era unico, non appena capiva da che parte andava la corrente partiva sempre nella direzione opposta. Come se volesse mettersi alla prova, dimostrare a se stesso di essere un duro».

«E lo era?», domandò Kerr.

Beatriz trasse un respiro.

«Gli riusciva difficile entrare in contatto con le sue sensazioni. Quando iniziammo a litigare per le sue abitudini sessuali, gli dissi che l'amavo ma che il mio corpo aveva bisogno dell'equilibrio della castità. Lui se ne andò di casa. La sua rabbia era troppo intensa».

Equilibrio della castità? Kerr fu quasi sul punto di scoppiare a ridere. Conosceva diverse donne che a volte sembravano parlare una lingua tutta loro, ma nessuna giungeva ai livelli di Beatriz, l'amante dallo spazio profondo. Cercò di immaginarsi suo fratello, di ritorno da chissà quale guerra in un paese dimenticato da Dio, costretto ad ascoltare la predica di miss Cristalli di Quarzo sui pregi della castità.

«E dove si trasferì?».

«Andò a stare da Lucy per qualche tempo. L'ha conosciuta al funerale, ricorda? Credo che Lucy fosse in grado di gestire meglio la sua ostilità. O forse si limitava a prenderla meno sul serio. La sua esistenza è molto più superficiale della mia. Per questo lei è così felice, e io così triste».

Beatriz fece una risatina nervosa, si abbandonò sullo schienale della *chaise longue* e chiuse gli occhi.

«E l'ultima volta che l'ha visto?».

«È stato il giorno prima che ripartisse per una missione, circa tre mesi fa. Mi venne a trovare in negozio. Disse che era riuscito a trovarla a Londra e che si sarebbe fatto vivo molto presto...».

«Lo amava molto, vero?».

«Sì», sussurrò Beatriz con voce arrochita. «Lo amo ancora».

Vi fu un lungo silenzio. Kerr abbassò gli occhi su uno dei tappeti indiani, imbarazzato per averle rivolto una domanda così personale e sorpreso di esserne affascinato, nonostante i frequenti scivoloni nei luoghi comuni della psicologia a dispense. Beatriz gli aveva confidato di non riuscire a vivere superficialmente come Lucy. Era conscia delle proprie stranezze.

«In un certo senso, Ricky era ancora un ragazzino. Ma negli ultimi mesi era successo qualcosa che gli impediva di esserlo. Era uno strano miscuglio di elementi, Ricky. Affettuoso ma in un certo senso anche duro, leale. Testardo».

«Ritorto», mormorò Kerr.

«Chiedo scusa?».

Le spiegò il significato della parola. Beatriz si guardò le mani. Erano minute, eleganti. La sua voce si ridusse quasi a un sussurro.

«La vera ragione per cui gli chiesi di andarsene... non lo feci perché mi aveva tradito. La verità è che aveva portato delle armi in casa».

Kerr trasalì.

«Armi?».

«Pistole. Diceva che erano necessarie per proteggersi».

Beatriz fece una pausa, e Kerr attese qualche istante.

«Proteggersi da chi?», domandò infine.

Beatriz increspò le labbra.

«Non voglio dirglielo, temo che mi crederà ancora più eccentrica di quanto le sono sembrata finora».

Kerr le si avvicinò e s'inginocchiò ai suoi piedi. Beatriz teneva le mani giunte, come in preghiera. Nei suoi occhi s'intravedeva la paura.

«Per proteggersi da chi?».

«Dai mormoni», rispose lei in un filo di voce. «Da quegli individui che non so come erano coinvolti nell'Activity».

«Continua a parlare di questa Activity. Ma cosa significa?».

«Ricky la chiamava così. Non so altro. Lavorava per l'Activity, e certi individui che lui aveva soprannominato i mormoni stavano cercando di ucciderlo. Una sera tornò a casa con due valigette. Ne aprì una di fronte a me e tirò fuori una... una specie di pistola. Glick, si chiamava, o qualcosa del genere».

«Glock».

«Esatto, Glock. Mi spiegò di averne bisogno. Dissi che non volevo pistole in casa. Se esce la pistola, rispose lui, esco anch'io. Va bene, mi arresi, se è questo che vuoi».

«E l'altra valigetta?».

Beatriz alzò di nuovo le spalle, quindi chinò il capo per evitargli di guardarla negli occhi.

«Un computer portatile. E una videocassetta, ma non del formato regolare. Più grande. Disse di dover trovare un nascondiglio sicuro».

«Dove?».

«Non qui, ovviamente», rispose lei fra i singhiozzi. «Forse è morto a causa mia».

Kerr le cinse le spalle con un braccio e la strinse a sé. Sentì che lei ricambiava l'abbraccio. «Forse, se gli avessi permesso... ora sarebbe... non sarebbe...».

Quando i singhiozzi si calmarono, Kerr prese a cullarla e la guardò in viso. Era ancora bello, nonostante fosse gonfio e coperto di chiazze. Beatriz si asciugò le lacrime con un dito.

«Devi assolutamente tornare in Inghilterra, David», gli disse in tono fermo, riprendendo il controllo di sé. «Posso scriverti o telefonarti, tenerti informato delle novità, ma ti prego, torna a Londra».

«Stai cercando di dirmi che mio fratello è stato assassinato?», domandò Kerr. «È per questo che l'Fbi mi vuole parlare?».

Beatriz scosse la testa.

«Non lo so, non posso dirlo con certezza, ma tutto è possibile. So soltanto che mi confidò di essere in pericolo, che è successo quel che è successo, e che tu puoi soltanto peggiorare le cose». Le lacrime erano ormai un ricordo, e i suoi occhi scuri lo fissavano imploranti. «Torna a casa, David. È meglio per tutti».

Kerr era confuso.

«Non capisco. Per quale ragione sarebbe meglio per tutti?».

Beatriz rovesciò la testa all'indietro e ricominciò a piangere. Kerr si scostò e prese a sorseggiare la tisana. Sapeva di erba bollita.

«Ti ha lasciato qualcosa?».

Lei scosse il capo e parve riprendersi.

«Niente di importante. Si era ripreso quasi tutto, tranne qualche fotografia. Se vuoi vederle, fa' pure. Ricordi felici.

Ci sono anche un paio di camicie, qualche libro, altri oggetti sparsi. Ho messo tutto in una scatola. La vuoi controllare?».

Lo condusse in camera. Sopra al letto vi era un diagramma geometrico le cui linee si allungavano da un cristallo. Attorno alla pietra principale erano schierati altri cristalli, rivolti nella stessa direzione.

«È la mia stanza per la meditazione», spiegò Beatriz.

In un angolo vi era un ampio armadio a muro. Beatriz fece scorrere l'anta a rivelare una catasta di abiti e due scatole di cartone. Da uno dei cassetti in fondo all'armadio estrasse un album fotografico.

«Da' pure un'occhiata. Se vuoi delle copie, ci penserò io. Per quanto riguarda il resto, se c'è qualcosa che ti interessa serviti pure. Vado a darmi una sistemata».

Lo lasciò solo, intento a fissare le fotografie. Suo fratello e Beatriz sembravano una coppia qualsiasi di giovani felici e innamorati. Vi erano diversi ritratti di Beatriz: in costume da bagno, con una minigonna e una maglietta aderente da togliere il fiato, in abito da sera. Nessuno dei capi mostrava alcuna traccia di rosa.

Un'intera serie li ritraeva insieme su una magnifica spiaggia, attrezzati per un'immersione subacquea. Ricky era stato immortalato in uniforme, in posa davanti a un bar la cui insegna recitava "Rick's Bar", a una grigliata fra amici, a diverse serate, in compagnia di Lucy e con Beatriz, il colonnello McGhie e un'elegante donna di colore, presumibilmente la signora McGhie. Un'altra serie lo ritraeva insieme a Snow: vestiti da subacquei, sulla spiaggia, nei bar. All'improvviso, Kerr capì di non essere più in grado di proseguire. Rimise insieme le fotografie e prese a rovistare nella scatola.

Estrasse due camicie da uomo e un paio di mutande a calzoncino, scarpe da corsa e due bluse sportive. In salotto, Beatriz aveva inserito un altro CD: un allegro cinguettio di uccelli selvatici impreziosito da una base di sintetizzatore si diffuse per l'appartamento, annunciato da una batteria di timidi ciangottii a salutare l'alba. Nella scatola vi era una dozzina di libri: un paio di trattati economici, numerosi saggi sugli scambi internazionali e l'economia giapponese, qualche thriller tascabile. Kerr prese le fotografie e tornò in salotto. Beatriz stava sorseggiando la sua tisana. Era seduta a gambe incrociate, e seguiva le ellissi sempre più minute tracciate sulla sabbia dal pendolo di acciaio mentre gli uccelli gorgheggiavano dagli altoparlanti.

«Ti dispiace se ne faccio qualche copia?», domandò Kerr.

«No», rispose lei senza distogliere gli occhi dal pendolo. «Lasciamele pure, le farò sviluppare e te le spedirò in Inghilterra».

«Sei ancora convinta che me ne debba andare?».

«Sì».

Kerr sentì che stava per perderla di nuovo. Beatriz chinò la testa e riprese a piangere, un suono come pioggia su un campo di frumento.

«Ricky disse che se gli fosse successo qualcosa, loro ti avrebbero trovato».

«Loro chi?», insistette Kerr.

«I mormoni. O forse quelli dell'Activity».

«Beatriz, non conosco nessuna Activity. E men che meno degli stramaledetti mormoni».

Lei scosse la testa.

«Ma loro conoscono te, David. È questo il punto. Sanno tutto di te. Riesco a sentirlo. Non devi lasciarti coinvolgere».

«Lasciarmi coinvolgere in cosa?», scattò lui in tono irritato.

«Ricky mi disse...». La sua voce si spense a mezza frase, ma subito riprese. «Mi disse che se fosse successo qualcosa, avrei dovuto convincerti a partire».

Kerr non aveva idea di cosa stesse dicendo, ma percepì chiaramente il suo profondo turbamento.

«Resterò qui finché non avrò scoperto tutto ciò che posso su mio fratello», rispose in tono comprensivo ma deciso. «Da te, dai suoi amici, dai militari, dall'Fbi, da chiunque. Voglio capire cosa diavolo sta succedendo, e non sono uno che molla l'osso tanto facilmente».

Beatriz prese a torcersi le mani.

«Non capisci!», gridò con voce acuta e venata da una traccia d'isteria. «Non capisci proprio. Vattene! Torna in Inghilterra!».

Chiuse gli occhi e reclinò il capo all'indietro come se lui avesse cessato di esistere. Kerr si alzò. «A presto, Beatriz», sussurrò. «Mi dispiace, ma non posso andarmene. Devo saperne di più».

Il volto di lei sembrava una splendida maschera mortuaria. Kerr uscì dal salotto e scese le scale, seguito fino in strada dal cinguettio degli uccelli selvatici e dalla glaciale sensazione che Beatriz Ferrara non fosse l'unica a nutrire cattivi presagi per il futuro. All'improvviso sentì il disperato bisogno di un bicchiere di whisky con cui togliersi di bocca il sapore di tisana.

8

Alla guida dell'auto, David Kerr abbandonò Washington e proseguì per la Virginia, seguendo le indicazioni di Noah McGhie. Mentre attraversava il Potomac, rimase sbalordito dalla vastità della sede dell'America First Corporation. Il grattacielo era fronteggiato da giardini e fontane e circondato da centinaia di bandiere americane che salivano in una sinfonia di rossi, bianchi e blu fino all'enorme vessillo che sventolava dall'antenna televisiva sul tetto. Un orgasmo a stelle e strisce, si disse Kerr. Un'insegna al neon lungo una fiancata dell'edificio comunicava al mondo il messaggio elettronico del giorno. "E Dio amava così profondamente il mondo che gli donò il suo unico Figlio... un messaggio dell'America First Corporation", lesse Kerr.

«No», commentò fra sé. «Un messaggio della Bibbia».

Qualunque fosse il gioco del senatore Barker, era ovviamente lucroso. Kerr procedette verso la periferia della Virginia. La casa di McGhie aveva un recinto di legno bianco e un ampio prato ombreggiato d'alberi che digradava fino alla riva di un lago artificiale, sul quale si affacciava una dozzina di altre abitazioni. La moglie del colonnello, l'elegante donna di colore della fotografia, ostentava un ampio sorriso e un dolce accento sudista. Lo accolse sulla soglia di casa come un parente che non vedeva da tempo.

«Mi dispiace per suo fratello», disse abbracciandolo. «Era parte della nostra famiglia, e ora lo sarà anche lei».

«Sto rendendomi conto che era molto amato, signora McGhie».

«Arlene», lo corresse lei. «Ha ragione. C'era qualcosa, in

Richard, che ti costringeva a volergli bene. Forse era la sua allegria. I miei ragazzi...». Diede un sospiro. «È come se avessero perso un fratello maggiore».

Arlene lo condusse in una stanza nella quale quattro ragazzini erano concentrati sui loro giochi e sui compiti scolastici. Quando lo videro, si alzarono educatamente e attesero che la madre lo presentasse.

«Questo è il fratello di Richard, ragazzi. Mostrategli rispetto, viene dall'Inghilterra».

I ragazzini lo guardarono e gli rivolsero un timido saluto. Arlene lo accompagnò sul portico posteriore, sul quale Noah McGhie lo aspettava sorseggiando una Coca.

«Lieto che ce l'abbia fatta, David. Vedo con piacere che non si è perso».

«E gli altri?».

«Gli altri? Intende gli amici di suo fratello? No, non stasera. Sono dovuti andare a Fort Bragg. E io volevo parlarle in privato».

«Ha fatto pesare il suo grado?», rise Kerr. «Se li è tolti di torno?».

«Già, immagino di sì».

Kerr prese una birra e il colonnello ne approfittò per abbandonare la Coca e fargli compagnia. Fra una sorsata e l'altra, presero a parlare di Ricky Rush come se stessero rivivendo i vecchi tempi.

"Chi sono i mormoni?", avrebbe voluto chiedere Kerr. "Cosa diavolo vuole l'Fbi?". Ma non era il momento giusto. «Scoprire i segreti di mio fratello mi fa sentire come se avessi ripreso il mio vecchio lavoro», disse invece.

«Che cosa faceva?».

«Per quindici anni ho fatto il giornalista, soprattutto corrispondenze di guerra. E occuparmi di Richard... di Ricky... come lo chiamavate?».

«Per i suoi amici era Ricky», rispose McGhie con una risata. «Ma Arlene è convinta che Richard suoni meglio».

«Vede?», disse Kerr con un sorriso. «Non so nemmeno il suo nome. Ma scoprire chi era è un po' come mettere insieme un servizio. Si sente una cosa, poi un'altra, e all'improvviso il quadro inizia a formarsi. Per il momento, più vado avanti più mi sento confuso».

McGhie scoppiò di nuovo a ridere.

«Cosa c'è di così divertente?».

«Il fatto che lei e Ricky lavoravate nello stesso campo», replicò McGhie. «Le informazioni. È una bella coincidenza, non crede? O forse è un fatto genetico?».

Ricky, spiegò McGhie, era un uomo di successo, un ufficiale brillante, un fiore all'occhiello... ammucchiando aggettivi su aggettivi finché Kerr non ebbe l'impressione di essere tornato ad Arlington, al cospetto del senatore Barker.

«Noah, non esageri», lo interruppe. «Chiunque fosse mio fratello, non posso credere che fosse perfetto».

McGhie parve irrigidirsi.

«Stavo soltanto...».

«So cosa stava facendo, e la ringrazio. Ma sono in grado di sopportare anche i difetti».

«Ha parlato con le sue donne?».

Era più un'affermazione che una domanda. Kerr sorrise. «Come fa a saperlo?».

McGhie sorseggiò la sua birra.

«Perché alcuni di noi si chiedevano spesso se si sarebbe fatto uccidere a causa dell'uccello o della lingua. Era un gran figlio di buona donna, questo è poco ma sicuro».

L'improvviso mutamento del suo tono lasciò Kerr a bocca aperta, ma prima che potesse replicare Arlene li avvertì che era giunto il momento di accendere il barbecue: i bambini dovevano cenare.

McGhie obbedì mentre la moglie li raggiungeva sul portico seguita dall'educata delegazione dei figli, quattro ragazzini di undici, nove, sette e quattro anni.

«Le vogliono fare qualche domanda su Ricky», annunciò Arlene.

Kerr disse la verità – che non l'aveva mai incontrato, e che loro lo conoscevano meglio di lui.

«Non aveva mai visto suo fratello?», domandò incredulo uno dei ragazzi. «Ma che famiglia era, la sua?».

«Basta così», intervenne Arlene. «Andate a lavarvi».

Deluso, il quartetto se ne tornò nella stanza dei giochi.
«Mi dispiace», si scusò Arlene. «I bambini sono così...».
«Acuti», la interruppe Kerr. «Ha ragione. Che famiglia è mai quella che non riesce a stare unita? Me lo chiedo spesso anch'io».

Più tardi, seduti a tavola, si presero per mano e recitarono la preghiera di ringraziamento. Sentendo le dita minute del ragazzino più piccolo scivolargli fra i moncherini della mano destra, Kerr provò una fitta alla spalla. Chiuse gli occhi e pregò, lottando contro il ricordo dei bambini morti nell'orfanotrofio di Sarajevo, ma i loro volti sembrarono sommergerlo. Si rivide fra le fila dei caschi blu delle Nazioni Unite mentre facevano salire i bambini su una schiera di pullman che avrebbero dovuto condurli in salvo al di là delle linee nemiche, verso una nuova vita in Austria. Colette Peters, due macchine fotografiche al collo e una terza fra le mani, immortalava i volti dei piccoli illuminati dalla speranza.

Il direttore dell'orfanotrofio aveva chiamato una ragazzina perché parlasse con Kerr.

«Questa è Yasmin», l'aveva presentata, quindi aveva tradotto le frasi della piccola che Kerr aveva trascritto fedelmente sul suo taccuino. Stringendo uno spelacchiato orsetto di peluche, Yasmin gli aveva spiegato come avesse "perso i contatti" con la sua famiglia e cosa si aspettasse dalla nuova vita in Austria. Quindi l'aveva preso per mano, proprio come il figlio di McGhie. Aveva proseguito allegra a parlare dei genitori che avrebbe ritrovato, della sua grande famiglia felice, dei suoi giocattoli, e Kerr aveva dovuto combattere le lacrime. Era stato allora, in quel preciso istante, che aveva intuito che stava per succedere qualcosa. Era sceso un silenzio innaturale, e una pressione sorda aveva preso a tormentargli le tempie come una violenta emicrania. Prima che fosse in grado di dare l'allarme, aveva udito l'esplosione dei mortai. Le dita della bambina si erano serrate alle sue. Il suo racconto si era interrotto a metà, il sogno bloccato fra le labbra, mentre il primo proiettile aveva sventrato il pullman come un uovo. Kerr rammentava ancora il bagliore, le grida dei bambini, il suono dei suoi stessi timpani che cedevano. Aveva sentito un colpo violento alla spalla, e subito dopo qualcosa di orribile, uno strappo, una sensazione di umidore fra le dita. Colette aveva preso a gridare, una smorfia terribile in volto, e lui ricordava un volto infantile, un altro, un altro ancora, un turbinio di bambini e filastrocche, e l'espressione confusa di Yasmin mentre l'esplosione le strappava la vita.

«Ahi», gridò il piccolo McGhie. «Mi stai facendo male».

Kerr si ridestò con un sussulto e si rese conto che stava stringendo la mano del bambino come se volesse aggrapparsi al ricordo di quelli che aveva visto morire.

«Scusami», mormorò lasciando la presa.

«Figurati», disse il piccolo riprendendogli la mano ferita. «Ma non stringere troppo».

«Scusami», ripeté Kerr.

Arlene gli prese la mano sinistra, e all'improvviso, mentre il colonnello McGhie iniziava la preghiera, Kerr ebbe l'impressione che le sue membra s'irrigidissero, quasi temessero un altro attacco dei mortai.

«Signore, Ti ringraziamo per averci concesso la salute», recitò McGhie, «e per questo nostro cibo. Pensiamo a coloro che sono meno fortunati, e preghiamo per l'anima del nostro amico e fratello, Ricky Rush, che cammina ancora fra noi. Sia lodato il Signore. Amen».

Nostro fratello, che cammina fra noi. L'incanto si spezzò all'improvviso: i ragazzi si lanciarono sugli hamburger e sul ketchup, Arlene servì il pollo, le costine di maiale e l'insalata. Quando ebbero finito di cenare portò i bambini a letto, e McGhie propose a Kerr una passeggiata in riva al lago. La serata si stava rapidamente rinfrescando, e i primi insetti della primavera volteggiavano fra i riflessi a pelo d'acqua. Un sentiero sterrato collegava le ville affacciate sul lago.

«D'estate si può nuotare», esordì McGhie in tono orgoglioso. «Sempre che le alghe non ti diano fastidio».

«È molto bello. La sua famiglia mi piace, Noah».

«Sono il vero eroe afroamericano», disse McGhie con un sorriso. «Un uomo sposato con quattro figli, un lavoro e una casa tutta sua. Niente male, per un povero negro del South Carolina».

«Niente male per chiunque».

Si fermarono nei pressi di un piccolo pontile di legno.

«Credo che suo fratello sia stato assassinato», disse Noah McGhie all'improvviso, studiando la reazione di Kerr.

«Assassinato?», trasalì Kerr. «Ma perché?».

«Non lo so. Non di preciso».

«Prima...», balbettò Kerr con voce strozzata, «...ha detto che il suo uccello o la sua lingua l'avrebbero fatto uccidere. Sta suggerendo...?».

McGhie lo interruppe con un cenno spazientito della mano.

«Sto dicendo che non lo so», ripeté scandendo bene le parole. «Ci sono un paio di piste, ma non sono che voci».

«Si occupa lei delle indagini?».

McGhie scosse il capo.

«Non direttamente. È difficile spiegarlo senza sconfinare nei segreti di stato, ma voglio parlare chiaro, David. Non deve riferire a nessuno quello che sto per dirle, siamo intesi? A nessuno. Specialmente a Huntley, e men che meno alle donne di suo fratello. Non le ho ancora inquadrate».

Kerr scrollò le spalle. Nemmeno io, si disse.

«Ricky è scomparso sei settimane fa. Era andato in Europa per una missione molto delicata, e al ritorno negli Stati Uniti abbiamo perso le sue tracce».

«In che senso?».

«Qualche settimana prima di partire per l'Europa, Ricky aveva litigato con la sua ragazza...».

«Beatriz Ferrara».

«Esatto. Me ne aveva parlato. C'era rimasto male. Andò a stare da Lucy, la migliore amica di Beatriz. Non ci feci caso, al momento. Non erano affari miei. Ricky aveva sempre avuto un grande... appetito. Ma qualche giorno dopo, mi annuncia di essere in partenza per gli Outer Banks, nel North Carolina, vicino a Cape Hatteras. L'immersione subacquea era la sua grande passione, ma Hatteras è una zona pericolosa. Ricky affitta una stanza da solo. Nessuna compagnia femminile, per quanto ne sappiamo. Non dice niente a Snow, il suo compagno di immersioni. La sua attrezzatura viene ritrovata da un ragazzo sulla spiaggia a sud di Hatteras. Nessuna traccia del corpo. La sua auto non si è mossa dall'albergo. Il denaro, le carte di credito, tutto il resto sono ancora nella cassaforte».

Gli occhi di McGhie erano tristi, le parole gli uscivano lentamente dalle labbra come se ogni sillaba gli provocasse una fitta di dolore.

«Non è da lui. Nessuno s'immerge da solo, specialmente a Hatteras. È una brutta zona. Eppure non può essere semplicemente scomparso. Il suo conto corrente non è stato toccato. Nessun prelievo recente. È come se l'avessero rapito gli alieni. Non c'è niente che quadri, in questa storia. Niente».

«Ma allora cosa abbiamo seppellito?», domandò Kerr.

«Sassi, forse. Qualsiasi cosa usino quando non c'è un corpo».

Kerr sentì montare la rabbia.

«Dunque è stata tutta una finta? Sono venuto fin da Londra per seppellire un mucchio di pietre? Noah, io...».

«Chiuda quella cazzo di bocca», ringhiò McGhie portandosi a pochi millimetri dal volto di Kerr e tendendo i muscoli come un pit bull. «Aspetti a parlare finché non avrà sentito tutto», soggiunse quindi in tono più conciliante.

All'improvviso esplose in una gran risata. «Mi perdoni», riprese. «Mi è appena tornata in mente una frase di Ricky. Quando mi vedeva perdere la pazienza con un bianco, sosteneva che soffrissi di "flashback di schiavitù"».

Kerr rimase a bocca aperta.

«E glielo diceva in faccia? Al suo comandante?».

McGhie annuì.

«Politicamente poco corretto, suppongo, ma Ricky era fatto così. Sempre ai confini del lecito, a vivere pericolosamente, a trattare tutti allo stesso modo – senza alcun rispetto. Fortuna che ho il senso dell'umorismo. Mi segua».

Lo condusse all'estremità del pontile di legno. Si sedettero uno accanto all'altro, facendo dondolare le gambe a pelo d'acqua come due ragazzini. Sicché Beatriz ci aveva visto giusto, si disse Kerr. E l'impulso che aveva avuto lui stesso appena dopo il funerale si era rivelato sacrosanto. Sarebbe dovuto partire quando ne aveva la possibilità. Ormai era troppo tardi: le parole di McGhie l'avevano intrappolato.

«La polizia locale ha parlato subito di annegamento», riprese il colonnello. «Hanno iniziato le ricerche del cadavere. A volte, dopo qualche giorno, i corpi vengono riportati a riva dalla corrente, altre volte finiscono nell'Atlantico e chi si è visto si è visto. Squali. Potrebbe essere andata così, ma non mi convince».

McGhie aggrottò la fronte, sforzandosi di trovare una risposta.

«I migliori punti di immersione di Hatteras sono i relitti al largo, ma per immergersi bisogna uscire in barca ed essere in tre: due sott'acqua e uno a bordo. Ricky non aveva barca né compagni di avventura. Strano, non trova? Finché, un bel giorno, il servizio di sicurezza del DoD non inizia ad agitarsi, pensando che Ricky sia stato rapito».

«Il servizio di sicurezza di cosa?».

«Dipartimento della Difesa. Come le dicevo, sulla carta ero il suo comandante, ma Ricky era stato assegnato a una nuova squadra formata dall'Economic Security Council, il consiglio per la sicurezza economica. Era stato rubato un computer portatile, e due membri del consiglio erano stati assassinati un mese prima».

McGhie trasse un profondo respiro. «Questa è la parte strana. Le due vittime si chiamavano William Colvin e Peter Drysdale. Erano entrambi civili. Qualcuno gli ha sparato e ha gettato i corpi nella palude Great Dismal, centocinquanta chilometri a sud di qui. Pareva fosse una storia di droga. Cocaina. Era intervenuta anche l'Fbi».

«Ricky aveva qualcosa a che fare con la droga?».

«No, che diavolo», scattò il colonnello in tono di disprezzo. «La droga è per i perdenti, e Ricky lo sapeva».

«Ma conosceva le due vittime».

«Colvin e Drysdale? Certo. Non erano grandi amici, ma lavoravano insieme».

«Le sembra una coincidenza?».

«No».

McGhie fece una pausa e prese a strofinarsi le nocche come un pugile dolorante.

«Quello che le sto per dire deve entrare da un orecchio e uscire dall'altro», insistette.

«D'accordo».

«Ho mandato Jiminez e Snow a Hatteras per controllare la situazione, perché non mi fido di nessun altro. Né dell'Fbi, né degli investigatori del dipartimento, né della polizia locale. Mi segue, David?».

«Ci provo, Noah, visto che nemmeno io so di chi fidarmi».

«Sta parlando di me?».

«Sto parlando di tutti».

McGhie assentì.

«Già, a dire il vero non so nemmeno io cosa pensare. Sto rischiando, a parlarne con lei, ma se non posso fidarmi del fratello di Ricky, allora... non rimane più nulla. Capisce?».

«Certo».

Imbarazzato dallo sfogo di poco prima, Kerr chiese scusa.

«Non c'è problema», rispose McGhie. «Siamo tutti molto tesi. Il suicidio non è da Ricky. E nemmeno l'incoscienza. Per questo credo che sia stato ucciso. L'eliminazione di Colvin e Drysdale non fa che confermare i miei sospetti. Ma ogni volta che chiedo chiarimenti ai miei superiori, Cristo, iniziano a strillare come maiali in gabbia».

David Kerr cercava di ascoltare le parole del colonnello, ma nelle sue orecchie risuonava un ronzio che sembrava trasformare quella conversazione in una sorta di brutto sogno.

«Noah», riuscì infine a dire, «non voglio provocarle un altro flashback di schiavitù, ma come mai abbiamo assistito a un finto funerale con tutti gli onori militari? Se non c'era il corpo, perché seppellirlo ad Arlington?».

«Era un uomo di valore, si meritava un bel funerale», rispose McGhie con fermezza.

«Ma quanti sapevano che la bara era vuota?».

«Onoriamo i nostri morti anche se ufficialmente sono dispersi in azione», insistette McGhie. «E suo fratello rimarrà tale finché non scoprirò la verità».

«Non ha risposto alla mia domanda, Noah. Quanti sapevano che la bara era vuota?».

«Una mezza dozzina di persone. Io, Snow, Jiminez, Huntley e qualcuno dei suoi».

«Non l'avevate detto a Beatriz?».

«No».

«Ciononostante, Huntley ne era al corrente», disse Kerr in tono sprezzante. «Ma chi diavolo è?».

«Non le conviene chiederlo», scattò McGhie. «Mi aveva ordinato di non vederla da solo, temendo che le avrei rivelato troppo. Gli ho risposto che lo dovevo a Ricky, che suo fratello doveva sapere la verità. Ma immagino che avesse ragione lui».

McGhie fece per alzarsi, ma Kerr lo trattenne per un braccio.

«Mi dispiace, Noah», si scusò. «So che ha corso un rischio, mettendomi al corrente della verità. Non volevo... sono sconvolto, tutto qui».

«Certo, ma almeno lei non lo conosceva. Noi eravamo la sua famiglia. Per me è stato come perdere uno dei miei ragazzi. Crede di sapere cosa significhi?».

Kerr non seppe rispondere, perché in realtà non lo sapeva. La sua famiglia era scomparsa da così tanto tempo che il senso di perdita gli era ormai sconosciuto.

«Lo sa, Noah, non ricordo di aver mai cenato con mia madre e mio padre come abbiamo fatto stasera», disse dopo qualche istante in tono sommesso. «Non credo mi sia mai successo».

Noah McGhie lo fissò in silenzio. Per dieci minuti abbondanti, rimasero seduti senza dire nulla, osservando gli ultimi raggi del sole al tramonto e gli insetti posarsi sull'acqua.

«Dunque l'Fbi vuole parlarmi perché sta attivamente indagando sulla morte di mio fratello?», domandò all'improvviso Kerr.

«Attivamente?», ripeté McGhie. «Certo, siamo attivi come un branco di topi. Ha mai sentito parlare dell'Activity?».

Kerr scosse la testa. Era meglio tenerne fuori Beatriz. Le cose erano già abbastanza complicate.

«Mai sentita nominare», mentì.

«Intelligence Support Activity», spiegò McGhie. «Attività di appoggio alla raccolta di informazioni. Conosciuta come ISA, o Activity. Non l'ha mai incontrata, nelle sue piccole guerre?».

Kerr scosse nuovamente il capo.
«Non che io sappia».
«Eppure c'era», replicò McGhie a bassa voce. «È una struttura formata da personale militare e di altre agenzie. Contribuisce alla raccolta di informazioni e all'organizzazione di operazioni segrete».
«Faccende importanti».
McGhie si strinse nelle spalle.
«A volte», rispose. «In ogni caso, suo fratello era stato trasferito all'ISA per collaborare con l'Economic Security Council. Ed è a questo punto che entra in scena il senatore Barker».
«L'uomo dell'America First».
«Esatto», confermò McGhie. «Il consiglio rappresenta l'ultima crociata di Barker. È stato lui a garantire il finanziamento dell'Activity da parte del Congresso. Per questo era al funerale di Ricky. Credeva che fosse uno dei suoi».
«E non lo era?».
Noah McGhie alzò le spalle.
«Ricky apparteneva soltanto a se stesso».
«È tutto, colonnello?», chiese Kerr dopo una pausa. «Oppure anche lei faceva parte dell'Activity?».
McGhie eluse la domanda.
«Ero il comandante di suo fratello, ma non ero coinvolto nella sua missione più recente».
«E cioè?».
McGhie non rispose. Si alzò di scatto, costringendo Kerr ad affrettarsi per raggiungerlo.
«Glielo chiedo un'altra volta, in memoria di suo fratello», riprese McGhie. «Non dica nulla della nostra conversazione. E se venisse a sapere qualcosa dalle donne di Ricky, le sarei grato se me ne mettesse al corrente. Si rifiutano di parlarmi. Mi credono uno di loro, immagino».
David Kerr credeva di capire il perché. La testa gli doleva come se avesse passato una giornata sotto il fuoco nemico. McGhie si fermò all'improvviso e gli si parò davanti, bloccandogli la strada.
«C'è un'altra cosa che deve sapere, David. Solo una». S'in-

terruppe per un istante, come per chiamare a raccolta le parole giuste. «Dalle mie parti», soggiunse in tono minaccioso, «la famiglia viene prima di tutto il resto. Quando qualcuno fa del male a uno dei nostri cari, ce la leghiamo al dito. Sono questi i veri valori della famiglia, non le stronzate del senatore Barker. Non mi arrenderò».

Kerr si sentiva ancora intontito. «Mi dica, Noah», sbottò. «Vuole che l'aiuti o che torni in Inghilterra?».

«Mi aiuti», rispose deciso McGhie. «Restando nei paraggi, forse riuscirà ad agitare le acque».

«Ed è un bene?».

«Credo di sì».

«Beatriz Ferrara mi ha pregato di andarmene».

McGhie parve interessato. «Davvero? E perché?».

«Sostiene che sono in pericolo. Mi ha detto che Ricky temeva di essere ucciso. Aveva paura dei mormoni. Conosce qualche mormone, Noah?».

Il colonnello si voltò e prese a scrutare gli alberi.

«Mormoni», ripeté lentamente. «Ne conosco un paio, David. Giusto un paio».

«Me ne vuole parlare?».

«No».

Rientrarono in casa.

«Noah», insistette Kerr. «Ho bisogno di sapere chi sono i mormoni».

«Le ho già detto fin troppo, per stasera», replicò McGhie.

Kerr si rese conto che il suo tempo era scaduto. Salutò Arlene e fece ritorno a Washington in preda a un turbinio di pensieri. Alle sue spalle, una grossa berlina parcheggiata a duecento metri dall'abitazione di McGhie accese i fari e prese a pedinarlo.

«Mormoni», mormorò fra sé David Kerr. «E dove diavolo li trovo?».

9

Si svegliò nel mezzo della notte, riemergendo da un sogno in cui la tavola imbandita dei McGhie campeggiava nel mezzo del cortile dell'orfanotrofio di Sarajevo. Era seduto fra il piccolo McGhie e Yasmin, la graziosa bambina bosniaca, che gli rivolgeva un sorriso vacuo. All'improvviso alzavano gli occhi al cielo, e come in un vecchio film di guerra udivano il sibilo del proiettile di mortaio. L'istante successivo, i frammenti gli penetravano nella spalla e gli mozzavano le dita in modo indolore, silenzioso. Kerr abbassava lo sguardo sulla catasta di corpi ai suoi piedi: il figlio di McGhie, Yasmin, Ricky e sua madre, la cui orribile testa da Gorgone lo fece balzare a sedere con un grido. Ormai irrimediabilmente sveglio, raggiunse la palestra dell'albergo e si dedicò alla ginnastica, esercitando la spalla con i pesi leggeri in modo da sollecitare il tessuto cicatriziale.

In un angolo vi era un televisore. Lo accese e si sintonizzò sul telegiornale del mattino, la cui notizia principale era il più recente attacco del senatore Barker nei confronti della Casa Bianca e della sua sottomissione agli interessi dei giapponesi. La Pearl Harbor dell'economia americana, la definiva il senatore.

«Un deficit della bilancia commerciale col Giappone di sessantaquattro miliardi di dollari», recitò Barker nella sua tipica inflessione a scatti. «Ci credo che dicano che siamo grassi e pigri. Non lo è il popolo americano, ma il governo. Non vedo come possiamo incolpare i giapponesi. Il problema non risiede a Tokio, ma alla Casa Bianca e in un Congresso dove furoreggiano sinistrorsi come il senatore Hennington e i suoi compari. Il presidente è il tipo che ogni volta che assiste a un matrimonio vorrebbe essere la sposa. A ogni funerale, vorrebbe essere il cadavere. Deve sempre trovarsi al centro dell'attenzione, ma non ottiene mai un risultato. Dobbiamo mettere l'America al primo posto, dobbiamo...».

L'intervistatore lo interruppe chiedendogli di confermare una diffusa diceria: era vero che il senatore aveva suggerito l'invio ai giapponesi di una fotografia del fungo atomico con la scritta "Made in USA dai grassi e pigri lavoratori americani"?

Barker esplose.

«È tipico dell'ingiusto trattamento che mi viene costantemente riservato dai media sinistrorsi. Dovreste vergognarvi. Se passaste più tempo ad ascoltare gli onesti cittadini americani invece dell'élite politica dell'East Coast, forse imparereste qualcosa. A proposito, a quale grande azienda giapponese appartiene questo network? Alla Sony o alla Matsushita?».

Visibilmente a disagio, l'intervistatore domandò se Barker avesse intenzione a candidarsi alla presidenza.

«Sony o Matsushita?», insistette il senatore. «A chi appartiene, amico mio?».

Sempre più teso, il giornalista tornò alla carica con la sua domanda. La testa rasata da chihuahua di Barker ballonzolò a sottolineare una risata.

«Non riesco a immaginare chi possa fare un lavoro peggiore dell'attuale inquilino della Casa Bianca. Visto che non vuole dirmi quanto la pagano i suoi padroni giapponesi, forse potrebbe scoprire quanto prende il presidente. Quanto vale la distruzione della nostra economia?».

«Ma i suoi piani, senatore?», insistette il giornalista.

«I miei piani sono di anteporre sempre gli interessi dell'America e delle nostre famiglie. America First. Continuate a seguire le notizie», soggiunse con un sorriso maligno. «Presto ne avrete di mie».

«Le seguiremo, senatore. E grazie».

L'intervista terminò e cedette il posto a una pubblicità della Toyota. Che malevolo piccolo nazista, si disse Kerr. E mio fratello lo conosceva? Gesù. Abbandonò la palestra, si fece una doccia veloce e prese un taxi per recarsi all'appuntamento con Lucy Cotter.

Non appena lo vide scendere dal taxi, Lucy gli sorrise, lo baciò su una guancia e lo prese per mano con fare malizioso, apparentemente senza notare i moncherini delle dita.

«Questo», disse conducendolo in cima a una scalinata e indicando il monumento, «è il Jefferson Memorial. Dedicato indovina a chi?».

«A Jefferson?», suggerì Kerr.

«Sbagliato. Al presidente Memorial. A parte gli scherzi, Washington è piena di omaggi a Jefferson. È uno dei nostri preferiti».

Kerr si sentiva a proprio agio. Rammentò le parole di Beatriz sul fatto che Lucy conducesse la sua esistenza in superficie. E allora? Era una gran bella superficie. Aveva una criniera di capelli color miele, un volto a forma di cuore e il portamento di chi sospettava di essere sempre al centro dell'attenzione. Ed era vero. Kerr notò che gli sguardi degli uomini erano molto più a fuoco su di lei che sulle ampollose frasi della Dichiarazione d'Indipendenza incise ai piedi della statua di Jefferson. C'era di che capirli.

«Certo che mi manca», rispose Lucy quando le chiese di Ricky. «Ma è inutile crogiolarsi nel dolore, non trovi?».

«È quello che sta facendo Beatriz?».

«Sì, ma non voglio infierire. Si sente in colpa. Sono settimane che si comporta in modo strano, non...».

«Ma è colpa sua?», la interruppe Kerr. «Ha detto che mio fratello era sconvolto, che temeva per la propria vita ma che lei gli aveva impedito di portare armi in casa».

Lucy si strinse nelle spalle.

«Era sconvolto, questo sì», ammise. «Ma non vedo come possa essere colpa di Beatriz, qualsiasi cosa sia successa».

All'improvviso cambiò tono, tornando a fare la parodia della guida turistica. Indicò le citazioni di Jefferson alle pareti.

«Dicono che le brevi dichiarazioni dei politici siano un'invenzione moderna, televisiva, ma prova a leggere queste iscrizioni. "Consideriamo una verità manifesta il fatto che tutti gli uomini siano stati creati uguali". Non la trovi perfetta? E senti Lincoln: "Il governo del popolo per il popolo non scomparirà mai dal mondo". Dicevano queste cose ancora prima che inventassero la televisione. Viviamo davvero in un grande paese, non credi?».

Kerr rise di gusto per quella che gli parve la prima volta da Sarajevo. La compagnia di Lucy gli dava un senso di liberazione che non provava da anni. La sua risata fu così sonora che fece trasalire Brigham Y. Dodds, vanamente impegnato a nascondersi dietro una colonna di marmo. Il mormone non riusciva a immaginarsi cosa ci fosse di così divertente in Thomas Jefferson. Per quanto gli sembrava di ricordare, il suo broncio irrigidito campeggiava su una delle banconote. Ma quale? Brigham era perfettamente presentabile con il suo completo grigio, la camicia bianca e la cravatta rossa, ma sapeva che se c'era un mormone che correva il rischio di farsi sorprendere da David Kerr, questi era lui. La solita sfortuna. Scivolò dietro la colonna e spostò il peso da un piede all'altro, nervoso. Teneva il MAC 10 in una borsa a tracolla, per ogni evenienza. Raggiunse un'altra colonna e finse di consultare una guida. L'inglese stava chiacchierando con Lucy come se fossero vecchi amici.

«Stamattina ho visto il senatore Barker in televisione. Sembra pronto a candidarsi ancora alla presidenza».

«Non mi sorprenderebbe», rispose Lucy. «Fa presa sugli istinti peggiori di questo paese, sugli ignoranti, su quelli che odiano lo straniero».

«Sicché ti piace?».

«Lo disprezzo», replicò lei con rabbia. «Lo sapevi che porta stivali da cowboy? Sai qual è la differenza fra gli stivali da agricoltore e quelli da cowboy? Su quelli da agricoltore, la merda è al di fuori».

Kerr scoppiò nuovamente a ridere, ma si rese conto che quella di Lucy non era soltanto una battuta.

«A giudicare da quello che ha detto al funerale, Barker doveva conoscere Ricky molto bene. Come mai?».

Lucy si scostò un ciuffo di capelli biondi dalla guancia e rispose a bassa voce.

«A patto che tu non sia il giornalista più stupido del mondo, avrai ormai saputo...».

«Ex giornalista», la corresse Kerr.

«D'accordo, l'ex giornalista più stupido del mondo. Tuo fratello era un mago del computer. Barker è copresidente della commissione del Senato sui servizi segreti e il responsabile dei problemi commerciali per il partito repubblicano. Lo deve avere conosciuto nel corso di uno dei progetti collaterali di Ricky».

«Sarebbe a dire?».

«Io... non ne sono sicura».

«Un progetto abbastanza importante da causarne la morte?».

Lucy gli diede le spalle senza rispondere. Risalì la scalinata del monumento fino in cima, da dove si godeva la vista di Washington e della Casa Bianca. Il suo corpo, illuminato in controluce dal sole, si stagliava sotto il vestito. Kerr la raggiunse, chiedendosi se anche lei, come Beatriz, desse tanta importanza all'equilibrio della castità. Gli sembrava poco probabile.

«Barker sostiene che l'unico libro di cui abbiamo bisogno nella nostra vita è la Bibbia», disse Lucy. «Tutto ciò che dobbiamo sapere è scritto sul Libro Sacro; se non c'è, significa che è superfluo».

«Dice sul serio?».

Lucy si strinse nelle spalle.

«Temo di sì».

Kerr decise di cambiare argomento.

«Parlami della tua famiglia».

«La mia famiglia? Abbiamo la politica nel sangue. Papà lavorava al Campidoglio, era un lobbysta dell'industria aerospaziale. Io collaboro col senatore Hennington».

«Il senatore *Howard* Hennington?», chiese Kerr.

«Conosci altri Hennington?», domandò lei di rimando.

«Solo lui», rispose Kerr.

All'improvviso gli si fece tutto chiaro.

«Ecco il perché del tuo odio per Barker. Saranno acerrimi nemici».

«Mi piacerebbe», replicò Lucy. «Ma Barker è diventato così forte che in certi casi Hennington ha dovuto accettare di collaborare con lui».

«Howie la Peste?», sbottò Kerr in tono divertito, rammentandosi di come Hennington aveva messo in croce gli uomini di Reagan ai tempi dei massacri di civili in Salvador e dell'invasione di Grenada. «L'oppositore indefesso degli sprechi del dipartimento della Difesa? E tu lavori per lui?».

«Già».

Hennington era un paradosso ambulante: un democratico convinto sostenitore degli armamenti difensivi, aveva sostenuto ogni tipo di battaglia contro il comunismo, a patto che, come recitava nel suo tono intransigente, "Si perseguano i valori e non soltanto gli interessi americani, e si abbia la lucidità di riconoscere la differenza".

Hennington aveva invocato il bombardamento della Serbia come rappresaglia per quelli che definiva i "crimini di guerra" in Bosnia; ogniqualvolta un isolazionista come Barker sosteneva che non fosse compito dell'America, Howie replicava che sfamare i bambini affamati ed eliminare i carnefici fascisti gli sembravano precisamente i compiti del suo paese.

"L'America è stata fondata proprio per questo, senatore", era stata una delle sue uscite più memorabili. "Per fare del bene. O forse l'ha dimenticato?".

«E su cosa sta tuonando Howie di questi tempi?», domandò Kerr.

Lucy Cotter rise, e il suo profumo gli carezzò le narici.

«Si sta preparando a essere rieletto in autunno. La sua parola d'ordine è piantare meno grano nel Kansas e più grane a Washington...».

«Niente male».

«...sulle aziende straniere che approfittano di noi evitando di pagare le nostre tasse e proteggendo i loro mercati».

«Ruba le battute a Barker?».

«No. Ma di questi tempi nessuno può permettersi di sottovalutare il problema della bilancia commerciale».

«Anche nel Kansas?».

«Ovunque, David».

«Forse Howie dovrebbe candidarsi alla presidenza», suggerì Kerr. «Sfidare Barker».

Lucy si fece improvvisamente seria.

«Non dirlo nemmeno per scherzo. Potrebbe farlo, e ci rovinerebbe. Ha appena assunto un nuovo capo dello staff, Jim McCall, un esperto di strategie elettorali. Temo che possa convincerlo a candidarsi, e non sono sicura di poterlo sopportare».

Si allontanarono dal monumento a Jefferson e scesero la scalinata a braccetto, attraversando il bacino in direzione del Lincoln Memorial e del monumento ai caduti del Vietnam. Kerr si sentiva così a proprio agio che quasi non riusciva a credere che si fossero appena conosciuti. Anche Brigham Y. Dodds aveva i suoi dubbi. Li seguì tenendosi a una certa distanza, passando sotto il monumento e raggiungendo una schiera di apparecchi pubblici dove, fingendo di fare una telefonata, accostò le labbra alla ricetrasmittente.

«Cristo», bisbigliò. «Amore a prima vista».

Seduto su una panchina sul lato più lontano del bacino, Scott Swett ascoltò la frase del compare, quindi impugnò il binocolo fingendo di osservare le anatre nello stagno e lo puntò su Kerr e Lucy, seguendo la loro passeggiata sotto i ciliegi in fiore e prestando particolare attenzione ai fianchi ondeggianti di Lucy.

«Ti posso fare una domanda?», riprese Kerr.

«Certo».

«È personale».

«Non c'è problema».

«Beatriz mi ha detto che Ricky viveva con lei».

«Esatto. Quand'era a Washington, il che non succedeva spesso».

«Ma quando si sono lasciati, è venuto a stare da te».

Lucy scrollò le spalle e gli strinse il braccio.

«Per un paio di settimane, non di più».

«Ma tu e Beatriz siete amiche».

Lucy si fermò e lo guardò negli occhi.

«A voi inglesi sembra strano, non è vero? Bea e io siamo amiche da dieci, undici anni, dai tempi in cui studiavamo a

Georgetown. Eravamo insieme la sera in cui tuo fratello e un suo amico, Tom Snow, ci abbordarono in un locale di Alexandria. Bea si mise con Ricky, io con Snow. Poteva anche essere il contrario».

«Destino?».

«Come preferisci. Io e Snow durammo solo pochi giorni. Non mi piacciono, i soldati. Ma Bea e Ricky facevano sul serio. Ricky non era il tipico clone militare, e lei ha un forte istinto materno. Avrebbe voluto sposarlo, prendere un cane e una Volvo famigliare, fare dieci figli uno più intelligente dell'altro. Ma tuo fratello non era il tipo. Non c'era paio di gambe femminili che non desiderasse allacciarsi dietro la nuca. Un bel giorno, Ricky iniziò a comportarsi in modo strano a causa del suo lavoro. Si sentiva minacciato. Non voleva parlarne, ma cominciò a prendere mille precauzioni».

«Beatriz me ne ha accennato».

«Quando litigarono, lui non sapeva dove andare, e così lo ospitai a casa mia».

Lucy gli lasciò il braccio e si allontanò per mostrargli la fioritura rosa e bianca nel bacino del Potomac.

«Magnifica», commentò Kerr. «Sembra opera di Beatriz. "Pensa in rosa"».

Lucy scoppiò a ridere.

«Ma cosa c'era fra te e Ricky?», insistette Kerr. «Stavate insieme?».

Lei lo fronteggiò con un sorriso.

«Non ci sono andata a letto, se è questo che vuoi sapere. Ci ha tentato una volta, come faceva con tutte. Ma io non ero interessata, ed è finita lì».

Kerr era imbarazzato: era esattamente ciò che voleva sapere. Voleva sapere ogni cosa di Lucy Cotter, e si rendeva conto che lei l'aveva capito. Dedicarono a Lincoln lo stesso tempo che avevano riservato a Jefferson. Mentre arrancava alle loro spalle, Brigham Y. Dodds venne circondato da un gruppo di giapponesi. Cercò vanamente di evitarli, ma i turisti gli si paravano davanti inchinandosi, sorridendo e balbettando nel loro inglese stentoreo.

«Pel favole», disse uno. «Fale foto».

«Pel favole».

«Okay, sollidete», replicò di malavoglia Brigham, imitando la loro parlata. «Un bel solliso pel mistel Ablaham Lincoln».

Scott Swett fu più fortunato. Si tenne a un centinaio di metri di distanza dai due piccioncini, osservandoli mentre percorrevano a braccetto il muro di marmo nero dedicato ai caduti del Vietnam.

«Tutto suo fratello», bisbigliò accostando le labbra alla ricetrasmittente. «Le donne non lo lasciano in pace un secondo. È mio, Brig. Riposati, ci sentiamo più tardi».

«D'accordo», rispose Brigham.

«C'è qualcosa che devi sapere», disse Lucy. «Appena prima di morire, tuo fratello mi aveva chiesto di organizzare un incontro con il senatore Hennington. Gli avevo risposto che il senatore non riceveva nessuno senza conoscere l'argomento del colloquio. È un problema di sicurezza nazionale, aveva detto Ricky. Mi è stato chiesto di fare qualcosa... qualcosa di ripugnante. Aveva usato proprio quella parola. Ripugnante. E mi aveva pregato di avvertire il senatore che era molto importante».

«E?».

«Ne avevo accennato al senatore e lui aveva accettato, ma a condizione di saperne di più. Temeva un imbroglio, sapeva che Ricky era uno degli uomini di Barker. Ma quando sono tornata a casa per annunciargli la notizia, Ricky era sparito. Non ne ho avuto più notizie fino a qualche giorno dopo, quando l'Fbi mi ha detto che era morto. Subito dopo si sono presentati due strani individui. Mi hanno fatto un sacco di domande. Erano del servizio di sicurezza del dipartimento della Difesa. Due tipacci da brividi, se lo vuoi sapere. Capelli corti, aria da bigotti».

«Mormoni?».

Lucy aggrottò la fronte.

«È possibile». Si scostò i capelli dal volto. «Continuavano a chiedermi se Ricky mi avesse lasciato un computer, dei dischetti o una videocassetta. Ho risposto di no. Cosa sta succedendo, David?».

Kerr scosse la testa.

«Non ne ho idea, e non so nemmeno a chi credere. Cosa mi dici di McGhie? Mi posso fidare?».

«Lui e Ricky avevano avuto un dissidio», replicò Lucy.

«A che proposito?».

«Non lo so. McGhie mi piace molto, ma Ricky sosteneva che fosse un debole. Avrebbe dovuto prendere posizione su qualcosa, ma non l'aveva fatto. Qualsiasi cosa fosse, Ricky la considerava importante».

Lucy controllò l'ora. Il senatore sarebbe tornato in ufficio dopo pranzo. Era giunto il momento di tornare al lavoro.

«Possiamo parlarne ancora?», domandò Kerr. «Stasera a cena, per esempio?».

Lei lo guardò come se le sue intenzioni fossero trasparenti, e Kerr si sentì sprofondare nell'imbarazzo. Lucy Cotter era più chiaroveggente di Beatriz.

«D'accordo, lo ammetto, mi piace stare con te anche per altre ragioni. Mi fai ridere», spiegò con scarsa convinzione. «Sto bene, con te», ripeté come se dovesse provare qualcosa. «Mi metti allegria».

«Va bene. Ci vediamo da me. Cucinerò qualcosa. Alle otto». Gli diede un'ultima stretta al braccio e lo baciò dolcemente sulla guancia. «Ma a un'unica condizione. Voglio che la conversazione sia più brillante di questo interrogatorio. Affare fatto?».

«Affare fatto».

Lucy si voltò e si allontanò verso il Campidoglio, seguita dallo sguardo di Kerr.

Anche Scott Swett la stava osservando. Quando ebbe finito, si infilò il binocolo in tasca e s'incamminò dietro a Kerr, scansando le schiere di turisti e cercando di non perdere terreno. Non vedeva l'ora che fosse tutto finito, e si chiese se avrebbero potuto scaricare il corpo di Kerr nella palude in cui avevano gettato Colvin e Drysdale. C'era posto per tutti, no? Ma questa volta avrebbero fatto attenzione ad appesantirlo ben bene. E se invece gli avessero fatto fare un bel tuffo nel Potomac con un paio di scarpe di cemento, come nei film di mafia? Mi piacerebbe provarci, si disse Scott. Per vedere quanto ci mette ad affondare.

10

Mentre pedinava David Kerr verso il suo albergo, Scott Swett non venne mai sfiorato dall'idea che anche lui potesse essere seguito. Stava pensando al miracolo che gli aveva fatto passare il raffreddore. Quel mattino aveva assistito alla trasmissione del reverendo Willard McDill. Gli spettatori dell'America First telefonavano in studio con le loro ginocchia doloranti e le loro emorroidi, il reverendo Willard recitava una preghiera e le malattie svanivano nel nulla.

«Emorroidi», aveva tuonato quel mattino il reverendo Willard fissando la telecamera e dando fondo a una voce per tradizione ignara dell'esistenza dei microfoni. «Emorroidi, *sparite*!».

Il tizio al telefono si era controllato e aveva confermato: le emorroidi erano davvero scomparse.

«È un miracolo», aveva inneggiato. «Grazie, reverendo. È un miracolo».

Scott si era talmente eccitato, nel seguire la trasmissione, che aveva versato il caffè sulla Bibbia che teneva in grembo, aperta sulla Genesi. Era balzato in piedi, aveva pulito il Libro Sacro e si era soffiato il naso, pensando che forse avrebbe dovuto telefonare e chiedere aiuto al guaritore. Ma proprio in quel momento, come se gli avesse letto nel pensiero, il reverendo Willard aveva invitato gli spettatori malati a posare le mani sul televisore e pregare con lui. Scott ci aveva provato.

«Incredibile», aveva gridato pulendosi la chiazza di caffè sui pantaloni e sentendo che il miracolo gli stava liberando le vie respiratorie. «Posso respirare, reverendo. Posso respirare».

Per qualche istante, Scott si era sentito talmente sollevato che aveva preso in considerazione l'idea di spedire i cinquanta dollari richiesti dall'America First all'indirizzo "Guarigioni Cristiane del Reverendo Willard", ma subito ci aveva ripensato. Quel miracolo era un omaggio della ditta. Voleva dire che era in debito con Dio. E ora, pedinando David Kerr per le strade di Washington, Scott procedeva a passo spedito, respirava senza problemi e si sentiva perfettamente lucido. Non abbastanza, tuttavia, da rendersi conto di cosa stava per succedere.

Un uomo con un giubbotto di pelle, un berretto da baseball calato sugli occhi e una mazza Louisville Slugger posata sulla spalla destra lo stava seguendo alla stessa distanza che Scott cercava di mantenere da Kerr. Sembrava un atleta universitario, indossava jeans e scarpe da ginnastica e procedeva con incedere elastico e rilassato.

Invece di guardarsi alle spalle, Scott Swett era ancora impegnato a respirare col naso e fantasticare sul corpo di Lucy Cotter, sul suo vestito aderente e sulla fortuna che Ricky Rush e Kerr sembravano avere con le donne. Il libro dell'Apocalisse non gli veniva certo in aiuto, e nella Genesi c'erano un sacco di generò qui e generò lì, ma niente che spiegasse come fare la prima mossa. Da quando la sua ex moglie l'aveva lasciato, Scott aveva avuto ben poche opportunità di generare. All'improvviso si domandò se chiedere al reverendo Willard un intervento in quel campo sarebbe stato blasfemo. Non credo, si rispose. Non più che telefonare per farsi guarire le emorroidi.

Si resta sempre sotto la cintola, giusto? Dio avrebbe saputo come gestire la richiesta, si disse Scott, e se fosse riuscito a procurargli una scopata lui sarebbe stato contento di pagare cinquanta dollari.

David Kerr attraversò la strada. Scott gli scoccò un'occhiata traboccante di disprezzo: ostentava la sicurezza del sonnambulo che non aveva idea di quanto brutale sarebbe stato il suo risveglio.

«Poveraccio», borbottò fra sé abbottonandosi la giacca e tastando la Ruger sotto l'ascella. «Non sa cosa l'aspetta».

Alle sue spalle, l'uomo con il berretto da baseball non si lasciò distanziare. Duecento metri più avanti, Kerr superò la George Washington University, si fermò davanti alla vetrina di Tower Records ed entrò nel negozio.

«Lo dicevo, io», mormorò Scott. «Sta facendo il turista».

Attraversò la strada e raggiunse un telefono pubblico per chiamare Oberdorfer. Dietro di lui, l'uomo con il berretto da baseball affrettò il passo.

«Ancora niente», annunciò Scott a Oberdorfer. «Si sta comprando qualche CD. Sembra diretto all'albergo. Ha passato un bel po' di tempo con l'assistente di Hennington. Immagino sappia che il fratellino voleva parlare con il senatore. Sembravano andare molto d'accordo, non so se mi spiego. Mano nella mano e compagnia bella. La situazione si stava facendo bollente».

Oberdorfer cercò di dire qualcosa di incoraggiante.

«Ci stiamo avvicinando. Manca poco, Scott, in un modo o nell'altro. Molto poco».

«Già, pochissimo».

Scott Swett riagganciò la cornetta e si guardò intorno, cercando di individuare la posizione migliore da cui attendere l'uscita di Kerr. Si trovavano nel mezzo del quartiere universitario, e il completo giacca e cravatta non gli dava l'aspetto dello studente – non certo a Washington. Un tizio grande e grosso con una mazza da baseball sulla spalla gli si stava avvicinando lungo il marciapiede. Lui sì che ha l'aria dello studente, si disse Scott. Andatura pigra e indifferente, aspetto trasandato, una specie di reduce degli anni Sessanta.

Scott diede le spalle allo sconosciuto e individuò finalmente il punto ideale in cui aspettare. In quel preciso istante, il trasandato studente armato di mazza da baseball decise di passare all'azione e partì al trotto. Scott raggiunse il portone di una delle sale da concerto universitarie, da dove avrebbe potuto osservare l'uscita del negozio. Lo studente si mise a correre, facendosi ruotare la mazza fra le mani. Scott fingeva di leggere i programmi dei concerti, ma quando scorse con la coda dell'occhio il bagliore della mazza alle sue spalle fece per voltarsi. Troppo tardi. Udì un rapido scalpiccio di passi alle sue spalle ed ebbe la subitanea, sorprendente rivelazione di ciò che stava per succedere. Cercò di gridare, ma nell'udire i tonfi delle scarpe imbottite e il sibilo della mazza che scattava verso l'alto, le parole gli si spensero sulle labbra. Cercò di impugnare la pistola. Il volto contratto da una smorfia di determinazione, lo studente calò la mazza da baseball con una forza sufficiente, si augurava, a scagliare la testa del mormone in un punto imprecisato fra l'università e lo stato del Maryland.

La mazza colpì la tempia di Scott con uno schianto sonoro. Il mormone crollò a terra e lo studente gli sferrò altri due colpi, uno sulla tempia opposta e l'altro sulla scapola. Il sangue aveva già iniziato a fiottare dalla prima ferita, creando un ruscello rosso scuro sull'asfalto grigio. Mentre Scott si accasciava a faccia in giù con una smorfia di consapevolezza sulle labbra, il battitore si calò deciso il berretto sugli occhi.

«*Strike*», mormorò appena prima di allontanarsi a grandi passi verso Georgetown.

11

Uscendo da Tower Records con un sacchetto colmo di compact disc, David Kerr si chiese a cosa fosse dovuta tutta quella confusione. Alla sua sinistra, a un centinaio di metri di distanza, un capannello di curiosi si era raccolto attorno ad alcuni poliziotti e due auto di pattuglia, una delle quali aveva ancora le luci lampeggianti accese. Kerr aveva passato una buona metà della sua vita a inseguire le auto della polizia, e le abitudini erano dure a morire. Si voltò e raggiunse una chiazza scura che sgocciolava nel canale di scolo. Gli ci volle un istante per capire che si trattava di sangue. «Mi guarisca, reverendo», sembrò mormorare l'uomo a terra.

Kerr udì la sirena di un'ambulanza che si avvicinava.

«Mi guarisca», gemeva l'uomo sul marciapiede. «Mi guarisca».

«In pieno sole», commentò uno studente di colore in tono sbalordito. «L'ha steso come se niente fosse, capisce? E per cosa?».

«L'ha visto?».

«Con i miei occhi. Non riuscivo a crederci. Se n'è andato con la sua mazza da baseball, lasciandolo lì disteso. Ma è morto?».

«Quasi», rispose un poliziotto.

«Sembra un avvocato di K Street».

Gli infermieri caricarono il ferito sulla barella. In quel momento, la giacca si slacciò.

«Altro che avvocato», disse lo studente di colore. «Ha una pistola».

La folla ammutolì fissando la fondina di Scott Swett.

«Avrebbe dovuto sparare. Che senso ha tenerla nascosta?».

«Spara o spira».

«L'hai detto».

Gli infermieri fecero scivolare la barella a bordo dell'ambulanza, chiusero il portellone e partirono.

«In pieno sole», ripeté lo studente di colore scuotendo la testa. «Cosa sta succedendo a questa città?».

Il poliziotto scrollò il capo.

«Sta scivolando all'inferno», disse. «Ehi, e questa cos'è? Dev'essergli uscita di tasca». Sollevò un piccolo volume nero dal canale di scolo. «Gesù», esclamò quindi. «Ma è una Bibbia. Hanno ucciso un uomo con una Bibbia in tasca. Incredibile».

Dopo la Bosnia, David Kerr non si stupiva più di nulla. Si voltò e si allontanò in direzione dell'albergo. Era stanco per la sveglia mattutina, troppo stanco per preoccuparsi della violenza nelle strade di Washington, ma aveva la sgradevole sensazione che la morte e il sangue gli aleggiassero intorno come un cattivo odore. Rientrato in camera, si distese sul letto e cercò di riposare. Dopo quelli che gli parvero pochi minuti, il telefono prese a squillare.

«Sono le quattro, mister Kerr», esordì educatamente l'agente Ruffin. «Avevamo un appuntamento».

«Ma certo, mi ero assopito».

Erano trascorse soltanto due ore dall'ultimo fatto straordinario, e Kerr stava cominciando ad aspettarsi una dose regolare di sorprese. Invitò Ruffin in camera, ma se ne pentì non appena vide il suo collega, Brooks Johnson, curiosare in giro come se fosse alla ricerca di un indizio.

«Posso aiutarla?», gli chiese in tono secco. «Forse le posso mostrare quel qualcosa che sembra cercare in modo così appassionato».

Johnson accusò il colpo e si sedette sul divano.

«La verità, mister Kerr», esordì Ruffin, «è che non siamo affatto sicuri che lei ci possa aiutare. Ma le informazioni che abbiamo su suo fratello sono molto scarse, e lei potrebbe sapere qualcosa di utile».

«Per esempio?».
«Sappiamo che non vi conoscevate», interloquì Johnson.
«Esatto», confermò Kerr.
«Ha mai ricevuto nulla da lui?».
«Che intende dire?».
«Telefonate, lettere, cartoline, pacchi, regali. Qualsiasi cosa».
Kerr scosse la testa.
«Prima che mi telefonasse Joseph R. Huntley, chiunque egli sia, non sapevo nemmeno di avere un fratello».
«Ma è venuto al funerale», disse Ruffin.
«Lei che avrebbe fatto?», replicò Kerr con un sorriso torvo. «Ho scoperto che aveva vissuto quando mi hanno chiesto di seppellirlo. L'ironia del caso, suppongo. Vi dispiace spiegarmi di che si tratta?».
Brooks Johnson fece per replicare con un commento salace, ma Ruffin lo zittì posandogli una mano sul braccio.
«Ci rendiamo conto che è un momento difficile», disse. «E capiamo che si senta a disagio. Stiamo indagando sulla morte di suo fratello».
«È stato assassinato?».
Ruffin rifletté per qualche istante.
«Perché me lo chiede?».
«Perché ho saputo che ad Arlington abbiamo seppellito un mucchio di pietre».
Ruffin lo studiò attentamente con lo sguardo, valutando fino a che punto avrebbe potuto sbilanciarsi. Preferiva avere il controllo delle indagini, ma l'inglese sembrava un tipo brillante.
«Fa ancora il giornalista, mister Kerr?».
«No, mi occupo di pubbliche relazioni».
Più lo ripeto, si disse Kerr, più ho l'impressione di mentire, soprattutto a me stesso. Certo, era ancora un giornalista. Una malattia per la quale non era stata ancora scoperta alcuna cura.
«D'accordo», si arrese Ruffin. «Lei conosce il concetto di informazione riservata, vero?».
Kerr si aprì in un sorriso divertito.

«Lo conosco, mister Ruffin».

«In via del tutto riservata, questo è quello che abbiamo... o meglio, che non abbiamo. Non abbiamo un corpo. Non abbiamo un computer portatile contenente informazioni segretissime. E a dirle la verità, non abbiamo un grande aiuto dagli amici e colleghi di suo fratello».

«Huntley o McGhie?».

Ruffin sorrise.

«Per il momento chiamiamoli soltanto amici e colleghi».

«Ma la vostra indagine riguarda ufficialmente l'omicidio di mio fratello?».

Ruffin rifletté a fondo prima di rispondere.

«No. Siamo stati coinvolti perché suo fratello era scomparso con beni di proprietà del governo, il portatile e altri documenti. All'inizio era un'indagine su un delicatissimo problema di sicurezza nazionale, ma quando abbiamo recuperato l'attrezzatura subacquea di suo fratello abbiamo dovuto prendere in considerazione alcune altre possibilità».

«In che senso?».

«Nel senso che può avere avuto un incidente, può essersi suicidato oppure può essere stato assassinato».

«Ma certo», interloquì Kerr. «E perché non vaporizzato dagli omuncoli verdi scesi dallo spazio?».

Ruffin ripeté pazientemente la sua prima domanda.

«Non ha mai ricevuto un pacchetto da suo fratello?».

«No», ripeté Kerr. «Ma forse voi potreste dirmi se siete gli unici a cercarlo, questo fantomatico pacchetto».

«Perché vuole saperlo?».

Kerr scosse il capo. «Non lo so di preciso, ma ho la strana sensazione che qualcuno stia cercando di incastrarmi».

Ruffin sorrise. Gli piaceva, quell'inglese scontroso. Forse insieme avrebbero potuto combinare qualcosa di buono, sempre che Kerr fosse riuscito a non farsi eliminare.

«Non so cosa dirle, mister Kerr», rispose. «Nessuno ha motivo di incastrarla. D'altra parte», soggiunse scrollando le spalle, «cosa posso rivelarle di nuovo? Che ciò che stiamo cercando è molto importante per certa gente? Che dovrebbe fare attenzione? Che potrebbe essere pedinato? Che forse è in pericolo?».

«Oh, grazie», sbottò Kerr. «Grazie per le parole di conforto».

«Se ricevesse qualcosa da suo fratello», riprese Ruffin, «qualsiasi cosa... nel testamento, per esempio. C'è un testamento?».

«Non lo so. Non mi aspetto alcuna eredità».

«Certo che no. Ma se qualcosa dovesse attirare la sua attenzione, la prego di avvertirmi». Ruffin gli allungò due biglietti da visita con lo stemma del Federal Bureau of Investigation.

Giunto sulla soglia della camera, si portò le dita alla fronte come se si fosse appena ricordato di qualcosa.

«Un'ultima cosa, mister Kerr. Chi le ha detto che il corpo di suo fratello non è stato mai trovato?».

Kerr sorrise.

«Lei conosce il concetto di informazione riservata, vero mister Ruffin?», rispose. «Sto pensando di riprendere a scrivere, e non intendo tradire le mie fonti. Ci siamo capiti?».

Ruffin gli scoccò un'occhiata. Certo che ci siamo capiti, diceva il suo sguardo – ma vorrei che me lo dicesse comunque.

«D'accordo, mister Kerr», si arrese infine. «Per il momento faremo a modo suo».

«Stia attento», interloquì Brooks Johnson. «Questa è una città violenta. La chiamano la capitale dell'omicidio».

Kerr lo fissò, non sapendo come interpretare le sue parole e non gradendo affatto ciò che vedeva.

«Non è la prima volta che mi trovo in una città violenta, mister Johnson», replicò. «Ma grazie dell'avvertimento».

«Non c'è di che».

12

Dopo che gli agenti federali se ne furono andati, David Kerr si preparò per la cena con Lucy. Era elettrizzato, anche se non sapeva bene che cosa aspettarsi. Non riusciva a smettere di ripensare al misterioso avvertimento di Harold Ruffin. Chi altri era interessato alla morte di suo fratello? McGhie? I mormoni? Huntley? Chi era quella gente?

Quando uscì dall'ascensore, per la seconda volta nella sua vita ebbe l'improvvisa sensazione che la sua fortuna si fosse esaurita, che le tenebre fossero nuovamente sul punto di inghiottirlo. Si guardò intorno nell'atrio e controllò la strada, ignaro di cosa stesse cercando. L'Fbi? Il teppista con la mazza da baseball? Lo spettro di Yasmin, che sapeva l'avrebbe seguito per il resto dei suoi giorni?

«Adesso basta», borbottò fra sé cercando di riprendere il controllo. «Finirai per diventare matto».

Acquistò una bottiglia di champagne ghiacciato in un emporio nei pressi dell'albergo e s'incamminò verso l'appartamento di Lucy a Georgetown. A ogni incrocio si controllava alle spalle con la sgradevole sensazione di essere seguito, ma non vi era nulla, nessuno, o peggio ancora nessuno che fosse in grado di vedere.

«Gesù», mormorò mentre i capelli gli si rizzavano sulla nuca. «Che paranoico».

Lucy viveva in un elegante isolato sul porticciolo, dal quale si scorgevano chiaramente le luci rosse, bianche e blu del grattacielo dell'America First. Kerr era sicuro che quell'edificio nascondesse le prove che stava cercando, ma non aveva idea di come arrivarci.

Avvicinandosi al condominio di Lucy, ciò che vide gli provocò una reazione ritardata di sorpresa. Sulla piazzola lastricata di fronte all'ingresso vi era una mezza dozzina di statue di bronzo a grandezza naturale: un uomo bianco in abito da ufficio seduto su una panchina e assorto nella lettura del giornale, un anziano di colore che sollevava al cielo la sua nipotina, una giovane coppia che si baciava. Erano eleganti e realistiche, persino spiritose, ma a Kerr diedero un brivido. Le superò a disagio e raggiunse il citofono del condominio. Dopo avergli recitato le cinque cifre del codice di sicurezza, Lucy lo fece entrare.

«Ho bisogno di una combinazione, per vederti?».

«Sì, se vuoi salire in ascensore».

Quando ebbe finalmente raggiunto il sesto piano, Kerr si ritrovò di fronte un'altra porta chiusa. Afferrò la cornetta del citofono, e Lucy fece scattare la serratura.

«E io che credevo di essere paranoico», borbottò lui.

Si fermò davanti all'appartamento, sicuro come le segrete di un moderno castello. La porta si aprì a rivelare Lucy, vestita con un paio di jeans aderentissimi e un'ampia maglietta blu che si tendeva sui seni come un camice. Sorrideva, reclinando il capo con fare malizioso. Valeva la pena di superare quegli ostacoli, si disse Kerr. Era bellissima.

«Ciao, David».

«È come penetrare nella camera blindata di una banca», osservò Kerr. «Vivete tutti così, a Washington?».

«Tutti quelli che vogliono sopravvivere», rispose lei. «Benvenuto nella capitale del nostro paese, dove hai più probabilità di essere ucciso che nell'Irlanda del Nord».

«Sei la seconda persona in poche ore che mi fa notare quanto Washington sia pericolosa».

«Ci piace tenere informati i nostri visitatori».

«E spaventarli».

«Già. Funziona anche quello».

Kerr la baciò castamente sulla guancia. Il suo profumo era delizioso.

«Magnifico, champagne francese. Vado a prendere i bicchieri».

Kerr attraversò l'appartamento. Era ampio e arioso, e fortunatamente arredato con una combinazione di beige e azzurri. Non vi era traccia di rosa, segno che non vi regnava alcun equilibrio di castità. Una porta a vetri si affacciava su uno stretto balcone. Kerr uscì e abbassò gli occhi sulla piazzola punteggiata dalle statue e da una piccola fontana. Su un battello fluviale in mezzo al Potomac era in pieno svolgimento una festa, e la musica scivolava dolcemente verso riva. Alla sua sinistra, le luci di un aereo si abbassavano lentamente dietro al Kennedy Center, dirette verso il National Airport. Kerr tornò a voltarsi verso la piazzola. Credeva di aver visto il volto di un uomo illuminato dalla luce di un lampione. Non era una statua. Era sembrato far capolino dall'ombra di un androne, sollevare gli occhi su di lui e ritrarsi all'improvviso, nel timore di essere stato scoperto.

Dunque era vero.

Non dicono che persino i paranoici abbiano nemici? si chiese Kerr. Si sporse dalla balaustra del balcone e cercò di scorgere l'uomo che, ne era ormai sicuro, l'aveva seguito. Ma chiunque fosse, il pedinatore non ricomparve. Non c'era nulla, se non il bagliore arancione dei lampioni, le ombre delle statue di bronzo, le risate e la musica provenienti dal fiume. Forse era uno degli agenti di Ruffin, oppure... Kerr si chiese chi potesse aver terrorizzato suo fratello, spaventandolo a tal punto da farlo girare armato e infine costringerlo a partire per Cape Hatteras. La sua mente venne nuovamente invasa da un turbinio di nomi e volti: Huntley, McGhie, il senatore Barker, gli sconosciuti in giacca e cravatta che si erano presentati ad Arlington per le esequie di una bara vuota.

I suoi occhi perlustrarono la strada. Non vide alcun mormone – soltanto le luci del grattacielo dell'America First riflesse sulle acque del Potomac. Stava cominciando a pensare di essersi immaginato tutto, quando percepì un profumo alle sue spalle. Lucy lo raggiunse sul balcone con due bicchieri colmi di champagne.

«Stavi ammirando il panorama?», chiese in tono scherzoso.

Gli allungò il bicchiere e Kerr la guardò negli occhi, scorgendovi la conferma di un desiderio.

«È una splendida vista». Sollevò il bicchiere senza distogliere lo sguardo dai suoi occhi. «Propongo un brindisi. Sei bellissima, Lucy».

Il volto di lei sembrava risplendere di salute, come se fosse reduce da uno sforzo fisico. Le sue labbra s'incresparono in un sorriso e gli si avvicinarono lentamente fino a sfiorarlo.

«Grazie», mormorò, premendogli i seni al petto e carezzandogli le labbra con le sue. «E grazie dello champagne».

Fece un mezzo passo indietro, e Kerr si riscosse. L'istante in cui le loro labbra si erano toccate era stato così fuggente che gli sembrava di averlo sognato, come un lieve alito di brezza. Sorseggiò lo champagne e sentì una traccia di rossetto, quindi si passò le dita sulle labbra, lentamente, lasciando che la lingua assaporasse il bacio.

«Io... non so cosa dire».

«Non dire niente. È il problema di Washington. È stracolma di gente che non sa cosa dire ma parla lo stesso, di solito in televisione e a voce troppo alta».

Kerr tese la mano sinistra e le carezzò dolcemente la guancia. Lucy tornò a farglisi vicina, e lui sentì nuovamente il contatto dei suoi seni sul petto, la curva dei suoi jeans lungo i fianchi. Lucy gli fece scivolare le mani dietro la schiena e lo trasse a sé. Kerr si sentì attraversare da una scarica di eccitazione. Quando si scostarono, prese entrambi i bicchieri e li posò su un tavolino. Udì le risate allegre della festa a bordo del battello e il rombo di un aereo che atterrava in lontananza.

«Il viaggio sta incominciando a diventare interessante», commentò. «Vale la pena di venire in America».

«Non fate queste cose, in Europa?», domandò scherzosamente Lucy.

«A volte. È che qui vi credevo tutti come Beatriz, alla ricerca dell'equilibrio della castità».

Lucy gli rivolse un'occhiata perplessa, reclinando il capo e facendo cadere i capelli su un lato in un'ondata di biondo.

«Ci credi davvero così strani?».

«A sentire una mia vecchia fiamma, trovo tutti strani. Ed è vero. Ma voi americani lo siete in modo più aperto».

«Una vecchia fiamma?».

«Molto vecchia».
«Moglie? Figli?».
«No, grazie al cielo».

Vincendo un groppo in gola, Kerr la trasse a sé, chiedendosi che cosa ne avrebbe pensato lo sconosciuto nell'ombra. Mentre la baciava, gli venne un'idea. Fece scivolare la mano destra dietro la schiena di Lucy e oltre la balaustra del balcone, in modo che fosse chiaramente visibile dal basso.

Nascosto nell'ombra, Brigham Y. Dodds stava cercando di calmarsi. Se l'era vista brutta, quando aveva incrociato lo sguardo di Kerr. Il suo primo impulso era stato di correre: l'occhiata dell'inglese gli aveva fatto venire in mente ciò che era successo a Scott. A sentire Oberdorfer, il poveraccio era ancora in fin di vita, il suo cranio accartocciato come una lattina vuota di Coca. E adesso quel pazzo dell'inglese stava cercandolo dal balcone di Lucy Cotter, come se volesse scendere e fargliela vedere. Gesù, si disse Brigham. Faceva venire i brividi. Si ritrasse nell'ombra e decise di cambiare posizione, nell'eventualità che Kerr si fosse lanciato alla carica.

Certo, avrebbe potuto spararagli, ma Oberdorfer avrebbe fatto il diavolo a quattro, e Brigham non sapeva se temere di più l'inglese o lo Scuro. Non era una gran scelta. Aveva paura di chiunque gli giungesse più vicino – e in quel momento era Kerr. Scivolò al riparo di un altro androne.

«Ah!», esclamò spaventato da una delle statue. «Merda!».

Non riusciva a capire lo scopo di quelle stramaledette porcate. Le mettevano soltanto per spaventare la gente. Se quella era arte, preferiva il tempio mormone di Salt Lake City. Gesù. Era arte da froci, ecco cos'era. Raggiunse un punto dal quale poteva osservare Kerr e Lucy che si abbracciavano sul balcone, ma da cui sarebbe stato in grado di fuggire. Dopo qualche secondo, il battito del suo cuore si calmò. Kerr non l'aveva visto, e comunque non sarebbe andato da nessuna parte, se non a letto con Lucy Cotter. Se avesse qualche sospetto, di disse, non si comporterebbe in modo così rilassato. Fu allora che vide la mano di Kerr scivolare dietro la schiena di Lucy, e venne percorso da un brivido di eccitazione. Sapeva che gli europei erano senza vergogna, andavano in spiaggia a seno nudo e compagnia bella. Ma l'avrebbero fatto sul balcone? Come in uno di quei locali di spogliarello in cui allungavi venti dollari e ti facevi sventolare le tette in faccia?

La sua eccitazione gli provocò un'improvvisa punta di rimorso. Non riuscendo a capire cosa stessero facendo di preciso, guadagnò una posizione migliore.

All'improvviso capì che le dita dell'inglese non stavano affatto slacciando il reggiseno di Lucy. Mentre la baciava, Kerr le aveva portato la mano destra dietro la schiena, aveva superato la balaustra e aveva teso il dito medio in un gesto inequivocabilmente osceno indirizzato proprio a lui. Brigham si abbandonava di rado al turpiloquio, ma quello era troppo. La faccia tosta dell'inglese era stupefacente.

«Vaffanculo a te», bisbigliò. «Aspetta e vedrai, stronzo».

Nel buio alle sue spalle, l'uomo con il berretto da baseball lo guardò strisciare nervosamente i piedi a terra. Questa volta non reggeva alcuna mazza. Controllò che la pistola fosse carica e attese.

13

Brigham non sapeva cosa fare. Scappare, forse, ma Oberdorfer si sarebbe infuriato, e la prospettiva era insopportabile. Lo Scuro non amava le brutte notizie, e il fatto che Brigham avesse interrotto la sorveglianza perché Kerr l'aveva mandato a quel paese sarebbe stato difficile da spiegare. Ma ciò che era successo era strano, come se Kerr fosse sempre in anticipo su qualsiasi loro mossa, come se conoscesse le loro intenzioni.

Brigham si passò nervosamente una mano sul volto e cercò di riflettere. Avrebbe potuto mantenere la posizione e aspettare che Kerr lo affrontasse. Posò la mano sul calcio della Ruger, già pronto a estrarla dalla fondina, ma subito ci ripensò. Se avesse ucciso Kerr prima che li conducesse alla videocassetta, Oberdorfer si sarebbe davvero imbestialito. Merda, pensò Brigham riabbassando la mano.

Si guardò intorno. La statua del nonno e della nipotina di colore sembrava non badare al gesto osceno di Kerr. Le altre lo fissavano inesorabili nel buio. Sentì che i capelli gli si rizzavano sulla nuca e un'ondata di panico lo sommergeva con violenza. La bocca gli si riempì di saliva. Stava per succedere qualcosa di brutto, di molto brutto. Se lo sentiva. Decise di chiamare Oberdorfer, informarlo della situazione, mettere le mani avanti in caso fosse stato costretto a sparare all'inglese. Avrebbe messo alle corde lo Scuro finché non avesse preso una decisione. Alzò gli occhi sul balcone, scorse la mano di Kerr posarsi sulle natiche di Lucy e si guardò ancora una volta intorno, preparandosi a strisciare furtivo verso uno dei ristoranti del quartiere.

Ciò che più desiderava era ucciderlo e farla finita: il fratello di Ricky menava gramo, e se Scott Swett poteva finire massacrato di botte in pieno giorno, cosa sarebbe potuto accadere a lui, in quella piazzola buia?

Rabbrividì e tornò ansiosamente a controllare la Ruger. La mano posata sul calcio, s'incamminò circospetto fra le ombre, superando la statua del vecchio e della nipotina. Stava avvicinandosi ai due innamorati quando notò una statua che non gli sembrava di aver visto prima. Riproduceva un uomo muscoloso con un berretto da baseball abbassato sugli occhi, appoggiato alla colonna di un edificio. Il braccio destro della statua era teso, sorretto dal sinistro, e reggeva qualcosa. Nel riconoscere la sagoma della pistola, Brigham liberò uno strillo. Fu allora che la statua parlò.

«Se solo pensi a scappare, figlio di puttana, sei un uomo morto. Mani sulla testa, dove le possa vedere».

Brigham cercò di seguire gli ordini, ma sentì che il panico gli mozzava il respiro. La vescica gli cedette, facendo colare un ruscello tiepido lungo la gamba dei calzoni.

14

«I vicini», disse Lucy scostando Kerr.

«Si lamentano?».

«Sono gelosi».

Si guardarono in silenzio.

«Dimmi che tutto questo è vero», implorò Kerr.

Lucy sorrise. «Sì», rispose con un filo di voce.

Lo condusse nella sua camera da letto verde pastello. Si sfilò la maglietta e i jeans, fronteggiandolo in mutandine e reggiseno con una spontaneità che gli fece dimenticare il volto nascosto nel buio e tutto il resto. Tutto tranne Lucy, in piedi davanti a lui.

«Ti senti a tuo agio?», gli chiese lei con dolcezza.

«Perfettamente».

Iniziò a sbottonarsi la camicia. Facendosela scivolare dalla spalla, rivelò la cicatrice. Lucy si fermò, e Kerr la sentì trarre un respiro di sorpresa. Temette che ne provasse disgusto, ma dopo qualche istante vide le sue dita tremanti tendersi verso di lui. Quando lo sfiorarono, gli parvero fredde.

«Forse non così perfettamente», disse. «Mi dispiace».

Con la punta delle dita, Lucy gli percorse delicatamente il fianco, superando la cicatrice gonfia che si tendeva come una striscia bianca verso la cassa toracica e attraversando la superficie accidentata dalla quale erano stati tolti gli ultimi punti.

«Va benissimo», rispose.

Si fermò e gli posò le labbra sulla cicatrice con una tenerezza che lo fece trasalire. Le mani di lui scivolarono lungo la sua schiena liscia, facendola rabbrividire di piacere, e la trascinarono delicatamente verso il letto. Dopo qualche istante, Lucy si liberò della sua stretta e raggiunse un comodino. Lui la guardò, stupito dalla naturalezza con cui estraeva dal cassetto una confezione di profilattici, ne sceglieva uno, lo scartava e lo srotolava lentamente sul suo sesso, finché non resistette più e si gettò su di lei come un viaggiatore assetato al cospetto di un'oasi nel deserto.

«La ricerca della felicità», disse Lucy più tardi, giacendo nuda fra le sue braccia e facendo scorrere le dita sulla cicatrice e la mano monca. «Te l'avevo detto, è la specialità di noi americani». Gli arricciò i peli sul petto, sfiorandogli la pelle con la punta della lingua. «Mi vuoi raccontare come te la sei fatta?».

«Non esattamente».

«D'accordo».

Kerr non disse nulla e alzò gli occhi sul soffitto. La ferita aveva smesso di dolergli.

«Non volevo...».

«Non ti preoccupare», la interruppe. «È il mio Souvenir di Sarajevo. Ti racconto tutto, se vuoi».

Le descrisse la tragedia in toni pacati, interrompendosi quando giunse al punto in cui sempre finiva il suo sogno, la prima violenta scarica di frammenti e l'espressione del volto di Yasmin. Nella penombra della stanza, Lucy credette di scorgergli negli occhi il lucore delle lacrime, e sentì una gran voglia di stringerlo a sé.

«Non ricordo più niente», soggiunse Kerr. «Tranne che fui trasportato in Austria in elicottero. Ho abbastanza frammenti di metallo nella spalla da attivare i *metal detector* degli aeroporti».

Lucy gli scoccò un'occhiata incuriosita. «Stai scherzando, vero? Umorismo britannico?».

«Sì, Lucy, sto scherzando».

«Ma ti senti ancora in colpa per la bambina».

Kerr diede un sospiro.

«Se non fossi stato lì, avrebbe avuto una possibilità di salvezza. Ma mi teneva per mano».

«Perché non aveva nessun altro?».

«Immagino. Qualche centimetro più a destra o a sinistra e sarei morto al posto suo, qualche minuto più tardi e non sarebbe stata lì. Da quel giorno...». Kerr si distese supino e si coprì gli occhi con le mani. «...Da quel giorno continuo a chiedermi perché una bella bambina debba venire al mondo per fare quella fine. Quale Dio farebbe morire un bambino per risparmiare me?».

«Avresti preferito morire al posto suo?».

«Sì».

Lucy gli sfiorò la cicatrice con le labbra, lo baciò e gli posò la testa sul petto.

«Voi inglesi», disse in tono ironico. «Per noi americani, l'importante è la natura della fede. Per voi è sempre la natura del dubbio».

Kerr distolse il volto e si asciugò una lacrima.

«Che intendi dire?».

«Stavo pensando a tuo fratello», rispose lei. «Ricky ti somigliava molto – era intelligente, attraente. Ma era convinto che se avesse fatto il suo dovere per Dio e la patria, Dio e la patria l'avrebbero ricambiato. Credo proprio che sia stata la sua fede a fregarlo».

«E io sono diverso?», domandò Kerr. «L'hai già capito?».

Lucy scoppiò a ridere.

«Sì, l'ho già capito. Credo che se qualcuno ti venisse a dire di fare qualcosa per Dio e per la patria, tu avresti bisogno di controllare. Ti devi sempre chiedere il perché. Prima di deciderti a fare qualcosa per il Signore, lo interrogheresti per capire se sta dalla parte giusta».

«Può darsi», concesse Kerr. «Ma ciò non significa che non venga fregato».

«Certo che vieni fregato», replicò Lucy. «Ma non dagli altri. Dai tuoi stessi dubbi».

«E tu? Sei più per la fede o per il dubbio?».

«Sono una donna americana», rise lei. «Fede, dubbio, posso avere tutto».

Kerr la trasse a sé.

«Sono venuto qui per il sesso, non per l'analisi», disse in tono scherzoso. «Diamoci da fare».

«Forse hai ragione», soggiunse più tardi.
«Ho sempre ragione», replicò Lucy. «A che riguardo?».
«Se Ricky aveva troppa fede, io ho dubbi per entrambi. Insieme formeremmo un uomo completo. Ho dubbi sul mio lavoro, sulla mia vita sentimentale, su quello che facevo in Bosnia, su ciò che sto facendo qui...».
Lucy scoppiò di nuovo a ridere.
«Quello che stai facendo qui, David, è solo un po' di sesso. Credevo che fossimo d'accordo».
Lui le carezzò una guancia.
«Credo che ci sia di più», disse. «Mi sento come se mi avessi svegliato da un lungo sonno. E ti conosco appena».
«Già», convenne lei. «Per questo ho usato i profilattici. Vieni».
Indossò una vestaglia di seta bianca, si alzò e gli tese la mano. «Seguimi. Ti devo mostrare una cosa». Lo condusse nella camera degli ospiti. «Tuo fratello dormiva qui».
«Me l'hai già detto».
«Lo so, ma volevo ribadirlo. Ricky mi piaceva, ma non ci sono andata a letto. Messaggio ricevuto?».
«Messaggio ricevuto, Lucy. Ma ho raggiunto l'adolescenza nel breve periodo di libertà compreso fra la scoperta della pillola e l'Aids. Non mi devi spiegare nulla. Sono io che devo spiegarmi come mai con te mi sento così bene».
«Beatriz direbbe che sono le nostre aure».
«Forse non è del tutto matta».
Lucy aprì un armadio e rovistò finché non trovò una mezza dozzina di buste marroncine.
«Prima di scomparire», disse, «Ricky mi avvertì che mi avrebbe lasciato alcuni documenti. Mi raccomandò di non farli vedere a nessuno, nemmeno al senatore Hennington». Trasse un profondo respiro. «Soltanto a te».
Kerr rimase a bocca aperta.
«A me?».
«Come ti ho detto, mi rivelò di aver scoperto che facevi il giornalista durante una missione in Inghilterra. Chiamò il tuo giornale e seppe che eri stato ferito e che ti eri licenziato. Avrebbe voluto rintracciarti, ma si rendeva conto di avere

poco tempo. Sapeva che stava per succedere qualcosa».

«In che senso?».

«Non volle dirmelo di preciso, sebbene credo che avesse deciso di raccontare tutto a Hennington. Disse che "loro" gli avevano mentito, chiunque fossero questi "loro". Che gli avevano ordinato di fare cose che si rendeva conto fossero sbagliate, ma che ormai era troppo tardi per riparare. La fede, capisci? Ricky credeva in ciò che faceva. È la maledizione dell'America. Quella dell'Europa è aspettare una buona ragione per agire. È per questo che voi europei siete sempre così maledettamente inerti. Ma tornando a Ricky, evidentemente ne aveva avuto abbastanza. Mi ha chiesto di darti questi».

Gli consegnò due dischetti da computer.

«Cosa contengono?».

«Non ho controllato».

Impossibile, si disse Kerr. Io l'avrei fatto.

«Perché no?».

«Ricky mi aveva pregato di non farlo. Erano per suo fratello, disse, qualcosa di privato. Potevano riguardare vostra madre. Non ne ho mai parlato con nessuno, nemmeno con Beatriz. Le questioni di famiglia sono riservate. Se non ti fossi presentato al funerale avrei finito col controllarli, ma adesso sono tuoi».

«L'Fbi ti ha mai chiesto notizie dei dischetti?».

«Non direttamente. Erano interessati a un portatile».

Kerr si guardò intorno. «Hai un computer con cui possa consultarli?».

Lucy gli diede il suo portatile e lo lasciò solo. Kerr si sedette sul bordo del letto del fratello e iniziò a scorrere i documenti. Erano sistemati in ordine cronologico con un semplice programma di videoscrittura. I primi riportavano una serie di nomi di banche, finanziarie e grandi aziende giapponesi.

Avevano alcune voci in comune, ma non era chiaro a cosa si riferissero.

"Nomura Securities. Otto giorni. $ 180.000. AFC x3".

"Dai-Ichi. Sei giorni. $ 225.500. AFC x8".

Seguiva un elenco di compagnie europee: industrie aeree, banche, finanziarie. I profitti riportati erano nell'ordine delle decine e talvolta centinaia di migliaia di dollari.

Kerr aprì la sottocartella delle "Valute" e il documento "Sterlina".

"Settembre 92: crollo della sterlina; cambio/marchi tedeschi. Controllare con JH, SS, Ob. AFC sconosciuta. Controllare con Ob. Registrazione CINQUE Act. 154/2396b; Bundesbank 14-23 DM 154/9893".

Fra l'ottobre e il dicembre del 1992 vi erano numerosi dati riguardanti la US Air e la British Airways, seguiti da una cifra globale: "$ 115.000. AFC x5 stim.".

Il resto dei documenti procedeva sulla stessa falsariga, compresa un'ampia sezione dedicata al cambio del franco francese alla metà del 1993. Kerr non sapeva cosa pensare. Più che per i servizi segreti delle forze aeree, suo fratello sembrava lavorare per un agente di cambio. Era un suo hobby, il mercato valutario? Ma perché lasciargli i dischetti? E la sigla "AFC" gli faceva venire in mente soltanto l'Arsenal Football Club. Rilesse attentamente i documenti. Le singole voci erano simili: nome dell'azienda, note sulle fluttuazioni valutarie, date e cifre riportate dalle banche centrali europee, indicazione precisa del periodo. Le sigle PERSONALE o ACTIVITY erano spesso riportate in caratteri maiuscoli. Nel leggere la voce "America First Corporation", Kerr si lasciò sfuggire un'esclamazione di entusiasmo.

«Ma certo», disse a voce alta. «AFC. Tombola!».

Sicché quel piccolo chihuahua latrante del senatore Barker aveva davvero qualcosa a che fare con suo fratello. Qualcosa di sporco, a sentire Ricky. Qualcosa che coinvolgeva un bel po' di denaro. Quando Kerr fu sicuro di aver letto ogni documento, fece ritorno in cucina, dove Lucy stava preparando un'insalata.

«Sei sicura di non sapere cosa c'è su quei dischetti?».

«Ti ho detto che non li ho letti. Non sono una bugiarda, David».

«Sono dati riguardanti operazioni di cambio e informazioni valutarie. L'AFC, che immagino stia per America First

Corporation, è menzionata molto spesso, accanto ai profitti. Sembra che Ricky stesse sorvegliando le operazioni valutarie dell'America First Corporation».

Lucy posò il coltello e lo guardò sbalordita.

«Stai scherzando».

«Vuoi dare un'occhiata? Credo che il senatore Hennington sarebbe molto interessato».

«Ti credo, ma... Quando Ricky cercò di parlare con Hennington, mi chiese di dirgli che lavorava per l'Economic Security Council».

Kerr la guardò perplesso.

«Il consiglio ha il compito di controllare l'andamento dell'economia americana e delle nazioni concorrenti e le questioni commerciali in generale. Al momento ho pensato che fosse strano: per quale ragione, mi sono chiesta, avrebbero bisogno di un ufficiale delle forze aeree? Ma quando ne ho parlato con Hennington, lui mi ha spiegato che era logico».

«Perché?».

«Perché negli ultimi tempi il grosso delle sovvenzioni governative è stato riassegnato allo spionaggio economico. Hennington mi ha spiegato che il punto focale del dibattito all'interno del National Security Council, della CIA e della NSA è se imboccare definitivamente la strada dello spionaggio economico, e in caso affermativo, a vantaggio di chi? I francesi lo stanno già facendo, i coreani e i giapponesi anche. Perché non noi? Non so a che punto siano arrivati, ma la questione è così delicata che Howie non mi ha voluto dire altro, se non che la decisione sarebbe spettata all'Economic Security Council».

«E Ricky sosteneva che gli avessero chiesto di fare qualcosa di sporco. Forse spiare l'America First Corporation, visto che è un grosso elemento di disturbo per l'amministrazione. Sarebbe un grosso scandalo, se si scoprisse che la Casa Bianca stava spiando l'azienda di un rivale repubblicano».

«Può essere», convenne Lucy. «Ma non spiegherebbe la paura di Ricky, né le parole di Barker al funerale».

Kerr rifletté per qualche istante, ma gli sembrava di essere più confuso di prima.

«Non riesco a capire», ammise. «Ma credo di dover fare due chiacchiere con il senatore Barker».

«Buona fortuna», disse Lucy in tono sfiduciato. «Potrai anche essere il fratello di Ricky, ma Barker non ha un grande amore per i giornalisti. E in più sei uno straniero. Dubito che ti riceverà».

«Nessuno sa di questi dischetti?».

«Soltanto noi due».

«Beatriz?».

«Non gliel'ho mai detto. Potrebbe averlo fatto Ricky, ma ne dubito».

«Continuiamo così».

«Credi che valgano qualcosa?».

Kerr scoppiò a ridere.

«Che valgano qualcosa? Sono l'unico ricordo di famiglia che abbia mai avuto».

15

Qualcosa, nel corpo di Scott Swett, azionava un segnale acustico intermittente. Un oscilloscopio a raggi catodici ai piedi del letto tracciava un'onda tremolante. Gli strumenti che invadevano la stanza dell'ospedale di Georgetown mostravano quanto fosse esile il filo a cui era appesa la sua vita. In piedi al suo capezzale, John Oberdorfer lo fissava, ascoltando l'elenco delle ferite recitato dalla dottoressa e il sottofondo elettronico delle macchine. La dottoressa, dal canto suo, era alquanto affascinata da Oberdorfer. Si chiedeva chi mai potesse desiderare una pelle così arancione.

«Fratture multiple al cranio e alla mascella, timpano sfondato, clavicola spezzata, tre costole rotte, ematomi facciali e gonfiori», recitò.

Come si può vivere in queste condizioni? si stava chiedendo Oberdorfer.

«È conciato molto male?».

La dottoressa liberò un sospiro e scosse il capo.

«Quante possibilità gli restano?».

La dottoressa tornò a scuotere la testa. «Possiamo pregare per lui».

«Grazie, lo farò. Che Dio la benedica».

Oberdorfer si voltò e percorse a passo deciso gli asettici corridoi dell'ospedale finché non trovò un telefono. Si domandò cosa sarebbe potuto succedere di peggio. Scott era in fin di vita, Brigham Y. Dodds era scomparso e molto probabilmente sarebbe spuntato in mezzo al Potomac con una mazza da baseball fra le chiappe. Non c'era alcuna traccia della videocassetta, e aleggiava la minaccia che l'Fbi riuscisse a collegare le morti di Colvin e Drysdale all'America First Corporation. Le buone notizie erano che né Scott né Brigham erano stati sorpresi con i MAC 10 o la cocaina.

Oberdorfer aveva dato ordine di portarsi sempre dietro i fucili automatici nelle borse da viaggio, ma grazie a Dio quei due gli avevano disobbedito. La Ruger di Scott era carica e pronta a sparare, ma la polizia non vi aveva dato troppa importanza, dando forse per scontato che un poveraccio ridotto in fin di vita a colpi di mazza da baseball avesse bisogno di un minimo di protezione. Oberdorfer chiamò il senatore Barker a casa e lo aggiornò sulla situazione.

«Brigham è ancora disperso, Scott è in coma all'ospedale e non sembra in grado di farcela. Naturalmente, senatore. Sì, senatore. Lo faccio subito, senatore. Vuole usare l'aggressione a Scott per un messaggio serale? Ma certo, senatore».

Oberdorfer non credeva alle proprie orecchie. Il mondo stava crollando, e la prima cosa a cui pensava Mark Barker era sfruttare l'agguato a Scott Swett per la sua stramaledetta trasmissione.

Incredibile.

Più sconvolto dalla reazione del senatore che da quanto era successo a Scott, riagganciò la cornetta del telefono.

«Arrogante e stupido», commentò in tono di spregio. «Barker è una combinazione esplosiva».

La cosa peggiore era che prima o poi Joe Huntley avrebbe scoperto il contenuto della videocassetta – il fatto che il senatore Barker avesse registrato il loro incontro. E avrebbe saputo che Ricky Rush non aveva avuto la pazienza di aspettare che quel colloquio passasse alla storia e aveva rubato il nastro. Se Huntley avesse scoperto l'esistenza della cassetta prima che i mormoni l'avessero recuperata, Oberdorfer non avrebbe voluto trovarsi nei paraggi. Sarebbe stata come un'altra eruzione del St. Helens.

«È bello rendersi conto che il proprio principale è uno stramaledetto pericolo pubblico», concluse borbottando fra sé.

Trasse un profondo respiro e compose un altro numero della Virginia, già sapendo che la sua telefonata non sarebbe stata ben accolta.

«Huntley», rispose una profonda voce di basso.

«Ciao, Joe», esordì Oberdorfer. «Scusa se ti chiamo a casa. Sono John Oberdorfer. So che avevi detto di telefonarti solo se il cielo fosse stato sul punto di caderci sulla testa, ma credo che quel momento sia arrivato. Il senatore ci vuole vedere».

«Dove?».

«Al grattacielo dell'America First, immediatamente. Scott è stato preso a bastonate in testa e potrebbe lasciarci le penne. Era armato, e la polizia gli sta ronzando attorno. Brigham è scomparso. Sono guai grossi».

«È stato Kerr a colpire Scott? Sa che lo state pedinando?».

«No. Ne siamo sicuri. È stato qualcun altro».

Oberdorfer udì Huntley estrarre una sigaretta dal pacchetto, riflettendo sulla situazione.

«Il senatore sarà presente?».

«In persona».

«In tal caso ci sarò anch'io», decretò Huntley.

«Entra nel parcheggio sotterraneo», lo istruì Oberdorfer. «E ricorda, c'è almeno una buona notizia».

«Una buona notizia?». Huntley soffiò lentamente il fumo della sigaretta. «E quale sarebbe?».

«L'esca sta funzionando».

«Già», replicò Huntley in tono ironico. «L'esca funziona, ma per il momento gli unici a cadere nella rete siamo stati noi».

16

David Kerr si drizzò a sedere e ascoltò per qualche istante il sommesso respiro di Lucy. Si voltò e le carezzò dolcemente la schiena. Lei diede un gemito, girandosi verso di lui e baciandolo nel sonno, e David pensò che sarebbe potuto restare in quel letto per il resto dei suoi giorni.

Ma qualche secondo dopo si riscosse: doveva pensare alla sua prossima mossa. L'unica cosa che sapeva era che in un modo o nell'altro avrebbe dovuto parlare con il senatore Barker, e che la regina del rosa di Alexandria meritava un'altra visita. L'incontro con Beatriz lo tormentava come un mal di denti. Perché aveva tanto insistito sul fatto che dovesse andarsene al più presto da Washington? Kerr decise che avrebbe telefonato a Beatriz e quindi a McGhie, nel caso i suoi uomini avessero scoperto qualcosa a Hatteras. E c'era un'altra cosa da fare. Doveva visitare la tomba di suo fratello. Che contenesse un corpo o soltanto dei sassi, McGhie aveva ragione. Era tutto ciò che gli restava di Richard Courtland Rush, e lui voleva rivederla. Scivolò fuori dal letto, bisbigliò a Lucy che si sarebbero visti più tardi, le diede un bacio, si vestì e si diresse in albergo per fare le valigie.

«Puoi stare da me, se vuoi», gli aveva detto Lucy. «Per qualche giorno, mentre cerchi di scoprire qualcosa su tuo fratello».

«È sempre meglio risparmiare centocinquanta dollari al giorno», aveva risposto lui. «E qui da te le attrattive sono migliori».

«Lo faccio per tenerti d'occhio».

«Credi che abbia bisogno di una madre?».

«Hai bisogno di qualcosa», aveva replicato Lucy, «ma non sono sicura che esista un modo delicato di dirlo. A parte gli scherzi, sono preoccupata per la tua incolumità. E per la mia. Diciamo che è una sistemazione di mutuo soccorso».

Mentre aspettava di pagare il conto dell'albergo, Kerr provò a chiamare McGhie, ma al Pentagono non lo trovò. Arlene lo informò che Noah era partito per un paio di giorni, probabilmente per Fort Bragg, ma che non aveva lasciato un numero.

«Mi ha fatto piacere risentirla, David. Torni a cena da noi, prima di partire. Avvertirò Noah della sua telefonata, se lo sento».

Kerr compose il numero di Fort Bragg.

«Il colonnello Noah McGhie? Non è nel nostro elenco. Quale unità comanda?».

Kerr rispose che non lo sapeva, e udì la risata dell'ufficiale all'altro capo del filo.

«Non lo sa? Ha idea di quanti uomini ci siano a Fort Bragg, signore?».

Kerr non aveva voglia di giocare a indovinello. Riagganciò e rifece il numero dell'ufficio di McGhie al Pentagono.

«È in missione, signore, gliel'ho detto. Non posso garantirle che riceverà il messaggio».

«E se fosse morta sua madre?», domandò Kerr. «Sarebbe in grado di farglielo sapere?».

«Chiama per conto della madre del colonnello McGhie, signore?».

«No, mi stavo soltanto chiedendo se potesse riferirgli un messaggio».

«Ci proverò, signore».

«È molto importante».

«Ci proverò, signore».

Kerr sentì che il buonumore provocato da un giorno e una notte con Lucy stava iniziando a svanire. Provò a chiamare Joseph R. Huntley, ma a quanto pareva era scomparso anche lui. Non riuscì a rintracciare nemmeno la sua segretaria.

«Il numero da lei richiesto non è più attivo, signore», gli spiegò il centralinista del Pentagono. «Mister Huntley sarà stato trasferito a un altro ufficio».

«Dove?».
«Non sono in possesso di tale informazione, signore».
«E come faccio a trovarlo?».
«Non sono in possesso di tale informazione, signore».
«Mi passi l'Intelligence Support Activity, per cortesia».
Vi fu una pausa.
«Non è nel nostro elenco, signore».
«Come faccio a trovare il numero?».
«Non sono in possesso di tale informazione, signore».
«Bene, grazie dell'aiuto».
«Non c'è di che, signore. E buona giornata».

In preda alla frustrazione, Kerr compose il numero di Beatriz Ferrara. Ma nemmeno lei sembrava essere in casa.

«Salve», recitò la sua voce vellutata su un sottofondo di scampanellii. «Questo è l'Harmony Supplies. Al momento non possiamo rispondere, ma se lasciate un messaggio Beatriz vi richiamerà al più presto. Buona giornata».

«Merda», si lasciò sfuggire Kerr, ma subito si rese conto che Beatriz avrebbe ascoltato l'imprecazione. «Scusami, Beatriz. Sono David Kerr. Mi stavo chiedendo se potessimo rivederci. Stamattina alle dieci andò a visitare la tomba di Ricky, per un ultimo saluto prima di tornare in Inghilterra. Lascia un messaggio a casa di Lucy, starò da lei fino alla mia partenza».

Deluso e irritato, caricò i bagagli in auto e imboccò il Memorial Bridge in direzione di Arlington, controllando di continuo lo specchietto retrovisore per sincerarsi di non essere pedinato. A mano a mano che la sua ansia aumentava, le auto sospette alle sue spalle sembravano moltiplicarsi – salvo poi svoltare o superarlo nella più assoluta indifferenza.

«Sto perdendo la testa», borbottò fra sé. Aveva ormai la certezza che stesse per succedere qualcosa di terribile. «Sto impazzendo, maledizione. È questo che fa la famiglia. Ti fa perdere il senno».

Parcheggiò all'ingresso del cimitero e si chiese se sarebbe riuscito a trovare la tomba. Ne ricordava vagamente la sezione: risalì la collina seguendo i cartelli, superò la fiamma eterna sul sepolcro di Kennedy e proseguì verso la casa di Custis Lee. I raggi del sole si riflettevano sulle lapidi bianche, e il caldo lo costrinse a slacciarsi il colletto della camicia e arrotolarsi le maniche. Giunto in cima alla collina, lanciò uno sguardo al panorama della città e quindi si voltò verso la tomba del fratello. All'improvviso s'irrigidì.

Qualcosa di terribile stava *decisamente* per succedere. Cinquecento metri più in basso, un uomo era chino sul sepolcro. Kerr socchiuse le palpebre per vedere meglio. Forse stava posando dei fiori. O forse stava scavando, scostando le zolle d'erba posate da poco. Kerr si rimise in marcia a passo svelto, sforzandosi di non correre.

Doveva essere il suo pedinatore, quello che la sera prima aveva mandato a quel paese. Aumentando l'andatura, Kerr si sentì sommergere da un'ondata di eccitazione. Un mormone. Avrebbero fatto quattro chiacchiere, da uomo a uomo. L'avrebbe afferrato calorosamente per la gola e gli avrebbe strappato qualche informazione.

All'improvviso, l'uomo sulla tomba balzò in piedi e si voltò verso di lui.

Indossava una camicia bianca, una cravatta scura e un paio di pantaloni grigi, ma era senza giacca. Reggeva qualcosa in mano. Fissò Kerr, che ormai si era portato a meno di duecento metri di distanza, e dopo un istante si lanciò verso una macchia d'alberi dietro la tomba. Kerr si mise a correre, cercando di non perdere di vista la chiazza bianca della camicia fra i tronchi. Un sentiero proseguiva per qualche metro, quindi si biforcava; Kerr proseguì verso sinistra e dopo qualche secondo si ritrovò nella sezione del cimitero riservata ai caduti della guerra di Corea. Nessuna traccia dell'uomo. Imprecò sottovoce e ruotò sui tacchi, maledicendosi per l'errore. Percorse il sentiero di destra fino in fondo e si ritrovò fra le tombe dei caduti della guerra civile. Lo sconosciuto sembrava scomparso.

«Merda», imprecò Kerr dandosi un rabbioso pugno sulla coscia. Tornò sui suoi passi e perlustrò il boschetto per sincerarsi che Camicia Bianca non si stesse nascondendo dietro un albero o in un fosso.

«Merda», ripeté. «O sono un idiota, o questo si chiama Houdini».

Era fradicio di sudore. Si asciugò il volto con un fazzoletto e si sfilò la giacca. Il cimitero era talmente grande e il vantaggio di Camicia Bianca talmente ampio, riflettè, che le possibilità di catturarlo erano scarsissime. Ma c'era un punto dal quale si poteva dominare la distesa di lapidi fin quasi al parcheggio.

Risalì la collina verso la casa di Custis Lee e controllò. Non vide nulla, ma quando raggiunse il retro della costruzione, scorse un bagliore bianco nel bosco alla sua sinistra. Ne era sicuro, sapeva di non averlo immaginato. Camicia Bianca sembrava girargli intorno, tenendosi a distanza di sicurezza. Sentì un brivido di paura, come un cacciatore che avesse appena avvistato un felino in agguato, insicuro di chi fosse la preda e chi il predatore.

Si ritrasse e si chiese se una corsa a perdifiato giù dalla collina sarebbe stata sufficiente a raggiungerlo, ma prima che potesse decidere la chiazza bianca tornò a scomparire nel boschetto. Due turisti gli rivolsero un'occhiata perplessa, insospettiti dal suo volto paonazzo e dalla sua espressione ansiosa. Kerr si voltò nella direzione opposta e si diresse a passo deciso verso il fondo della collina, tendendo le orecchie. Gli unici suoni erano il rombo distante di un tagliaerba a motore e il cinguettio di un uccello fra i rami. Kerr cominciava a sentirsi a disagio: sulle tempie gli gravava una pressione sorda, come l'annuncio di un temporale estivo. Arrancò lungo il fianco della collina fino alla tomba del Milite Ignoto, guardandosi a destra e a sinistra, ansimando per la fatica, fradicio di sudore.

Uno sparuto drappello di turisti si attardava al sole, nell'attesa del cambio della guardia. Kerr si mescolò ai curiosi e seguì affascinato la cerimonia, ascoltando il trepestio degli stivali sul cemento, osservando il solenne, rigido marciare dei soldati che svolgevano il loro compito con la studiata artificiosità di automi, come se la disumanizzazione fosse la forma più alta di disciplina militare. Forse è davvero così, si disse Kerr.

I soldati della nuova guardia avanzarono verso di lui, si voltarono in direzione del monumento e rilevarono le posizioni dei loro predecessori, che si allontanarono con passo altrettanto meccanico.

L'Activity, i mormoni e chiunque vi fosse dietro, si disse Kerr, avevano fatto un grosso errore. Avevano scelto suo fratello per una missione sporca, scambiandolo per il Milite Ignoto. Dopo la morte della loro madre, Richard Rush non era che un orfano. Aveva rotto con la sua compagna, non aveva parenti, ma possedeva – come l'aveva chiamata Lucy? – la Qualità della Fede. Qualunque fosse la missione di Ricky, lui avrebbe dovuto svolgerla come un automa, marciando come la guardia d'onore a una cadenza segreta, il cui ritmo sfuggiva a Kerr come a chiunque altro.

Il problema era che l'automa aveva scoperto di avere un fratello, e anche soltanto quel germe di famiglia aveva cambiato tutto, alla stessa stregua di ciò che era successo a Kerr. La famiglia accendeva la fede laddove prima esistevano soltanto dubbi, e i dubbi dove regnava la fede. Ti complicava la vita, come sempre. Kerr si passò la mano sugli occhi, asciugandosi il sudore. Giunto a quel punto, voleva soltanto sapere cosa lo aspettava. Diede le spalle al monumento e s'incamminò lentamente per quella che immaginava sarebbe stata la sua ultima visita alla tomba del fratello. Non appena ebbe superato il ciglio della collinetta accanto al tumulo, trasalì per lo spavento. Di fronte a lui si parava l'uomo con la camicia bianca.

A differenza di poco prima, lo sconosciuto non fuggì. I due si studiarono attentamente.

Camicia Bianca era leggermente più alto di Kerr, appena sopra al metro e ottanta, con una barba corta, un collo taurino e un corpo muscoloso. Era tranquillamente appoggiato a un albero, a una ventina di metri dalla tomba. Le sue dita erano sporche di terra, la camicia era chiazzata di fango e la mano destra reggeva una cazzuola. Il sepolcro non sembrava danneggiato, e il volto di Camicia Bianca ostentava un'espressione di assoluta rilassatezza.

Kerr strinse la mano monca in un pugno e si avvicinò di qualche passo, pronto ad assumere la posizione di guardia come un pugile. Se l'uomo non era armato, forse poteva batterlo. E se aveva una pistola, ormai era troppo tardi per preoccuparsene.

«Chi diavolo sei?», gridò in tono rabbioso. «Cosa stai facendo sulla tomba di mio fratello? Perché mi stai seguendo?».

Camicia Bianca si mosse dall'albero e sorrise. Si guardò intorno per sincerarsi che fossero soli, quindi gli si avvicinò, fermandosi a meno di mezzo metro di distanza.

«Chi sei?», ripeté Kerr furente.

Camicia Bianca sorrise.

«Sono tuo fratello, cazzone. Chi ti aspettavi, Batman?».

Parte seconda

La fede

17

In piedi accanto alla tomba del fratello, David Kerr fissava a bocca aperta colui che avrebbe dovuto occuparla. Di fronte a lui, Ricky si limitava a sorridere. Kerr lo riconobbe all'improvviso: nonostante la corta barba nera, il suo volto era davvero inconfondibile. Era lo stesso della fotografia che gli aveva dato Huntley: sembrava un po' più vecchio, un po' più stanco, e portava i capelli lisci e neri leggermente più lunghi, ma aveva lo stesso collo, le stesse spalle muscolose, gli occhi intelligenti, il bel sorriso asimmetrico. E sembrava divertito.

«Hai l'aria di chi ha visto un fantasma».

«Che aria dovrei avere? Sto parlando con un uomo che ho appena seppellito».

«Non mi dici neanche che sei felice di vedermi, o qualsiasi espressione usiate voi inglesi?», domandò Ricky.

«Scozzesi», lo corresse Kerr. «Non dimenticartene mai, e il resto sarà facile».

Si strinsero la mano, e Kerr sentì all'improvviso che il cuore gli si incendiava in petto. Fecero un mezzo passo avanti e si strinsero in un abbraccio commosso.

«Dobbiamo parlare, fratellone», disse quindi Ricky. «Ma non qui. Troppe uniformi. Troppi fantasmi».

«Eri tu che mi seguivi?».

«Io e qualcun altro».

«L'Fbi?».

«No, molto peggio. Io li chiamo i mormoni. Speravano che tu li conducessi al sottoscritto».

«Ma è assurdo».

«E perché mai? L'hai fatto. Sono qui. Ma per il momento li

ho messi fuori combattimento. Sai come arrivare alle cascate?».

«Ho una carta stradale. Le posso trovare».

«Ci vediamo fra un'ora al quartier generale delle guardie forestali. Non chiamare nessuno, non tornare in albergo. Ci scopriranno già abbastanza in fretta, è inutile facilitargli il lavoro».

«Non contavo di tornare in albergo. Io...». Tanto vale dirlo, pensò Kerr. «Lucy Cotter mi ha invitato a stare da lei per qualche giorno. A cominciare da stasera».

Ricky scoppiò in una risata allegra e colpì il braccio di Kerr con un pugno scherzoso.

«Ottimo lavoro, fratellone, ottimo lavoro. Ora ci divideremo. Ci si vede alle cascate. Abbiamo tante cose da dirci e molto da fare, se vogliamo sopravvivere».

«La situazione è davvero così grave?».

«Già. Come dice la scritta sui pacchetti di sigarette, starmi vicino potrebbe danneggiare la tua salute».

Kerr abbassò gli occhi sulla cazzuola fra le dita del fratello.

«L'hai usata per uscire dalla fossa?».

Ricky si aprì in un gran sorriso.

«Puoi dirlo forte. Forse te lo spiegherò più tardi. Ora muoviamoci».

Prima che Kerr potesse salutarlo, Ricky si era già lanciato nel boschetto che dal cimitero scendeva verso il Potomac. La camicia bianca scomparve di nuovo, come se non fosse mai esistita.

Kerr raggiunse a passi rapidi il parcheggio. Gli pareva che una grande ondata gli si fosse infranta nel cuore: la scoperta che qualcuno del suo stesso sangue era ancora vivo lo riempiva di una gioia imprevista.

Nel frattempo, Ricky scavalcò il muro di cinta di Arlington e attraversò la boscaglia fino alla sua auto, ferma in uno spiazzo. Aprì il bagagliaio, vi gettò la cazzuola e sfilò la mazza da baseball da sotto una coperta. La coperta diede un gemito. Nascondeva la sagoma legata, bendata e imbavagliata di Brigham Y. Dodds. Il prigioniero tremava di paura: sapeva che Ricky il Selvaggio stava per farlo fuori. Non appena

Ricky gli tolse la benda per controllare che fosse ancora vivo, Brigham batté le palpebre alla luce ed emise un altro debole vagito.

«Chiudi il becco, Brig», disse Ricky afferrando il prigioniero per la gola e sollevandolo finché non si trovarono faccia a faccia. «Mi stai facendo venire il mal di testa». Brigham lo fissava terrorizzato. «Non ti sparerò», soggiunse Ricky. «Per il momento, almeno, anche se te lo meriteresti per quello che hai fatto a Colvin e Drysdale. Te li ricordi, sacco di merda? Già, me l'immaginavo. Se avessi un po' di tempo, ti torturerei per il puro gusto di farlo. Ma non oggi, Brigham, mettiti pure il cuore in pace».

Gli calò nuovamente la benda sugli occhi, assicurandola con del nastro isolante. Quindi lo sollevò senza tanti complimenti, se lo caricò in spalla e si addentrò nella macchia finché non trovò un cespuglio a cui appoggiarlo.

«Ma non ti sparerò soprattutto perché non si uccide mai il proprio messaggero. E tu sarai il mio messaggero, d'accordo?».

Brigham non diede risposta, e Ricky gli sferrò un violento pugno nel costato.

«Ti ho chiesto se sei d'accordo, secchio di immondizia».

Brigham annuì e liberò un gemito sordo.

«Benissimo. Di sera, questo posto è molto frequentato dagli amanti del *jogging*. Non morirai, per il momento. Il messaggio è destinato a Oberdorfer e al senatore Barker: fate marcia indietro, se volete trattare. Se insisterete su questa falsariga, manderò a puttane l'America First Corporation. Se succederà qualcosa a mio fratello, siete tutti morti. Ricordagli che sono in possesso di quello che credono, ma non solo. Posso farli rinchiudere per l'eternità. Hai capito, Brig?».

Brigham emise un altro gemito, molto somigliante a un sì.

Ricky fece per voltarsi verso l'auto. «A proposito, Brig», soggiunse all'ultimo istante. «Buona giornata».

18

Il parco nazionale di Great Falls si estende da Washington per alcuni chilometri su entrambe le sponde del Potomac, percorrendo sia la riva del Maryland che quella della Virginia. Kerr raggiunse il quartier generale delle guardie forestali sul versante della Virginia e si sedette a un tavolaccio di legno da picnic. Si sentiva confuso, stordito, e dopo dieci minuti che gli parvero durare un'ora cominciò a chiedersi se avesse sognato l'incontro con lo spettro dalla camicia bianca, se fosse in preda alle allucinazioni. All'improvviso udì una voce alle sue spalle.

«Facciamo una passeggiata», annunciò Ricky. «Più vicino al fiume c'è un sentiero poco battuto».

Kerr si alzò a fronteggiare il volto barbuto e attraente del fratello. La sua carnagione rivelava un'ombra di abbronzatura, segnata accanto agli occhi da qualche piccola ruga.

«Non hai una brutta cera, per essere un morto».

«È la vita eterna», rispose Ricky. «Che ti posso dire? Nemmeno tu sei conciato così male, per essere un vecchietto. A proposito, quanti anni hai?».

Kerr glielo disse.

«Però. Si può vivere così a lungo? E cammini da solo! Sei sposato? Hai figli?».

«No e no. Sto ancora cercando».

«Lucy, forse?».

«Ho detto che sto ancora cercando. Ma devo confessarti che mi piace molto».

Ricky assentì.

«Prima che diamo il via alle confidenze, fratellone, devo dirti una cosa. Sono nella merda più profonda, e soltanto a starmi vicino ti ci ritrovi anche tu. Una parte di me vuole chiederti aiuto, l'altra continua a ripetere che la cosa migliore sarebbe convincerti a mollare le tende e tornare soltanto quando sarà tutto finito».

«In che modo finirà?».

«Con la mia vera morte, probabilmente. Ma forse nemmeno con quella. Sia come sia, non c'è ragione perché tu sia coinvolto».

«Il fatto di essere tuo fratello è una ragione più che sufficiente, Ricky. E non cominciare a parlare come Beatriz. Ci siamo appena conosciuti e già mi vuoi salutare?».

«Le ho detto io di pregarti di partire», rispose Ricky. «La nostra reciproca curiosità ci ha messi entrambi in pericolo. Ma sapevo che non avresti mai accettato. Siamo fatti allo stesso modo. Dovevamo conoscerci e mandare a puttane le nostre rispettive esistenze».

«È vero», convenne Kerr.

«Bene, questa è la tua ultima possibilità. Ci sono stati già due morti, tre se conti anche me. Ritirandoti adesso, ne rimarresti fuori».

«No», tagliò corto Kerr. «Come posso ritirarmi quando le cose hanno appena iniziato a farsi interessanti? Ho trascorso anni ad assistere alle guerre degli altri, vuoi che mi perda questa? Farò tutto il possibile per il mio fratellino. Che ne dici? Sembriamo una vera famiglia?».

«Una vera famiglia», ripeté Ricky.

Le sue labbra, notò Kerr avvicinandosi, erano tese, e i suoi occhi dardeggiavano nervosamente all'intorno, quasi temessero il peggio.

«Hai paura che mi stiano ancora seguendo?».

«No, non credo, almeno per ora. Come ho detto, ho agitato un po' le acque. E non ne restano molti».

«In che senso hai agitato le acque?».

Ricky diede una risata nervosa.

«Quelli che ti stanno pedinando stanno giocando a un tavolo dove si fa sul serio. Chi vince si prende tutto, chi perde muore. Hanno già ucciso, e a tempo debito uccideranno anche noi».

«Uccideranno anche noi?», ripeté incredulo Kerr. Si era sempre aspettato di morire casualmente in qualche agghiacciante piccola guerra, ma non aveva mai preso in considerazione l'idea che qualcuno volesse eliminarlo di proposito.

«Senza pensarci due volte». Ricky fece una pausa e posò la mano sulla spalla del fratello. «Ma io non permetterò che succeda».

«Magnifico», commentò Kerr in tono sarcastico. «Il mio fratellino non permetterà che succeda».

Il sentiero si biforcava, superando una batteria di chiuse e scendendo verso il fiume.

«Mi hanno detto che eri stato assassinato», soggiunse Kerr. «In un primo tempo, Huntley...».

«Merda», lo interruppe rabbiosamente Ricky. «Lo Stronzo in Capo. Cosa ti ha detto?».

«Che eri morto nel corso di una segretissima esercitazione oltremare. Poi il colonnello McGhie ha avanzato l'ipotesi che tu fossi stato assassinato, ma era perplesso per la mancanza del corpo. Sono persino arrivato a pensare che ti fossi suicidato. Di tutte le teorie che sono state avanzate, nessuna contemplava la possibilità che tu fossi ancora vivo».

«Ma lo pensavano», commentò Ricky traendo un profondo respiro e facendosi scorrere una mano fra i capelli con gesto nervoso. «Hanno mai parlato dell'Activity? L'Intelligence Support Activity?».

«Me ne ha accennato McGhie», rispose Kerr. «Ma non mi ha detto molto, soltanto il nome e il fatto che tu ne facevi parte».

«Ho lavorato per anni con McGhie», spiegò Ricky. «È un brav'uomo. Eravamo insieme in Alaska, diciotto mesi sull'isola di Shemya, arcipelago delle Aleutine, a osservare i test missilistici sovietici. Poi in Giappone, in Medio Oriente, a Cipro. Finché non sono stato trasferito allo spionaggio economico. È stato allora che è iniziato il vero divertimento».

«Il divertimento?».

«Già, proprio così. Mi hanno accusato di non stare alle regole, ma forse era perché le regole le inventavamo noi stessi, giorno per giorno. Ho cercato di spiegarlo a McGhie, ma lui non mi ha voluto ascoltare».

Kerr aggrottò la fronte.

«Se devo essere sincero, Ricky, credo di non capire una parola di quello che stai dicendo. Riprovaci più lentamente. Non dimenticarti, sono un giornalista, e i giornalisti vanno trattati come bambini di dodici anni».

Erano giunti alla prima e più spettacolare veduta delle cascate. L'aria odorava di umidità, e le acque scure del Potomac precipitavano fra le rocce a una tale velocità che il grande fiume si trasformava in una serie di nuvole bianche di schiuma. Ricky fece strada fino a un punto panoramico e si sedette su un masso a strapiombo sul fiume, dando la schiena alle cascate così da tener d'occhio il sentiero in entrambe le direzioni. A Kerr rammentò un pugile costretto alle corde e tenuto in piedi dalla speranza di un colpo fortunato.

«D'accordo», riprese Ricky. «Qual è il mio lavoro? Raccogliere informazioni per conto dell'Economic Security Council. Chi sta progettando le tecnologie più all'avanguardia, quali sono le nostre esigenze, quali le conquiste che dobbiamo proteggere. Mi segui?».

Kerr annuì.

«Bene», soggiunse Ricky. «In questo nuovo scenario, i rivali sono i nostri alleati politici e militari della NATO, del G7 e compagnia bella. L'unica cosa che non ci possiamo permettere è essere scoperti. Loro spiano noi, noi spiamo loro, e la cosa procede come quando tradisci tua moglie. Tutti sanno cosa sta succedendo, ma nessuno fiata, perché se succedesse l'intera facciata crollerebbe. E quando dico "intera" intendo proprio tutto, compresa la Casa Bianca».

Kerr era perplesso. «Una specie di James Bond del reparto contabile», commentò in tono ironico.

Ricky si fece serio in volto.

«Continui a non capire, vero fratellone? Che peccato».

«No, ho capito», si affrettò a protestare Kerr. «Almeno credo. È la spinosa questione degli scambi commerciali fra Stati Uniti, Europa e Giappone, giusto?».

«In parte», rispose Ricky. «Il problema è che adesso si è trasformata in una vera e propria guerra commerciale, il che significa che abbiamo fallito. L'idea era fregare i nostri concorrenti senza che se ne rendessero conto. Avevamo un cartello appeso al muro, la regola d'oro dell'Activity: "Fallo a loro prima che loro lo facciano a te". E sono fiero di dire che nella maggior parte dei casi è andata proprio così».

Kerr cominciava a capire cosa intendesse Lucy quando parlava della qualità della fede di suo fratello. Era come sentir parlare un missionario.

«Ma per condurre gli affari non basta consultare il *Financial Times* o il *Wall Street Journal*?».

«Questa è bella, David. Proprio bella». Ricky rise come se avesse udito una battuta di spirito. «Te lo spiegherò come se fossimo all'università. L'Economic Security Council è stato formato perché facesse per l'economia americana quello che il National Security Council ha fatto per la difesa. Mantenere gli Stati Uniti al primo posto. La divisione Energy Security, sicurezza delle fonti energetiche, sorveglia il Medio Oriente e l'OPEC; l'Emerging Technologies, tecnologie emergenti, bada che dal Giappone non spunti fuori un nuovo circuito elettronico o un processo di ingegneria biologica che ci lasci al palo. Abbiamo venti persone che si occupano soltanto dei *biochip*».

«*Biochip*? Mi sono perso di nuovo, Ricky».

«Il *biochip* è il risultato della combinazione fra l'ingegneria genetica e la tecnologia elettronica. Si tratta di circuiti elettronici dalla potenza inimmaginabile, la base delle cosiddette "macchine pensanti". Chiunque ci arriverà prima, avrà la chiave della prossima generazione di computer. Se saremo noi, il Giappone e l'Europa se lo prenderanno nel didietro. Se ci riusciranno i giapponesi, il nostro compito sarà rubare la formula in modo da non restare indietro. Mi stai seguendo?».

Lo scorrere del Potomac, gonfio delle acque del disgelo, aveva un potere incantatorio. Kerr ascoltava i nudi fatti enunciati dalla voce del fratello con una strana sensazione di torpore: avrebbe voluto chiedergli della madre, della loro famiglia, non della sua attività di spia economica. Ma le parole di Ricky si rincorrevano fra loro come una confessione repressa troppo a lungo.

«Poi ci sono i gruppi regionali per l'Europa Occidentale, il Giappone e i paesi asiatici – la Thailandia, Singapore, la Malesia, Taiwan, l'Indonesia. C'è la squadra speciale sui tassi di cambio, e così via. Per esempio, abbiamo questo programma di pirateria informatica... sai cosa sono gli *hacker*?».

«Certo che lo so, Ricky».

«Bene. Abbiamo circa tre dozzine di agenti impegnati a tempo pieno a penetrare nelle banche dati delle grandi aziende straniere, compresa la rete della SWIFT, la società per le telecomunicazioni interbancarie finanziarie mondiali. Grazie a loro, siamo costantemente informati sugli affari internazionali e sugli accordi bancari. Un'altra mezza dozzina di agenti è infiltrata nei gruppi universitari, nell'eventualità che gli *hacker* indipendenti ne sappiano più di noi. Alcuni di quei ragazzi sono più bravi dei professionisti. Mi stai seguendo?».

Kerr lo stava seguendo, ma non sapeva dove volesse andare a parare, e la sua intensità lo metteva a disagio.

«Ho inquadrato la situazione, Ricky. Ma non capisco per quale ragione ti trovi nei pasticci».

«Primo», replicò deciso Ricky sollevando l'indice della mano destra. «Le comunicazioni via fax e certe conversazioni telefoniche attraverso l'Atlantico e il Pacifico vengono tenute sotto controllo allo scopo di sorvegliare le scalate alle grandi aziende e gli investimenti nel nostro paese. Dobbiamo sempre avere un quadro dettagliato dei grossi affari del mercato finanziario».

Si schiarì la gola e tese un altro dito.

«Secondo», riprese. «Il collasso della sterlina inglese e del Sistema Monetario Europeo. Le banche centrali collaborarono fino a un certo punto, ma noi dovevamo sapere quali fossero le vere intenzioni della Bundesbank e della Banca d'Inghilterra. Il crollo della sterlina e dell'intero sistema europeo nel bel mezzo di una campagna elettorale avrebbe causato il caos a Wall Street, richieste di aumento dei tassi di interesse e compagnia bella. Fra l'altro, in quel momento stavamo cercando di costringere la Bundesbank a diminuire i tassi d'interesse, e avevamo bisogno di sapere cosa si dicessero in privato, come intendessero fregare gli inglesi – cosa che, fra l'altro, fecero in modo brillante».

«Ma come...», interloquì Kerr.

«Cimici».

«Cosa?».

«Abbiamo intercettato le loro telefonate e i loro fax».

«Della Bundesbank?».

«E del ministero del Tesoro inglese. Di tutti i personaggi più importanti, compreso il Cancelliere dello Scacchiere. Dovresti sentire cosa abbiamo scoperto su di lui».

«Ma...».

«Terzo», lo interruppe Ricky. «La situazione della guerra commerciale con la comunità europea. Al di là delle chiacchiere diplomatiche, dovevamo sapere quanto fossero profondi i contrasti all'interno della comunità, se il loro negoziatore capo agisse in sincronia con Bruxelles – scoprimmo che non era così – e soprattutto prevedere le mosse del governo francese. La nostra strategia era far sì che gli inglesi e i tedeschi si fidassero dei francesi ancora meno di quanto si fidavano di noi. Io stesso contribuii a raccogliere le informazioni che la resero possibile».

Ricky si aprì in un sorriso orgoglioso e fece una pausa, come se tutto fosse ormai chiaro. Kerr cercò di mantenere un tono di voce controllato.

«Ed era difficile ottenere queste informazioni?».

«Non particolarmente. La tecnologia era disponibile da tempo. Ciò che mancava era la volontà di utilizzarla per scopi non militari. Ora stiamo usando tutto ciò che sfrutteremmo in una vera e propria guerra, tranne le munizioni. Mezzi tecnici nazionali, vengono elegantemente definite le nostre armi».

Kerr fissò il volto eccitato del fratello. C'era qualcosa, in Ricky, che lo spaventava. Non era tanto la segretezza di ciò che diceva o i pericoli che le sue parole evocavano, quanto il fervore religioso con cui si esprimeva.

«Dopo le guerre "calde" e quella fredda», riprese Ricky sorridendo, «l'abbiamo ribattezzata la guerra del dollaro. E forse è proprio questo il problema». Ricky rimase in silenzio per qualche istante e giunse le mani, cercando le parole giuste. «Il problema... è che abbiamo scoperto quanto ci si poteva guadagnare».

«Illegalmente?».

Ricky alzò le mani al cielo e scrollò le spalle.

«Cos'è l'illegalità, quando sei tu stesso a dettare le leggi? Se tutto ciò che fai è illegale – dalle intercettazioni telefoniche a quelle sulle trasmissioni a microonde, fino alla pirateria informatica – ma è stato il tuo stesso governo a ordinarti di farlo, dov'è la linea di confine?».

Kerr trasalì.

«Non fare il finto ingenuo, Ricky. Usare informazioni riservate di quel genere è come ricorrere all'*insider trading*».

«A Wall Street lo chiamano così», scattò Ricky in tono di scherno. «Da noi sono informazioni di primo livello. Stessa cosa, diverso punto di vista. Il problema, qualsiasi nome vogliamo dargli, è che la faccenda è diventata così grossa che rischia di esplodere e fare grossi danni».

«Che genere di danni?».

«Danni mortali, David. Due delle persone con cui lavoravo, William Colvin e Peter Drysdale, hanno iniziato a comportarsi in modo avventato, spendendo troppo e rientrando dalle isole Cayman con le valigie piene di dollari. Sospettando che avessero a che fare con la droga e il riciclaggio di denaro sporco, la DEA ha iniziato a indagare. Subito dopo si è aggiunto il Fisco, e alla fine anche l'Fbi. È stato a quel punto che ho cominciato ad avere paura. Coi federali non si scherza».

Ricky fece una pausa e trasse un profondo respiro. «All'improvviso, Colvin e Drysdale sono scomparsi. Per un po' ho pensato che avessero lasciato il paese, ma un bel giorno un cacciatore d'anatre ha trovato i loro corpi, centocinquanta chilometri a sud di qui. Erano stati scaricati nella Great Dismal Swamp, crivellati di colpi. Gli avevano mozzato la lingua e cacciato in tasca un paio di bustine di coca».

«Cocaina?».

«Già».

«Spacciavano droga?».

«Gesù Cristo, David», scattò Ricky. «Erano mormoni. Quella gente non fa che scopare e pregare. Non bevono neanche caffè. La maggioranza della squadra era formata da persone come loro: il tipico americano medio che fa ciò che gli si dice di fare. Non erano drogati. La cocaina gli era stata infilata in tasca nella speranza che l'Fbi e tutti gli altri si lasciassero ingannare, come hai appena fatto tu».

«Perdonami, Ricky. Te l'ho detto, sono un giornalista. Il mio mestiere è fare domande stupide».

Ricky parve calmarsi.

«D'accordo, scusami. Sono molto teso. Non è facile, credimi».

«Chi li ha uccisi?».

«Gli stessi che ti stanno pedinando», rispose Ricky in tono piatto. «Io li chiamo i mormoni, ma è più che un soprannome. Hanno l'aspetto dei missionari, ma sono degli assassini. Lavorano per l'America First Corporation. Sai di che si tratta?».

Kerr annuì.

«La stavi spiando?», domandò.

Ricky gli scoccò un'occhiata irritata, quasi a chiedersi se non fosse leggermente ritardato.

«No, ci mancherebbe. Hai dato un'occhiata ai dischetti?».

«Sì, ma non ci ho capito molto».

«Be', diciamo che per affondare l'America First basterebbe una deposizione del sottoscritto, corroborata dal portatile di Huntley con tutte le informazioni bancarie. Sono molto più dettagliate di quelle che ho copiato sui dischetti, parliamo di milioni di dollari».

Kerr comprese all'improvviso.

«Non li stavi spiando. Lavoravi *per* loro».

«Naturalmente. Grazie alle nostre informazioni, l'America First ha guadagnato decine di milioni di dollari. In cambio, il senatore Barker garantiva la sopravvivenza dell'Activity. La Casa Bianca avrebbe voluto scioglierci, ma Barker ha fatto sì che il Congresso stanziasse una cifra sufficiente a farci andare avanti. Niente male, vero?».

Ammutolito dallo stupore, Kerr scosse incredulo la testa.

«Quello che devi sapere», riprese Ricky, «è che è stata l'America First a uccidere Colvin e Drysdale. Speravano che l'Fbi rinunciasse alle indagini per mancanza di prove. Pura idiozia. Non appena sono spuntati fuori i corpi, le cose sono cominciate a precipitare. I federali, la DEA, il Fisco hanno iniziato a tempestarci di domande, arrivando persino a credere che l'Activity fosse coinvolta nel traffico di droga. Ci siamo mostrati sconvolti alla notizia dei due poveracci nella palude – e lo eravamo, al pensiero che presto sarebbe toccato a noi. Un bel giorno uno dei federali, un nero, ha cominciato a sentire puzza di bruciato. E ha iniziato a tormentarmi».

«Harold Ruffin?», domandò Kerr.

Ricky annuì. «Ruffin, proprio lui. Un osso duro. L'hai conosciuto?».

«Sì», rispose Kerr. «Al tuo funerale. Mi ha messo al corrente dei due morti e delle indagini. Mi è sembrato un bravo agente».

Ricky scoppiò a ridere.

«È proprio questo il problema. Più Ruffin mi metteva alle corde, più le occhiate dei miei compagni dell'Activity si facevano preoccupate. Temevano che avrei parlato. Ho cominciato a provare qualche brivido, e Beatriz mi ha fatto capire che presto sarei spuntato dalla Great Dismal Swamp con un proiettile nove millimetri nel cranio, i polsi legati con del nastro isolante e un sacchetto di coca in tasca. Non era il tipo di carriera a cui puntassi, e così ho deciso di mettere in scena la mia stessa morte e scomparire».

Ricky sembrava profondamente agitato. Si asciugò la barba imperlata di sudore con uno scatto secco della mano.

«Perché non hai detto la verità a Ruffin?».

«Mi avrebbero ucciso».

«Ma l'Fbi offre protezione...».

«Mi avrebbero ucciso senza problemi. Non hai idea di cosa siano Barker e i suoi mormoni. Non puoi saperlo». Ricky controllò l'ora. «Ascolta, David, non ho tempo di spiegarti tutto. C'è qualcosa che voglio che tu faccia per me. Se non puoi o non vuoi, dimmelo subito. Mi arrangerò in altro modo».

«Di cosa hai bisogno?», domandò Kerr.

Ricky gli afferrò i risvolti della giacca con una tale forza che parve sul punto di strapparli.

«Mi devi aiutare a ottenere un colloquio con il senatore Hennington. Se dicessi tutto all'Fbi, dovrei confermare le mie accuse in tribunale. Credi che il dipartimento di Giustizia desideri che il mondo intero venga a sapere che abbiamo registrato le conversazioni fra il Cancelliere dello Scacchiere e la Banca d'Inghilterra? Pensi davvero che succederà? La mia unica possibilità è dire tutto a Hennington, fornirgli le prove e scomparire per qualche settimana, aspettando che i mormoni vadano al fresco o lo scandalo diventi troppo grosso da impedire un insabbiamento».

Le parole di Ricky ripresero a vorticare nell'aria come la schiuma delle cascate del Potomac. «Hanno persino minacciato Beatriz, quei figli di puttana in camicia bianca».

«Quando?».

«La settimana della mia scomparsa. Hanno fatto irruzione nel negozio e hanno distrutto un po' tutto, chiedendole dove mi fossi nascosto. È morto, ha detto Beatriz. Le hanno risposto che se avessero scoperto che mentiva e mi avessero trovato, mi avrebbero fatto rimpiangere di non essere all'altro mondo». Il volto di Ricky tradì una smorfia di rabbia. «Se le si avvicinano ancora, li faccio fuori uno per uno senza aspettare Hennington».

«Qual è il ruolo di Huntley?», domandò Kerr.

Ricky si aprì in un sorriso maligno.

«Joseph R. Huntley», ringhiò. «La sua carica ufficiale è direttore dell'Intelligence Support Activity, ma è talmente abituato a mentire che se per caso si sorprende a dire la verità, racconta subito un'altra balla per non perdere l'abitudine. È quello che mi fa più paura. I mormoni li posso affrontare da solo, ma per far cadere Joe lo Scivoloso è necessario coinvolgere una commissione del Senato. Devo assolutamente arrivare a Hennington».

«Huntley è davvero così importante?».

Ricky annuì. Nel silenzio che seguì, i due fratelli si studiarono in volto. Ricky si chiedeva fino a che punto quello sconosciuto che gli si parava di fronte avrebbe accettato di aiutarlo, Kerr rifletteva sul perché si sentisse così in obbligo nei confronti di un uomo della cui esistenza era ignaro fino a una settimana prima.

«Quando la mamma mi ha parlato di te», soggiunse Ricky in tono amaro, «le ho risposto in malo modo. Avevo appena scoperto di avere un fratello che lei mi aveva tenuto nascosto per trent'anni, come se l'avesse rinchiuso in cantina. È stato un momento terribile. Me l'ha confessato soltanto perché stava morendo. Era il suo segreto più oscuro, il fatto di averti abbandonato. Adesso sono io a rivelarti il mio segreto più oscuro, e so come ti senti».

Kerr era scosso dai tremori. Tese una mano e si afferrò alla balaustra.

«Cosa vuoi che faccia, di preciso?».

«Voglio che tu chieda a Lucy di consegnare i dischetti a Hennington, spiegando che sono soltanto l'antipasto. Il piatto forte è il computer portatile di Huntley, i cui documenti sono in grado di collegare il direttore dell'Activity alle attività illegali dell'America First Corporation. Mostrano chi è stato pagato, quando e come. Organizzami un'ora di colloquio con Hennington, e ti prometto che mi consegnerò all'Fbi».

Ricky estrasse di tasca un foglio di carta.

«Sai come usare un programma di posta elettronica?», domandò.

Kerr annuì.

«Usavo Crosstalk per inviare i miei pezzi al giornale».

«Bene. È così che mi tengo in contatto con Beatriz. Il portatile di Lucy ha un programma Communicator. Dovrebbe essere semplice. Questo è il numero della mia casella elettronica. La consulto due volte al giorno, alle dieci del mattino e della sera, chiamando da luoghi sempre diversi per evitare che mi rintraccino. Ora devo andare».

«Dobbiamo parlare della nostra famiglia», protestò Kerr in tono poco convinto. «Hai appena accennato a nostra madre».

«La nostra famiglia è morta», replicò Ricky. «Restiamo solo noi due, e sopravvivere è il primo dovere a cui dobbiamo assolvere. Potremo abbandonarci ai ricordi più avanti».

Era un'argomentazione impossibile da confutare.

«D'accordo, Ricky. Abbi cura di te».

Ricky scostò la giacca ed estrasse la pistola dalla fondina. «È ciò che intendo fare. Ti presento il mio ottimo amico, il dottor Glock. Dottor Glock, questo è mio fratello David». Ripose l'arma e s'incamminò verso il sentiero. Dopo qualche metro si voltò senza fermarsi. «Sei l'unico fratello che ho, David», gridò agitando furiosamente la mano. «Mi devi aiutare».

«Ti aiuterò, Ricky. Ci puoi contare».

«E se mi succedesse qualcosa, fai riaprire la mia tomba. Il cadavere potrebbe rivelarsi interessante. Hai capito?».

Kerr non capiva affatto, ma annuì.

«Certo, Ricky. Riaprire la tua tomba».

Rimase immobile a guardare la camicia bianca del fratello scomparire rapidamente lungo il sentiero. Ripensò alla scintilla nel suo sguardo e si chiese quale parte della verità gli avesse rivelato. All'improvviso venne assalito da un pensiero vergognoso ma inevitabile. Ricky, l'amato Ricky, il sangue del suo sangue, poteva essere completamente impazzito.

19

Quando raggiunse la sua auto, Kerr stava ancora tremando. Trasse un profondo respiro e avviò il motore, stringendo le dita sul volante finché le nocche non gli si fecero bianche. Ricky aveva molte colpe, ma non era pazzo. Aveva bisogno. Voleva. Parlava. Agiva. Kerr era preda di un lancinante, ronzante mal di testa. Il punto era che Ricky *esisteva*, che non era più una bara vuota e un vecchio ritratto in divisa da aviatore, ma un individuo in carne e ossa, con l'espressione spaventata di un animale bastonato. Un fratello, un vincolo.

Kerr si diresse a gran velocità verso l'appartamento di Lucy Cotter, voltandosi di tanto in tanto per sincerarsi di non essere seguito, temendo di vedere una schiera di sconosciuti in camicia bianca e abito scuro armati di Bibbie e pistole, ma non scorgendo nessuno di sospetto. Si chiese se la sua stessa presenza a Washington avesse messo in pericolo la vita del fratello. Ricky aveva rischiato grosso uscendo allo scoperto per parlargli – eventualità che Joseph Huntley doveva aver preso in considerazione. Kerr si rese conto di aver messo in pericolo la vita del fratello proprio come aveva fatto con la piccola Yasmin: li aveva attirati sotto il fuoco nemico.

Ancora in preda ai tremori, parcheggiò l'auto nel garage sotterraneo e raggiunse trafelato l'appartamento di Lucy con l'intenzione di chiamarla e informarla delle novità. La segreteria telefonica annunciava due messaggi. Dopo un attimo di esitazione, Kerr premette il tasto della riproduzione.

«Sono il colonnello Noah McGhie», disse una voce maschile. «Sto cercando David Kerr. Le devo parlare, David. Sono in ufficio, ma stasera mi troverà a casa».

Il secondo messaggio era di Ricky.

«Ciao, Lucy. Sono io, Ricky, e ti chiamo dalla terra dei morti viventi. So che è un colpo basso, ma non sono uno spettro e non sto affatto scherzando. Sono vivo, ovviamente. Ho incontrato David, gli ho descritto la mia miracolosa resurrezione... ti spiegherà lui. Andrà tutto bene, il mio fratellone mi darà una mano». Il tono di voce di Ricky mutava all'improvviso. «Messaggio per tutti gli altri ascoltatori. Dite a Huntley che lo spettro lo avverte di non combinargli brutti scherzi, se non vorrà pentirsene. A presto».

Kerr arretrò dal telefono come se fosse radioattivo. Non gradiva la leggerezza con cui Ricky aveva dato per scontato che la linea fosse sorvegliata. D'altra parte, si chiese, chi meglio di lui poteva saperlo? Decise di non correre rischi: avrebbe chiamato Lucy da un apparecchio pubblico, nonostante l'idea di trasformarsi in un James Bond dei poveri gli sembrasse assurda. Entrò nella camera degli ospiti, avviò il computer e seguì le istruzioni che Ricky aveva riportato sul foglio. Il programma Communicator comparve sullo schermo e il modem compose il numero della casella elettronica di Ricky. Kerr l'aprì digitando il codice: B-R-O-T-H-E-R, fratello. Lo schermo venne attraversato da una scritta: "Hai tutto il tempo che vuoi per lasciarmi un messaggio. Impiegherò solo pochi secondi per ritirarlo. Non ti preoccupare, non mi troveranno. In bocca al lupo. Ricky".

Kerr prese a comporre il suo messaggio sulla tastiera.

"Farò come mi hai chiesto, ti organizzerò immediatamente un incontro. Non posso spiegarti cosa ho provato incontrandoti. Farò il possibile per aiutarti, ma se l'incontro si rivelerà impossibile...".

Kerr si interruppe per qualche istante. Non voleva mostrarsi irritante, ma doveva scriverlo.

"...credo che dovresti metterti in contatto con Ruffin. Andrà tutto bene, ne sono sicuro".

Kerr riportò il numero di telefono di Ruffin, quindi aggiunse:

"Ci sono molte cose che mi sono dimenticato di chiederti. Lasciami un messaggio, mi rimetterò in contatto stasera".

S'interruppe di nuovo, finché fu sicuro di non avere altro da dire.

"Ricorda, non sei solo. Hai corso un rischio per vedermi. Farò tutto il possibile. Buona fortuna da tuo fratello David".

Chiuse il programma di posta elettronica, quindi collegò il computer a una stampante. Passò un'ora a riprodurre il contenuto dei dischetti di Ricky, il materiale che avrebbe fatto avere a Hennington. Infine uscì di casa, raggiunse un telefono pubblico e chiamò Lucy in ufficio.

«L'ho visto», esordì.

«Lo so», rispose lei. «Ha chiamato anche qui, e dice di aver lasciato un messaggio in segreteria. Non è meraviglioso?».

«Vuole un colloquio con Hennington. Forse dovrei parlare personalmente con il senatore. Che ne dici?».

«Ti ho già preso un appuntamento. È libero alle cinque e mezza. Hai mezz'ora di tempo, forse meno».

«Cosa pensi del capo dello staff di cui mi hai accennato? McQualcosa? Credi che ci metterà i bastoni fra le ruote?».

«McCall», precisò Lucy in tono cupo. «Jim McCall. Certo che ce li metterà. L'ho informato soltanto dopo aver fissato l'appuntamento con Hennington, e la cosa l'ha mandato in bestia. Teme che Ricky possa rivelarsi un problema. Se lo chiedi a me, il vero problema si chiama Jim McCall. Non mi fido di lui, ma ricordati una cosa: un colloquio con Hennington potrebbe significare la salvezza di tuo fratello, ma se andasse male sarebbe la mia rovina. Se mi vuoi bene, devi fare di tutto perché funzioni».

Kerr sorrise. «Se ti voglio bene? Tu cosa credi?».

«Non ne sono sicura», rispose Lucy in tono civettuolo. «Ti sei divertito una notte, forse sei già soddisfatto».

«E tu?».

«Mi sono divertita, ma non mi basta».

Lucy tornò a farsi seria. «Mi raccomando, David, è molto importante».

Riagganciando la cornetta, Kerr guardò i volti degli sconosciuti che gli sciamavano intorno.

«Non sei la prima a dirmelo», commentò fra sé.

20

Joseph R. Huntley aveva una gran voglia di fumare, ma gli era bastata un'occhiata per capire che se si fosse acceso una sigaretta il senatore avrebbe dato fuori di matto. Ancora più di quanto già non stava facendo, cosa difficile a credersi. Huntley non era ancora riuscito a capire quale fosse il segreto di Barker, al di là della pura e sfacciata fortuna di essere il discendente di una famiglia di petrolieri. Chiamava continuamente in causa "il duro individualismo" e "l'imprenditorialità americana", ma per quanto ne sapeva Huntley il senatore non faceva nulla di più duro o imprenditoriale che incassare gli assegni ogni volta che i pozzi di famiglia sputavano petrolio e usare i guadagni per garantirsi una carriera politica.

Rammentando che *Vietato fumare* era l'undicesimo comandamento di Barker, Huntley prese a rovistarsi in tasca alla ricerca della gomma da masticare alla nicotina. Il senatore imponeva decine di regole immutabili, insinuando che gli fossero state comunicate direttamente da Dio – eventualità su cui Huntley nutriva serissimi dubbi. Il direttore dell'Intelligence Support Activity aveva notato che nell'universo dell'America First gli interessi del senatore sembravano sempre coincidere con la legge divina.

«È un ottimo accordo, se riesci a gestirlo», aveva spiegato a Ricky Rush illustrandogli i rapporti fra l'Activity e l'America First. Rammentava ancora l'espressione sbalordita di Ricky.

«Hai appena detto che non sono che una banda di fanatici religiosi», aveva replicato. «Per quale ragione dovremmo scendere a patti con loro? Non ha senso».

«È una mossa politica», aveva replicato Huntley. Ma in quel momento, osservando Mark Barker, non ne era più così sicuro.

Si infilò in bocca due strisce di gomma alla nicotina e prese a masticare con entusiasmo. Barker, appollaiato su un'enorme poltrona di pelle rialzata da una piattaforma, sembrava uno gnomo su un palcoscenico il cui fondale era costituito dallo spettacolare panorama di Washington. Seduto al cospetto del suo capo, John Oberdorfer tradiva una colorazione più arancione del solito. Avrebbe bisogno di una mano più scura, si disse il direttore dell'Activity.

La segretaria personale del senatore, Janey, vestita con un paio di scarpe bianche dai tacchi alti e un'aderente gonna nera, entrò vacillando in ufficio con un vassoio di Coca-Cola e annunciò che avrebbe preso la Cadillac per andare a far compere al centro commerciale di Tyson's Corner. Cacciandosi in bocca un'altra gomma, Huntley ripensò alle profetiche parole di Ricky Rush. Al senatore Mark Barker mancavano diverse, decisive rotelle.

«E Ricky gli ha puntato contro la pistola», disse Oberdorfer. Stava riferendo i dettagli dell'aggressione subìta da Brigham Y. Dodds, il quale – proprio come Ricky aveva previsto – era stato trovato da un appassionato di *jogging* nei pressi del cimitero di Arlington.

«Era un vero disastro», rivelò Oberdorfer.

«Ricky l'aveva malmenato?».

«No, senatore. Aveva avuto un problemuccio con la vescica e l'intestino. La paura, suppongo».

«Si è cacato addosso», latrò Barker.

«Sì, signore».

Huntley non capiva perché il senatore si circondasse di simili pagliacci. Oberdorfer, Brigham Dodds, Scott Swett, Bob Allen e Ben Ritter. Se non fossero in cinque, si disse, sarebbero la perfetta reincarnazione di Gianni e Pinotto.

E non riusciva a spiegarsi la ragione per cui un miliardario dovesse sentirsi minacciato dai propri stessi subalterni al punto da assoldare una banda di deficienti.

La fedeltà era più importante dell'abilità, evidentemente,

anche perché le regole stabilite dal senatore Barker proibivano la barba, le droghe, le sigarette, l'alcol, i capelli lunghi per gli uomini e corti per le donne, i pantaloni femminili. Erano criteri che restringevano drammaticamente il campo. Ciò che sorprendeva Huntley più di tutto non era tanto il numero di mormoni che lavoravano per Barker, quanto il fatto che ci fosse qualcuno, a parte i mormoni, che fosse disposto ad accettare le sue condizioni. Più ci pensava, più sentiva di aver bisogno di quella maledetta sigaretta. Oberdorfer era ancora intento a descrivere le condizioni della biancheria intima di Brigham Y. Dodds quando il senatore balzò in piedi all'improvviso e si avvicinò all'acquario. I pesci al di là del vetro tradirono un guizzo eccitato.

«Non ho niente per voi, ragazzi», si scusò Barker rivolgendo la schiena a Oberdorfer. «Sono stato così occupato che mi sono dimenticato del vostro pranzo. Ma ve lo porterò presto».

Oberdorfer si interruppe. Se un branco di orridi pesci è più interessante di quello che sto dicendo, si chiese, che senso ha continuare? Barker ruotò sui tacchi e lo fissò.

«La seguo», ringhiò. «Ma quello che sento non mi piace. Il suo caro Brigham si è cacato nei pantaloni. Scott Swett si è fatto massacrare a mazzate. E Ricky è a piede libero. Ho tralasciato qualcosa?».

Oberdorfer scosse la testa.

«Non molto, senatore», ammise.

«Sicché ha fallito», lo incalzò Barker. «Come al solito».

«Io... voglio dire, noi...».

«Lo dica», interloquì il senatore.

«Cosa dovrei dire, signore?».

«Dica che ha fallito, miserabile pezzo di merda, e chieda perdono a Dio».

Oberdorfer deglutì a fatica.

«Io... voglio dire, noi... abbiamo fallito. Chiedo perdono a Dio».

Barker assunse immediatamente un tono più morbido e si rivolse a Huntley, facendo ballonzolare entusiasticamente il cranio rasato.

«Prima di tutto, Joe, voglio dirle quanto apprezzi il fatto che sia qui. So che ne andrebbe della sua posizione, se venisse sorpreso con noi matti dell'America First». Fece una risatina. «Secondo, dobbiamo mettere fine a questa vicenda, e per farlo contiamo su di lei».

«Mettere fine», ripeté Huntley in tono improvvisamente sospettoso.

«L'unico modo per far funzionare la cosa», Huntley rammentò di aver spiegato a Ricky, «è passare a Barker le informazioni appena sufficienti a tenerlo dalla nostra parte. Ma non dobbiamo mai avvicinarci troppo. Ci inghiottirebbe come uno di quei suoi schifosissimi pesci».

«Avvicinarmi troppo a quel fetente?», aveva replicato Ricky. «Non succederà mai».

Le ultime parole famose, pensò Huntley schiarendosi la gola.

«Lei ha ragione, senatore», disse. «La questione Ricky Rush dev'essere risolta immediatamente, ma a rischio di annoiarla vorrei ribadirle che è un problema suo. È lei che deve trovarlo prima dell'Fbi. Per quanto mi riguarda, non credo esista una sola persona disposta a credergli, anche se dovesse presentare il mio computer come prova. Ho già diffuso la voce che Rush ha inserito di persona i documenti sul portatile e inventato la faccenda del complotto per screditarmi. Il suo più recente rapporto di servizio lo descrive come un omosessuale, e la sua finta morte è la prova definitiva che soffre di disturbi mentali. Stavo per escluderlo dall'attività di spionaggio, e come tutti sanno, i pederasti sono elementi profondamente instabili».

Barker scoppiò a ridere.

«Molto abile, Joe», commentò. «Davvero encomiabile. Perfetto. Un rischio per la sicurezza. Ha ragione, non possiamo accettare pederasti nel servizio militare, non possiamo permettere che corrompano il prossimo con le loro pratiche abominevoli. È tipico del lassismo di questi tempi».

«La ringrazio, senatore», replicò Huntley. «Ma tutto ciò significa che non posso aiutarla. Trovare Ricky non è compito dell'Activity, ma dell'America First».

Barker tornò a rivolgersi a Oberdorfer.

«E lei mi sta dicendo che non lo si riesce a rintracciare», disse in tono nuovamente ostile. «Nonostante tutto il denaro che stiamo spendendo».

Oberdorfer annuì.

«Precisamente, senatore. Ha sicuramente adottato una nuova identità: nuove carte di credito, conti bancari, patente. Si sta finanziando col denaro guadagnato con noi. È impossibile localizzarlo».

«Ma bene», ringhiò Barker in tono di spregio. «Lui può mettersi alle calcagna dei miei uomini e prenderli a mazzate in testa, e noi invece brancoliamo nel buio? È questo che mi sta dicendo?».

«Sì, senatore», ammise Oberdorfer.

Barker raggiunse la scrivania e calò un gran pugno sul piano di legno. Oberdorfer trasalì.

«Questa storia deve finire! Immediatamente!».

Oberdorfer chinò il capo come un penitente.

«*Lo-voglio-morto!*», sbraitò Barker sottolineando ogni parola con un pugno.

Huntley era sbalordito dalla puerilità del senatore. Tenerlo a distanza di sicurezza, si disse, è stata una delle decisioni più sagge della mia vita.

«Lo stiamo cercando», protestò coraggiosamente Oberdorfer. «Ma non è facile. Ho coinvolto due agenzie di investigazioni esterne, e i nostri uomini continuano a pedinare David Kerr. Ma non abbiamo le risorse del governo federale – a parte il fatto che nemmeno loro sembrano in grado di trovarlo».

La rabbia di Barker svanì con la stessa rapidità con cui era venuta a galla. Il senatore si sedette e riprese a parlare in tono normale, senza traccia di petulanza.

«D'accordo, amici. Cosa abbiamo sul tavolo? Come facciamo a riprendere in mano il pallino? Ipotizziamo lo scenario peggiore. Se Ricky decidesse di parlare, incontrerebbe dei grossi problemi, giusto?».

Oberdorfer gli restituì un'occhiata vacua. Fu Huntley a rispondere.

«Ho avvertito il servizio di sicurezza del dipartimento della Difesa e l'Fbi che Ricky è da considerarsi una cellula impazzita molto pericolosa. Non appena ricomparisse, verrebbe eliminato».

«Perfetto!», gridò Barker. «Perfetto, Joe. Ma supponiamo che riuscisse a scomparire un'altra volta col computer. In quel caso che facciamo?».

«Aspettiamo», rispose Huntley.

«No, Joe, non possiamo aspettare».

«Perché no?».

Barker balzò in piedi ridendo.

«Non possiamo permettercelo», rispose compiendo un giro completo dell'ufficio e controllando le telecamere puntate sulla riunione. «Ho un altro piano. Lo costringiamo a uscire allo scoperto, e in modo tale che non ci siano più dubbi sulla sua follia».

Barker batté le mani e sorrise, evidentemente convinto di aver avuto un colpo di genio. Huntley si mosse a disagio sulla poltrona.

«Ognuno ha un punto di rottura, giusto?», soggiunse Barker. «Qual è la cosa a cui Ricky tiene di più? Su cosa possiamo far leva per distruggerlo?».

Huntley masticò nervosamente la gomma. L'eliminazione di Ricky, pur essendo necessaria per la loro sopravvivenza, gli dava già fin troppi problemi. Ma il suono delle parole del senatore, in special modo il suo uso della prima persona plurale, gli piaceva ancora meno.

«Avete idea di cosa sia importante per Ricky?», insistette Barker. «Di cosa lo faccia più soffrire?».

«Sappiamo che tiene soprattutto a tre cose», intervenne Oberdorfer. «Ai suoi soldi, che non sappiamo dove siano, al fratello e alla ragazza. Ha un negozio di oggetti new age ad Alexandria. Dobbiamo concentrarci su di lei o sul fratello».

«Giusto», esclamò Barker. «Ci siamo! Uno dei due, o ancora meglio entrambi. Qualsiasi cosa facciate, Ricky dovrà uscirne più scatenato di un vespaio. E quando verrà fuori che è stato lui ad aggredire i nostri due uomini, la gente lo guarderà come il maniaco di "Psycho"».

Huntley era sempre più divorato dal bisogno di fumare. Accanto a lui, Oberdorfer annuiva entusiasta come una marionetta dal volto arancione.

«Un attimo solo, senatore», intervenne il direttore dell'Activity. «Dobbiamo rifletterci bene. In primo luogo, Ricky potrebbe scatenarsi sul serio. Facendo del male alla sua ragazza, vi trasformereste automaticamente in altrettanti obiettivi. E parlo anche di lei, signore».

«Precisamente», convenne Barker con un sorriso folle. «Precisamente. Chi crederebbe mai a un uomo che ha tentato di assassinare un membro del Senato? Chi sarebbe disposto a credere alla veridicità dei documenti sul computer?».

«Ma la ragazza non c'entra», obiettò Huntley.

«Si sbaglia», lo contraddisse Barker. «Si sbaglia di grosso. C'entra anche lei. Se l'America First vuole continuare a fare l'ottimo lavoro che ha fatto finora, ha bisogno di proteggersi. Il Signore aiuta chi si aiuta. Dobbiamo farlo, non capisce?».

Huntley studiò freddamente il senatore. Per la prima volta, si rendeva conto che i suoi problemi erano molto più gravi di quanto avesse mai immaginato, e che non si sarebbero risolti con l'eliminazione di Ricky. Da quel momento in poi, Barker l'avrebbe perseguitato come una maledizione. Presto o tardi, si disse, dovrò occuparmi anche di lui.

«Il profeta Geremia», declamò Barker dal suo piccolo pulpito, «illustra chiaramente la punizione riservata a coloro che abbandonano la retta via. Cadranno sotto i colpi di spada del nemico. È la nostra missione, Joe. Affondare la spada».

Huntley sentì che il succo alla nicotina della gomma da masticare gli si seccava in bocca.

«Geremia», ripeté.

«Quello che avremo bisogno da lei», riprese Barker, «saranno le informazioni sui movimenti di Ricky. Possiamo stanarlo, ma abbiamo bisogno delle risorse del governo federale».

«Aspetti un attimo», replicò Huntley irrigidendosi. «Il nostro accordo prevedeva soltanto che vi fornissimo informazioni economiche. Ne traeva vantaggio l'Activity, l'America First e l'intero paese. Non può iniziare a darmi ordini soltanto perché ha fatto una chiacchierata con quel cazzone di Geremia. Se avesse seguito il mio consiglio, invece di gettare quei due nella palude, nulla di tutto questo sarebbe mai successo. Drysdale e Colvin non avrebbero mai fiatato, ma lei ha voluto esserne sicuro. E ha fatto il passo più lungo della gamba, come sta per fare anche adesso. Non posso permettermi di farmi coinvolgere».

Il tozzo naso di Mark Barker tradì un fremito di disprezzo. Oberdorfer batté le palpebre, sbalordito dal fatto che qualcuno osasse discutere con il senatore, specialmente su un passo di Geremia, uno dei suoi preferiti. Nessuno, su quell'argomento, aveva mai messo in forse le sue parole, e men che meno aveva dato del cazzone al profeta. Non si poteva prevedere cosa sarebbe successo.

«Non può farsi coinvolgere?», ringhiò Barker. «Lei è *già* coinvolto, Joe, e le conviene fare come dico io».

Huntley balzò in piedi e fece per abbandonare il locale.

«Si sieda», latrò il chihuahua. «Non abbiamo ancora finito». Si alzò in piedi sulla pedana. «Mi ascolti, Joe», soggiunse. «Siamo tutti sulla stessa barca: io, lei, l'Activity, l'America First. Se Ricky Rush incastrasse il sottoscritto, incastrerebbe anche lei».

«Abbiamo appena finito di dire che tutto ciò che ha sono un mucchio di illazioni su un computer, documenti che potrebbe benissimo aver contraffatto. Non vedo la necessità di uccidere un innocente, quando Ricky è già abbastanza screditato. Non ha alcuna prova...».

Nel vedere la strana espressione con cui Barker e Oberdorfer lo fissavano, Huntley si sentì morire le parole sulle labbra. Smise di masticare la gomma e la sputò su un pezzetto di carta.

«Senatore», riprese quindi mentre la verità gli si faceva finalmente chiara, «le dispiace dirmi cos'ha *veramente* in mano Ricky?».

21

David Kerr scese dal taxi davanti al Campidoglio, superò i controlli di sicurezza e attraversò un atrio cavernoso fino a raggiungere la mappa degli uffici del Senato. L'ascensore lo condusse al terzo piano, e all'improvviso le indicazioni di Lucy acquistarono un senso preciso.

«Segui il tuo olfatto», gli aveva detto. «Letteralmente».

«Che intendi dire?».

«Esci dall'ascensore e capirai».

Nel corridoio aleggiava un forte odore dolciastro. Appena fuori dal suo ufficio, Hennington aveva fatto installare un'enorme macchina per i popcorn. Era un regalo del suo stato, sul quale era stato inciso un messaggio: "Grazie per mettere *davvero* l'America davanti a tutto. Fagliela vedere, Howie. Gli agricoltori del Kansas". Il profumo del granturco arrostito e del burro fuso invadeva ogni angolo dell'ufficio.

Lucy accolse Kerr con una stretta di mano formale. Vestita con un completo da lavoro blu, ostentava un'aria professionale. Lo condusse nell'ufficio privato del senatore e gli fece cenno di sedersi su un divano di pelle. Pochi istanti dopo vennero raggiunti da un uomo alto e magro sulla soglia della cinquantina. Era in maniche di camicia, un pollice infilato con noncuranza sotto la bretella rossa, l'altra mano a reggere un fascio di documenti. Sembrava privo di fianchi, ed era così alto che a Kerr rammentava un punto esclamativo ambulante.

«Le presento Jim McCall», annunciò Lucy. «È il nostro nuovo capo dello staff. Jim, questo è il fratello di Ricky Rush».

«Lieto di conoscerla», disse McCall tradendo un forte accento texano e una trasparente insincerità. «Il senatore sta votando, ma ci raggiungerà fra pochi minuti. Posso fare qualcosa per lei, prima che cominciamo?».

«Questi sono per voi», rispose Kerr alzando lo sguardo su McCall e allungandogli un fascio di carte. «Ho stampato i dischetti di mio fratello. Contengono le prove che alcuni individui hanno approfittato illegalmente delle informazioni fornite all'Economic Security Council. Ricky desidera incontrare il senatore e rivelargliene i dettagli. Dice che è molto importante».

McCall prese i fogli.

«Lo decideremo fra un istante. Prima voglio sapere di suo fratello».

«In che senso?».

«Era teso, nervoso, era...?».

«Vuole sapere se è impazzito?».

«Già, immagino di sì», ammise McCall. Più parlava, più sembrava assottigliarsi. Con il suo ciuffo di capelli biondo-rossicci e il corpo dinoccolato, cominciava a somigliare a un bastoncino per le orecchie usato. «Mi permetta di parlare chiaro, mister...».

«Kerr».

«Mister Kerr. Il consiglio che darò al senatore Hennington sarà molto probabilmente di non ricevere suo fratello. Se ciò che dice il capitano Rush è falso, il colloquio è ovviamente una perdita di tempo. Ma se anche le sue affermazioni fossero sincere o avessero qualcosa di vero, rimarrebbero comunque delle grosse perplessità. Stiamo parlando di un individuo che ha messo in scena il proprio stesso suicidio, che ha rubato beni governativi, che ammette di essere stato coinvolto nel traffico di informazioni riservate e che a quanto pare ha aggredito due dei suoi ex complici. Uno è all'ospedale, l'altro è scomparso, e nessuno sembra in grado di spiegarsi il perché, se non ricorrendo all'ipotesi che suo fratello si sia trasformato nel Maniaco di Washington».

Kerr era sbalordito.

«Che intende dire? Di cosa sta parlando?».

«Gliel'ho appena spiegato», rispose McCall. «Un trentaduenne bianco è stato aggredito con una mazza da baseball nei pressi della George Washington University. Si trova in fin di vita al Georgetown Hospital, e i dottori temono che non ce la farà. L'altra vittima è scomparsa quasi ventiquattro ore fa. Si tratta di un altro maschio bianco, di trentun anni. Entrambi conoscevano suo fratello».

Kerr si rammentò dell'azione di disturbo a cui Ricky aveva accennato poche ore prima.

«Il capitano Rush è ricercato in tutto il distretto di Columbia», soggiunse McCall. «È chiaramente un individuo affetto da profonde turbe psicologiche, con trascorsi di violenza. Secondo il suo dossier, i problemi iniziarono più di un anno fa, con la malattia e la morte di sua madre».

«Di *nostra* madre», interloquì Kerr.

McCall inarcò un sopracciglio.

«Anche supponendo che questa storia abbia un elemento di verità», riprese, «prestando fede a un individuo del genere il senatore Hennington farebbe la figura dell'ingenuo. È troppo rischioso».

«Fisicamente o politicamente?», domandò Kerr in tono secco.

«In tutti i sensi». L'atteggiamento di McCall era ormai apertamente ostile. «Ha presente cosa accadrebbe se il governo degli Stati Uniti venisse costretto ad ammettere di avere spiato il ministero del Tesoro inglese, la Bundesbank, la CEE? A rivelare che alcuni nostri agenti hanno speculato sul crollo delle valute europee?».

«Me ne sono fatto un'idea», concesse Kerr. «Ma la cosa che più mi interessa è sapere come fa a essere così bene informato sulle attività segrete di mio fratello. Chi le ha detto che fosse coinvolto in quelle operazioni?».

McCall si aprì in un sorriso compiaciuto.

«Ho le mie fonti», rispose. «E qualunque fandonia abbia inventato quel traditore di suo fratello per salvarsi le chiappe, non ci riuscirà».

Kerr era sul punto di replicare a tono, ma venne interrotto da alcune voci provenienti dall'esterno. La porta si aprì e il senatore Howard H. Hennington fece irruzione nell'ufficio, seguito a ruota da due giovani assistenti.

«...riferisci pure alla Casa Bianca che l'accordo commerciale non ha alcuna possibilità di passare, a patto che il presidente non si muova sulle sovvenzioni agricole o si decida a torchiare l'Europa sul prezzo della soia».

«Ma lei ha detto...».

«Chiudi il becco, Marty. Chiamami l'ufficio di Barker. Dobbiamo parlare delle auto monovolume giapponesi che sostiene stiano invadendo il mercato americano. E che per la maggior parte sono prodotte nel Tennessee».

«Ma Barker l'ha appena attaccata in tivù, e lei ha detto...».

«Obbedisci, Marty, e non continuare a ricordarmi cosa ho detto. Se volessi una registrazione di tutti i miei discorsi, sarei perfettamente in grado di procurarmela. Chiama l'ufficio di Barker e fissa un incontro».

«No, signore... cioè sissignore».

«Senatore», interloquì McCall, «questo è il fratello del capitano Rush».

I due assistenti si precipitarono a svolgere i loro compiti. Il senatore si voltò verso Kerr, aprendosi in un sorriso esperto e stringendogli calorosamente la mano.

«Howard Hennington».

«David Kerr. Lieto di conoscerla, signore. Sono il fratellastro di Richard Rush, e da diverso tempo seguo il suo lavoro con grande interesse».

«Davvero? E da quando?».

«Dal suo intervento al congresso democratico del 1992».

Il sorriso di Hennington si fece radioso. «Le è piaciuto?».

«Ho particolarmente apprezzato il passo in cui diceva che Ronald Reagan aveva causato non solo il crollo dell'Unione Sovietica, ma anche quello degli Stati Uniti».

Hennington esplose in una sonora risata.

«Era un'ottima battuta», ammise. «Soprattutto perché era la verità. Fu opera di Lucy», soggiunse scoccandole un sorriso. Lucy arrossì, sorpresa che il senatore se ne ricordasse.

«Ma ora tiene bordone a Barker sulle questioni commerciali?», domandò Kerr. «Non ho potuto fare a meno di ascoltare».

«Crede che mi piaccia?». Hennington diede un sospiro.

«Al contrario. Ma la minaccia di un inasprimento dei contrasti commerciali è troppo chiara e imminente. Cedendo sulle tariffe doganali meno significative, spero di riuscire ad ammorbidire Barker su quelle più importanti. In caso contrario... sono perfettamente in grado di contare, e so che andremo a perdere».

«Non è un po' come voler tenere il piede in due scarpe, signore?», obiettò Kerr. Era un'affermazione del tutto superflua, ma visto che McCall gli si era già schierato apertamente contro, non aveva più niente da perdere. Hennington gli sorrise. «O si è per il liberoscambismo oppure no», insistette Kerr. «Non si può essere "un po' protezionisti". Dovrebbe attaccare Barker e farla finita una volta per tutte».

«Lei è uno che non ha peli sulla lingua, figliolo».

«Sono scozzese, senatore. Gli inglesi hanno prodotto i diplomatici, noi scozzesi i guerrieri. Ma forse dovrei imparare a tenere la bocca chiusa. Perdoni la mia franchezza».

Lucy si teneva in disparte, nervosissima, sicura che l'equilibrio fosse sul punto di spezzarsi; ma il senatore del Kansas si limitò a carezzarsi il mento con aria pensosa.

«Non deve chiedermi scusa», rispose quindi. «Mi piacciono, quelli che parlano chiaro. Sono sempre più rari, in questa città. Ma proteggere il posto di lavoro dell'americano medio è una parola d'ordine molto popolare, e su questo terreno Barker sta vincendo tutte le battaglie».

Hennington era un uomo alto, attraente, dall'aria stanca. Aveva quasi sessant'anni, e una gran massa di capelli grigi che quando si infervorava gli ricadevano sul volto.

«Ma quello che lei dice è giusto. La questione è come sbarazzarsi dell'America First e del suo ciarpame prima che soffochi me e l'intero paese».

«Senatore», intervenne McCall, «ammetto che le opinioni di mister Kerr sul commercio siano interessanti, ma le ricordo che fra venti minuti ha un'altra votazione al Senato. Mister Kerr è qui per il morto vivente, il pazzo dello spionaggio elettronico».

Hennington sembrava confuso.

«Quale pazzo?».

Il tono di McCall si fece sarcastico.

«Il fratello di mister Kerr, il capitano Richard Rush, ha fatto finta di uccidersi. Adesso è ricomparso sulla scena, e vuole incontrarla per raccontarle una brutta storia di spionaggio ai danni dei nostri alleati».

Hennington scoppiò a ridere.

«Già, ora ricordo. Me ne ha parlato Lucy. E io le ho risposto che spero ardentemente che il governo sorvegli i nostri cosiddetti alleati. Dobbiamo stare attenti».

Kerr tentò di sorridere, ma Hennington gli si rivolse in tono severo.

«Non mi piacciono i traditori, mister Kerr. Non mi piacciono i disonesti, gli squilibrati e quelli che hanno a che fare con il senatore Barker. A sentire i suoi colleghi, suo fratello era un po' di tutto questo. Giusto, Jim?». McCall annuì. «E adesso viene fuori che non è nemmeno morto. Non ho alcun dubbio che per lei ciò non sia un problema: si tratta di suo fratello, dopo tutto. E sono lieto che abbia apprezzato il mio intervento al congresso del 1992. Ma temo che debba andarsene immediatamente da questo ufficio».

«Dieci minuti», rispose Kerr in tono implorante. «Ne mancano venti alla votazione. Me ne conceda la metà. Se dopo dieci minuti non vorrà sentire altro, me ne andrò. La prego, senatore. Non se ne pentirà».

Hennington trasse un profondo respiro.

«Lei è un figlio di buona donna con le palle, mister Kerr», sbottò quindi. «I suoi dieci minuti cominciano ora». Controllò l'ora e fece partire il cronometro. «Veda solo di non farmi incazzare», soggiunse a denti stretti.

22

Joseph R. Huntley fece ritorno al suo appartamento, a pochi chilometri dagli uffici dell'Activity, si tolse le scarpe e si accese una sigaretta come se fosse l'ultima della sua vita. La conversazione col senatore Barker l'aveva convinto che molto probabilmente lo sarebbe stata. Aveva trascorso anni a lavorare quattordici ore al giorno, spesso sette giorni la settimana, e adesso Barker, colui che si atteggiava a salvatore dell'Activity e di tutto ciò che essa significava, rischiava di causarne il collasso. O ancora peggio, la sua pubblica umiliazione.

«E perché?», borbottò Huntley. «Perché è un pazzo, arrogante figlio di puttana».

Raggiunse la cucina e si versò un Jack Daniels con ghiaccio. Se la videocassetta mostrava davvero ciò che Barker aveva detto che mostrava, e se era nelle mani di Ricky, significava che era tutto finito. Non c'era niente da fare. Trangugiò una sorsata di bourbon e tornò a riempire il bicchiere. Ma come aveva potuto essere così stupido, quello stronzo di Barker?

L'equazione era semplicissima: videocassetta più Ricky uguale fine di tutto. Ruffin ne avrebbe ricavato una lunga serie di incriminazioni, e l'Activity e l'America First sarebbero sprofondate nel fango.

«Incredibile», si ripeté Huntley. «Incredibile, cazzo».

Aveva cercato di far capire al senatore che erano rovinati, ma Barker era stato inamovibile. Geremia gli aveva parlato di nuovo, o forse persino Gesù. Gente con cui Huntley non poteva competere.

«Faccia valere la sua posizione, Joe», aveva abbaiato Barker, «e non succederà. Il Signore provvederà. I nostri avversari hanno progetti demoniaci. Li sconfiggeremo, perché così vuole il Signore. Lo so».

Progetti demoniaci. Come ho fatto a non pensarci prima? si chiese Huntley. Sapeva di avere qualche problema con l'Fbi, ma non aveva messo in conto Belzebù. Forse avrebbero dovuto intercettare anche le sue, di telefonate.

«Progetti demoniaci del cazzo».

Non vi era imprecazione in grado di esprimere la sua rabbia. Tornò in salotto, aprì una lattina di arachidi, se ne cacciò una manciata in bocca e prese a masticare in modo sgraziato. Se Barker aveva davvero parlato con Gesù, si disse, gli sarebbe piaciuto sapere se il Messia fosse riuscito ad aprire bocca. Era poco probabile. Mandò giù un altro sorso di Jack Daniels, aggiunse qualche cubetto di ghiaccio nel bicchiere e tornò a riempirlo di liquore.

«Non sono venuto fin qui da Texarkana per finire in questo modo», borbottò. «E non ho intenzione di farmi da parte soltanto perché lo dice Mark Barker».

Il bourbon stava iniziando a placargli la sete. Ripensò al vecchio modo di dire delle forze aeree con cui si indicava una zona così pullulante di truppe nemiche che era difficile non centrare il bersaglio. "Zona ricca di obiettivi", la chiamavano in Vietnam. Zona ricca di obiettivi: Ricky, il computer, la videocassetta, e ora anche Oberdorfer e Barker. Tutte le prove a suo carico erano comprese in quel cerchio, e in un modo o nell'altro bisognava intervenire. Con decisione.

«Bastardi», mormorò Huntley al fido Jack Daniels. «Sono tutti dei bastardi».

L'appartamento si trovava in un isolato di mattoni rossi edificato negli anni Ottanta su entrambi i lati della strada che collegava Washington all'aeroporto Dulles. Alla morte della moglie, Huntley si era prospettato un futuro di donnaiolo. Washington offriva una grande abbondanza di belle donne, e in un primo tempo Joseph R. le aveva corteggiate e portate a letto con l'entusiasmo di un adolescente; ma dopo qualche settimana si era stancato delle loro domande.

«Ma cosa fai per il governo, Joe?», gli chiedevano.

«Lavoro per il dipartimento del Commercio», rispondeva lui. Oppure: «Mi occupo di problemi commerciali per il dipartimento di Stato». O ancora: «Lavoro per l'ufficio del ministro del Commercio».

«E cosa fai di preciso?», insistevano loro.

Rubo i segreti economici e tecnologici degli altri paesi, tesoro.

Huntley si era stancato delle finzioni, delle menzogne. È più facile starsene da soli e lavorare, si era detto: non c'è niente di meglio del lavoro. Si versò un altro Jack Daniels. Ogni stanza dell'appartamento era dotata di un suo televisore, compreso il bagno dove Huntley sedeva fumando una Marlboro, sgranocchiando noccioline e contemplando il proprio futuro. Controllò l'ora e vide che stava per cominciare "American Gladiators". Si alzò dalla tazza, si lavò le mani e fece ritorno in salotto, dove un enorme televisore a quaranta pollici occhieggiava da un pensile di teck. Cosa posso fare? si chiese. In Vietnam aveva assaggiato il sapore della sconfitta, e aveva capito che non gli piaceva. Se l'Fbi fosse giunta in possesso della videocassetta, sarebbe crollato tutto. Se il nastro fosse tornato nelle mani di Barker, d'altra parte, il senatore avrebbe potuto ricattarlo per il resto dei suoi giorni. Non c'era altra scelta: la prima mossa sarebbe stata recuperare personalmente il video e distruggerlo.

Sullo schermo due lottatrici bionde, Storm e Viking, posavano nei loro bikini. La sfida consisteva nell'impedire all'avversaria di attraversare un labirinto formato da enormi cuscini imbottiti. Una lottatrice dai capelli scuri, Shari, si proiettò contro Storm, colpendola sotto l'imbottitura e mandandola a gambe all'aria in modo che gli spettatori potessero godere di una panoramica delle sue natiche. Incredibile, si disse Huntley. Su una stazione nazionale. Non c'era da stupirsi che l'emittente cristiana di Barker avesse tanti spettatori. Le uniche chiappe che si vedevano nelle sue trasmissioni appartenevano a quelle facce di culo dei predicatori.

Huntley rise di gusto della propria battuta, accese un'altra sigaretta e si accomodò sulla poltrona. Forse c'è una via d'uscita, si disse. Ma non sarebbe stato un bello spettacolo. Era un'altra lezione imparata in Vietnam. La chiamava la Dottrina Huntley.

«Forza implacabile», borbottò rivolto a Storm, che si era messa a sedere gonfiando il petto e facendo boccuccia alla telecamera. «Esercitata in modo implacabile».

In televisione, un gladiatore di colore di nome Strike stava illustrando la propria dieta da settemila calorie al giorno, il pasto di carboidrati che consumava prima di ogni incontro e il fatto che non mangiasse mai frutta.

«La frutta è piena d'acqua», disse gonfiando i bicipiti con un gran sorriso. «E io dell'acqua non me ne faccio niente».

Strike potrebbe capire la mia dottrina, si disse Huntley. L'America First Corporation avrebbe avuto bisogno di gente come lui, al posto di un branco di mormoni così stupidi da cadere come birilli sotto i colpi di Ricky. Strike gli avrebbe staccato la testa dal collo, gliel'avrebbe infilata su per il culo e si sarebbe mangiato la videocassetta. E cosa avrebbe fatto il buon Strike quando avesse scoperto che era stato lo stesso Barker a girare un video che avrebbe potuto mandare tutto a puttane? Cosa avrebbe fatto Strike di quel demente del senatore? Huntley aprì una lattina di Miller Lite e bevve una lunga sorsata di birra. Più che altro era infuriato con se stesso. Non riusciva a credere di essere stato tanto stupido da non capire che l'ufficio di Barker pullulava di telecamere e microfoni accesi.

«È uno studio televisivo, Cristo santo», rivelò a Jack Daniels, e i cubetti di ghiaccio annuirono dal bicchiere. «Non ho fatto caso alle telecamere. Idiota, idiota, idiota».

Cercò di rammentarsi la conversazione avvenuta quasi tre anni prima.

Gli era appena giunta voce che la Casa Bianca avesse intenzione di chiudere l'Intelligence Support Activity, appellandosi alla mancanza di fondi e di nemici dopo la fine della guerra fredda. Huntley si era presentato negli uffici dell'America First, pregando Barker di far cambiare idea alla commissione del Senato.

«Ha tutta la mia comprensione, Joe», aveva detto Barker.

«Ma dovrete passare armi e bagagli allo spionaggio economico. Fatelo, e io le garantisco il pieno appoggio della commissione».

Huntley era così felice che gli avrebbe baciato quelle sue chiappe ossute.

«Sono d'accordo, senatore: dobbiamo incrementare la raccolta di informazioni economiche. Sono disposto a fare di tutto perché ciò succeda».

«Proprio di tutto?», aveva domandato Barker.

«Certo, senatore».

«Allora ho una proposta da farle», aveva replicato il chihuahua. «Mi è venuta un'idea. Una magnifica idea».

E così era iniziato tutto. Con la magnifica idea del senatore Barker.

Huntley bevve un sorso di bourbon. L'alcol stava iniziando a lenire le sue sofferenze, a riscaldargli le budella.

«Ma cosa gli ha fatto venire in mente di registrare il colloquio?», si chiese a voce alta. «Una forma di assicurazione, l'ha chiamata. Ma assicurazione contro cosa? gli ho chiesto. E lui non mi ha risposto. Assicurazione, Cristo santo».

Trangugiò un'altra sorsata di birra.

«Magnifica idea», borbottò.

Sullo schermo, un lottatore cercava di superare Strike e fare canestro. Strike lo colpì sotto la cintola, facendolo crollare a terra come una balla di fieno. La botta era stata così violenta che il lottatore non riuscì nemmeno a sorridere alla telecamera. Già, si disse Huntley: Strike avrebbe capito la sua dottrina. Forza implacabile, esercitata in modo implacabile. Prese un'altra lattina di birra e si versò l'ennesima dose di bourbon. In casa non vi era cibo, se si eccettuavano un barattolo di olive ripiene, un sacchetto di patatine, una confezione di Cheez Whiz e una lattina di *salsa*. Il frigorifero conteneva alcune confezioni da sei di birra leggera, una bottiglia di vodka, del vermouth, diverse lattine di Coca e acqua tonica dietetica. Huntley prese un sacchetto di Doritos dall'armadietto e versò la *salsa* in una zuppiera da minestra. All'improvviso, si sentì invadere da una rabbia profonda.

«Merda! Merda! *Merda!*».

Sferrò un pugno contro il frigorifero con una tale violenza che lo ammaccò e si sbucciò le nocche.

«Merda!», gridò affondando un altro colpo. «Merda! Merda! *Merda!*».

Prese una manciata di cubetti di ghiaccio, vi avvolse attorno uno strofinaccio, se lo posò sulla mano sanguinante e tornò in salotto per seguire la fine di "American Gladiators". Fu osservando Strike che comprese ciò che bisognava fare. Per il momento avrebbe seguito gli ordini di Barker, dedicandosi alla ragazza di Ricky. Forse non era un'idea così malvagia. Gli avrebbero fatto perdere la testa, attirandolo allo scoperto ed eliminandolo. E a quel punto, Huntley avrebbe usato il suo asso nella manica.

«La mia magnifica idea», disse rivolgendo un sorriso al bicchiere di bourbon.

Strike si sbarazzò di un lottatore dilettante tempestandolo di colpi in testa con un gigantesco cuscino fino a farlo cadere fuori dal ring. La telecamera passò a un primo piano di Storm, che mostrava i lucidi muscoli del petto. Huntley non riusciva a capire se ne fosse attratto o disgustato. Immerse una manciata di Doritos nella *salsa* piccante, se la cacciò in bocca e innaffiò il tutto con una sorsata di birra. L'idea che aveva iniziato a prendere forma fin dall'incontro con Barker gli si fece improvvisamente chiara. Scoppiando a ridere, Huntley rovesciò qualche goccia di *salsa* sulla moquette. L'aveva detto lo stesso Barker: nessuno avrebbe creduto a un uomo che aveva tentato di assassinare un membro del Senato.

«Tentato?», disse Huntley ridacchiando. «E perché solo tentare?».

In televisione, un lottatore stava cercando di raggiungere l'estremità opposta della palestra appeso a una serie di anelli che pendevano dal soffitto. Strike lo aggredì come un alligatore affamato, imprigionandolo in una forbice e facendolo cadere pesantemente sulla rete di protezione. Il combattimento non era durato che pochi secondi.

«Questi sono dilettanti», dichiarò Strike ansimando e sorridendo alle telecamere. «Io sono un professionista. La differenza è tutta qui. Per quanto ci provino, io sarò sempre il migliore».

Huntley sgranocchiò vigorosamente i suoi Doritos.

«Anch'io», disse rivolto allo schermo. «Anch'io».

23

«Ho conosciuto mio fratello soltanto oggi, senatore», esordì David Kerr, «ma non mi è sembrato né un traditore né un folle».

L'ostilità di Jim McCall non l'aveva sorpreso. Gli uffici dei politici erano da sempre affollati di assistenti con l'antigelo nelle vene, costantemente pronti a elencare le ragioni per cui il loro capo non avrebbe dovuto fare questa o quella cosa. Era Hennington che lo stava deludendo. Forse Lucy aveva ragione: il senatore aveva speso troppo nel tentativo di fermare l'avanzata dell'America First nel Kansas e in tutto il Midwest, e ormai stava cedendo. Forse non aveva più voglia di lanciare l'ennesima crociata. Ma dov'era finito il vecchio, tenace Hennington, colui che aveva replicato alla tipica tirata di Barker contro gli omosessuali nel servizio militare con una battuta di spirito e che aveva affondato il colpo di grazia con un attacco personale: "Ma suppongo che lei non possa sapere cosa sia un buon soldato, senatore. Cosa l'ha trattenuta dall'andare in Vietnam? Un ginocchio difettoso? O forse un padre miliardario?".

Barker era andato su tutte le furie, accusandolo di connivenza con i pervertiti, gli omosessuali e i molestatori di bambini. Forse la prospettiva di imbarcarsi in un'altra causa persa – quella di Ricky – era poco attraente. Qualunque fosse il motivo, Hennington sembrava nervoso. Comodamente seduto in poltrona, McCall fissava un punto particolarmente interessante del soffitto.

Il senatore controllò l'ora.

«Lascio a lei ogni valutazione sulle convenienze politiche», soggiunse Kerr nel disperato tentativo di toccare il tasto giusto. «Mi limiterò a riferirle ciò che mi ha detto mio fratello. Deciderà lei stesso se mostrare un po' di coraggio e prendere la palla al balzo, oppure rinunciare».

Nell'udire la parola "coraggio", Hennington trasalì. Dopo un istante si abbandonò sulla sedia, allentò la cravatta e sbottonò il colletto della camicia. McCall tradì un lieve sussulto, ma non distolse gli occhi dal soffitto. La voce della segretaria giunse a spezzare il silenzio.

«C'è una telefonata per lei, mister McCall».

«Sono occupato».

«È urgente. Personale, ma urgente».

McCall si alzò e uscì dall'ufficio. Kerr sfruttò l'occasione per rivolgersi direttamente a Hennington. Iniziò illustrando il ruolo di Ricky nell'Intelligence Support Activity.

«Intercettava i segreti economici delle potenze straniere».

«Esatto, senatore».

«E allora lo dica chiaramente. Farà passare più in fretta questi dieci minuti».

Kerr accusò il colpo, ma cercò di non darlo a vedere. Elencò le operazioni di cui gli aveva parlato Ricky.

«È pronto ad ammettere di avere utilizzato le informazioni per il proprio tornaconto».

Hennington sbuffò.

«E come avrebbe fatto?».

«Usandole per speculare sul mercato valutario e sulle azioni delle aziende che spiava. Insieme a lui erano coinvolti tre uomini dell'Activity, due dei quali sono stati uccisi».

Hennington drizzò la schiena.

«Uccisi?».

«Sì», confermò Kerr consultando i suoi appunti. «Si chiamavano William Colvin e Peter Drysdale. I due sopravvissuti sono mio fratello e il direttore dell'Intelligence Support Activity, Joseph R. Huntley».

Hennington lo fissò sgranando gli occhi come un bambino.

«Joe lo Scivoloso», disse. «Che io sia dannato».

Forse lo saremo tutti, pensò Kerr.

«Per questo mio fratello è scomparso, senatore. Temeva di

venire eliminato come Colvin e Drysdale. Ricky Rush è un patriota disposto a morire per il suo paese in una vera battaglia, ma non certo per proteggere le aziende americane in una guerra commerciale. Le sembra così assurdo?».

«E Huntley?», insistette Hennington come se volesse assaporare la rivelazione. «Cosa...?».

«Fu lui a ordinare a Ricky di passare le informazioni alle aziende private. Disse che era inutile che fosse il governo a conoscere i segreti della tecnologia della superconduzione, visto che le fabbriche non appartenevano certo allo zio Sam. L'importante, gli spiegò, era farli pervenire a chi fosse stato in grado di aiutare l'economia americana. Ricky iniziò a passarli all'America First, e presto scoprì che le industrie ripagavano le informazioni con generosi versamenti in contanti».

«E sostiene di essere stato ingannato?».

«Sì».

«E lei gli crede?».

Kerr si strinse nelle spalle.

«È mio fratello, senatore. Certo che gli credo. La questione è un'altra: è disposto ad aiutarlo?».

Prima che Hennington potesse rispondere, McCall rientrò in ufficio e si sedette.

«Scusatemi», disse. «Non volevo interrompere».

La telefonata, notò Kerr, aveva apparentemente provocato un profondo cambiamento. McCall non sembrava più interessato al soffitto, e aveva preso a fissarlo attentamente.

Hennington succhiò la saliva fra i denti. «Una storia interessante, mister Kerr. È in grado di provarla?».

«Mio fratello dice di sì. Parte delle prove le avete già in mano. Sono gli appunti e i dischetti che ho consegnato a mister McCall».

Kerr si voltò verso il texano, aspettandosi una risposta sdegnosa.

«È un elenco di aziende e operazioni», disse invece McCall in tono mite. «Ho potuto darvi soltanto una rapida occhiata, ma le informazioni sembrerebbero confermare le affermazioni di mister Kerr».

«E potrebbero essere vere?», domandò Hennington.

Con grande sorpresa di Kerr, la risposta di McCall non fu particolarmente ostile.

«È possibile, senatore. Alcuni dei dati sembrano realistici».

«Mister Kerr sostiene che sia coinvolto anche Joe Huntley».

McCall ostentò una smorfia di sorpresa.

«Non c'è alcuna prova concreta, senatore, ma...».

«Sicché dovrei ricevere il capitano Rush? È questo che ho bisogno di sapere».

McCall si schiarì la gola.

«Potrebbe essere molto rischioso dal punto di vista politico, come ho già accennato a mister Kerr», spiegò quindi. «Tuttavia, se fossimo in grado di provare che dietro questa manovra ci sono le stesse forze protezioniste che ci hanno condotto alla guerra commerciale, potremmo ottenere un bel risultato».

«Ma perché proprio io?», chiese Hennington rivolgendosi improvvisamente a Kerr, che non comprese la domanda. «Perché suo fratello avrebbe scelto me come destinatario delle sue preziose informazioni, e non l'Fbi, i giornali o qualsiasi altro senatore?».

«Perché ha fiducia in lei», replicò Kerr lentamente. «Perché è convinto che non sia il tipo da farsi corrompere o minacciare».

Il senatore si aprì in un sorriso a trentadue denti.

«Perché Lucy è una sua amica», riprese Kerr seguendo l'occhiata assorta che Hennington le scoccava, «e perché non ha nessun altro a cui rivolgersi. L'Fbi finirà per arrestarlo, ma Ricky teme che possa cedere alle pressioni esterne, insabbiare il caso e farlo passare per uno squilibrato».

«Per quale ragione?».

«Perché sarebbe troppo imbarazzante ammettere le attività di spionaggio economico ai danni di paesi alleati».

«E se non se ne facesse nulla?», domandò Hennington.

Kerr liberò un sospiro. «Per mio fratello sarebbe la morte. In tal caso, a sentir lui, l'Activity vi inghiottirebbe tutti come Godzilla».

«A quanto pare, suo fratello è un vero crociato», interloquì

McCall in tono nuovamente sarcastico. «Ma forse desidera soltanto vendicarsi per non essere stato promosso e per essere stato emarginato».

«E quando sarebbe successo?», s'informò Kerr.

«Circa un mese prima della sua scomparsa».

«Come fa a saperlo?».

McCall gli rivolse il suo sorriso compiaciuto, e Kerr si sorprese a chiedersi cosa sarebbe successo se gli avesse sferrato un diretto fra i denti. Il punto esclamativo si sarebbe forse trasformato in un punto di domanda? Hennington s'intromise prima che la situazione precipitasse.

«Ha informato l'Fbi della resurrezione di suo fratello?».

«Non ancora».

«Intende farlo?».

«Io... credo di sì. Non ci avevo pensato».

«Lasci che le spieghi una cosa. Non posso tenere udienze aperte al pubblico nel corso di un'indagine federale. E non posso chiamare a testimoniare gli imputati in un caso di corruzione. Ci siamo capiti?».

«Intendo parlare con l'Fbi dopo che lei avrà ricevuto mio fratello», si affrettò a rispondere Kerr. «Va meglio così?».

«Molto meglio».

Hennington tornò a rivolgersi a McCall.

«So che gli hai dato solo un'occhiata, Jim, ma che ne dici dei documenti? Ti sembrano opera di un folle o di un patriota?».

«Di entrambi», replicò lentamente il capo dello staff sfogliando assorto le pagine. «Il capitano Rush era un ufficiale decorato e rispettato, ma a quanto pare la morte della madre gli aveva causato qualche profondo scompenso. Se aggiungiamo il finto suicidio e le affermazioni con cui torna alla ribalta, il quadro che ne ricaviamo potrebbe essere quello di un pazzo delirante».

«Fammi qualche esempio».

«Qualche esempio...». McCall passò in rassegna i fogli. «Le manovre fra la Banca d'Inghilterra, il ministero del Tesoro inglese e il Cancelliere dello Scacchiere in occasione del crollo della sterlina del settembre 1992 hanno dell'assurdo. Sembrano quasi una parodia».

Hennington sembrava più divertito che allarmato.

«Ma andò proprio così, Jim. Gli inglesi sono bravissimi, a fare la commedia. Hai mai partecipato a una riunione della Camera dei comuni?».

«E sarà difficile stabilire la veridicità delle informazioni», insistette McCall. «Si accenna molto spesso a progetti di treni ad alta velocità, monorotaie sopraelevate, aliscafi, sistemi di propulsione a reazione, circuiti elettronici, *biochip* e superconduttori. Tecnologia d'avanguardia, che richiederà l'intervento di decine di esperti».

«Voglio un sì o un no, Jim. Devo ricevere questo squilibrato oppure no? In una parola».

McCall batté le palpebre.

«Purtroppo sì, senatore. Lo deve fare, perché se fosse tutto vero e lei si rifiutasse...».

«Vivrei per sempre nel rimorso».

«Già», convenne McCall di malavoglia.

Hennington prese a strofinarsi il mento. All'improvviso balzò in piedi e cominciò a percorrere l'ufficio a grandi passi, il volto coperto dalla gran massa di capelli grigi. Gli occhi di Lucy e di McCall non lo abbandonavano un istante, pronti a distinguere un segno. Hennington si portò alla finestra e si fermò per qualche istante, guardando fuori con espressione assorta.

«E sia, riceverò suo fratello», decretò infine rivolgendosi a Kerr. «In privato. Voglio vedere se fa sul serio. Il più presto possibile – diciamo domani a quest'ora. Lo metterò alle corde. Gli farò capire di essere disposto a sbilanciarmi pubblicamente, sempre che lui ce la faccia a reggere il gioco. Ma se il capitano Richard C. Rush crede che il mio lavoro sia smascherare operazioni clandestine solo per salvargli le chiappe, si sbaglia di grosso. Non potrei proteggerlo dall'Fbi nemmeno se volessi, e non voglio. Se ha commesso un crimine, pagherà. Ci siamo capiti?».

Hennington gli diede le spalle senza aspettare una risposta. Il colloquio era terminato. Kerr si alzò e si volse verso Lucy, che gli ammiccò e sorrise.

«La ringrazio, senatore».

Hennington si voltò e lo fronteggiò con aria severa.
«Ha usato molto bene i suoi dieci minuti, figliolo. Ora riferisca a suo fratello che se scomparirà di nuovo, o farà qualsiasi cosa che mi faccia dubitare del suo patriottismo, vi distruggerò entrambi più rapidamente di quanto fecero gli inglesi con la Casa Bianca nella guerra del 1812. Mi ha capito bene?».
«Sì, senatore, credo proprio di averla capita».
«Non c'è altro. Ora chiamatemi l'onorevole Wallace. Finché avrò la lingua per parlare, la base aerea di Starsfeld non chiuderà i battenti».
Hennington uscì a passo deciso dall'ufficio. Dal corridoio, Kerr lo udì salutare una delegazione di agricoltori del Kansas chiamando tutti per nome come vecchi amici. Stavano per godere dei loro dieci minuti di implacabile attenzione, si disse Kerr.
«È sempre così?», bisbigliò avvicinandosi a Lucy e aspirando il suo profumo. Lucy scosse cupamente la testa.
«Questo è un giorno di calma. Dovresti vederlo quando è occupato. Uragano Howie».
«E McCall? Come faceva a sapere che Ricky era stato giudicato uno squilibrato? Chi potrebbe essere la sua fonte?».
«Non lo so, ma credo di poterlo scoprire».
Lucy lo baciò dolcemente sulla guancia.
«Significa che stasera farò tardi», soggiunse. «Non aspettarmi in piedi».

24

Il negozio stava per chiudere. La musica riversava in strada il fruscio della pioggia su una foresta tropicale, punteggiato dai richiami degli animali e degli uccelli. A bordo di un'auto grigia che girava lentamente intorno all'isolato, due uomini osservavano Beatriz Ferrara sistemare i cristalli e annaffiare le piante. Indossava jeans schiariti, scarpe con le suole alte e un'ampia maglietta rosa con il disegno di un arcobaleno e una foresta pluviale e la scritta multicolore "Harmony Supplies". I due uomini scesero dall'auto e fecero per attraversare la strada, ma in quel momento due adolescenti sbucarono da dietro l'angolo, si fermarono di fronte alla vetrina del negozio, si diedero di gomito ed entrarono per informarsi sui prezzi dei gioielli d'argento Navajo. I due uomini tornarono a passi rapidi verso l'auto, salirono a bordo e ripartirono. Qualche istante dopo, un hippy di mezz'età dai lunghi capelli grigi raccolti in una coda di cavallo si presentò nel negozio e domandò a Beatriz se l'aromaterapia funzionasse contro l'impotenza.

«Perché ho sentito, cioè, che può essere efficace», soggiunse con voce cantilenante. «Se è usata nel modo giusto, come la vitamina E».

I due uomini nell'auto grigia passarono lentamente davanti alla vetrina, videro che Beatriz era ancora in compagnia e ripartirono per un altro giro dell'isolato.

«Può essere», concesse Beatriz posando sul banco una confezione di compresse di vitamina E. «Forse dovrebbe provarle entrambe».

Controllò l'ora, ansiosa di chiudere bottega e lasciare un

messaggio per Ricky nella casella elettronica. La sua telefonata l'aveva messa sul chi vive. Dal giorno in cui era arrivato suo fratello, non vi era una regola che Ricky non avesse infranto.

«Mi hai presa di sorpresa», gli aveva confessato. «Avevi detto che avremmo comunicato soltanto... nell'altro modo».

«Sanno tutto, Beatriz», aveva replicato Ricky. «Sanno *tutto*».

Il suo tono l'aveva allarmata ancora più a fondo.

«Ne sei sicuro?».

«Sì. È proprio come immaginavamo, hanno usato David come esca. L'hanno sempre saputo, o quanto meno sospettato. Per questo hanno fatto di tutto per farlo venire al funerale. Ma David ha accettato di aiutarci».

Beatriz aveva cercato di mostrarsi sollevata.

«Cosa vuoi che faccia?».

«Niente, per il momento. Ti ho chiamato solo per dirti che ti amo. Ora mi conviene andare, prima che mi trovino. Ti richiamo quando ci saranno novità, o mi metterò in contatto nell'altro modo».

«Ti amo».

«Anch'io».

Ricky aveva riagganciato, e Beatriz si era chiesta da dove le avesse telefonato. I suoi modi calorosi lo facevano sempre sembrare vicino e la riempivano di coraggio, come se fosse lì a proteggerla. L'uomo con la coda di cavallo richiamò la sua attenzione. Decise di acquistare il libro sull'aromaterapia, una combinazione di oli ed erbe e la vitamina E, sebbene Beatriz l'avesse avvertito che i benefici della cura non erano garantiti al cento per cento.

«Ho bisogno di una compagna?», domandò l'uomo. «O posso farla da solo?».

«Da solo va benissimo», rispose rapidamente Beatriz. «Come primo passo».

Le due adolescenti decisero di fare a meno dei gioielli Navajo e uscirono dal negozio ridacchiando.

L'uomo con la coda di cavallo prese i suoi acquisti e le augurò una buona serata.

Beatriz decise che era giunta l'ora di chiudere e si dedicò a sommare gli incassi della giornata. Di fronte al negozio, i due uomini nell'auto grigia osservarono i clienti allontanarsi e parcheggiarono. Controllarono che la strada fosse deserta, l'attraversarono ed entrarono in negozio spalancando la porta con violenza. Le campane di rame suonarono all'unisono, e Beatriz trasalì per lo spavento. Comprese subito che qualcosa non andava. I completi scuri dei due uomini erano fuori luogo nel suo negozio quanto la coda di cavallo dell'hippy a Wall Street. E il modo in cui la guardavano aveva qualcosa di malvagio, di ansioso. Il più anziano dei due richiuse la porta mentre il più giovane fingeva di osservare una collezione di parrocchetti guatemaltechi di cartapesta. Doveva avere poco meno di quarant'anni, era stranamente – e artificialmente – abbronzato, non aveva un capello fuori posto e tradiva l'aura di un individuo perennemente infelice. L'altro, il più anziano, Beatriz era sicura di averlo già visto. Non riusciva a localizzarlo, ma riconosceva la sua aura. Era grigia, come la morte.

«Che musica è?», domandò il più anziano in tono educato, rivelando uno strascicato accento texano.

«S-suoni della foresta amazzonica», rispose Beatriz cercando di dominare la propria tensione.

Gettò un'occhiata al telefono, chiedendosi se sarebbe riuscita a chiamare la polizia, quindi pensò di lanciarsi sulle scale verso casa, chiudendoli in negozio. Che lo distruggano pure, si disse, se è questo che vogliono. Non erano gli stessi che si erano presentati subito dopo la scomparsa di Ricky, ma se possibile le facevano ancora più paura. Il più anziano con il suo sguardo fisso, il più giovane con la sua espressione malvagia. Cercò di mantenere la calma.

«Posso aiutarvi? Cercate qualcosa?».

«Non qualcosa», replicò il grigio. «*Qualcuno*».

L'arancione chiuse la porta a chiave e ruotò il cartello sulla scritta "Chiuso".

«Ehi, cosa...».

«Abbiamo bisogno della sua completa attenzione, signorina», disse John Oberdorfer aprendosi in uno scintillante sorriso che gli attraversò il volto come uno squarcio su un melone. Gran belle tette, pensò. Chiuse le persiane alle finestre e procedette a spogliare Beatriz con gli occhi, dalla testa ai piedi. Joseph R. Huntley aumentò il volume della musica, estrasse una sigaretta dal pacchetto e l'accese.

«È vietato fumare», protestò Beatriz.

Huntley sorrise mostrandole i denti gialli e chiazzati di nicotina.

«Perché non chiama la polizia?».

La fissò senza battere le palpebre e aspirò una boccata di fumo. Osservandolo mentre stringeva la sigaretta fra le labbra, Beatriz ebbe la certezza di averlo già visto.

«Chi siete?», domandò.

Lo Scuro le si fece sotto con un sorriso lascivo.

«Se ci inviti a casa tua per una tazza di tisana, te lo diciamo».

Le fece scivolare una mano su una natica, pronto a palpare.

«Gran bel culo», soggiunse.

Beatriz si scostò con gesto rabbioso.

«Cosa diavolo volete?», gridò lanciandosi verso il telefono. «Non vi permetterò di molestarmi».

Con una spinta violenta, Oberdorfer la fece arretrare incespicando. Quindi afferrò il cavo del telefono e lo strappò dalla parete.

«Ma davvero?», ghignò. «Hai preso lezioni di autocoscienza, vero? Riesco sempre a capirlo».

Cercò di palparle un seno. Beatriz si lanciò dietro al banco, verso un altro apparecchio, ma Oberdorfer fu rapidissimo. Le sferrò un gran calcio alla bocca dello stomaco, facendola piegare su se stessa, quindi le diede uno spintone verso lo stanzino. Beatriz sbatté la nuca contro la porta e crollò a terra, gemendo per il dolore. Lo Scuro diede un grugnito soddisfatto.

«Concedimi qualche minuto, bellezza, e ti farò vedere cosa vuol dire molestare».

Huntley chiuse la porta dello stanzino e si chinò su di lei, afferrandola per un braccio e facendosi sotto fino a soffocarla col suo alito puzzolente di tabacco.

«Dov'è Ricky?», le chiese in tono risoluto. «Me lo vuoi dire?».

Beatriz cercò di liberarsi. Il ventre le doleva, e si sentiva sul punto di rigettare. Oberdorfer la costringeva al muro premendole entrambe le mani sui seni con un sorriso lascivo.

«È al cimitero di Arlington, a causa vostra», gridò mentre cercava di divincolarsi.

All'improvviso ricordò dove aveva visto il più anziano dei due. Al funerale, in mezzo a un drappello di uomini senza volto e in abito scuro. L'aveva seguito con lo sguardo mentre si allontanava di qualche passo e accendeva una sigaretta, disgustata dal suo vizio retrogrado e dalla sua aura grigia come uno spettro.

«Beatriz, tesoro», disse Huntley con disappunto, ruotandole il polso dietro la schiena e alitandole in volto. «Abbiamo scoperto anche noi quello che tu sai da diverse settimane: la scomparsa di Ricky era una finzione. Hai mentito per proteggerlo. Lo capisco, ma Ricky ha dei grossi problemi. Ha bisogno di assistenza psichiatrica, e questa è la tua ultima possibilità per riparare a ciò che hai fatto. Sentiamo, dolcezza: dove si nasconde?».

«Ve l'ho detto, non lo so!», gridò lei. «E anche se lo sapessi, non ve lo direi».

Huntley fece scattare il braccio destro, colpendola alla fronte e facendole sbattere la nuca contro uno scaffale. Beatriz scivolò a terra. Dalle casse acustiche provenne il rombo sordo di un tuono e lo scroscio di un temporale sulla foresta. Huntley aspirò una boccata dalla sigaretta e s'inginocchiò. Poteva scorgere la scintilla nello sguardo di Oberdorfer, e ne era disgustato. Con gesto quasi gentile le fece scorrere la mano sulla fronte, quindi l'afferrò per i capelli. Era una bella ragazza. Un vero peccato. Diede uno strattone, sollevandole la testa da terra e avvicinandole il volto fino a sfiorarle l'occhio destro con la brace della sigaretta. Beatriz cercò di gridare, ma non riuscì a emettere alcun suono.

«Tesoro», riprese Huntley in tono paziente. «Te lo devo dire, mi stai facendo incazzare. Sono disposto a torturarti per convincerti a parlare, ma il mio amico lo farebbe per puro divertimento».

Il fumo della sigaretta la faceva lacrimare. Beatriz chiuse gli occhi, ma li riaprì nel sentire le rudi mani di Oberdorfer afferrarla per le spalle e il suo ginocchio affondarle nella schiena. La brace della sigaretta le sfiorava ormai le ciglia.

«Abbiamo tre possibilità», insistette Huntley nel suo tono strascicato. «Ti possiamo dare in pasto all'Fbi e lasciare che siano loro a prendersi cura di te. Sei complice di un fuggitivo, hai intralciato il corso della giustizia: avranno di che divertirsi. Oppure possiamo ascoltarti mentre ci dici tutto quello che sai su Ricky, e sincerarci che ottenga un equo processo. La terza possibilità», soggiunse alimentando la brace della sigaretta e bruciandole le ciglia, «è che ti massacriamo di botte, lasciando divertire il mio amico. In quel caso, Ricky avrà davvero bisogno di un funerale ad Arlington. Ci siamo capiti?».

«Non potete farmi questo», singhiozzò Beatriz. «Chiamerò la polizia, vi denuncerò».

«Ricky ti ha lasciato qualcosa di suo?».

«No».

«Una videocassetta? Un computer?».

«No, gliel'ho detto. Perquisite pure l'appartamento».

«Oh, di questo puoi star certa», confermò Huntley. «Lo faremo a pezzetti».

Si rese conto che Oberdorfer non ce la faceva più. La ragazza si stava scavando la fossa da sola.

«È tutta tua», disse allo Scuro con un cenno di disgusto, alzandosi e dandogli le spalle. «Vado su a controllare».

Beatriz sentì il ginocchio affondarle nella schiena e le mani di Oberdorfer strapparle i vestiti di dosso.

«Lasciatemi andare!», strillò mentre lo Scuro le premeva la faccia a terra. «Vi denuncerò!».

Oberdorfer l'azzittì con una rapida serie di pugni in pieno volto.

«Non credo proprio, piccola mia», ghignò. Le sferrò un altro pugno, quindi le calò i jeans con gesti eccitati e le sollevò la maglietta fino a coprirle il volto. «Non dirai proprio niente a nessuno. Dovranno credermi sulla parola, quando racconterò quanto ti è piaciuto».

25

Il nascondiglio di Ricky Rush era una casa sull'Atlantico, nei pressi della sperduta cittadina di Chincoteague, a poco più di tre ore da Washington. L'aveva acquistata con il falso nome di Al Weinstein, insieme alla Grand Am blu elettrico della quale era al volante. Più si allontanava dal distretto di Columbia, più si sentiva al sicuro. Gli abitanti di Chincoteague trattavano il vecchio "Al" con un rispetto persino esagerato. Ricky si era presentato come un famoso sceneggiatore hollywoodiano, e sebbene i poveretti fossero troppo educati per ammettere di non averlo mai sentito nominare e di non conoscere i suoi inesistenti successi cinematografici, "I marine della Death Valley" e "Lo scatenato", gli dimostravano comunque un profondo rispetto. Era pur sempre uno scrittore, e in quanto tale era logico che si potesse permettere una villa di legno bianco con cinque camere da letto, due acri di terreno, una vista della baia e uno yacht a motore.

Era ormai giunto nei pressi di Annapolis, a pochi chilometri dalla sicurezza di Chincoteague, ma non riusciva a non pensare a Beatriz con una crescente agitazione. Avrebbe dovuto dirle esplicitamente che non appena i mormoni avessero saputo che era ancora vivo, avrebbero ricominciato a tormentarla. E l'Fbi non sarebbe stata da meno.

Con una punta di rimorso si rese conto che, preoccupato per la sua sicurezza e per quella di David, aveva sottovalutato i rischi che correva Beatriz. Forse, pensò, avrebbe dovuto convincerla a farsi ospitare da Lucy, dove David avrebbe potuto proteggerla. Uscì dall'autostrada, raggiunse il centro di Annapolis e parcheggiò nel porticciolo. Trovò un telefono pubblico nei pressi del mercato del pesce e compose più volte il numero di Beatriz, trovandolo sempre occupato.

Strano, si disse. Praticamente impossibile, pensò col cuore in gola. L'apparecchio di Beatriz era dotato di un dispositivo che smistava le telefonate in arrivo, consentendo di lasciare un messaggio su una segreteria. Come mai non funzionava? Il sangue prese a pulsargli nelle tempie come una tempesta in arrivo. Si mise in contatto con l'operatore e chiese di controllare. Una voce gli rispose che il numero richiesto era fuori servizio.

«Com'è possibile?».

«Non ne ho idea, signore. So solo che è fuori servizio».

Ricky prese a percorrere il lungomare a passi agitati, guardando le imbarcazioni da diporto e i gabbiani e pensando a Beatriz con un disagio che gli dava quasi la nausea. Se fosse tornato al negozio, per lui sarebbe stata la fine. Era sicuramente sorvegliato dai mormoni, dall'Fbi o addirittura da entrambi. Ma più pensava a Beatriz, più la sua preoccupazione aumentava. Per ovvie ragioni, non le aveva rivelato nulla del suo nascondiglio o della sua nuova identità. Meno sapeva, si era detto, meno pericoli correva.

E aveva funzionato – fino a quella sera. Ricky cominciava a rendersi conto del suo errore, e il senso di colpa lo sommergeva a ondate violente: avrebbe dovuto portarsela dietro fin da subito, sposarla, trasformarla nella signora Weinstein. Nessuno avrebbe creduto a un doppio suicidio, ma i mormoni non avrebbero comunque saputo dove cercarli. Con tutto il denaro che aveva messo da parte, sarebbe stato in grado di garantire eterna protezione tanto a se stesso quanto a Beatriz. Ma così facendo, non avrebbe avuto modo di conoscere suo fratello.

Era stata una scelta impossibile. Ricky scosse il capo, irritato con se stesso per non essere stato in grado di staccarsi da coloro che amava. Credeva di avere avuto un'idea così geniale, fingendo di litigare con Beatriz. Era stato così brillante che era riuscito persino a ingannare se stesso.

«Maledizione», imprecò ad alta voce, provocando l'occhiata perplessa di una coppia di turisti. Cercò di riprendere il controllo: non doveva attirare l'attenzione. All'improvviso ebbe un'idea.

Tornò al telefono pubblico. C'era un altro modo per mettersi in contatto con Beatriz. Era rischioso, ma probabilmente non sarebbero riusciti a rintracciarlo. Trasse un profondo respiro e richiese il numero di telefono della gelateria Happy Harry di Alexandria, di fronte all'Harmony Supplies.

«Harry, come va?», esordì chiamando a raccolta il suo tono di voce più gioviale. «Sono il fratello di Beatriz Ferrara, chiamo da Chicago. Abbiamo parlato una settimana fa, ricorda? Per il funerale del suo ragazzo? Non riesco a mettermi in contatto con lei. Sembra che la sua linea sia bloccata, e mi stavo chiedendo se non fosse così gentile da andarla a chiamare. Le dica che è suo fratello George».

All'altro capo del filo vi fu un silenzio, un silenzio così profondo che Ricky temette che Happy Harry fosse morto nella sua gelateria.

«Pronto? Pronto, Harry?».

Quando Happy Harry si decise a parlare, la sua voce era spezzata dal dolore. Ricky sentì un coltello rovente penetrargli nel ventre, una ferita così profonda che il dolore lo fece piegare su se stesso. Riagganciò la cornetta e seppellì il volto fra le mani, scosso dai singhiozzi.

26

Accanto all'ascensore degli uffici di Hennington, Lucy salutò Kerr con l'ennesimo bacio.

«Non riesco a toglierti le mani di dosso», disse. «Anche se tu mi vuoi soltanto per i miei contatti politici».

«Qualcosa del genere», ammise Kerr. «Lucy?», soggiunse dopo qualche istante di silenzio.

«Dimmi».

«Abbiamo passato insieme soltanto una notte, ma...».

Lei gli posò un dito sulle labbra.

«Non dirlo, mister Dubbio, potresti spezzare l'incantesimo».

«È che sono troppo vecchio per l'amore a prima vista».

«O troppo cinico».

«Forse. Sia come sia, è successo tutto troppo in fretta, e io mi sento come un ragazzino, ma...».

«David, ho molto da fare», lo interruppe Lucy. «Avremo tempo di parlarne più tardi. Questa città è come una scacchiera tridimensionale. Gli estranei che giocano soltanto con due dimensioni credono di conoscere le regole, ma finiscono sempre per perdere».

«Stai parlando di me?».

«Sto parlando di Ricky. Devo scoprire la verità su McCall e assicurarmi che il colloquio sia sicuro. Non mi fido di lui. Sento puzza di bruciato».

Si salutarono con un ultimo bacio. Kerr salì su un taxi e tornò a Georgetown. Sulle sue labbra aleggiava ancora il sapore di Lucy. All'improvviso si rese conto che lei gli aveva appena detto la stessa cosa che lui aveva ripetuto a tutte le donne della sua vita: ho molto da fare, avremo tutto il tempo per parlare di noi. Una promessa che non si avverava mai.

«Forse il nostro momento è proprio adesso», borbottò pagando il taxista.

«Mi scusi?», domandò questi con aria perplessa.

«Niente», rispose Kerr. «Mi perdoni. Pensavo a qualcun altro».

«Lo spero bene, fratello», esclamò il taxista ripartendo.

Giunto di fronte alla porta esterna del condominio, Kerr fece per consultare le istruzioni di Lucy quando udì una voce alle sue spalle.

«Lo sfuggente mister Kerr», esordì Harold Ruffin. «Credo proprio sia giunto il momento di fare un'altra chiacchierata».

Brooks Johnson si portò accanto al collega con un ghigno sgradevole sul volto.

«Ah, mister Ruffin», rispose Kerr cercando di mantenere la calma. «Pensavo proprio a lei. E al suo collega, l'elegante mister Brooks Brothers. Lieto di rivedervi. Per quale ragione sarei così sfuggente?».

«Perché ha lasciato il suo albergo senza avvertire nessuno».

Mentre i due agenti gli si accostavano, Kerr compose il codice per la chiamata dell'ascensore.

«Non mi ero reso conto che un turista britannico dovesse informare il Federal Bureau of Investigation di ogni suo spostamento. È il risultato dell'opera del senatore Barker? La guerra commerciale ci ha resi tutti dei sospetti?».

Ruffin sorrise.

«Lieto di vedere che non ha perso il suo senso dell'umorismo britannico, mister Kerr. Il paese che ha regalato al mondo i Monty Python e Benny Hill. Un'eredità molto pesante».

Brooks Johnson non sembrava affatto divertito. Fulminò Kerr con una delle sue occhiate da duro.

«Per quale ragione prevedo già di non gradire questo incontro, mister Ruffin?», domandò Kerr.

«Forse è un chiaroveggente», bofonchiò Johnson.

«Potrebbe essere», concesse Kerr.

Precedette i due agenti nell'appartamento di Lucy e offrì loro da bere.

«Per me niente, la ringrazio», declinò Ruffin. «Ma lei non faccia complimenti».

Kerr avrebbe avuto voglia di un whisky, ma si versò un bicchiere di tè freddo. Notò subito con profonda irritazione che Brooks Johnson si stava esibendo nello stesso repertorio di qualche giorno prima: curiosava in giro, sfogliava riviste, controllava il blocchetto per i messaggi accanto al telefono.

«Mister Ruffin», disse in tono irritato, «sono perfettamente disposto a parlare con lei, ma vorrebbe dire al suo collega di piantarla?».

Brooks Johnson gli rivolse un'occhiata di sfida.

«Le do fastidio?».

«Sì», rispose Kerr. «La prego, si sforzi di imitare un essere umano e la smetta di strisciarmi intorno».

Brooks Johnson contrasse i muscoli e fece per rispondere, ma Ruffin intervenne deciso.

«Abbiamo del lavoro da fare, Brooks», disse in tono severo. «Siediti, stai innervosendo mister Kerr». Johnson obbedì. «E a essere sinceri, tutto questo spreco di testosterone sta dando sui nervi anche a me».

Johnson si sedette su una poltrona di pelle e aggrottò la fronte. Kerr si lasciò cadere sul divano e lo fissò con espressione torva.

«Grazie», riprese Ruffin in tono serio. «Bene, mister Kerr, forse dovrei ricapitolare la situazione. Veniamo convocati per il furto di beni governativi dall'ufficio in cui lavorava suo fratello. È scomparso un computer portatile contenente informazioni riservate. Dopodiché due dei colleghi di suo fratello vengono assassinati, e infine lui stesso muore prima che possiamo parlargli. Mi segue?».

Kerr si abbandonò sullo schienale e annuì.

«Sì, me l'ha già detto».

«Ci è giunta voce che abbia incontrato il cadavere».

Kerr trasalì. Le notizie viaggiavano velocemente, a Washington.

«Chi ve l'ha detto?».

«Suo fratello è ancora vivo, mister Kerr?», insistette Ruffin evitando la domanda. Kerr capì che mentire non sarebbe servito a nulla.

«Lo era stamattina».

«E lei l'ha incontrato?».

«Sì».

«Sa come rimettersi in contatto con lui?».

In questo caso, si disse Kerr, mentire è necessario.

«No. Ha detto che si sarebbe rifatto vivo quando fosse stato pronto».

«Pronto per cosa?».

«Non me l'ha spiegato. "Mi farò sentire quando sarò pronto", ha detto».

«E quando dovrebbe succedere, mister Kerr?».

Kerr scrollò le spalle. «Come faccio a saperlo? Sto ancora cercando di capire cosa sta accadendo e di chi fidarmi. Al momento attuale, non mi fido di nessuno».

«Neanche della sua nuova fiamma?», intervenne Johnson. «Si è trasferito in fretta, miss Cotter le deve aver ispirato una bella fiducia».

Kerr lo fulminò con un'occhiata sorseggiando in silenzio il suo tè freddo. Per quanto lo riguardava, era come se Brooks Johnson avesse cessato di esistere.

«Come facevate a sapere dove trovarmi?», domandò. «E perché siete così interessati alla mia sistemazione?».

«Mi dica come fa a resuscitare i morti», lo incalzò Ruffin ignorando ancora una volta le sue domande. «Come avete fatto a incontrarvi?».

«Ha fatto tutto lui», replicò Kerr. «È quello che sto cercando di dirle. Sono andato al cimitero a visitare la sua tomba e me lo sono trovato davanti in carne e ossa. Non so come né perché, so soltanto che era lì. Sono rimasto sconvolto. È stato come vedere un fantasma».

«Ci credo. Non aveva anticipato a nessuno l'intenzione di recarsi ad Arlington?».

«No. O meglio, sì. Avevo lasciato un messaggio sulla segreteria telefonica di Beatriz Ferrara».

Nello scorgere l'occhiata d'intesa dei due agenti, Kerr capì di aver commesso un errore.

«Significa forse qualcosa?», domandò.

Ruffin spiegò che Ricky avrebbe potuto tranquillamente chiamare dall'esterno e ascoltare i messaggi di Beatriz. «Con i telefoni a toni, basta sapere il numero di codice», disse. «Quand'è stata l'ultima volta che ha visto miss Ferrara?», domandò quindi.

«Un paio di giorni fa, nel suo negozio».

«Non oggi?».

«No».

«Quando ha visto suo fratello, aveva una mazza da baseball?».

«Una mazza da baseball?». Kerr fece una risatina nervosa. «Non stiamo giocando, mister Ruffin. Almeno fino a questo punto».

Brooks Johnson diede uno sbuffo ma non disse nulla. Ancora una volta, Kerr provò una strana sensazione di disagio.

«A cosa gli sarebbe servita, una mazza da baseball?».

«A massacrare di botte il prossimo, suppongo», replicò Ruffin. «Ha mai sentito parlare dell'America First Corporation?».

«Naturalmente». Kerr si alzò e aprì la porta a vetri, conducendo i due agenti sul balcone e indicando il grattacielo. «È difficile non vederlo».

«Suo fratello gliene ha mai accennato?».

Kerr assunse un'espressione pensierosa.

«No, ma mi ha spiegato che il senatore Barker, l'uomo che ha pronunciato l'elogio funebre al suo funerale, era uno dei più importanti sostenitori dell'Activity e dello spionaggio economico. A quanto pare, garantiva loro l'appoggio del Congresso. Ma perché vi interessa? Cosa c'entra col baseball?».

Ruffin tornò all'interno e si sedette sul divano, giungendo le mani come in preghiera.

«Le dice qualcosa il nome Scott Swett?».

«No. È un vero nome?».

«Sì, è vero – come è vero che il poveraccio a cui appartiene è in fin di vita. Lavorava per l'America First Corporation, e crediamo che suo fratello gli abbia sfondato il cranio a colpi di mazza da baseball nei pressi della George Washington University».

Kerr trasalì. Dunque McCall aveva ragione. Ricky aveva perso il controllo.

«Lo conosce?», insistette Ruffin.

«Le ho detto di no», ripeté Kerr. «Ma ho visto soccorrere un uomo che era stato appena aggredito. Sta dicendo che è stato Ricky?».

«Crediamo di sì», annuì Ruffin. «Un altro dipendente dell'America First, un certo Brigham Y. Dodds, è stato rapito e terrorizzato da suo fratello. Dodds l'ha identificato con assoluta certezza».

Kerr cercò di nascondere la propria preoccupazione.

«Terrorizzato? Ma perché? Mio fratello conosceva quella gente?».

«Pensiamo di sì», confermò Ruffin. «Sebbene Dodds non si sia dimostrato particolarmente disponibile e Scott Swett non sia in condizioni di parlare».

«Mormoni», interloquì Kerr. «Sarebbero i mormoni?».

Ruffin scoppiò a ridere.

«Non credo che esistano molti cattolici con nomi come Brigham Young Dodds. Già, mister Kerr, sono mormoni, come più del cinquanta per cento dei dipendenti dell'America First. Ma non sarebbe giusto giudicare la chiesa mormone sulla base delle azioni di quegli individui».

Kerr si mosse a disagio sulla poltrona.

«Che intende dire?».

«Intendo dire che per la maggior parte i mormoni sono persone normali, uomini e donne di famiglia», spiegò Ruffin. «Come il resto di noi. Quelli dell'America First sono dei fanatici, ma non bisogna giudicare una religione o un gruppo etnico basandosi sui suoi peggiori esponenti». Abbassò gli occhi sul dorso delle proprie mani. «Noi neri lo sappiamo molto bene».

Kerr sorrise. Non si sarebbe mai aspettato di udire un frammento di saggezza popolare dalle labbra di un agente federale. Ma quel che era peggio, non si sarebbe mai aspettato di provare ammirazione per Ruffin. Mentirgli sarebbe stato sempre più difficile.

«Ricky mi ha parlato dei mormoni», ammise. «Mi ha confessato che avevano cercato di ucciderlo, e che erano responsabili dell'assassinio dei due agenti dell'Activity i cui corpi erano stati ripescati nella palude. Mi ha rivelato che erano loro a seguirmi. Se li ha aggrediti, l'avrà fatto per proteggermi».

«È probabile», convenne Ruffin. «E per proteggere se stesso. Seguirla è uno sport pericoloso, mister Kerr, dovrò rammentarmene nel caso se ne presentasse l'occasione. È evidente che suo fratello stia facendo di tutto per proteggerla. Ora mi dica: quale crede che sia la relazione fra lui e l'America First Corporation?».

«Me lo dica lei», ribatté Kerr. «Gliel'ho già ripetuto tre volte: mio fratello non me ne ha accennato. Se me lo chiede ancora, lo sentirà per la quarta volta di seguito».

«Non le ha detto nemmeno perché abbia finto di uccidersi?».

«Per evitare di *essere* ucciso. Non gli piaceva l'idea di finire i suoi giorni in una palude. Cercare di salvarsi la pelle non è un reato».

Ruffin diede un sospiro esasperato.

«Mister Kerr, non so come farglielo capire, ma di imputazioni ai danni di suo fratello ne abbiamo già a sufficienza». Iniziò a conteggiarle con le dita di una mano. «Aggressione, tentato omicidio, rapimento, oltre ai reati contro la sicurezza del paese. Se davvero vuole dargli una mano, forse dovrebbe iniziare ad aiutare noi».

«Potrebbe non essere la stessa cosa».

Ruffin lo studiò attentamente in volto.

«Quanti giorni ha trascorso con suo fratello?».

«Giorni? Siamo stati insieme un'ora. Ero così sbalordito che non sono sicuro di aver capito tutto ciò che mi ha detto».

«*Perfetto*», esclamò entusiasta Ruffin. «Stiamo facendo progressi. E quante volte ci siamo visti, io e lei?».

«Due», rispose Kerr, iniziando a capire dove volesse andare a parare. «Tre, contando il funerale. Ma non vedo...».

«Mi ascolti, David», lo interruppe bruscamente Ruffin. «La verità è che dopo avermi visto due o tre volte, lei non sa niente di me. Come può fidarsi ciecamente di suo fratello pur avendoci parlato una sola volta dopo la sua *resurrezione*?», domandò dando all'ultima parola un accento di spregio. «In confronto, io e lei siamo vecchi amici».

«Semplice», ribatté deciso Kerr. «Perché lui è mio *fratello*. E perché credo che abbia bisogno di aiuto...».

«Ha bisogno di uno psichiatra», interloquì Johnson in tono di scherno. «A sentire il suo dossier militare, suo fratello è uno squilibrato, è un violento e beve troppo. Vuole che glielo legga?».

Kerr continuò a ignorarlo.

«Ricky ha bisogno di aiuto», ripeté. «Ho cercato di convincerlo a costituirsi, perché credo che l'Fbi sia la sua unica speranza. Ma per il momento ha troppa paura».

«Lo posso capire», commentò Ruffin. «Quando penso a cosa potrebbe provocare questa faccenda, mi spavento anch'io».

«Provocare?».

Ruffin liberò un sospiro. Stava cercando di capire quanto avrebbe dovuto rivelare all'inglese. «Supponiamo, mister Kerr... supponiamo che vi sia un collegamento fra un potentissimo senatore della destra e un gruppo di agenti governativi. Supponiamo che una delle parole d'ordine del senatore sia il protezionismo, e che tale senatore progetti di candidarsi alla presidenza. E supponiamo che gli agenti governativi siano responsabili della raccolta delle informazioni grazie alle quali viene decisa la strategia commerciale del nostro paese».

Ruffin si interruppe. Aveva detto già fin troppo.

«Dalla sua espressione, David, vedo che stiamo parlando la stessa lingua. Suo fratello le ha detto molto più di quanto lei ammetta».

«Può essere», concesse Kerr. «Ma se ci siamo fatti la stessa idea sulle conseguenze di questa vicenda, riusciamo anche a capire per quale ragione Ricky non si possa fidare di nessuno, compresi voi».

Ruffin scosse la testa.

«Ascolti, David: suo fratello è la soluzione di una quantità di misteri. Ho bisogno di lui, e ho bisogno che sia vivo. Se non si fida di me, i mormoni lo troveranno per primi e... sarebbe una vera sventura. Sono io la sua unica, vera speranza».

Dopo un profondo silenzio, Ruffin rivolse un cenno a Johnson. I due agenti si alzarono.

«Spero solo che abbia prestato attenzione a quello che le ho detto», riprese Ruffin. «Quello che sappiamo di suo fratello ci consentirebbe di rinchiuderlo e gettare via la chiave, ma il punto non è questo. Se quello che credo stia accadendo sta *davvero* accadendo, siamo di fronte a qualcosa che potrebbe avere conseguenze molto serie per l'intero paese».

«Andiamo, mister Ruffin», sbottò Kerr in tono di scherno. «Dove le va a pescare, certe frasi? Gliele scrive qualcuno?».

Ruffin gli lanciò un'occhiata torva.

«Forse suo fratello non le ha detto proprio tutto. Forse non ne ha avuto il tempo, ma prima o poi ci arriverà anche lei, David. Voglio solo che si renda conto che non stiamo giocando. Possiamo fare a modo mio, oppure nell'altro modo. Spiegaglielo, Brooks».

Brooks Johnson si aprì in un gran sorriso.

«Se non vuole finir male, è meglio che suo fratello si presenti ai nostri uffici con il computer e tutte le altre prove che ha trafugato. Le alternative sono la Great Dismal Swamp, con un paio di pallottole nel cranio come i suoi ex compari Colvin e Drysdale o l'ergastolo nella prigione di Marion. Personalmente, preferisco la palude. La terza via è fare due chiacchiere con noi. Non ha una gran scelta, e lei, in qualità di unico parente ancora in vita, dovrebbe spiegarglielo».

«Grazie per essere stato così chiaro», grugnì Kerr.

Ruffin gli si parò davanti.

«Ho una curiosa abitudine, David», disse facendosi sotto finché Kerr non fu in grado di odorarne il dopobarba. «Capisco l'amore fraterno, ma mi arrabbio molto quando la gente mi prende in giro. Non ci provi nemmeno, David. Non le conviene».

«Me ne ricorderò», rispose Kerr in tono ironico.

«C'è un'altra cosa che devo dirle», soggiunse Ruffin senza distogliere gli occhi dai suoi. «Riguarda Beatriz Ferrara».

«Le è successo qualcosa?».

«Un paio d'ore fa, qualcuno ha dato fuoco al suo negozio.

All'interno è stato trovato il corpo di una donna. Stiamo cercando di identificarlo».

Sconvolto, Kerr si lasciò cadere sul divano.

«Siamo sicuri che sia lei, David».

«Ma non crederete che Ricky...?».

«No», lo interruppe Ruffin. «In via ufficiale, siamo aperti a ogni ipotesi. In via confidenziale, non credo che sia stato suo fratello. È spaventato, ed è pronto a tutto, o quasi. Ma non a questo. Ha cambiato idea, ora? Mi vuole dire dove si trova?».

«Non lo so», scattò Kerr.

«D'accordo», si arrese Ruffin. «Insista pure con la sua versione. Ma già sappiamo cosa fosse disposto a fare suo fratello per proteggerla. Quando scoprirà quello che hanno fatto a Beatriz... Mi ascolti, David. Se il capitano Rush decidesse di vendicarsi, agendo come un folle, verrebbe trattato come un folle».

«E a lei cosa importa?», sbottò Kerr. «Per lei sarebbe meglio se morisse».

Ruffin lo guardò come se Kerr l'avesse appena schiaffeggiato. Quando rispose, la sua voce era gelida di rabbia.

«Cosa mi importa? Ho bisogno di un testimone, mister Kerr, non di un pazzo armato di mazza da baseball. E non ho certo bisogno di un altro cadavere, che sia il suo o quello di suo fratello».

«Io... mi dispiace», si scusò Kerr. «Pensavo...».

«Sappiamo che appena prima di scomparire suo fratello ha acquistato una pistola Glock e un fucile a scorrimento», riprese Ruffin in tono glaciale. «E sappiamo cos'è capace di fare. Deve convincerlo a costituirsi prima che si rovini con le proprie mani». Fece una pausa. «E prima che rovini anche lei».

«E come potrebbe farlo?», domandò incredulo Kerr.

«Ora che hanno eliminato Beatriz, lei è l'unica persona al mondo a cui Ricky sia legato. È l'ultima arma a loro disposizione. Se ne ricordi, e forse non pagherà con la vita».

«È una promessa?».

«Ho detto *forse*, David».

A un cenno di Ruffin, i due agenti si allontanarono in corridoio sbattendosi la porta alle spalle.

27

Ricky Rush percorse la fiancata della casa nel buio, controllò la Glock e accostò il volto alla finestra. Dalla porta aperta, le insulse note di un brano di musica leggera, Barry Manilow o Neil Diamond, invadevano la veranda.

«Che schifezza», sussurrò Ricky fra sé. «Chiunque ascolti questa robaccia merita di morire».

Sfoderò il coltello da caccia dalla guaina e lacerò la zanzariera, inserendo la mano e aprendo la porta dall'interno. Facile.

Al piano inferiore, Bob Allen era seduto sul vogatore, fradicio di sudore. Il seminterrato della sua villetta era stato trasformato in palestra e sala da musica. Da un potente impianto ad alta fedeltà provenivano le note di un'antologia dei successi di Andrew Lloyd Webber, mentre Allen s'impegnava a smaltire uno stomaco guadagnato a furia di cene a base di carne e doppia razione di dolce. Aveva deciso di fare un po' di esercizi prima di incontrarsi con Brigham Y. Dodds e Ben Ritter.

Era bello, si disse, aver trovato qualcosa di inglese che gli piaceva, anche se era soltanto la musica. La bellezza di Andrew Lloyd Webber era che il ritmo delle sue canzoni sembrava sempre combaciare con quello degli esercizi. Uno-due-tre-quattro, dentro-fuori, dentro-fuori, come se Lloyd Webber avesse usato un vogatore per ispirarsi. O forse uno Stair-Master.

Bob sudava copiosamente. Nei pressi del vogatore vi erano una cyclette, un quadro svedese, una panca per gli addominali e una dozzina di piccoli pesi su una rastrelliera. Accanto ai pesi giaceva la sua Ruger, carica e pronta a sparare. Da quando Brigham era stato scoperto legato e imbavagliato nella piazzola accanto al cimitero di Arlington, il nervosismo di Oberdorfer era raddoppiato, diventando insopportabile e contagiandoli tutti. E adesso sembrava che Ricky avesse ucciso la sua ragazza. Significava che era definitivamente uscito di senno. Oberdorfer l'aveva definito uno psicopatico asociale, e Allen aveva provato un brivido, come quando aveva visto la scena di quel film di Hitchcock con la donna pugnalata nella doccia. La situazione si era fatta critica. Tutti gli uomini dell'America First erano stati mobilitati e Oberdorfer aveva iniziato a dormire in ufficio, ma di Ricky, del computer e dello stramaledetto video continuava a non esservi traccia. E a sentire lo Scuro, ognuno di loro era diventato un potenziale bersaglio.

«Pedinare Kerr è ormai inutile», aveva decretato Oberdorfer. «Non dobbiamo più cercare Ricky. Sarà lui a venire da noi. Ma fate attenzione, non vogliamo altre vittime dell'America First».

Manco fosse colpa loro.

«Circolano già fin troppi quesiti su Scott Swett», aveva proseguito in tono di rimprovero. «E sul fatto che Scott conoscesse Ricky. L'Fbi sta indagando sui collegamenti fra l'America First e l'Activity, e sta riesaminando il caso Colvin/Drysdale. Finché non si calmeranno le acque, non uscite di casa, girate armati e state sempre all'erta».

Già. E tenetevi in contatto. Per questo Bob Allen voleva vedere Brigham e Ben.

Uno-due-tre-quattro, dentro-fuori, dentro-fuori.

Bisognava decidere cosa fare. Bob Allen controllò che la Ruger fosse al suo posto. Sempre all'erta.

Uno-due-tre-quattro, dentro-fuori, dentro-fuori.

C'era qualche buona notizia. Scott aveva dato segni di miglioramento, sebbene ancora troppo timidi per farlo dichiarare fuori pericolo. Bob era al suo capezzale quando all'improvviso Scott aveva aperto gli occhi ed era riemerso dal coma per pochi minuti. Aveva persino parlato, sebbene quello che aveva detto non avesse un gran senso. Aveva a che fare con la loro parte in riva a un lago, come se stesse descrivendo una multiproprietà.

«Un lago bruciante di fiamme e di zolfo, che è la seconda morte».

Aveva continuato a ripetere le stesse cazzate, finché Bob Allen non aveva avuto la tentazione di togliere la spina del respiratore. Aveva invocato un certo reverendo Willard McDill, e poi era tornato a sprofondare nel coma. Ma era pur sempre un buon segno, Bob ne era sicuro. Anche se quelle cazzate sulla seconda morte gli avevano fatto venire i brividi.

Uno-due-tre-quattro, dentro-fuori, dentro-fuori.

E le buone notizie non finivano lì. Ricky era ricercato per il tentato omicidio di Scott, il rapimento di Brigham e l'assassinio di Beatriz. Era un passo avanti. Ogni stazione di polizia del distretto di Columbia era coinvolta nelle indagini. Prima o poi l'avrebbero preso. Forse avrebbero potuto addossargli anche gli omicidi di Colvin e Drysdale, se era davvero uno psicopatico asocievole o come diavolo aveva detto Oberdorfer.

Uno-due-tre-quattro, dentro-fuori, dentro-fuori.

L'unico problema era la videocassetta. Qualunque cosa ci fosse registrata, e Oberdorfer non si sbilanciava, doveva essere molto delicata. Barker si stava pisciando addosso dalla strizza. Forse era una cosetta porno, ragazzine e cose del genere, sebbene Bob Allen non riuscisse davvero a immaginarsi il senatore dell'Oklahoma nel mezzo di un'orgia. Era difficile immaginarsi qualsiasi cosa, si disse Bob. Si sarebbe limitato a fare il suo lavoro, come sempre, lasciando che fosse lo Scuro a pensare.

I telegiornali locali avevano mostrato le immagini dell'incendio di Alexandria, intervistando il proprietario di una gelateria che indossava una maglietta piena di mucche sorridenti. Il tizio aveva raccontato di non aver notato nulla finché non aveva visto il fumo innalzarsi dal negozio. Fra le macerie, i pompieri avevano trovato il corpo maciullato di una donna.

«Beatriz era la persona più gentile sulla faccia della terra», aveva detto il tizio delle mucche sorridenti, trattenendo a stento le lacrime.

Uno-due-tre-quattro, dentro-fuori, dentro-fuori.

Tutto considerato, si disse Bob Allen continuando a vogare, poteva anche andar peggio. In un modo o nell'altro, Ricky era in trappola. I federali l'avrebbero arrestato, e a quel punto tutti avrebbero potuto tirare un respiro di sollievo. Bastava che il video finisse nel dimenticatoio, ma anche se non fosse successo Bob non vedeva per quale ragione preoccuparsene. Era un problema di Barker. Se al senatore piacevano le ninfette, prima o poi doveva aspettarselo, no? Un'immagine improvvisa lo fece ridere. Forse il chihuahua era davvero il protagonista di un video porno. Insieme a quei mostri dei suoi pesci.

Doveva essere così: Barker si era ripreso nella vasca mentre cercava di farsi i suoi pescioni. Bob rise così forte che perse il ritmo della vogata. Avrebbe dovuto dirlo a Ben e Brigham.

Giunto sulla soglia dello scantinato, Ricky Rush si fermò a osservare la sua preda. Bob Allen si alzò dal vogatore, si stirò, si asciugò il volto fradicio di sudore, si portò sulla panca, la regolò fino a formare un angolo acuto con il pavimento e vi si distese. Il CD di Andrew Lloyd Webber stava per finire, e Bob si disse che avrebbe terminato gli esercizi con cinquanta addominali. Quel figlio di buona donna di Kerr ne faceva cento. Ricky una volta ne aveva fatti cinquecento per scommessa. Incredibile. Ma a lui cinquanta sarebbero bastati.

«Quarantasei», recitò Bob Allen grugnendo per lo sforzo, accecato dal sudore che gli colava negli occhi.

Vedendolo soffrire, Ricky sorrise. Gli avrebbe concesso di farsi del male da solo, prima di farglielo lui stesso in modo definitivo. Stringeva la Glock in una mano e il coltello nell'altra, indeciso su quale arma usare. Il ritmo degli addominali di Bob Allen si faceva sempre più lento, le pause sempre più lunghe.

«Quarantasette».

Ricky si infilò la Glock in tasca e impugnò il coltello con la destra.

«Quarantotto».

Bob Allen si distese, esausto, preparandosi allo sforzo finale.

«Quarantanove».

Ricky fece un balzo verso la panca, afferrò Bob Allen per i capelli fradici di sudore, gli tese la testa all'indietro e gli squarciò la gola, arretrando di scatto al primo schizzo di sangue. Appeso per i piedi alla panca obliqua, il mormone gorgogliava nell'inutile tentativo di respirare, affogando nel fiume di sangue che gli scorreva sul volto e colava sul pavimento.

«Cinquanta», disse Ricky.

Lo guardò sanguinare per qualche istante, quindi raggiunse con la massima calma il lavabo nell'angolo. Si sciacquò le mani e il coltello, asciugandolo con la salvietta e sincerandosi che la lama fosse perfettamente pulita prima di farla scivolare nella guaina. Non aveva lasciato impronte, aveva toccato soltanto la testa di Bob Allen. Prese la Ruger e se la mise in tasca. Le ultime note di "Don't Cry for Me, Argentina" lo accompagnarono sempre più deboli mentre risaliva i gradini. Giunto sulla soglia dello scantinato, si voltò per l'ultima volta verso quella che gli parve la scena di un mattatoio, e il suo sguardo si velò al pensiero delle sofferenze di Beatriz. Il suo assassinio semplificava tutto. Sarebbero morti tutti, dal primo all'ultimo. L'avevano ingannato, avevano distrutto la sua fede, e ora avrebbero pagato. Come diceva il senatore Barker, era tutto molto semplice.

Ricky controllò l'ora. Non era mai stato a casa di Ben Ritter, ma ne conosceva l'indirizzo ed era sicuro che l'avrebbe trovata facilmente. Ben Ritter sarebbe stato il prossimo, seguito da Brigham. Per una sera poteva bastare.

Era tutto molto semplice.

28

Non appena i due agenti federali si furono allontanati, David Kerr si sentì prendere dal panico. Era stato facile mantenere la calma al loro cospetto, ma ora che aveva tempo per riflettere la notizia dell'assassinio di Beatriz lo riempiva di rabbia e paura – rabbia all'idea che qualcuno avesse potuto ucciderla, paura per il modo in cui Ricky avrebbe reagito. Kerr sentiva di essersi sbagliato su tutto. Stava brancolando nel buio come a Sarajevo, correndo rischi inutili, perdendo il controllo, confondendosi. Senza sapere quasi nulla di suo fratello, si era lasciato attirare in un intrigo che andava al di là della sua comprensione. I dubbi lo sommersero come un'ondata. Cosa aveva voluto dire Brooks Johnson riguardo a Lucy? Non avrebbe dovuto fidarsi di lei? Nel giro di pochi giorni aveva abbandonato ogni remora e riserbo, innamorandosene come un ragazzino. Cosa stava facendo? E Ricky? Poteva confidare in lui? In un individuo che aveva massacrato a mazzate uno dei mormoni? Kerr prese a percorrere il salotto a grandi passi. Era talmente confuso che non riusciva nemmeno a capire quale fosse la sua emozione preponderante; sapeva soltanto di provare un dolore nell'animo lacerante come le peggiori fitte che gli avessero mai tormentato la spalla. Il Souvenir di Sarajevo aveva smesso di dolere, ma era stato rimpiazzato da qualcosa di ben peggiore. Eppure... eppure Ricky era suo fratello. Non era un individuo qualunque, uno sconosciuto incontrato per strada, né un'indifesa bambina bosniaca per cui non poteva provare che un'infinita pietà. Li legava un vincolo. Li legava il sangue.

Raggiunse il balcone e guardò al di là del fiume, dove il

grattacielo dell'America First sembrava osservare la città come un enorme rapace. Il mistero di cui Ricky aveva la chiave, aveva detto Ruffin.

La chiave che Kerr avrebbe cercato di utilizzare l'indomani, se solo fosse stato in grado di garantire che l'incontro con Hennington si svolgesse senza rischi. Rientrò in sala, si avvicinò al mobile bar e si versò un whisky. Stava per sorseggiarlo quando il telefono squillò. Pensando che fosse Lucy, rispose con gesto automatico e trasalì nell'udire una burbera voce maschile.

«David», esordì Noah McGhie. «Dobbiamo parlare».

Merda, imprecò Kerr fra sé. L'uomo con cui meno desiderava avere a che fare in quel momento. Posò il bicchiere sul banco.

«Ehm... certo, Noah, ma è tardi... sono le dieci passate, e...».

«Immediatamente», insistette McGhie. «Per il bene di suo fratello».

«È al corrente delle novità?».

«Naturalmente. Lo sanno tutti».

È vero, si disse Kerr.

«Sa anche di Beatriz?», s'informò.

«Sì, e non riesco a crederci. Dobbiamo vederci».

«Ma certo, Noah. Cosa suggerisce?».

Ciò che McGhie suggerì fu un'altra visita a casa sua. «D'accordo, Noah».

Kerr partì immediatamente per Falls Church. Il colonnello lo aspettava davanti alla soglia di casa, in preda a un'evidente agitazione. Condusse Kerr sul portico posteriore. Arlene e i ragazzi, gli spiegò, erano andati dalla nonna, nel North Carolina.

«Vacanza?».

«Paura», replicò McGhie in tono tutt'altro che amichevole.

«Paura di cosa?».

«Di suo fratello. Li ho fatti partire un'ora fa».

«Paura di Ricky?». Kerr era sbalordito. «Credevo avesse detto che era come un membro della famiglia».

In un primo momento, McGhie non rispose. Riempì due bicchieri di limonata, ne offrì uno a Kerr e si sedette. Kerr avrebbe preferito lo scotch abbandonato nell'appartamento di Lucy, ma non disse nulla. Il volto di McGhie tradiva un'espressione tesa e cupa.

«Anche le famiglie hanno i loro problemi», sussurrò quasi a se stesso. «Suo fratello ci sta tradendo. A sentire Huntley, ha preso di mira tutti quelli con cui ha avuto a che fare in passato. Ne ha mandato uno all'ospedale, ne ha abbandonato un altro sul ciglio della strada, legato come un pollo. Cosa gli sta succedendo?».

«Dicono che sia uno squilibrato», rispose Kerr. «Lei ci crede?».

McGhie sembrava dubbioso.

«Che sia una testa calda, questo sì. Ma che giunga a tanto... non lo credevo possibile. Finora».

All'improvviso, il tono di voce di McGhie si accese come quello di un predicatore battista.

«Ricky ci ha traditi in così tanti modi che non riesco nemmeno ad elencarli». Trangugiò una lunga sorsata di limonata. «Huntley dice che sta minacciando di uscire allo scoperto di fronte alla commissione di Hennington, che le ha rivelato ciò che faceva per l'Activity. Comunicare i segreti economici degli Stati Uniti a un cittadino straniero è alto tradimento».

«Alto tradimento?», sbottò Kerr. «Noah, per l'amor di Dio, sono suo fratello. Cerchi di ragionare. Ricky ha bisogno di aiuto, l'ha fatto per salvarsi la vita. Le sembra così inconcepibile?».

Nell'udire la veemenza del suo appello, McGhie si abbandonò sulla poltrona e sprofondò nel silenzio.

«A proposito, come fa Huntley a sapere che Ricky vuole incontrare il senatore Hennington?», lo incalzò Kerr. «Ha forse un informatore?».

McGhie lo guardò con un'ombra di imbarazzo.

«Non lo so», ammise. «Huntley ha informatori dappertutto. In questa città, le informazioni sono la base del potere, e Huntley è uno degli uomini più potenti di Washington. E sostiene che Ricky sia letteralmente impazzito. Mi ha detto che è stato lui a uccidere Beatriz».

«E lei ci crede?».

«No».

«Ma crede che sia pericoloso – abbastanza pericoloso da rappresentare un pericolo per Arlene e i ragazzi».

McGhie aveva preso a sudare. La sua fronte liscia e scura era costellata di minuscole perle scintillanti.

«Non lo so», si arrese. «Ma non potevo correre il rischio».

I due uomini si fissarono. Nessuno dei due sapeva più di chi fidarsi, ma ciascuno provava il disperato bisogno di confidare nell'altro.

«Non ho tempo per discutere con lei, Noah», riprese Kerr. «Ma voglio che mi dica una cosa: qual era il suo ruolo all'interno dell'Activity?».

«Non posso risponderle».

«Ricky mi ha detto che era rimasto a capo delle operazioni tecniche, ma che non si fidava di Huntley e non aveva mai preso parte allo spionaggio economico».

McGhie trasse un profondo respiro.

«Le dirò soltanto una cosa», rispose infine. «Io e Huntley non siamo mai andati d'accordo».

«Ed è per questo, a sentire Ricky, che lei non si è mai arricchito».

Noah McGhie tradì una smorfia di sofferenza. «Non so di cosa sta parlando».

«Non mi racconti storie, Noah», sbottò Kerr. «Gliel'ho detto, non c'è tempo. Quando scoprì che Ricky e gli altri stavano usando le informazioni per il loro tornaconto personale?».

McGhie scosse il capo in silenzio.

«So che ha avuto una violenta discussione con Ricky. Era questa la ragione, non è vero?».

Nessuna risposta.

«Perché non l'ha denunciato? Se è così maledettamente onesto, perché non ha mandato a monte i suoi affari?».

McGhie seppellì il volto fra le mani.

«La smetta, David», gemette. «La smetta».

«Noah, deve rispondermi. Perché non ha denunciato Ricky quando le ha confessato i suoi legami con Barker? Sapeva che erano illegali».

McGhie sembrava prossimo alle lacrime.

«Conosco suo fratello da quindici anni», rispose lentamente. «Gliel'ho detto, per me era come un fratello minore. Quando mi confessò ciò che aveva fatto, fu come se mi avesse strappato il cuore dal petto. Venne da me dopo la morte di Colvin e Drysdale. Era terrorizzato. Gli dissi di rivolgersi all'Fbi, ma Ricky rispose che non gli avrebbero mai creduto. Mi persuase di non dire nulla finché non si fosse procurato le prove. Concedimi due giorni, mi pregò. Il tempo di recuperare un computer pieno di documenti e una videocassetta».

«Una videocassetta? Nessuno me ne ha mai parlato. Cosa conteneva?».

«Ricky non me l'ha mai detto. Gli risposi che gli avrei dato due giorni, ma che poi l'avrei denunciato. Ma quando scomparve a Cape Hatteras, non seppi più cosa pensare. Erano stati gli uomini di Barker?». L'ampio petto di McGhie sussultava per l'emozione. «Credevo di averlo ucciso, David, di averlo spinto al suicidio, di aver permesso che lo ammazzassero. Sentivo di non aver fatto abbastanza. Il senso di colpa era terribile».

Kerr si rendeva conto di agitare il coltello nella piaga, ma doveva sapere tutto.

«E così non ha fatto nulla. Non ha rivelato all'Fbi ciò che Ricky le aveva confessato».

Noah McGhie annuì cupamente.

«Ho mandato Jiminez e Snow a Cape Hatteras, come le ho detto l'altra sera, ma senza metterli al corrente. Li ho raggiunti di persona, ma non sono riuscito a venire a capo di nulla. E adesso Ricky ricompare all'improvviso, dopo averci preso in giro. Come crede che mi senta?».

«Tradito? L'ha detto lei stesso».

«Tradito, certo, ma anche sollevato a saperlo ancora vivo. Sono così confuso che desidero sia vivo per poterlo strangolare con le mie stesse mani. Riesce a capirmi?».

Kerr lo capiva perfettamente. Si alzò e prese a camminare per il portico.

«Deve dirmi di più, Noah», disse dopo qualche minuto. «Per quale ragione Ricky è stato coinvolto e lei no?».

McGhie si asciugò il sudore dal volto con entrambe le mani.

«Tutti i documenti che raccoglievamo venivano trasmessi all'Economic Security Council. Huntley indicava a Ricky quali informazioni dovessero essere fatte pervenire anche all'America First Corporation. Gli uffici di Barker sarebbero serviti come una sorta di camera di compensazione, passando le informazioni alle aziende americane interessate. Il merito dell'iniziativa sarebbe andato all'America First, e in caso di necessità l'Activity avrebbe sempre potuto negare il suo coinvolgimento».

Kerr tornò a sedersi.

«Chi aveva autorizzato la manovra?».

McGhie si aprì in un sorriso torvo. «È proprio questo il bello. Ricky credeva che Huntley avesse ricevuto l'ordine direttamente dalla Casa Bianca. Suo fratello era un buon soldato, faceva quello che gli si ordinava. Se avesse avvolto uno stronzo di cane nella bandiera americana, Ricky l'avrebbe mangiato. E Huntley glielo fece ingoiare. La Casa Bianca non sapeva nulla. Era un'iniziativa privata di Huntley e Barker. Quando Ricky l'ha scoperto, ha perso la trebisonda».

«Ma perché non avevano coinvolto anche lei?», insistette Kerr. «Era il superiore di Ricky».

«Huntley non mi voleva», rispose McGhie. «Disse a Ricky che Barker non si fidava dei negri. Testuali parole. E vuole sapere una cosa, David? Ogni sera questo negro ringrazia il cielo che il senatore Mark Barker sia un razzista figlio di puttana, e che mi abbia risparmiato l'inferno in cui si trova Ricky».

«La qualità della fede», mormorò Kerr. McGhie gli rivolse un'occhiata perplessa.

«Lucy sostiene che sia il segreto di Ricky», spiegò Kerr. «Il bisogno di credere in qualcosa».

«E ora non ha più nulla in cui credere», concluse McGhie. «Per questo è così pericoloso».

Un silenzio cavernoso scese sul portico. Passarono cinque minuti. Quando Kerr tornò a guardare il colonnello, gli parve di vederlo improvvisamente invecchiato, deluso, sconfitto.

«Noah, mi dica cosa le ha detto Huntley di preciso».

«Temeva che Ricky facesse scoppiare uno scandalo, e che Arlene e i ragazzi fossero in pericolo. Quindi mi ha chiesto di chiamarla e darle un ultimatum: convinca Ricky a costituirsi entro le prossime ventiquattr'ore».

«Altrimenti?».

«Altrimenti potremmo rivederci al suo vero funerale».

McGhie era chino su se stesso, floscio come un palloncino bucato.

Restava un'ultima domanda.

«Da che parte sta, Noah? Mi aiuterà a salvare mio fratello?».

McGhie lo guardò con la smorfia di chi aveva appena succhiato un limone. Si lasciò cadere sulla poltrona, fissando Kerr e riflettendo sulla domanda che aveva temuto di sentirsi rivolgere. Ma non rispose.

29

Brigham Y. Dodds e Ben Ritter s'incontrarono pochi minuti dopo le undici al *diner* Silver Dollar sulla Route 7, a ovest di Washington. Il locale era occupato soltanto da un paio di motociclisti di mezz'età che avevano parcheggiato le loro Harley di fronte all'ingresso, una donna sulla trentina fuggita di casa che fumava una sigaretta dietro l'altra e quattro adolescenti latino-americani che avevano appena finito il turno alla vicina stazione di servizio. Ritter fissava i due motociclisti chiedendosi se fossero dell'Fbi. Vedeva federali ovunque: era convinto che Ricky Rush avesse vuotato il sacco. Ma più fissava quei due, più si convinceva che non fossero del Bureau. Sembravano più che altro avvocati di Washington travestiti da Hell's Angels: fazzoletti rossi sulla fronte, magliette del club delle Harley, pantaloni di pelle, cercapersone alla cintura e – la prova definitiva che non erano federali – Rolex ai polsi.

In realtà, si disse Ben, con i loro completi scuri, le camicie bianche e le cravatte erano lui e Brigham ad avere l'aspetto di due federali. Si sedettero a un tavolo per tre e controllarono l'ora. Bob Allen era in ritardo, come sempre. Dopo una ventina di minuti di attesa, ordinarono hamburger, patatine e frullati. Fuori dal locale, una Grand Am blu elettrico si fermò al riparo di un cassonetto dell'immondizia puzzolente di cibo andato a male. Il parcheggio era occupato da una mezza dozzina di auto, fra cui la Ford Taurus di Brigham e la Oldsmobile Cutlass di Ritter. Il conducente della Grand Am spense i fari e si mise in attesa.

«Ricky è impazzito, Ben», disse Brigham mentre la cameriera serviva i frullati. «Glielo leggi negli occhi. Non è più soltanto una testa calda, è completamente andato. Uno squilibrato, ti dico. Voleva uccidermi».

Ben Ritter sorseggiò il suo frullato al malto e cioccolato e si pulì accuratamente le labbra con un tovagliolo.

«Se avesse voluto ucciderti, Brig, a quest'ora saresti morto. Voleva mandare un messaggio a Barker».

«E a Huntley».

«Già».

Brigham tornò a controllare l'ora e balzò nervosamente in piedi.

«Provo a richiamare Bob. Siamo in tre, in questa faccenda, voglio sentire anche la sua opinione».

Raggiunse il telefono pubblico all'ingresso del Silver Dollar e compose il numero di Bob Allen, ma ancora una volta non rispose nessuno. Fuori dal locale, il conducente della Grand Am si tolse di tasca la Ruger e la infilò sotto il sedile dell'auto. Aveva più pistole del necessario, e l'arma di Bob Allen era soltanto un disturbo. Scese dall'auto osservando Brigham al telefono, chiedendosi se non fosse il caso di spargli attraverso la vetrina. Il locale era bene illuminato, e da quella distanza era difficile mancarlo. Aprì il bagagliaio, vi ripose la Glock ed estrasse il fucile a scorrimento.

Decise di aspettare. Li avrebbe colpiti all'uscita. La fumatrice, i motociclisti e i ragazzi latino-americani non gli avevano fatto niente, e non voleva che venissero colpiti nello scontro a fuoco. Era una questione personale, la sua. I mormoni sarebbero morti per la salvezza di David, Oberdorfer e Barker per avere ordinato l'assassinio di Beatriz. Restava Huntley, che Ricky aveva deciso di condannare a un inferno tutto speciale.

Avrebbe parlato con Hennington, ben sapendo che un'indagine del Congresso avrebbe costretto Joseph R. Huntley a trascorrere il resto dei suoi miserabili giorni rispondendo alle interminabili domande degli investigatori del Senato, dell'Fbi, dei tribunali e dei media. Per uno come Huntley, cercare di giustificarsi di fronte a coloro che non avevano mai avuto a che fare con la confraternita dello spionaggio sarebbe stato una sorta di perenne purgatorio. Ricky carezzò la lucida canna del fucile e attese nell'ombra.

«C'è qualcosa che non va», annunciò allarmato Brigham facendo ritorno al tavolo. «Bob aveva promesso che sarebbe stato qui alle undici. Sono le undici e mezza, e a casa sua non risponde nessuno».

Ritter si strinse nelle spalle. A volte si chiedeva cosa ci facesse con quella gentaglia. Trovava curioso che Ricky li avesse soprannominati "i mormoni", nonostante il suo cognome denotasse chiare origini ebraiche. In realtà, Ben Ritter aveva ricevuto un'educazione cattolica.

«Ebreo, cattolico», gli aveva risposto Ricky. «Una volta che inizi a lavorare per l'America First, diventi uno stronzo mormone come tutti gli altri».

«Ti ringrazio, Ricky».

«Di niente, Ben».

«Che cosa ne pensi?», domandò Ritter quando vennero serviti gli hamburger. «Credi davvero che Ricky abbia ucciso la ragazza, come sostiene Oberdorfer?».

Versando il ketchup sulle patatine, Brigham scosse la testa. Un grumo di salsa rossa esplose dalla bottiglia e si sparse sul piatto.

«Merda», sibilò Brigham. «Non me ne va bene una».

«Sei solo un po' teso», commentò Ritter. «È comprensibile».

«È colpa di Oberdorfer», bisbigliò Brigham. «Mi vengono i brividi soltanto a sentirtelo nominare. Credo che abbia ucciso Beatriz per far uscire Ricky allo scoperto. Anzi, ne sono sicuro».

Ben Ritter era giunto alla stessa conclusione.

«Già», convenne riempiendosi la bocca di patatine. «Se sta davvero cercando di stanare Ricky, è un sistema infallibile. Ma perché non l'ha fatto fare a noi? Perché ci ha pensato da solo?».

Brigham scosse il capo.

«Lo sai, tu, cosa gli passa per la testa? Forse voleva spassarsela. Sai com'è fatto lo Scuro, no?».

Ritter rifletté. Certo, sapeva com'era fatto lo Scuro.

«E se Oberdorfer ci stesse usando come noi abbiamo fatto con il fratello di Ricky? Voglio dire...». L'idea gli parve all'improvviso perfettamente logica. «Voglio dire, nel momento in cui Ricky viene a sapere che la sua ragazza è morta, chi credi che incolpi? Gli stessi che hanno eseguito il lavoretto della palude. Gli stessi che le hanno messo a soqquadro il negozio».

All'improvviso, Brigham sentì di non avere più fame. Masticò un insipido boccone di hamburger e scostò il piatto.

«Co... cosa stai dicendo, Ben?».

«Non ne sono sicuro, Brig. Sto solo riflettendo ad alta voce. Ma forse Oberdorfer è convinto che non riusciremo mai a trovare Ricky, e ha deciso di fare al contrario».

Brigham iniziava a capire.

«È... credi che sia per questo che Oberdorfer dorme nel grattacielo?».

«Cos'hai detto?».

«Dorme nella Power Tower», ripeté Brigham. «Non ne esce mai. Dice di essere troppo occupato a gestire la crisi».

«Merda», sibilò Ritter scolando il frullato e chiedendo il conto con un cenno della mano. «Crisi i miei coglioni. Ma io non ho certo voglia di sacrificarmi. Me ne vado, Brig».

Brigham sembrava profondamente allarmato.

«Credi che Ricky decida di vendicarsi come ha detto lo Scuro?».

«Le anatre sanno forse nuotare?», rispose Ritter in tono sprezzante. «Tu che ne dici? Ti sembra il tipo vendicativo, il nostro amico Ricky?».

Non c'era bisogno di risposta.

«Cercherà di vendicarsi, sicuro come l'oro», soggiunse Ritter. «Oppure spiattellerà tutto all'Fbi. O entrambe le cose. In un modo o nell'altro, siamo fregati. Fa' come vuoi, Brig, ma io non me ne starò qui ad aspettare».

Pagarono il conto e si alzarono.

«Ho il MAC 10, la Ruger e la coca nel bagagliaio dell'auto», riprese Ritter. «Tu come sei messo?».

Brigham scosse la testa.

«Oberdorfer si è ripreso tutto dopo che Ricky mi ha rapito».

«Dici sul serio? E ti fa girare disarmato?».

«Ricky mi ha preso la Ruger, e Oberdorfer ha recuperato l'auto e si è ripreso il MAC 10 dal bagagliaio. Non ho pensato a chiedere...».

«E con cosa volevi sparare, con il pisello?», domandò sbalordito Ben Ritter. «D'accordo, prendi il mio MAC 10. Non sono mai riuscito a sopportarlo. È un'arma da pappone, se lo chiedi a me. Io mi tengo la Ruger. Ora usciamo di qui, gettiamo la coca nella spazzatura e ce ne andiamo da Washington finché le cose non si saranno calmate. A pesca nell'Idaho, o qualcosa del genere».

Brigham annuì.

«Magari in Alaska».

«Alaska, buona idea».

Uscirono dal *diner* e attraversarono il parcheggio verso la Cutlass di Ben Ritter. Non appena li vide, Ricky s'incamminò lentamente verso di loro. Ritter aprì il baule dell'auto, prese la sacca con il MAC 10 e lo allungò a Brigham; quindi afferrò i sacchetti di cocaina e si apprestò a gettarli nel cassonetto. Ricky scivolò nel buio lungo il muro reggendo il fucile con entrambe le mani. I suoi muscoli erano tesi, pronti all'azione. Giunto a una trentina di metri dai mormoni, stava per scattare e fare fuoco quando i due motociclisti uscirono dal *diner* diretti verso le Harley. Ben Ritter trasalì e gettò il sacchetto di cocaina nell'auto. Il cuore gli era balzato in gola: forse erano davvero agenti dell'Fbi. Posò la mano sul calcio della pistola, e in quell'istante scorse un movimento nel buio. Brigham notò il suo sguardo e si voltò verso il punto in cui la canna del fucile di Ricky rifletteva la luce proveniente dal ristorante. Ricky prese a correre mentre Ritter estraeva la Ruger e Brigham abbassava il mitragliatore. Il colpo di Ritter si perse nel buio, la raffica di Brigham sorvolò il bersaglio di qualche centimetro. Ricky s'inginocchiò e prese a sparare. Uno dei due motociclisti, colpito, crollò a terra bocconi, mentre l'altro si tuffava al riparo dell'auto di Ritter.

Il secondo colpo fu più preciso, e prese Ritter in pieno stomaco, catapultandolo a terra mentre Brigham lasciava partire una seconda, imprecisa raffica che andò a colpire la fiancata di acciaio del locale. Ricky sparò altri tre colpi che andarono a bersaglio, proiettando Brigham nel vuoto. All'improvviso scese il silenzio. Il motociclista colpito liberò un gemito sordo, il suo compagno sbucò all'improvviso dal nascondiglio e si lanciò gridando come un forsennato in mezzo alla Route 7.

Quando si fu allontanato, il silenzio si fece così assoluto che Ricky poteva udire i suoi stessi passi sull'asfalto. Si voltò e guardò all'interno del *diner*. Uno dei ragazzi latino-americani fece spuntare la testa dal banco, ritraendola di scatto nel timore di essere colpito. Ricky raggiunse a passo rapido il retro della Oldsmobile. Disteso a terra, Ben Ritter era ancora vivo. Ricky gli si portò sopra e lo guardò negli occhi. Ritter cercò di muoversi e parlare, ma dalle sue labbra non uscì alcun suono. Il suo sguardo implorante si fissò sul volto di Ricky.

«Ti prego», gemette. «Ti prego, Ricky».

«Ti concedo le stesse possibilità di Beatriz», ringhiò Ricky.

«No», ansimò Ritter. «Io non l'ho...».

«Le stesse, Ben».

Ricky accostò la canna del fucile al volto del mormone, esitò per un istante e infine sparò.

Si sentì circondare dal silenzio, e gli parve che il mondo intorno a lui si fosse fermato. Lentamente, sollevò il fucile e se lo posò sulla spalla.

Tornò sui suoi passi verso la Grand Am, gettò il fucile sul sedile posteriore e partì verso la Beltway e il lungo viaggio che lo separava dal suo rifugio di Chincoteague. Non si preoccupò di controllare lo specchietto e sincerarsi di non essere seguito. Si sentiva protetto da una nuova aura, come l'indumento sacro di una danza indiana, che l'avrebbe riparato da ogni pericolo fino alla fine.

Elencò mentalmente i passi successivi, le mosse con cui l'avrebbe fatta pagare a tutti. Sul computer avrebbe trovato le istruzioni di David per l'incontro con Hennington. Al pensiero di ciò che sarebbe successo, si aprì in un sorriso. La verità avrebbe rovinato Barker, Huntley, l'America First e l'Activity, facendoli crollare come un castello di carte. Ricky il Selvaggio, Ricky il Vendicatore.

«Distruggerli tutti», disse a voce alta. «Uno dopo l'altro».

Controllò lo specchietto, scorse il suo volto illuminato dai riflessi ambrati dei lampioni e vide con sorpresa che stava piangendo. Le lacrime scintillavano sulla corta barba nera.

«Mi dispiace, Beatriz», mormorò cercando di non distogliere dalla strada gli occhi velati di lacrime. «Dio, quanto mi dispiace».

30

David Kerr lasciò l'abitazione di McGhie pensando che non vi era nulla di più malinconico che essere al volante di un'auto nel mezzo della notte. Osservando i fari sfrecciare nella direzione opposta, la torre del monumento a Washington, il profilo illuminato della città, cercava di capire cosa lo legasse a chi. Non era che un povero orfano con un fratello nei pasticci e una vita che cadeva a pezzi. Torna ai principi primi, si disse. Era possibile che Ricky avesse ucciso Beatriz? No, perché avrebbe dovuto? Era infuriato, non pazzo, l'aveva ammesso persino McGhie. Avrebbe ucciso i mormoni? Certamente, ma per salvare se stesso e suo fratello. Chi gli aveva mentito? Huntley? Sì. McGhie? No. Ricky? Non poteva provarlo. Lucy?

Trasse un profondo respiro. No, si disse, non può essere. Lucy?

Eppure era possibile. Qualcuno aveva avvertito Huntley. Qualcuno aveva parlato con l'Fbi. McCall o Lucy? Cosa aveva voluto insinuare Brooks Johnson? Fino a che punto poteva dire di conoscere la donna con cui andava a letto? Forse meglio di suo fratello, eppure non la frequentava che da qualche giorno. E adesso i dubbi. I soliti dubbi.

«Dio», sospirò.

Si sentiva come un adolescente innamorato e tormentato dai sospetti. L'incontro con Hennington. Non era stato troppo facile? E il modo in cui gli si era concessa. La sua ospitalità. Persino l'intelligenza con cui aveva messo a nudo il suo scetticismo. Era un inganno anche quello? Era un modo per spingerlo a non dubitare di lei?

Di ritorno all'appartamento, la mente invasa dai sospetti, trovò Lucy seduta in balcone. Sorseggiava un'acqua minerale ghiacciata, e indossava una gonna avvolgente di seta bianca sulle gambe nude e accavallate. Nonostante fosse ormai tardi, lo accolse con un sorriso allegro finché non gli scorse sul volto un'ombra di ostilità. Si alzò e gli diede un rapido bacio. Kerr trovò il suo whisky sul banco dove l'aveva abbandonato un paio d'ore prima. Ne bevve un sorso.

«È stato come tornare a bordo di una nave abbandonata», esordì Lucy. «C'era soltanto il tuo bicchiere semivuoto. Avresti dovuto lasciarmi un messaggio».

«Scusami», rispose Kerr a disagio. «Sono andato da McGhie». Fece una pausa. «Dimmi cosa pensa Hennington dell'incontro con Ricky».

«Non credo abbia problemi», rispose entusiasta Lucy. «Sembra deciso a procedere, e McCall ha dato il suo assenso. È talmente scivoloso che non riesci mai a capire quale sarà la sua prossima mossa. Sostiene di aver capito che una cosa del genere potrebbe essere un cavallo di battaglia per puntare alla presidenza».

«Riesce a pensare solo a questo?», chiese Kerr. «Non a ciò che è giusto o sbagliato, ma solo a ciò che serve?».

«Già», annuì Lucy. «McCall non usa mai termini come giusto o sbagliato. Per lui esistono soltanto "appropriato" o "inappropriato". Sia come sia, Hennington ha ribadito la sua condizione: vuole che Ricky ci presenti ogni singola prova, che ci illustri la questione punto per punto, che ci anticipi le precise parole con cui testimonierebbe a un'udienza pubblica».

«Una prova generale», commentò Kerr in tono ironico.

«Esattamente».

«Nella quale Ricky dovrà presentare le sue prove. In caso contrario, ne uscirà come un povero squilibrato. L'uomo che ha messo in scena il proprio suicidio».

«Il senatore è un avvocato, David», replicò Lucy irritata. «Ha bisogno di vedere ogni elemento, e non gradisce le sorprese. Rischia molto anche lui, in questa faccenda».

Si abbandonò sulla sedia accavallando le gambe, e parve attendere che lui le si avvicinasse. Kerr osservò la gonna di seta bianca scostarsi a rivelare le cosce. Notando la freddezza della sua reazione, Lucy ne riaccostò i lembi.

«C'è qualcosa che non va, David?».

Kerr ripose il bicchiere sul banco. Lo scotch non sapeva di nulla, sorseggiarlo non gli dava alcun sollievo.

«Lucy, ora ti farò qualche domanda, ma non voglio che ti arrabbi, d'accordo?».

«Ci proverò, ma ho già capito che stasera sei strano».

«Già», annuì Kerr.

Lucy si sporse in avanti. «È successo qualcosa?».

«Sì», ammise David. «Ma prima di dirtelo, ho bisogno di sapere se hai aiutato Ricky a scomparire. Gli hai dato una mano a fingere il suicidio?».

«No».

«Ma qualcuno l'ha fatto. È stata Beatriz?».

Lucy balzò in piedi, gli si fece accanto, gli cinse i fianchi con le braccia e lo baciò sulle labbra.

«Ti ho già detto che non mi piace essere interrogata», disse. Quando vide che Kerr non rispondeva alle sue effusioni, fece un passo indietro. «Certo che l'ha aiutato», soggiunse in tono irritato. «Cos'altro vuoi sapere?».

«Credevo che avessero litigato», insistette lui.

«Per essere un uomo intelligente, a volte sei davvero stupido», scattò Lucy. «Esattamente come tuo fratello. Quando si rese conto di essere nei guai, finse di lasciarla. Per proteggerla, è ovvio. Aveva capito che non si sarebbero fermati davanti a nulla, e così ha voluto trasformarla in un'ex. Era il suo modo di amarla. Doveva sapere che era al sicuro». Fece una pausa. «Sono sicura che saresti in grado di arrivarci, se ti mettessi d'impegno», soggiunse quindi in tono altezzoso.

Era chiaro che Lucy non era al corrente della morte di Beatriz. Kerr avrebbe voluto dirglielo, ma prima doveva dissipare del tutto i propri dubbi. Fece un passo avanti e posò la mano sotto il seno sinistro di Lucy, all'altezza del cuore. Spaventata dall'improvviso movimento, lei cercò di divincolarsi.

«Cosa stai facendo, David? Perché...?».

Kerr le cinse la schiena con la mano sinistra e la trasse a sé con forza.

«David, mi stai facendo male».

«Devi scusarmi, ma ho un'altra domanda», disse lui in tono duro. Sotto i suoi polpastrelli, il cuore di lei pulsava con forza. «Come ha fatto Huntley a sapere che Ricky vuole vedere Hennington? Qualcuno glielo deve aver detto».

Lucy lottò per liberarsi, ormai più infuriata che spaventata.

«Credi che io...?». Era quasi ammutolita dalla rabbia. Quando le parole le giunsero alle labbra, la sua voce tremava di indignazione. «Pensi che io abbia potuto... Esci di qui! Come osi? Vattene da casa mia!».

Kerr la lasciò sfogare, voltandosi lentamente e riprendendo in mano il bicchiere di whisky. Si vergognava di se stesso, ma non aveva avuto altra scelta. E a meno che non fosse la più grande attrice sulla faccia del pianeta, Lucy sembrava sincera. Lo fronteggiava, pallida e tremante di rabbia, agitando i pugni nel vuoto. Kerr sorseggiò il suo scotch.

«Mi hai sentito?», sbraitò Lucy. «Ti ho detto di sparire!».

Kerr si sedette, scolò il bicchiere e tornò a riempirlo lentamente. Quindi chinò il capo, fingendo di studiarne il contenuto, e all'improvviso si rese conto con orrore che nel preciso istante in cui aveva capito di potersi fidare di Lucy, forse l'aveva perduta per sempre.

«Siediti, ti prego», mormorò in tono di supplica.

Ma Lucy era ancora così infuriata che le parole le uscivano a fatica dalle labbra.

«Credi che abbia potuto... venire a letto con te... per tradire Ricky...».

«Ti ho chiesto di sederti, per l'amor di Dio», gridò lui. «Sto cercando di dirti che credo di amarti».

Lucy giunse le braccia sul petto e non si mosse. Era senza parole. Gli uomini sono assurdi, si disse. Se questo è amore, è uno strano modo di dimostrarlo.

«Mi hai sentito bene», ripeté lentamente Kerr. «Ho detto che credo di amarti. Mi vergogno di ciò che ho appena fatto, ma dovevo essere sicuro di ogni dettaglio. Lo devo a Ricky».

«Insultare la donna che sostieni di amare?», domandò Lucy in tono sarcastico. «Avete una gran bella idea del romanticismo, voi inglesi».

«Io... volevo esserne sicuro, volevo...». Kerr stava balbettando, e la sua fronte era imperlata di sudore. «Non mi era mai capitato, fino ad ora. Non so perché, ma mi sono innamorato di te. Ma il problema è che sospetto di tutto e di tutti, compreso me stesso».

Lucy lo fissava sbalordita, incapace di spiegarsi il suo assurdo comportamento.

«Siediti, ti prego», insistette lui. «Tu e McGhie siete gli unici di cui mi fidi, sebbene abbia uno strano modo di farvelo capire. Dobbiamo riflettere a fondo prima di rimetterci in contatto con Ricky».

Lucy tremava, in preda a mille emozioni diverse.

«Ma perché mi hai detto quelle cose?», sbottò sull'orlo delle lacrime. «Perché mi hai accusato di avervi tradito? Come hai potuto credere una cosa del genere? Come hai potuto sospettare di me?».

«Ascoltami», rispose Kerr. «Mi vergogno di ammetterlo, ma ho dubitato di te perché ciò che c'è fra noi mi sembrava troppo bello per essere vero». Chinò il capo per non farle vedere le lacrime che gli velavano gli occhi. «Ti ho raccontato di Sarajevo. Quella scena è una costante della mia esistenza. Le cose belle mi si disintegrano fra le mani. Per questo non sono capace di gestirle. Per questo non è facile».

Lucy si alzò e uscì sul balcone, fissando assorta il fiume. Kerr rimase in silenzio per qualche istante, asciugandosi le lacrime.

«Me ne andrò non appena avremo aiutato Ricky», soggiunse quindi. «Se è questo che vuoi, non mi farò più sentire».

Lei si voltò e lo fissò, pallida in volto.

«Credevo avessi detto che mi amavi», disse in tono sommesso.

«È così», rispose con forza Kerr, «ma se la mia abitudine di dubitare di chiunque ti impedisce di rispettarmi, la cosa migliore che posso fare è andarmene».

Per un minuto si guardarono in silenzio.

«Cosa vuoi che faccia, Lucy?», domandò infine Kerr con voce roca. Quanto vorrei che questa donna mi amasse, pensò.

«Non lo so», rispose lei con un filo di voce. «Per il momento, è meglio che resti. Abbiamo poco tempo. E se alla fine qualcosa di buono riuscirà a sopravvivere... ma per il momento non riesco a pensarci».

Kerr avrebbe voluto baciarla, stringerla a sé, implorarle perdono, ma capì che Lucy aveva ragione. Non avevano tempo. Controllò l'ora.

Era l'una del mattino, e c'erano molte cose che non le aveva ancora detto. Per quanto sembrasse impossibile, dovevano rimboccarsi le maniche e andare avanti.

«Cos'hai scoperto su Jim McCall?», si decise a chiederle.

«Abbastanza per capire che è l'informatore di Huntley».

«Come hai fatto?».

«Non te lo posso dire».

«Capisco». Kerr si sentì sopraffare da un'ondata di irritazione. «Io ti devo offrire la mia incondizionata fiducia, ma tu rifiuti di dirmi come hai fatto a smascherare McCall. Credevo che la fiducia fosse una strada a due corsie. Forse faccio bene a essere così sospettoso».

Lucy gli scoccò un'occhiata glaciale.

«Quello che ti posso dire», rispose, «è che se questa vicenda finisse male io non riuscirei mai più a lavorare a Washington. Ti prometto che presto verrai a conoscenza delle mie fonti, e capirai che sono fidate. Nel frattempo, ho cambiato la sede dell'incontro fra Ricky e Hennington. McCall crede che sia previsto per le cinque e mezza di domani pomeriggio nell'ufficio di Hennington al Campidoglio, e di sicuro l'ha spifferato a Huntley e a quelli dell'America First. Ma stasera ho avvertito Hennington di un piccolo cambiamento. Ci vedremo alla stessa ora, ma a più di un chilometro di distanza, negli uffici di Bill Stewart, un parlamentare del Kansas. È appena arrivato al Congresso, e i suoi uomini farebbero di tutto per Howie. Se non trovi che sia troppo rischioso, lasceremo McCall nell'ufficio di Hennington e ci riuniremo dall'altra parte del Campidoglio».

Si allungò sopra di lui per prendere il bicchiere di whisky. Sentendosi sfiorare il braccio dal suo seno, Kerr si rese conto di quanto la desiderasse.

«È l'unica possibilità», riprese Lucy. «Non possiamo aspettare un minuto di più. A questo punto devi fare una scelta, David Courtland Kerr. Puoi metterti al computer e comunicare a tuo fratello l'ora e il luogo dell'incontro, oppure decidere di non credermi e mandare tutto a monte. È una questione di fiducia, come hai detto tu».

Kerr le si avvicinò e cercò di baciarla, ma lei si ritrasse.

«Cosa vuoi fare, David?».

«Stai cercando di farmi dire che voglio così bene a mio fratello che non posso fidarmi di te?», le chiese lui con un debole sorriso.

Lucy non rispose.

«Non capisci perché mi trovo in queste condizioni?».

Silenzio.

«D'accordo, Lucy, ora ti dico cosa farò. Manderò un messaggio a mio fratello dicendogli che l'appuntamento con Hennington è fissato per le cinque e mezza di domani nell'ufficio dell'onorevole Stewart».

Ancora silenzio.

«Ma non gli rivelerò quello che non ti ho ancora detto».

«E sarebbe?».

«La ragione per cui sono andato da McGhie. La notizia che mi ha comunicato l'Fbi. La spiegazione del perché non mi fido più di nulla e di nessuno».

Lucy lo guardò preoccupata. «Cosa stai cercando di dirmi, David? Che Ruffin è stato qui?».

Kerr annuì.

«E... non c'è modo di dirlo con delicatezza... mi ha detto che Beatriz Ferrara è stata assassinata».

Lucy lo fissò per qualche istante, incredula. Nello scorgere il suo cenno di conferma, gli si gettò fra le braccia, ogni traccia di rabbia dissolta nel dolore.

31

Quando giunse al Cannon Building, David Kerr era più nervoso di quanto fosse stato il giorno del suo stesso matrimonio. Sperava che la cerimonia prevista per quel pomeriggio non finisse così male. Il messaggio di risposta di Ricky era stato lapidario: "Ci sarò". Non una parola di più. Nessun accenno al fatto che fosse o meno a conoscenza di ciò che era successo a Beatriz, o se ne stesse soffrendo. Grande autocontrollo, o forse semplice ignoranza.

Kerr scosse la testa, cercando di liberarsi dell'apprensione per l'incontro con Ricky e del tormento della notte trascorsa con Lucy. Non riusciva a capacitarsi di ciò che le aveva fatto. In tutta risposta, lei l'aveva fatto dormire nella camera degli ospiti.

«Mi dispiace di aver dubitato di te», si era ripetutamente scusato. «Ti prego, riproviamoci».

Lucy l'aveva condotto nella stanza in cui aveva dormito Ricky.

«Il tuo letto», aveva indicato.

«È finita?».

«Forse», aveva risposto lei sollevando le spalle. «O forse no. Di solito si va a letto insieme dopo un periodo di corteggiamento. Noi faremo al contrario. Buonanotte, David». E se n'era andata.

Quella notte, l'incubo che l'aveva destato alle cinque del mattino non riguardava la morte di Yasmin, ma la perdita di Lucy.

Kerr ascoltò il risuonare dei propri passi sui pavimenti di marmo dell'edificio.

Gli uffici dei membri del Congresso erano molto più angusti di quelli dei senatori, ma avevano qualche elemento in comune. Davanti alla porta dell'onorevole Bill Stewart era appesa la bandiera del Kansas, e all'ingresso campeggiava la stessa macchina per i popcorn dell'ufficio di Hennigton. Le attività del Congresso erano sospese, e lo staff dell'onorevole Stewart era rimasto a casa. Era presente soltanto la centralinista, una bionda perfettamente truccata il cui profumo aleggiava nell'aria come una nube. Informò Kerr che Lucy era già arrivata e stava introducendo la situazione al senatore.

«Ne gradisce?», domandò indicando i popcorn. «Si serva pure».

«No, grazie», bofonchiò Kerr.

La giovane donna lo condusse in una piccola sala riunioni. Era già occupata.

«Mi scusi, io...».

Kerr vide Ricky seduto in un angolo. Si stringeva al petto il computer portatile come se fossero i gioielli della corona. E forse lo erano, si disse Kerr. Quanto meno per lui. Indossava un ampio giubbotto blu scuro, una camicia e un paio di jeans, e aveva l'aria di chi non chiudeva occhio da un anno.

«Ciao, fratellone. Come andiamo?».

La sua voce era roca, stanca, come se avesse pianto. Era ovvio che aveva saputo di Beatriz.

«Ciao, fratellino. Come stai?».

«Beatriz...», mormorò Ricky. I suoi occhi erano gonfi, ma la voce non si spezzò. «Hai saputo...?».

«Ho saputo, Ricky. Ho saputo».

I due fratelli si strinsero in un abbraccio caloroso. Per un istante, Kerr temette che il petto gli esplodesse per la tristezza.

«L'Fbi me l'ha comunicato ieri sera», soggiunse. «Non volevo dirtelo al computer. Mi sembrava un modo troppo... asettico. Non hai idea di quanto...».

«Non dirlo», lo interruppe Ricky sollevando una mano. «Non dirlo».

Gli tremavano le labbra. È sul filo del rasoio, pensò Kerr. Ancora una volta, Ruffin ci aveva visto giusto.

«Ascoltami», disse cercando di non cedere all'emozione. «Non ho mai fatto il fratello maggiore prima d'ora, e non so se ci riuscirò, ma ci provo per la prima e forse per l'ultima volta: Hennington sta per arrivare. È la tua unica possibilità. Devi calmarti, d'accordo?». Ricky batté le palpebre, stringendo a sé il computer. «Ti vuoi vendicare», riprese Kerr, «ed è comprensibile. Ma il modo giusto per farlo è incastrarli per i loro crimini, non fare il vigilante mettendoti automaticamente dalla parte del torto. Sei già abbastanza nei guai».

Ricky annuì con aria assente, aprendosi in un sottile sorriso.

«Non fare il vigilante», ripeté. «Ricky il Vendicatore».

«Siediti», gli ordinò Kerr come se si rivolgesse a un figlio. Ricky obbedì. «Con Hennington non puoi permetterti di perdere l'autocontrollo. Huntley sta cercando di farti passare per uno squilibrato. Ha sparso la voce che il tuo ultimo esame psichiatrico avesse evidenziato dei forti scompensi caratteriali. Non cedere alle provocazioni. Rischieresti di fare il loro gioco».

Ricky parve rilassarsi. Le nocche bianche serrate sul computer allentarono la stretta.

«Va bene, fratellone», disse in tono sommesso. «L'uccello saggio non caca nel proprio nido, giusto? Grazie del consiglio. Non perderò la calma, almeno per la prossima ora».

«Bravo. Dimostreremo anche che hanno ucciso Beatriz. La vendicheremo, ma legalmente. È quello che lei avrebbe voluto».

«Quello che lei avrebbe voluto», ripeté Ricky in tono vacuo.

Kerr lo fissò negli occhi arrossati. Si aspettava di veder comparire una lacrima, ma Ricky si trattenne.

«Hai l'aria di chi non mangia da un bel pezzo».

«Non ho fame».

«Sei arrivato senza problemi?».

«Sì», rispose Ricky con uno sbadiglio. «Mi sono mescolato a un gruppo di turisti, poi ho preso i passaggi sotterranei. C'è un'altra città, qui sotto. Non sapevo che il Campidoglio avesse una rete di gallerie».

«E dopo l'incontro?».

«Cosa vuoi che me ne importi?», replicò Ricky. «Non mi spareranno né cercheranno di arrestarmi proprio qui. E una volta che avrò parlato con Hennington, avrà poca importanza».

«Speravo di convincerti a costituirti», tentò Kerr. «Non appena avrai finito di parlare con il senatore, dovremmo avvertire Ruffin. Ne usciresti sano e salvo».

Ricky lo fissò con una freddezza che gli fece accapponare la pelle.

«Non ho nessuna intenzione di costituirmi».

«Ma avevamo detto...».

«*Tu* avevi detto, fratellone. Io ti ho soltanto promesso che ci avrei pensato. L'ho fatto. E non mi piace. Hanno ucciso Beatriz, e Ricky il Vendicatore ha qualcosa in serbo per ognuno di loro».

Serrò nuovamente le nocche sul computer e sprofondò nel silenzio.

«Ma hai appena detto...», fece per replicare Kerr. A metà frase s'interruppe. Non voleva irritare Ricky ancora prima dell'incontro. Altro che "ritorto", si disse. Decise di cambiare argomento.

«Nostra madre», soggiunse. «Parlami di lei, adesso che abbiamo qualche minuto. Dimmi qualcosa di voi».

Ricky sembrò rilassarsi. Sistemò il computer sul tavolo, ma vi posò sopra una mano.

«Sono cresciuto a Bakersfield, in California», recitò. «La mamma insegnava francese, tedesco e spagnolo al liceo, papà vendeva computer per la California Data Systems. Cos'altro vuoi sapere?».

«Che cosa ti diceva della Scozia?».

«Che era la terra di Dio abitata dalla gente del Demonio».

«Diceva così?», domandò Kerr ridendo.

«Sì».

«Non è giusto. Gli scozzesi...».

«Gli scozzesi», lo interruppe Ricky imitando una voce femminile dall'accento edimburghese, «non riescono a sopportare l'idea di non essere inglesi...».

«Aspetta un secondo, Ricky...».

«...e come gli irlandesi, a casa loro sono rigidi, sgradevoli, tormentati dai dubbi. Ma non appena abbandonano la loro fetta di isola, si trasformano negli individui migliori del pianeta».

«Stai improvvisando», rise Kerr.

Ricky gli rivolse un debole sorriso.

«In parte. Ma la mamma non dimenticava facilmente. Mi disse che l'odio che provava per tuo padre era diventato così forte che aveva soffocato l'amore per te, mi spiegò che lui era giunto a incarnare tutto il male della Scozia, cancellando ogni elemento positivo. Il presbiteriano dalle labbra sottili, lo chiamava. Aveva labbra sottili, tuo padre?».

«No», rispose Kerr. «Ma so cosa intendeva».

«Aveva giurato a se stessa che non sarebbe più tornata in Scozia, e che non ci avrebbe più pensato. E mantenne la sua promessa. Era una donna testarda».

«Ritorta come tutti noi, e specialmente come te. Cosa ti disse di me?».

«Che abbandonarti fu peggio che perdere un braccio o un occhio. Peggio del cancro che la stava uccidendo».

Kerr abbassò gli occhi sui moncherini della mano destra. Non riusciva a immaginare quale fosse stato il dolore di sua madre nel separarsi da lui, e cercò di non fargliene una colpa. Se soltanto fossimo in grado di rimettere insieme i frammenti delle nostre vite spezzate, si disse, con la stessa facilità con cui si ricuce una spalla o una mano. Ma è impossibile. Ci sono cicatrici che non guariscono mai.

«Alla fine...», riprese Ricky lentamente, sforzandosi di non cedere all'emozione, «alla fine mi chiese di cercarti... di provare a spiegarti che... che ti amava...».

Kerr fissò in volto il fratello finché non sentì che gli occhi gli si velavano di lacrime. Rimasero in silenzio per qualche istante. Dall'esterno della saletta provenne un rumore improvviso. Kerr si asciugò le lacrime e controllò l'ora. Erano le cinque e mezza.

«Il resto più tardi», bisbigliò Ricky, apparentemente più lucido di lui. «Se ci sarà un più tardi».

In quel momento la porta si spalancò a rivelare Hennington, seguito a ruota da Lucy e da una segretaria che sistemò un registratore di fronte a Ricky e si sedette posandosi un blocco per gli appunti sulle ginocchia.

«Il punto», stava dicendo Hennington come se Ricky non fosse presente, «è che se il capitano Rush è ricercato come disertore e sospettato di una serie di reati, forse non è saggio che lo incontri personalmente».

«Ma ne abbiamo parlato ieri, senatore, e lei...».

«Non ripetermi quello che ho detto ieri, Lucy. Le pulci lasciamele fare dall'America First. Oggi sto dicendo un'altra cosa. Dov'è McCall?».

La segretaria fece per rispondere, ma Lucy la interruppe.

«Non si sentiva bene, senatore. Avvelenamento da cibo, credo».

La segretaria le rivolse un'occhiata sorpresa. Un'ora prima, seduto alla scrivania nell'ufficio del senatore, McCall sembrava in perfetta salute. Molto strano.

«Gesù», imprecò Hennington. Era di pessimo umore. «Credo che Rush se ne debba andare. Ho bisogno di tempo per riflettere, e McCall non può mancare. Mi dispiace, capitano Rush. Ma è meglio che vada».

Oh no, si disse Kerr. La prego, senatore, non lo faccia. Non lo provochi.

Si voltò verso Ricky, aspettandosi un'esplosione. La saletta sprofondò nel silenzio, rotto soltanto dal ronzio del condizionatore. All'improvviso Ricky calò un gran pugno sul tavolo.

«Aspetti un secondo, maledizione», gridò. «Mi cacci pure, se vuole, ma si ricordi di una cosa: quando credevate che fossi morto, eravate alla disperata ricerca delle informazioni in mio possesso. E adesso che sono vivo e vegeto, sono diventato improvvisamente meno credibile?». Inserì la mano destra nella borsa del computer. «Quei figli di puttana hanno ucciso la mia fidanzata, per riprendersi questo». Estrasse il portatile. «Certo, senatore, il nostro incontro è molto rischioso. Ma ha davvero il coraggio di cacciarmi, sapendo che quella che c'è qui dentro è pura dinamite? Prove così decisive che certa gente è pronta a uccidere per recuperarle? Altro che brutta figura, senatore». Ricky assunse un tono di voce beffardo. «Howie, il campione dei diseredati, che allontana dal suo ufficio un uomo che è tornato dal regno dei morti per offrirgli questo», soggiunse facendo scivolare il computer sotto il naso del senatore con un tempismo e un senso del drammatico assolutamente perfetti.

«Sul disco fisso troverà informazioni sufficienti a far crollare l'America First Corporation e il senatore Mark Barker. Vuole la sua testa su un vassoio? L'avrà. Se non è di suo gradimento, me lo dica subito. Vedrò di rivolgermi al *Washington Post*. Sia come sia, non mi faccia perdere tempo».

Ricky incrociò le braccia sul petto e si abbandonò sulla sedia. Hennington si afflosciò su se stesso come se fosse stato preso a mazzate. Dopo un istante si voltò di scatto verso la segretaria e indicò il registratore.

«È acceso?».

«No, senatore».

«Lo accenda».

«Sì, senatore».

«È pronta a scrivere?».

«Sì, senatore».

Hennington si rivolse a Ricky.

«Mi ascolti bene. Questo è un colloquio ufficiale, un'inchiesta formale. Se fosse stato presente, avrei chiesto al mio capo dello staff, Jim McCall, di farle prestare giuramento. Immagino che dovrò farlo io stesso».

Gli allungò una Bibbia.

«Ci posi sopra la mano destra, figliolo. Giura solennemente di fronte a questi testimoni e al Signore che dirà la verità, tutta la verità, nient'altro che la verità?».

Terminato il giuramento, Hennington recuperò la Bibbia.

«Prima che cominciamo», disse, «voglio che una cosa sia chiara come le sorgenti del Missouri. Mi sta ascoltando, figliolo?».

Ricky annuì.

«È acceso, quell'affare?», ripeté Hennington indicando il registratore. «Bene. Capitano Richard C. Rush, al termine di questo colloquio voglio che lei si costituisca alle autorità e chiarisca la sua posizione con le forze aeree, l'Fbi, l'ISA e una mezza dozzina di sigle che al momento mi sfuggono. Siamo intesi?».

Ricky annuì di nuovo.

«Venga messo a verbale che il capitano Rush ha fatto un cenno di assenso. Nell'interesse della sicurezza nazionale, sono disposto a rischiare la mia reputazione trascorrendo un quarto d'ora con lei, figliolo, ma subito dopo voglio che levi le tende e si presenti all'Fbi. È chiaro?».

La segretaria annuì. Lucy annuì. Kerr annuì. Ricky sorrise e crollò il capo in quello che si sarebbe potuto interpretare come un cenno di assenso.

«E l'avverto, capitano, io mi annoio facilmente. Se capisco che quello che sta dicendo non mi piace, lei si ritroverà fuori da questo ufficio con la velocità di un fulmine. Ora proceda».

Ricky accese il computer portatile e aprì i documenti.

«Mio fratello vi ha illustrato il quadro generale», iniziò, «dunque verrò subito al dunque. Questo computer è minuscolo, ma ha una memoria molto ampia. Sarebbe probabilmente in grado di contenere tutti i documenti di questo ufficio, e chissà quanti altri. Bene, metà del disco fisso è occupata dai dettagli di affari illegali condotti nel nome del governo degli Stati Uniti dai miei colleghi dell'Activity».

Hennington si rilassò sulla sedia, si slacciò il colletto della camicia e allentò il nodo della cravatta. «E da me», soggiunse Ricky. «Ammetto di avere guadagnato una fortuna. Abbastanza da consentirmi di acquistare la casa nella quale mi nascondo da sei – da sette – settimane. L'altra metà della memoria mostra dov'è finito il denaro e quali sono i conti bancari interessati».

Premette alcuni tasti e fece comparire un documento sullo schermo.

«Primo esempio», riprese. «La crisi valutaria inglese. È un argomento che mi piace particolarmente, perché in qualche modo coinvolge mio fratello. Pubblicamente, il governo britannico sosteneva di essere in grado di mantenere la parità con il marco tedesco e le altre monete europee al cambio di tre marchi per sterlina. Il ministro delle Finanze inglese dichiarò che per difendere la sterlina era pronto a spendere dodici miliardi di dollari. Riuscite a crederci?», domandò in tono beffardo. «Il risultato fu che chiunque avesse un minimo di cervello iniziò a speculare contro la sterlina, contribuendo a farla precipitare. Ma il tempismo fu un fattore fondamentale. Gli inglesi alzavano e abbassavano i tassi d'interesse come se fossero le mutandine di una baldracca, ma senza grandi profitti. Ascoltarli era un gran divertimento. L'Economic Security Council era al corrente dei loro piani più di quanto lo fossero certi membri del governo inglese. E noi, nel frattempo, guadagnammo circa 400.000 dollari in una settimana».

Hennington si drizzò di scatto sulla sedia.

«Quanto ha detto, figliolo?».

«Quattrocentomila dollari in una settimana».

«In quanti eravate?».

«In quattro. I profitti dell'America First venivano conteggiati separatamente».

«Ed era un'attività regolare?».

«Non c'è mai stato niente di regolare, senatore. Ho fatto questo esempio solo perché in Europa se ne parlò molto. Riuscimmo a tener testa agli inglesi, cosa non difficile, nonché al resto del mercato. Tutti erano felici e contenti. Un'operazione indolore. Su questo disco fisso avrò sessanta, settanta esempi simili. Quando la stessa cosa accadde al franco francese, nel luglio e agosto del '93, a causa del rifiuto della Bundesbank di abbassare i tassi d'interesse, ci sincerammo di essere bene informati su ogni mossa di entrambe le parti. E ne uscimmo con 600.000 dollari in saccoccia».

«Divisi per quattro?».

«Sissignore. Eravamo più bravi, oppure sapevamo rischiare di più».

Hennington trasse un profondo respiro mentre Ricky richiamava sullo schermo un diagramma a colonne.

«Automobili giapponesi vendute in America Latina», spiegò, «prima della firma di un accordo multimiliardario per l'esportazione di legno duro dalla foresta amazzonica all'Estremo Oriente». Premette un altro tasto e le colonne del diagramma aumentarono d'un balzo. «Quote dell'importazione dopo l'accordo».

«Non capisco», protestò Hennington. «Cosa c'entra l'esportazione del legname amazzonico con la produzione di automobili giapponesi?».

«Fu un accordo fra il governo giapponese e quelli latinoamericani», spiegò Ricky. «Una sorta di scambio. Il risultato fu che le azioni di queste tre consociate delle case automobilistiche giapponesi in America Latina fecero un balzo dell'otto per cento dalla sera alla mattina».

«Otto per cento», ripeté Hennington.

«In una notte», confermò Ricky. «È una bella montagna di pesos».

«E i produttori americani?».

«La nostra politica non prendeva in considerazione i perdenti».

Ricky riprese a chinarsi sulla tastiera.

«La ripresa dei colloqui sul GATT. Fu l'inizio della guerra commerciale, ricorda?».

«So benissimo com'è iniziata la guerra commerciale, figliolo», borbottò Hennington quasi a se stesso. «Piuttosto, fammi vedere come uscirne».

«D'accordo».

Hennington parve sorpreso dall'arroganza di Ricky.

La guerra commerciale era scoppiata quando il Senato aveva preteso la rinegoziazione di un grosso accordo internazionale. Il senatore Barker – sfruttando il potere della sua televisione e un'intensa campagna nelle zone rurali – aveva fatto approvare un decreto che costringeva il presidente a prendere contromisure nei confronti di chiunque accumulasse un ingente residuo attivo negli scambi commerciali con gli Stati Uniti. In altre parole, l'aveva forzato a imporre severe tariffe doganali al Giappone, alla Cina, a Taiwan e alla Comunità Europea per il progetto Airbus. I governi stranieri, com'era prevedibile, si erano vendicati, e avevano portato il paese alle soglie di una recessione che Hennington prevedeva avrebbe raggiunto la gravità di quella degli anni Trenta.

«Aiutando l'ascesa di un demagogo», borbottò fra sé.

«Chiedo scusa?», domandò Ricky. «Non ho capito, senatore».

«Niente», rispose Hennington. «Pensavo al mio amico Barker, e a come non stonerebbe negli anni Trenta. Ma prosegua».

«Questi», disse Ricky facendo comparire altri diagrammi, «sono i dati sulle sovvenzioni ai coltivatori francesi di soia».

Magnifico, pensò Kerr. Soia. E poi? Le quote delle rape? Dei broccoli?

«Grazie alla tecnologia a nostra disposizione», proseguì Ricky, «siamo riusciti a determinare con precisione le divergenze e i contrasti fra il governo francese e la maggior parte degli altri paesi europei».

«A quale scopo?», domandò Hennington cercando di non apparire troppo sbalordito.

Ricky liberò lo schermo dai grafici.

«Ci ha reso praticamente imbattibili nelle trattative commerciali. Sapevamo esattamente quale offerta fare per dividere gli interessi della Francia da quelli degli altri. Il risultato è che i francesi hanno preso una bella batosta, e che noi potremmo far sì che Gran Bretagna e Germania si dissocino dal blocco delle tariffe doganali nei nostri confronti. In tal caso, saremmo in grado di risolvere la guerra commerciale senza un crollo».

Hennington aggrottò la fronte.

«E come mai non lo stiamo facendo?».

Ricky scoppiò a ridere.

«Suppongo che parte di queste informazioni sia andata perduta nel tragitto verso la Casa Bianca. So che l'America First Corporation ne è al corrente, perché sono stato io stesso a informarla».

«Barker sa come porre fine alla guerra commerciale?».

«Certo».

«Ma il presidente ne è all'oscuro?».

«A quanto sembra».

Hennington si grattò la testa con gesto irritato.

«Mi sta dicendo che il senatore Mark Barker è in grado di nascondere informazioni destinate alla Casa Bianca?».

Ricky si strinse nelle spalle.

«Huntley è il collegamento con la Casa Bianca. Io mi occupavo dei rapporti con il settore privato. Non so chi ne sia al corrente, ma so che se volessimo potremmo risolvere la guerra commerciale nel giro di poche settimane. Ma a quanto pare, nessuno lo vuole».

Hennington lo guardava a bocca aperta.

«Io mi occupo di informazioni, senatore, non di politica», riprese Ricky. «Ma per come la vedo io, Barker spera che la situazione peggiori fino a causare una depressione così grave che lui ne uscirà come il salvatore della patria. Sta puntando alla presidenza, senatore».

Hennington fece un sospiro come a confermare di saperne già fin troppo. Il suo volto sembrava quello di un patologo di fronte a un'autopsia particolarmente raccapricciante.

«Sono perfettamente in grado di capire le ambizioni del senatore Barker», disse. «Per questo prima parlavo degli anni Trenta. Mi dica, tutte le informazioni sono state raccolte illegalmente?».

«No, senatore. Nell'attività di spionaggio non abbiamo infranto alcuna legge».

«Ma intercettate conversazioni telefoniche», insistette Hennington con evidente ripugnanza. «Usate mezzi tecnologici, come ha detto lei stesso».

«Sì, senatore. Intercettiamo ogni trasmissione via fax attraverso l'Atlantico e il Pacifico. Inoltre...».

«Tutte?».

«No. Potremmo farlo, ma non avremmo il tempo di leggerle. Dobbiamo operare una severa selezione».

Hennington si alzò.

«E lei ha usato queste informazioni a scopi di lucro?».

«Sì, senatore. Insieme a Huntley e ad altri due membri dell'Activity che sono stati uccisi. Credo che il senatore Barker li abbia fatti assassinare quando l'Fbi ha iniziato a indagare sulle nostre attività. Per questo sono scomparso. Avevo paura. Potrei chiamare in causa la mia ingenuità, la mia stupidità, ma alla resa dei conti ho commesso un reato. E mi aspetto di venire punito».

«Lasciamo perdere», replicò Hennington. «Quando si passa la vita al Congresso, un'ammissione di errore è così rara che rimane impressa. La mia domanda è un'altra: una sua testimonianza pubblica, diciamo sulle reti televisive nazionali, farebbe gli interessi del popolo americano?».

Ricky fece per rispondere, ma Hennington lo interruppe.

«È una domanda alla quale posso rispondere solo io, figliolo. Stavo soltanto riflettendo ad alta voce. Di questi tempi, è meglio che niente. Ora, fino a che punto possiamo dimostrare il collegamento fra voi e il mio ottimo amico senatore Barker?».

Ricky fece una risatina sofferta.

«Il senatore Barker è sempre stato molto generoso nei confronti dell'Activity».

Hennington assentì.

«Questo lo so. Ogni volta che si discute di stanziamenti, Barker vota per un aumento. Stanno svolgendo il duro lavoro della libertà, ama ripetere. Adesso comincio a capire cosa intenda».

«Già. Stiamo anche svolgendo il duro lavoro di farlo eleggere presidente. Dai dati a mia disposizione, nel corso dell'ultimo anno le informazioni da me raccolte hanno fruttato all'America First Corporation più di ventisei milioni di dollari, a cui si devono aggiungere gli omaggi delle aziende a cui passava le segnalazioni. Barker ha diversi alleati nelle file della destra religiosa, e li aiuta in questo modo. Non conosco i nomi, ma so che è così».

«Lei...», balbettò Hennington quando fu in grado di ritrovare la voce. «Intende dire che...».

«Barker ci garantiva copertura politica e sovvenzioni, e noi lo aiutavamo a guadagnare a sufficienza per tenere in piedi la sua televisione e contemporaneamente puntare alla Casa Bianca. La chiamava sinergia».

«Sinergia?», farfugliò rabbioso Hennington. «A me vengono in mente definizioni molto diverse. Corruzione, tanto per cominciare. Alto tradimento».

Ricky sorrise.

«Huntley continuava a ripetere che la chiave di tutto era la diffusione delle informazioni nel settore privato. Quando scoprivamo, per esempio, che l'appalto delle telecomunicazioni indonesiane era andato ai giapponesi, o che Taiwan aveva fatto un'offerta per la costruzione di un nuovo aeroporto nel Golfo, come potevamo capire a chi far pervenire l'informazione?».

«E...?», chiese Hennington.

«È stato quello il colpo di genio di Huntley. Ha usato l'America First come mezzo di diffusione delle informazioni e come via d'uscita se qualcosa fosse andato storto. Amava ripetere che gli affari americani riguardavano proprio gli affari, che stavamo usando le nostre capacità per vincere la guerra economica, la Guerra del Dollaro del ventunesimo secolo. Niente male, vero?».

Hennington si avvicinò alla finestra e guardò fuori, verso la cupola del Campidoglio.

«Voglio che la sua testimonianza alla mia commissione del Senato venga trasmessa in televisione», disse. «E che porti il computer come prova».

«D'accordo», accettò Ricky. «Ma per il momento lo terrò con me».

Fece scivolare cinque dischetti sul tavolo.

«Ho fatto una copia di ogni documento. Sono sue».

Hennington raccolse i dischetti.

«Nel frattempo, figliolo, le conviene costituirsi all'Fbi», disse. «Soltanto così riuscirà a sopravvivere».

«Ma se l'Fbi decidesse di incriminarlo, non le impedirebbe di chiamarlo a testimoniare?», interloquì Kerr.

«Forse». Hennington scosse lentamente la testa. «Ma non è questo il punto. Sto cercando di salvargli la vita».

«Ho ancora qualcosa da fare», intervenne Ricky.

«E sarebbe?».

«Questioni personali».

Ricky fissava il vuoto con espressione impassibile. Hennington tese la mano e spense il registratore.

«Non ha capito, vero capitano? Quando le ho detto di costituirsi, mi stavo soltanto parando le chiappe. Ma se ora glielo sto ripetendo, non è tanto per me, quanto per la sua salvezza. Gli individui che sanno tutto ciò che sa lei hanno vita breve».

Ricky si alzò e strinse la mano a Hennington.

«Senatore», disse in tono gentile, «la ringrazio per avermi ascoltato. Spero che le mie informazioni la possano aiutare, ma a quanto pare lei tiene alla mia vita più di quanto ci tenga io stesso. L'unica cosa che mi resta è la vendetta. Ho trascorso un'esistenza da militare facendo la cosa giusta, la cosa patriottica, e sono stato fregato. Ora farò qualcosa per me stesso». Diede una risata amara. «Ho appena fondato il Ricky First Movement, e vi invito a unirvi alle mie fila».

Hennington non sorrise. Soppesò gravemente le parole di Ricky, come se reggesse in mano una bomba a orologeria.

«Supponiamo...». Esitò, sforzandosi di dare ordine ai suoi pensieri. «Supponiamo che le succeda qualcosa, e che Joe Huntley e il senatore Barker l'accusino di avere inventato tutto, di avere alterato i dati sul computer. Come faccio a incastrarli?».

«Come fa a incastrarli nel caso io muoia?», chiese Ricky con un sorriso.

«Sì», rispose Hennington.

«Provi a immaginare questa scena, senatore», spiegò Ricky. «Provi a immaginare che, allo scopo di proteggersi e di assicurarsi la collaborazione dell'Activity, Mark Barker abbia registrato un colloquio con Joe Huntley tenuto negli uffici dell'America First. Il colloquio in cui è stato siglato l'accordo di mutua assistenza di cui abbiamo parlato. Ora, immagini che io sia in possesso di quel video. Le sembra una prova accettabile?».

La saletta sprofondò nel silenzio.

«Esiste un simile nastro?», domandò Hennington dopo qualche secondo.

«Già», confermò Ricky. «Ed è nelle mie mani. Non qui, naturalmente. In un luogo sicuro. Sono pronto a mostrarlo alla sua commissione». Fece una pausa e osservò i volti sbalorditi che lo fronteggiavano. «Sempre che vi interessi, naturalmente».

32

«A quanto pare, ho turbato il tuo principale», disse Ricky uscendo dall'ufficio.

Procedeva accanto a Lucy verso l'ascensore. David Kerr li seguiva a pochi passi di distanza, nella vana speranza che vi fosse un modo per far scomparire il fratello. Un sordo dolore alla spalla sembrava avvertirlo che stava per succedere qualcosa.

«Non ti preoccupare», rispose Lucy. «Dopo tutti gli anni che ha passato a subire gli attacchi di Barker, non credo che Hennington sia davvero convinto di essere sul punto di vincere la guerra. Vuole essere sicuro che non si facciano errori. L'America First Corporation è una specie di Dracula. Se la si vuole eliminare, bisogna affondarle un paletto nel cuore».

«Nel cuore», ripeté Ricky. «Cercherò di rammentarmene».

«Basterà il video?», domandò Kerr.

«Credo di sì».

«L'hai messo al sicuro?».

Ricky sorrise.

«È al sicuro, fratellone, e ci sono soltanto due persone al mondo che sanno dove si trova. Una sono io...».

Si interruppe, aspettando l'inevitabile domanda. Un perfetto senso del teatro, si ripeté Kerr.

«E l'altra?».

«E l'altra sei tu».

«Io?», protestò Kerr. «Ma...».

Ricky assentì come se si stesse godendo uno scherzo, studiando il volto assorto del fratello.

«Ti fidi di me fino a questo punto?», domandò Kerr rendendosi conto di ciò che intendeva.
«Si tratta solo della mia vita», rispose Ricky. «Niente di importante».
Quando l'ascensore giunse al piano, strinse Lucy in un abbraccio.
«Grazie per avermi aiutato».
«Sono felice che tu sia vivo».
Ricky scoppiò a ridere, l'unico dei tre a mostrarsi allegro.
«Anch'io».
Lucy si voltò verso Kerr.
«E adesso?».
«E adesso, se hai ancora intenzione di rivolgermi la parola, avrei qualcosa da dirti».
«Volete che vi lasci soli?», interloquì Ricky.
«Sì», rispose Kerr. «Ma non qui. Sto cercando di dirle che l'amo, ma Lucy mi crede troppo pieno di dubbi per amare chiunque».
Lucy arrossì.
«Non ho detto questo».
«Si sta facendo caldo», commentò Ricky con un gran sorriso. «Suppongo che non abbiate bisogno di me...».
«Ci vediamo stasera», disse Kerr a Lucy. «Se vuoi».
«Certo che voglio», rispose lei. «Ora andate, prima che Hennington avverta l'Fbi».
Le porte dell'ascensore si richiusero e i due fratelli raggiunsero il pianterreno dell'edificio. Lucy fece ritorno nell'ufficio di Stewart con l'intenzione di spiegare al senatore per quale ragione avesse ingannato McCall, ma le fu sufficiente un'occhiata per capire che era troppo tardi.
«Ho appena parlato con Jim McCall», sibilò rabbiosamente Hennington. «Voglio sapere cosa diavolo...».
Lucy sapeva che stava per essere licenziata, ma all'improvviso venne assalita da una preoccupazione più urgente. Prima ancora che lo sbalordito senatore fosse in grado di terminare la sua domanda, Lucy gli diede le spalle e si proiettò in corridoio. Ma ancora una volta, era troppo tardi.
I due fratelli raggiunsero l'uscita laterale dell'edificio.

«Non vuoi chiamare Ruffin?», tentò ancora una volta Kerr.

Ricky lo fulminò con un'occhiata.

«No».

«Non ti succederà nulla, Ricky», insistette Kerr. «Hennington è dalla tua parte. Ti proteggerà».

«Te l'ho detto, Ricky il Vendicatore ha ancora qualcosa da fare».

«Ascoltami bene». Kerr lo afferrò rabbiosamente per il braccio. «Se stai cercando di vendicarti, non voglio averci nulla a che fare. Ti voglio aiutare, Ricky. Ma sono tuo fratello, non il tuo complice».

Ricky gli scoccò un'occhiata ferita. Scostò la mano di Kerr con gesto sprezzante.

«E allora vaffanculo, David. È proprio di un complice che ho bisogno. Sono sopravvissuto trent'anni senza un fratello. Non ti appartengo. E comunque, la mia vendetta è già cominciata».

Uscì a passo deciso dalla porta. Kerr gli si affrettò dietro, pentito non tanto di ciò che aveva detto, quanto del modo in cui l'aveva detto.

«Aspetta».

Ricky era sul punto di mettersi a correre per la scalinata quando scorse la jeep Cherokee dai finestrini scuri sopraggiungere rapidamente dalla sinistra. Una ventina di metri alla sua destra, due uomini uscirono da una Lincoln Town Car.

«Merda!», sibilò Ricky mentre uno dei due sconosciuti infilava la mano sotto la giacca. All'improvviso la strada si riempì di rumori di portiere sbattute e passi sul selciato. Kerr ruotò sui tacchi e vide altri tre uomini balzare in strada dalla Cherokee, spianando le pistole e gridando:

«Dipartimento della Difesa! Fermi! Non vi muovete!».

Altri due agenti, un tarchiato latino-americano e un bianco grosso come un giocatore di football, estrassero le pistole e attraversarono le aiuole per bloccare la via di fuga sulla destra.

«Fermi! Polizia! Non vi muovete! Polizia!».

Kerr udì un grido alle sue spalle. Si voltò e vide il ginocchio di Ricky affondare nella zona inguinale del primo agente in borghese. L'uomo crollò a terra con un grugnito, pallido in volto e boccheggiante. Più a destra, un agente dai capelli chiari in abito grigio fece per estrarre la pistola. Kerr gli fu addosso in un balzo, cingendolo con le braccia e colpendolo con una testata. Il tarchiato latino-americano gli puntò addosso la sua arma.

«Fermo, se non...».

Kerr si abbassò di scatto e gli si proiettò contro, scagliandolo di schiena contro la porta oscillante con una tale forza da fargli perdere la presa sulla pistola.

Il biondo giocatore di football tornò a farsi sotto, ma Kerr fermò la sua avanzata con un violento pugno alla gola e lo trascinò sulla soglia dell'edificio, bloccando la porta. Approfittando della confusione, Ricky rientrò nell'atrio. La guardia di sicurezza balzò in piedi nel vederlo avvicinarsi, quindi fece il gesto poco convinto di estrarre la rivoltella. Ricky gli si lanciò contro, facendolo scivolare sul pavimento di marmo come un piattello.

Raccolse la .38 che gli era caduta ai piedi. Un'aggiunta alla collezione, si disse. Proseguì correndo verso destra, facendosi strada fra la folla sbalordita degli impiegati del Campidoglio, lanciandosi per le scale che scendevano alle gallerie sotterranee, stringendosi al petto il computer come un pallone da football. Alle sue spalle, Kerr si aggrappò all'enorme biondo, che boccheggiava con la laringe sfondata.

Il latino-americano, incastrato nella porta oscillante dell'edificio, riuscì a liberarsi soltanto dopo una trentina di secondi, più che sufficienti perché Ricky facesse perdere le sue tracce. All'improvviso, una selva di mani calò sul volto e sui capelli di Kerr, strappandolo al giocatore di football e gettandolo a terra supino accanto alla prima vittima di Ricky, che stava ancora stringendosi le parti basse e sembrava sforzarsi di vomitare. L'agente che Kerr aveva colpito con una testata era in ginocchio, intento a tamponarsi il naso sanguinante con un fazzoletto. Nell'atrio dell'edificio, la guardia di sicurezza gemeva reggendosi lo stomaco.

Gli impiegati del Campidoglio fecero ritorno ai loro uffici

mentre i corridoi si affollarono di inseguitori armati, alcuni in divisa, altri in eleganti completi che sembravano un altro tipo di uniforme. Fino a quel punto, notò Kerr, non era stato esploso un singolo colpo. All'improvviso sentì un ginocchio calargli sul petto e una mano sulla gola, vide la canna di una pistola sfiorargli le labbra e percepì una zaffata di tabacco stantio.

«Fai un gesto, miserabile figlio di puttana», gridò Joseph R. Huntley ansimando per lo sforzo, «fai un solo gesto e ti faccio saltare quella testa di cazzo».

«Huntley», boccheggiò Kerr. «La stavo aspettando».

33

Ricky correva, elettrizzato all'idea di non essere venuto meno alla sua fama di *desperado*. Si lasciò alle spalle la scalinata proiettandosi nel sistema di gallerie sotterranee del Campidoglio, facendosi strada fra la folla. Investì di petto due segretarie, mandandone una a sbattere contro un uomo di mezz'età.

«Mi scusi», gridò in tono poco convinto.

«Ma guardi dove mette...».

«Ehi, amico...».

«Cosa diavolo...?».

«Ha una pistola!».

Abbassò lo sguardo sulla mano destra e vide che reggeva ancora la .38. Le grida e i rantoli di sorpresa degli impiegati attorno a lui cedettero il posto a un profondo silenzio. Ricky riprese a correre senza voltarsi, lasciandosi alle spalle i suoni degli inseguitori, sentendo soltanto l'ansimare del suo respiro e la sorda percussione dei suoi piedi sul pavimento di marmo. Se proprio mi devono sparare, si disse, che lo facciano alle mie spalle.

Preferiva morire piuttosto che rischiare la vita di un innocente. Ma i colpevoli, si disse, quelli avrebbero pagato. Imboccò un corridoio. Due agenti di sicurezza contemplarono per un istante l'idea di fermarlo, ma si dimostrarono meno stupidi del previsto. Videro la pistola e arretrarono. Ricky li superò senza rallentare. Quando fu passato, uno dei due agenti invocò aiuto mentre l'altro estraeva la pistola dalla fondina e sparava. Il proiettile colpì il cartello del Rayburn Building, mezzo metro alla destra di Ricky, aprendo un foro tondeggiante sulla lettera "B".

Ricky svoltò l'angolo, rallentò e imboccò uno dei tre corridoi che conducevano alla metropolitana. Il Rayburn Building si trovava al termine della linea che collegava gli uffici dei parlamentari alle sedi del Congresso e del Senato, all'estremità opposta di Capitol Hill. Raggiunta la banchina, Ricky proseguì a un'andatura sostenuta, infilandosi la .38 dietro la schiena e coprendola con il giubbotto. Salì a bordo del treno in partenza e cercò di riprendere fiato. Il conducente lo fissò con espressione vacua, lobotomizzato dalla ripetitività del suo lavoro. Il convoglio era formato da quattro minuscole carrozze, una delle quali era riservata ai membri del Congresso. Le altre, si disse Ricky, erano per i normali esseri umani. Qualche secondo dopo, il treno partì.

Riprendendo fiato, Ricky si chiese se qualcuno fra i suoi inseguitori avrebbe avuto la presenza di spirito di avvertire i colleghi via radio. Posò la mano sul calcio della .38 e si sentì subito meglio. Sono il tipico maschio americano moderno, si disse. Una mano sul computer, l'altra sulla pistola. Il treno si fermò. Ricky aveva quasi smesso di ansimare, ma sudava ancora copiosamente. In attesa sulla banchina vi erano due sparuti gruppi di impiegati del Congresso. Chiacchieravano amichevolmente, approfittando della pausa per sistemare le voluminose pratiche che reggevano sottobraccio. L'unica guardia di sicurezza sedeva all'interno di un gabbiotto di vetro all'estremità della banchina. Tradiva la stessa espressione catatonica del conducente del treno, e sembrava concentrato nella lettura delle pagine sportive del *Washington Post*, sorseggiando caffè da una tazza. Ricky lo superò con aria indifferente e l'agente alzò gli occhi soltanto quando il telefono sul banco prese a squillare. Tese pigramente la mano verso la cornetta e Ricky accelerò il passo. Sapeva che la telefonata riguardava proprio lui.

Prese l'ascensore fino al pianterreno, raggiunse lentamente l'uscita secondaria del Campidoglio e attraversò il prato in direzione della sede della Corte Suprema. Quando ebbe raggiunto i primi alberi, si voltò e vide che decine di agenti di polizia stavano circondando il palazzo del Congresso con l'intenzione di bloccarlo all'interno. Riprese la marcia verso la sede della Corte Suprema, chiuse la cerniera del giubbotto e fermò un taxi.

«Mi porti ad Arlington, alla stazione della metropolitana del palazzo di giustizia», disse al conducente. Era il luogo in cui aveva parcheggiato l'auto.

«Al palazzo di giustizia», ripeté il taxista.

«Ritorto», mormorò Ricky.

«Chiedo scusa?», chiese il conducente.

Ricky Rush sorrise.

«Niente», rispose. «Sembra che abbiano qualche problema, al Campidoglio».

«Già», convenne il taxista. «C'è sempre qualcosa». Sciami di poliziotti dalle uniformi scure si affannavano in ogni direzione, latrando nervose istruzioni nelle radioriceventi.

«Sarà un altro di quegli attentati terroristici», soggiunse il conducente dirigendosi verso il monumento a Washington e la Casa Bianca.

«Probabile», convenne Ricky. «Maledetti terroristi».

Si massaggiò gli occhi con la punta delle dita. Si sentiva calmo, quasi allegro, forse perché da buon terrorista credeva ciecamente nella propria causa. E per la prima volta nella sua vita, tale causa non era la bandiera, le forze aeree o i suoi amici. Era qualcosa di personale.

Un giorno gli sarebbe piaciuto dire tutto a David, ma forse ciò non sarebbe mai successo. Avevano trascorso le loro esistenze felicemente ignari l'uno dell'altro, ma da quando si erano conosciuti non avevano fatto altro che procurarsi sofferenze. Ricky provava un profondo rammarico. Non era neanche riuscito a dirgli addio.

Osservando le acque del Potomac, rammentò che c'erano altri a cui avrebbe dovuto dire addio. Con la Glock e il fucile.

"L'America First Corporation", aveva detto Lucy, "è come Dracula. Bisogna affondarle un paletto nel cuore".

O usare proiettili d'argento.

34

Kerr non aveva mai provato l'esperienza delle manette, e la trovò peggiore del previsto. Gli avevano legato le braccia dietro la schiena, assicurandogli i polsi con due cerchi di plastica rigida simili alle chiusure del pane in cassetta e molto diverse dalle manette che si vedevano al cinema. Quindi l'avevano gettato a faccia in giù sul pavimento della Cherokee, odorante di detergente e lucido da scarpe.

La jeep rimase ferma per circa un'ora mentre gli altri proseguivano nell'infruttuosa ricerca di Ricky. Con il passare dei minuti, ai due agenti di guardia a Kerr si aggiunsero i cinque che si erano lanciati all'inseguimento di suo fratello. Sebbene non si sbilanciassero, dalle loro espressioni era facile arguire che avevano fallito. Borbottavano cupe giustificazioni – Huntley non era stato capace di formare il cordone protettivo, le radioriceventi funzionavano su una frequenza diversa da quelle della polizia, erano rimasti isolati sul lato del Senato. Con grande soddisfazione di Kerr, due degli uomini vennero caricati su un'ambulanza e trasportati all'ospedale.

«Ehi», gridò Kerr cercando di sollevare il volto dal tappetino. «Mi fanno male le braccia. Fatemi sedere».

Non udendo alcuna risposta, si mise su un fianco e si affidò al tradizionale metodo britannico. Gridò la stessa frase a un volume di voce tre volte più alto.

«*Ho detto che mi fanno male le braccia!*».

Ma ciò che aveva sempre funzionato nelle colonie non parve sortire l'effetto sperato. Uno degli energumeni lo afferrò per i capelli, gli strattonò la testa all'indietro con una tale violenza che Kerr temette che il collo gli si stesse per spezzare, quindi tornò a fargli affondare il volto nel tappetino. Un mocassino scuro con le nappe lo colpì sui denti, offrendogli un assaggio di lucido.

«Stammi bene a sentire, testa di cazzo», gridò l'energumeno. «Apri ancora la bocca e te la tapperemo così bene che sarai costretto a respirare dal buco del culo. Ci siamo capiti?».

Kerr l'aveva capito, ma provava anche una strana sensazione di spensieratezza, qualcosa che non sentiva dai giorni appena precedenti il Souvenir di Sarajevo. Era in pericolo e poteva contare soltanto sulla propria intelligenza; non aveva speranza, era circondato da uomini ostili, i polsi e le braccia gli dolevano. E chissà come, la sensazione era magnifica. Niente più incubi, niente più fitte, niente più patetici tentativi di chiedere la carità per i bambini alle televisioni locali e ai giornali di terz'ordine.

Uno dei gorilla accostò la radioricevente alle labbra e chiese istruzioni. Gli rispose quella che Kerr credette di riconoscere come la voce di Huntley, ordinandogli di procedere verso la posizione Romeo Uno Zero e di condurvi il Soggetto, termine che Kerr immaginava indicasse proprio lui. Il Soggetto. Era meglio che essere l'Oggetto, ma non di molto. La radio venne spenta, gli uomini salirono a bordo e partirono in silenzio. Dopo mezz'ora di quello che per Kerr fu un tragitto profondamente disagevole, si fermarono nella cittadina di McLean, in Virginia.

Dopo un rapido controllo, la Cherokee scese in un parcheggio sotterraneo. Non appena si fermò, qualcuno calò un cappuccio sul volto del prigioniero e lo fece scendere dalla jeep, costringendolo a chinarsi per non sbattere la testa. Lo condussero su un ascensore. Uno degli uomini estrasse di tasca una chiave, la ruotò nella serratura e compose un codice numerico. Giunti al dodicesimo piano, scesero dall'ascensore e superarono un altro controllo di sicurezza, proseguendo lungo un corridoio ed entrando in una stanza odorante di fumo di sigaretta. Kerr venne fatto accomodare su una sedia. Quando gli venne sfilato il cappuccio, i suoi occhi si fissarono sul volto di Joseph R. Huntley. Era seduto di fronte a lui, a poche decine di centimetri di distanza. Aveva l'aria stanca, ma i suoi occhi erano più serpentini che mai. Fissò l'espressione disorientata di Kerr, sfilò una Marlboro da un pacchetto posato sulla scrivania alla sua sinistra, l'accese, soffiò il fumo di lato, si alzò e prese a percorrere la stanza a grandi passi. Kerr batté le palpebre cercando di abituarsi al bagliore della lampada da tavolo che lo fronteggiava. Si chiese se fosse davvero necessaria. Gli sembrava una scena da film televisivo americano, genere che non aveva mai amato molto, ma decise di non commentare. Sentì che qualcuno gli slacciava le manette.

«Grazie», disse educatamente massaggiandosi i polsi doloranti.

Alle spalle di Huntley, un giovane dai capelli rossi in abiti civili era pronto a prendere nota e avviare un registratore. Aveva tutta l'aria di un interrogatorio ufficiale. Due degli energumeni che avevano scortato Kerr, uno dei quali reggeva ancora il cappuccio, si mossero nell'ombra, voltandosi e uscendo dallo stanzino in silenzio. Per cinque minuti abbondanti, il locale rimase immerso nel silenzio, rotto soltanto dal sommesso cigolio delle suole di gomma di Huntley e dal respiro agitato del prigioniero.

Kerr cercò di assumere una posizione più comoda, e Huntley terminò la sua sigaretta e si fermò. Tornò a sedersi, intrecciò le dita e si sporse in avanti con gesto confidenziale.

«Immagino sappia perché si trova qui».

Kerr si trattenne a stento dal ridere. Nemmeno gli ufficiali argentini che l'avevano catturato durante la guerra delle Falkland gli avevano rivolto una domanda tanto stupida.

«È un interrogativo metafisico?», rispose in tono ironico. «Se si tratta di una mera curiosità geografica, mister Huntley, allora dovrei dirle che mi trovo qui perché una banda dei suoi gorilla mi ha gettato sul pavimento di una jeep e mi ci ha trascinato seguendo sicuramente un suo ordine. Se invece è un quesito sul significato dell'esistenza, direi che sono qui per farle capire che ha perso. Hennington sa tutto di voi. E ha le prove. Sono lieto di comunicarle, mister Huntley, che lei è finito».

Kerr si sentiva il volto in fiamme. Anni prima, un detective della polizia nordirlandese gli aveva chiesto se sapesse qual era la tecnica di interrogatorio più efficace nei confronti dei terroristi. Rametti di bambù sotto le unghie? aveva suggerito Kerr. Una pistola alla tempia? La ruota? Lo stringipollici? Niente di tutto questo, gli aveva risposto il poliziotto. Il sistema migliore era trattare il sospetto con un silenzioso disprezzo, disorientarlo senza maltrattarlo, sfogliare documenti con aria assorta, e al momento opportuno rivolgergli la prima domanda, un interrogativo così innocuo che provocava più confessioni di qualsiasi altro: "Immagino sappia perché si trova qui".

La medesima domanda con cui Huntley lo stava fronteggiando in quel momento, quasi aspettandosi che lui gli confessasse la sua colpa.

«Ho detto», ripeté Huntley, «che immagino sappia perché si trova qui».

Kerr socchiuse le palpebre.

«Nessuno le ha mai detto, Huntley, che lei è uno stramaledetto sfintere?».

Il texano non rispose, limitandosi ad aspirare una boccata dalla sua sigaretta e a fissarlo con il suo sguardo da rettile. Era l'apparente disprezzo a irritare Kerr più di ogni altra cosa. «Si aspetta forse una confessione?», riprese. «Non ne ho, ma sarò lieto di prendere nota della sua».

Huntley si abbandonò sullo schienale della sedia, terminò la sua sigaretta e la spense. L'agente dai capelli rossi scrisse qualcosa sul suo taccuino.

«Sono in arresto?», insistette Kerr. Non gradiva affatto il tono lamentoso della propria voce, ma sapeva di trovarsi in una situazione talmente disperata che l'unica difesa era l'attacco. «Sto per essere incriminato?».

Huntley tese lentamente il braccio verso il pacchetto di Marlboro e si accese un'altra sigaretta. Grave caso di sordità, si disse Kerr. Che vadano affanculo. Che vadano tutti affanculo. Fece passare qualche minuto, quindi riprese a parlare.

«Se sono in arresto, mi deve spiegare il perché e lasciare che chiami un avvocato. E se non sono in arresto, forse potrebbe farmi la cortesia di chiamarmi un taxi. Potremo continuare questa discussione in un momento più propizio».

Più la tensione aumentava, più il suo tono si faceva pomposo. L'eredità del Terzo Mondo, si disse, dove se ti comportavi da stronzo venivi trattato come un signore. Scorgendo la tensione nel suo sguardo, Huntley ruotò la sedia, sistemandogliela di fronte con un raschio violento. Vi si sedette a cavalcioni, appoggiandosi allo schienale. Si portò languidamente la sigaretta alla labbra e aspirò una boccata, lasciando che il fumo gli uscisse in lente volute dalla bocca.

«Questo», disse con voce strascicata facendo scorrere la sigaretta all'intorno, «è il luogo in cui lavorava suo fratello. Una serie di uffici in Virginia che noi chiamiamo l'Activity. Visto che siamo sul metafisico, lei non può essere in arresto perché questa struttura non esiste. Al momento, mister Kerr, lei non è da nessuna parte». Fece una risatina nervosa. «Lei si trova a Limbo, in Virginia, un piccolo sobborgo dell'Inferno».

Sorridendo alla sua stessa battuta, Huntley terminò la sigaretta e si sporse sulla scrivania per spegnerla. Quindi si strofinò il naso e arricciò le narici.

«Speravo di evitare che succedesse qualcosa di spiacevole a lei o a Ricky», soggiunse. «Per questo volevamo catturarlo oggi, e per questo voglio ancora che lei collabori con noi. Ora le rivelerò un gran segreto, dopodiché forse lei sarà disposto a dirmi i suoi. Che ne dice?».

Kerr batté le palpebre senza rispondere.

«Il gran segreto che le sto per rivelare è questo», riprese Huntley. «Suo fratello è molto malato. Tecnicamente è un paranoide schizofrenico soggetto a fissazioni sempre più violente, con sospette tendenze omicide. Crediamo che abbia ucciso sei, forse sette persone – quattro delle quali erano i suoi colleghi dell'America First Corporation. Ricky aveva stretto molte amicizie, in quel posto. È ricercato dalla polizia di Alexandria per l'omicidio della sua ex compagna, Beatriz Ferrara. E oggi ha dato fuori di matto al Congresso, nel cuore dello stato americano».

Kerr trasalì nell'udire l'interpretazione dei fatti di cui era stato protagonista, ma Huntley proseguì imperterrito.

«Ha tagliato la gola a un dipendente dell'America First, abbandonandolo come una carcassa in un mattatoio».

«Balle».

«Ne ha uccisi altri due in un agguato, e quello che ha preso a mazzate è ancora in fin di vita».

«Sono balle, Huntley, gliel'ho detto. Ha bisogno di farsi pulire le orecchie».

«Per non parlare dell'assassinio della sua compagna e dell'eliminazione di due agenti dell'Activity, Colvin e Drysdale. Potrei proseguire per un giorno intero, mister Kerr. Ma la farò breve. Qualsiasi poliziotto o agente nell'area di Washington è pronto a sparare a vista. Ricky è armato e pericoloso, e va catturato a ogni costo. Mi sono spiegato?».

Quando Huntley parlava, muoveva soltanto le labbra. Il resto del corpo restava immobile, se non per portarsi la sigaretta alla bocca. Il serpente aspettava che la sua preda accennasse a un movimento.

«All'ingresso dell'edificio congressuale», riprese, «di fronte a una decina di testimoni, suo fratello ha aggredito due uomini del dipartimento della Difesa e un agente di polizia di Capitol Hill. Lei ne ha malmenati almeno altri due. Stiamo ancora contando i feriti. Ricky si è impadronito di una rivoltella ed è fuggito come un terrorista. Abbiamo ragione di credere che cercherà di assassinare un senatore degli Stati Uniti per attirare l'attenzione sulle sue assurde affermazioni circa un complotto e una copertura a livello governativo».

Fece una pausa per accendersi l'ennesima sigaretta. Quando riprese a parlare, la sua voce dall'accento strascicato assunse la lentezza e la gravità di un intervento divino.

«Temiamo anche che lei, mister Kerr, sia coinvolto nel complotto per assassinare il senatore Barker». Per la prima volta nella sua vita, Kerr sentì che la bocca gli si spalancava per lo sbalordimento. «Le sto chiedendo di aiutarci a trovare suo fratello. O ci aiuterà, o Ricky verrà abbattuto».

Kerr serrò le labbra e batté le palpebre. Quell'uomo stava facendo sul serio.

«Ma non ha senso», protestò. «È così ridicolo che forse dovrei ridere».

«Sapeva che suo fratello è omosessuale, mister Kerr?».

Kerr si sentiva come se fosse scivolato nel Paese delle Meraviglie.

«Cos'ha detto?».

«Vedo che la notizia la sconvolge», rispose Huntley in tutta serietà. «Crediamo che suo fratello avesse relazioni omosessuali con i suoi amici dell'America First e li abbia uccisi per una delusione amorosa. Crediamo che sapesse di essere stato scoperto dalle autorità militari e che temesse una sospensione e una condanna».

Kerr era talmente stupito che riusciva a malapena a parlare.

«Lei... è per caso sotto l'effetto di una droga?».

Il texano gli si fece sotto.

«Dove si nasconde suo fratello, mister Kerr? Dobbiamo aiutarlo».

Kerr deglutì a fatica. Poteva sentire lo sguardo penetrante di Huntley dietro al fumo della sigaretta. Coraggio, si disse. Trasse un profondo respiro.

«Vuole davvero aiutare mio fratello, Huntley?».

«Sì».

«E allora crepi di cancro».

Huntley lo guardò con silenzioso disprezzo. All'improvviso ritrasse il braccio destro e gli sferrò un pugno, facendogli scattare la testa all'indietro. Massaggiandosi l'occhio sinistro dolorante, Kerr si drizzò sulla sedia. Ormai libero dalle manette, avrebbe potuto gettarsi su Huntley e massacrarlo di botte finché non li avessero separati o uno di loro non fosse morto, ma si trattenne. Se Ricky fosse stato al suo posto, si disse, avrebbe fatto quell'errore, ma sarebbe stato soltanto un modo per accelerare la propria fine. Il fatto che Huntley fosse ricorso alla violenza significava in realtà che era disperato.

«Crede davvero di potermi costringere a parlare a suon di botte?», chiese cercando di vincere il tremore della propria voce provocato dalla rabbia e dalla paura. «Crede di potermi provocare? Esigo...».

«Chiuda quella cazzo di bocca», scattò Huntley carezzandosi le nocche.

Kerr fece per riprendere, ma Huntley lo interruppe.

«Ho detto di chiudere la bocca. Quando avrò finito con lei, e cioè fra pochi minuti, la consegnerò all'Fbi. Con loro potrà esigere fin quando vorrà. Ci sguazzano, in certe situazioni. Ma finché resterà qui, farà come le dirò io».

Fece ritorno alla scrivania e sollevò rabbiosamente la cornetta del telefono.

«Sono Huntley. Voglio che lo portiate via di qui. Riaccompagnatelo a Washington. Avvertirò Ruffin. A quanto sembra, vuole giocare duro. Lo accontenteremo». Riagganciò e si accese un'altra sigaretta. «Non sprecherò altro tempo con lei», disse a Kerr. «Un'auto la riporterà a Washington. Voglio soltanto che sappia che suo fratello ha fatto saltare la mosca al naso a molta gente, e che lei ne pagherà le conseguenze. Il senatore Hennington ha richiesto la protezione del servizio segreto».

«Hennington?», ripeté Kerr. «Ma è assurdo!».

«E anche il senatore Barker, naturalmente. Teme che Ricky creda di avere un conto in sospeso con lui. È infuriato per il fatto che abbiamo seppellito quel pazzo omosessuale di suo fratello con tutti gli onori militari».

«Se anche mio fratello fosse omosessuale», commentò Kerr, «per me non farebbe alcuna differenza. Ma temo che l'avrebbe fatta per Beatriz».

«Diciamo che era bisessuale», concesse Huntley. «Gli piaceva in entrambi i modi. Era proprio questo che lo rendeva un rischio per la sicurezza di tutti. Era un maledetto pervertito, e il fatto che Hennington abbia accettato di incontrarlo è un tipico esempio del suo lassismo».

«Dovete essere davvero disperati per inventarvi fandonie di questo genere», replicò Kerr. «Ma immagino che vi rendiate conto che siete finiti. Visto che la videocassetta è nelle mie mani».

«La videocassetta?», ripeté Huntley riuscendo in qualche modo a fingere noncuranza. «Quale videocassetta?».

«Il video dell'incontro d'affari fra lei e Barker».

«Non so di cosa sta parlando. Siete voi i drogati, lei e quel pazzo di suo fratello».

La porta alle spalle di Kerr si aprì, e due agenti entrarono nella saletta.

«L'ho visto, Huntley», insistette Kerr. «Il filmato. Le hanno mai detto che viene molto bene in televisione? Se non fosse stato così brutto, avrebbe potuto darsi al cinema».

Huntley lo fissò ammutolito dalla rabbia.

«Lo mostrerò all'Fbi», soggiunse Kerr. «Credo che apprezzeranno la sua esibizione».

A un cenno di Huntley, i due agenti calarono il cappuccio sul volto di Kerr, lo ammanettarono e lo fecero alzare.

«Portatelo via. Quando arrivate a Georgetown, scaricatelo».

Kerr si sentì strattonare le braccia ammanettate, ma riuscì a fermarsi sulla soglia della saletta. «È finita, Huntley», gridò. «È finita».

«Aspettate», ordinò Huntley.

I due agenti si bloccarono. Huntley li raggiunse. Aspirò una profonda boccata dalla sigaretta facendo brillare la brace, quindi afferrò il cappuccio e trasse a sé il volto coperto di Kerr.

«Mi sono appena reso conto di una cosa», ringhiò. «Anche se mi ammalassi di cancro in questo preciso istante, riuscirei comunque a sopravvivere a suo fratello». Ruotò sui tacchi e fece ritorno alla sua sedia. «È qualcosa su cui riflettere, non crede, mister Kerr? E ora se ne vada».

35

Dopo qualche chilometro sulla Route 123 verso Washington, gli sfilarono il cappuccio. Era seduto sul retro di una Lincoln Town Car, fra due degli agenti che l'avevano immobilizzato all'ingresso del Cannon Building. Non avevano l'aria dei mormoni: sembravano piuttosto marine, e poco portati per la conversazione. Kerr batté le palpebre, accecato dall'improvviso chiarore del giorno.

«Dove mi state portando?».

Nessuna risposta. I due uomini ai suoi fianchi sedevano rigidi come pesantissimi reggilibri.

«Ha sentito cos'ha detto mister Huntley», borbottò l'autista. «Non appena saremo dall'altra parte del fiume, la faremo scendere».

«E quella era l'Activity?».

Silenzio.

«Gran bel posticino».

L'auto superò il Key Bridge, raggiunse Georgetown e svoltò in una strada secondaria.

«Abito a due passi dal porto», riprese Kerr. «Non potreste accompagnarmi a casa?».

L'autista fece una smorfia.

«L'ha sentito anche lei. Appena arrivati a Washington. Non vogliamo sprecare la benzina del governo».

«Sono d'accordo», convenne Kerr. «Ma Huntley potrebbe permettersela. Si sta arricchendo alle spalle del paese, lo sapevate? Centinaia di migliaia di dollari. Suppongo possa concedersi qualche centesimo di benzina».

Silenzio.

«Usa le informazioni raccolte dall'Activity per speculare in borsa. Presto andrà in prigione».

«Per quanto mi riguarda», replicò l'autista, «potrebbe anche mangiare i bambini».

Si fermò, fece scendere Kerr e ripartì con un rombo verso la Virginia.

«Dovreste controllare», gli gridò dietro Kerr. «Perché un giorno o l'altro lo leggerete sul giornale».

S'incamminò per le strade affollate in direzione dell'appartamento di Lucy. Ancora stordito, si chiese se fosse davvero nei pasticci con l'Fbi. Si sfiorò il livido sul sopracciglio sinistro e capì che avrebbe avuto bisogno di un impacco di ghiaccio. La mano destra con cui aveva colpito il giocatore di football gli doleva, e nel mezzo della fronte campeggiava il ricordo dell'incontro fra la sua testa e un naso ostile. Se dà fastidio a me, si disse, chissà cosa sta provando il proprietario del naso. Pensando a quanto fosse strano che Huntley l'avesse lasciato andare, si aprì in un sorriso. Se l'Fbi avesse voluto parlargli, si sarebbe presentata agli uffici dell'Activity senza dargli la possibilità di lasciare il paese. Potrei correre a casa di Lucy, pensò, fare i bagagli e prendere il volo serale per Londra prima che qualcuno si renda conto della mia scomparsa. Non posso fare più nulla per mio fratello, e dal suo nascondiglio segreto Ricky non può certo confidarmi i segreti di famiglia. Cosa mi trattiene qui? si chiese. A Sarajevo si era fermato troppo, aveva forzato la sua sorte, e aveva pagato. Non doveva ripetere lo stesso errore.

Il problema, si disse, è che a Sarajevo non avevo un fratello. E nemmeno Lucy. Chiedendosi come avrebbe fatto a farsi perdonare, raggiunse la piazzola davanti al porto e superò le statue del vecchio di colore con la sua nipotina e dei due innamorati. Fece per avvicinarsi al portone, ma capì di essere arrivato troppo tardi. Due uomini lo stavano aspettando accanto all'ingresso e altri due gli si avvicinavano a passi rapidi dalla destra, bloccandogli ogni possibile via di fuga. Di Ruffin non c'era traccia, ma grazie a Dio nemmeno di Brooks Johnson. Seguendo con lo sguardo l'avvicinamento dei quattro agenti, Kerr decise di non reagire. Sollevò scherzosamente le mani al cielo in segno di resa e cercò di ostentare la calma di chi stava per essere arrestato dall'Fbi.

«David Kerr?», lo apostrofò uno degli agenti.

«Sì. Sono colpevole».

Questi sì che sembrano mormoni, si disse Kerr. Abiti grigi, camicie bianche, cravatte rosse e blu. Forse anche l'Fbi pullulava di corpulenti seguaci dell'America First.

«Venga con noi, per cortesia».

«Certo», rispose Kerr. «Un altro giorno, un altro interrogatorio. Posso lasciare un messaggio alla mia ragazza?».

«La informeremo noi».

«Ma non potrei...».

«Mi ha sentito, mister Kerr. Ci segua, se non vuole che usiamo la forza».

Non discutere con l'Fbi, si disse Kerr. Non provocare Ruffin.

«Dov'è Ruffin?».

«Lo scoprirà molto presto».

Raggiunsero a passi decisi una Lincoln Continental e lo fecero scivolare fra due agenti sul sedile posteriore, in una sorta di immagine speculare del viaggio precedente.

«Non ci crederete», osservò allegramente Kerr, «ma gli uomini di Huntley mi hanno appena accompagnato in questo stesso schieramento. Avrebbero potuto lasciarmi di fronte al J. Edgar Hoover Building e risparmarvi il viaggio».

L'uomo che occupava il sedile anteriore destro dell'auto si voltò e gli sorrise. Era vestito in modo immacolato, come se fosse appena uscito da una tintoria, ma tradiva un'abbronzatura di lampante artificiosità. Era arancione, e s'interrompeva bruscamente sul retro del collo, dove la pelle diventava bianca. L'uomo arancione rise di gusto, ma non disse nulla. L'auto fece inversione di marcia e partì verso quella che Kerr, nonostante la sua limitata conoscenza della geografia di Washington, riconobbe subito come una direzione imprevista.

«Non capisco», protestò. «La sede dell'Fbi è dall'altra parte».

L'uomo dall'abbronzatura artificiale si frugò sotto la giacca e ne estrasse una pistola 9 millimetri. Si sporse oltre lo schienale e posò la canna fra gli occhi di Kerr.

«Non saprei», rispose con un sorriso da cui Kerr si sentì lacerare come da una coltellata. «Non ci sono mai stato. E in questa nostra gita, è un indirizzo di scarso interesse».

36

Kerr lo fissò. «Voi siete i mormoni, vero?», chiese con calma.

Lo Scuro aggrottò la fronte e non rispose.

«Lo immaginavo», soggiunse Kerr ostentando più freddezza di quanta ne provasse in realtà. «Mio fratello vi ha descritto come l'Hezbollah americano, il Partito di Dio. Immagino che siamo diretti all'America First Corporation, dove incontrerò l'ayatollah».

Lo Scuro si voltò senza fiatare. L'auto riattraversò il Potomac, raggiunse la Virginia e, come aveva previsto Kerr, il parcheggio sotterraneo del grattacielo dell'America First Corporation. Gli scagnozzi di Barker lo condussero all'ultimo piano in una processione aperta dallo Scuro e chiusa da un quarto uomo. Superarono una saletta di regia piena di schermi televisivi, quindi una serie di porte a vetri antiproiettili. Proseguirono a passo rapido lungo un corridoio traboccante di opere d'arte di valore, dipinti pastorali, bronzi di famosi cowboy, un busto di Theodore Roosevelt sotto al quale, su una targa di bronzo, campeggiava la scritta "Duro individualismo". Il corridoio portava a un ampio ufficio, che a sua volta si allargava in uno studio televisivo. Kerr venne fatto bruscamente sedere su un divano di fronte a un grosso acquario in cui nuotavano tre o quattro grossi pesci dall'aria assonnata. L'uomo color bronzo gli si sedette davanti, gli altri si dispersero ai confini del locale, facendogli chiaramente capire che di lì non sarebbe più uscito.

«Mi chiamo John Oberdorfer», disse l'uomo abbronzato. «Sono un amico di suo fratello».

«Ah», esclamò Kerr. «Ma certo, lo Scuro. Avrei dovuto riconoscerla dalla descrizione di Ricky. L'ha definita un odioso stronzetto».

Oberdorfer gli rivolse un sorriso sgradevole.

«Siete tutti spiritosi, in famiglia».

«Lei è il collegamento fra l'America First Corporation e l'Activity, la controparte di mio fratello nel settore privato. Riceve le informazioni da Huntley e le passa al senatore Barker. Gran bel lavoretto, se me lo consente. Si guadagna bene?».

«Ricky ha detto molte cose a molta gente, ma nessuno gli crederà. Non dopo ciò che ha fatto».

«Io gli credo», replicò Kerr. «Il senatore Hennington gli crede. È già un inizio. E immagino gli crederanno anche i giornali».

Lo Scuro scosse il capo.

«Il senatore Hennington è ancora sconvolto per quanto è successo al Cannon Building. Qualsiasi cosa Ricky decida di dirgli, non crederà più a una parola. Gli ha raccontato, per esempio, di avere ucciso quattro dipendenti dell'America First?».

«Cosa vuole da me, Oberdorfer?», scattò Kerr. «Ho molto da fare. Devo farmi arrestare dall'Fbi, non vorrei farli aspettare».

«Speravo di convincerla a mettersi in contatto con suo fratello».

Kerr diede una risata sarcastica.

«Anche lei? Ma certo, perché no? C'è la banda di Huntley, l'Fbi e adesso anche voi. Le conviene mettersi in coda, anche se temo che sia ormai troppo tardi. Hennington rivelerà la verità alla stampa».

Lo Scuro sembrava esasperato.

«Soltanto Dio conosce la verità, mister Kerr», ribatté. «E vuole il mio consiglio? Le conviene fare la pace con Dio, perché avrà bisogno del Suo aiuto».

«Il fatto che lei abbia qualcosa a che fare con Dio mi sembra molto improbabile», osservò Kerr. «Ma sono sicuro che Dio sappia tutto di lei».

Oberdorfer lo fulminò con un'occhiata rabbiosa.

«In un modo o nell'altro, finirà per aiutarci», scattò. «Interpretando il ruolo per cui ha già dimostrato un gran talento».

«E sarebbe?». Kerr lo fissò a lungo mentre la sua domanda aleggiava nel silenzio.

«Quello dell'esca».

Oberdorfer sollevò una mano e Kerr si voltò appena in tempo per scorgere il pugno che lo colpì allo zigomo e lo scagliò a terra. Rotolò su un fianco, affondò un diretto al basso-ventre di Oberdorfer e lo guardò crollare boccheggiando. Ma prima che avesse il tempo di voltarsi, udì un trepestio di passi e venne colpito da un calcio e da una pioggia di pugni alla schiena e al petto. Mi uccideranno, si disse, e subito dopo venne invaso da una disperata voglia di sopravvivere. Era peggio del bombardamento a Sarajevo, poiché per la prima volta nella sua vita sentiva di voler vivere non per se stesso, ma per qualcun altro. Per Lucy. Prese a scalciare con violenza e colpì uno dei mormoni con una gomitata, sfondando un naso che iniziò a colare sangue. Non l'avrebbero avuta vinta facilmente. Doveva vederla, parlarle, chiederle scusa. Un ginocchio lo colpì alla tempia. Erano in troppi, e sapevano il fatto loro. Si sentì colpire da un calcio alla schiena, crollò a faccia in giù e all'improvviso si rese conto che era finita.

Cercò di raggomitolarsi in posizione fetale, di sopravvivere qualche secondo in più per dimostrar loro il suo disprezzo, per dire a Lucy che gli dispiaceva.

Dapprima vi fu il dolore, ma i pugni e i calci erano così insistenti che il suo corpo non fu in grado di distinguerli. Sentiva soltanto il loro ritmo sordo, finché il volto di Lucy non gli apparve come il primo piano di un video rock, finché il video e il volto non si dissolsero a nero.

E nel buio, una voce riecheggiò dentro di lui: "Se sopravvivi a questo, ce la farai".

37

Dal suo nascondiglio dietro gli alberi sulla riva del lago, l'uomo osservava Noah McGhie. Il colonnello sembrava in preda al tormento. L'uomo lo vide uscire dal retro della casa e incamminarsi sul sentiero sterrato che costeggiava il lago. Non appena stimò che fosse giunto a una distanza sufficiente, penetrò nella villa, si sedette in salotto, posò la pistola sul tavolino e attese.

McGhie camminava a passi lenti e assorti. Aveva dimenticato quanto fosse vuota la sua esistenza senza Arlene e i ragazzi. In un primo momento rimpianse che non fossero con lui, ma subito, rendendosi conto di ciò che probabilmente sarebbe successo, si augurò che restassero lontani. Un tempo, tanto per scherzare, Arlene amava leggergli l'oroscopo, ma lui l'aveva fatta smettere sostenendo che erano cose talmente stupide da sfiorare la blasfemia. Nessuno poteva prevedere il futuro. Nessuno. Eppure stasera mi sembra di riuscirci, si disse McGhie. E se ho ragione, le stelle e i pianeti si stanno allineando in modo disastroso. La notizia dell'impresa di Ricky nei corridoi del Cannon Building era stata il pezzo forte dei telegiornali della sera. Riportando la fotografia del suo tesserino di riconoscimento militare, la televisione gli aveva ombreggiato il volto, spiegando che si era fatto crescere la barba e facendolo passare per un incrocio fra Billy the Kid e un maniaco assassino. La polizia di Alexandria lo stava ricercando per l'omicidio della sua compagna, che era stata massacrata di botte, stuprata e bruciata. La polizia di Washington lo sospettava dell'assassinio di un dipendente dell'America First, a cui era stata tagliata la gola mentre faceva ginnastica, e per il tentato omicidio di Scott Swett. E le autorità di Arlington stavano indagando sul suo coinvolgimento in un duplice omicidio avvenuto nel parcheggio di un *diner* sulla Route 7.

Il servizio aveva elencato dati e notizie come un dossier federale su un pericolo pubblico. Fonti anonime all'interno dei corpi di polizia, aveva riportato l'inviato, ipotizzano che Ricky Rush avesse un misterioso "conto in sospeso" con alcuni senatori, sebbene McGhie non riuscisse a capire cosa c'entrasse tutto ciò con un inseguimento nei corridoi del Cannon Building. Per finire, aveva concluso l'inviato, Rush sembrerebbe anche collegato al misterioso assassinio di due uomini i cui corpi erano stati ripescati dalla Great Dismal Swamp.

«Nessun altro?», aveva borbottato McGhie. «E se avesse ucciso anche Kennedy?».

Una passeggiata sulla riva del lago era l'unico modo in cui il colonnello sperava di rimettere ordine ai suoi pensieri e ristabilire le priorità. Sua moglie, i ragazzi, la carriera, la casa, due automobili – tutto ciò che il miserabile ragazzino figlio di genitori separati era riuscito a costruirsi in venticinque anni e che ora rischiava di gettare al vento nel giro di poche ore. E per cosa? Per confermare il delirante racconto di Ricky, una storia che nessuno voleva sentire? Ricky il Pazzo, che Huntley stava cercando di far passare come un omosessuale? Incredibile, si disse McGhie. Era così sconvolto, così confuso che non sapeva cosa pensare. Quando David Kerr gli aveva chiesto da che parte stesse, lui gli aveva risposto: «Dalla parte di Dio».

Kerr l'aveva guardato come se avesse perso la bussola.

«Come Abramo Lincoln nella guerra civile», gli aveva spiegato. «Non chiedo a Dio di schierarsi dalla mia parte, ma prego di essere dalla parte di Dio. C'è una bella differenza, non crede?».

Una differenza che il senatore Barker non avrebbe mai capito.

Barker era il tipo di cristiano convinto che Dio fosse soltanto l'ennesimo sostenitore dell'America First, l'elettore che gli avrebbe fatto vincere ogni corsa. Il colonnello si fermò in riva al lago e trasse una profonda boccata d'aria. C'era un'unica soluzione. Qualcuno doveva mettere il sale sulla coda a Ricky. Bisognava proteggerlo da se stesso.

«Manco fosse semplice», sussurrò McGhie nel silenzio del crepuscolo. Si voltò verso casa sua, la mente invasa da un turbinio di ricordi di Ricky, immagini che non si conciliavano con il ritratto che ne aveva dato la televisione: il folle fuggitivo, il *desperado*, l'omosessuale, il bugiardo, il traditore, il corrotto...

Superò la curva del lago e s'incamminò verso casa. Prima di rientrare, si guardò intorno per l'ultima volta. Qualche luce si era accesa in riva al lago. Dal giardino di un vicino proveniva il profumo della carbonella e del pollo alla griglia, e in lontananza si udiva il ronzio di un tagliaerba. La vita regolare di una zona così sicura che la notte si poteva persino evitare di chiudere a chiave la porta. Ma in quel momento, ancora una volta, Noah McGhie ebbe l'improvvisa sensazione di intravedere il proprio oroscopo, e ne fu spaventato. Era come se attorno a quel laghetto, a circondare quella minuscola riserva di valori positivi, si stendesse la nube implacabile e oscura di quanto c'era di peggio in America. McGhie posò la mano sulla maniglia della porta di servizio e la ruotò silenziosamente. Il suo istinto animale gli diceva che qualcuno lo stava aspettando in casa sua.

Huntley, forse. O i bastardi dell'America First. Per un istante pensò che forse sarebbe stato meglio non entrare, salire in auto, raggiungere l'albergo più vicino, avvertire la polizia, chiedere consiglio a Ruffin. O forse partire per il sud e raggiungere Arlene, fuggire, dimenticare ciò che sapeva. Il Dovere, la Patria. All'improvviso si decise: trasse un profondo respiro, spalancò la porta, accese le luci in cucina. Diede un sospiro di sollievo. Nessuno. Entrò in salotto e si chinò per accendere la lampada sul tavolino, ma all'improvviso la voce di un uomo squarciò il silenzio come un colpo di frusta.

«Non lo faccia».

McGhie s'irrigidì e drizzò la schiena. Si voltò verso la voce e distinse la sagoma di un uomo seduto in poltrona. Teneva il braccio puntato verso di lui, il gomito appoggiato su un ginocchio. All'estremità del braccio occhieggiava la canna metallica di una pistola.

«Non so perché, ma ti stavo aspettando».

«Si sieda, colonnello», disse Ricky Rush. «Dobbiamo parlare».

McGhie non accennò a muoversi. Non sembrava tanto un atteggiamento di sfida, quanto la volontà di non cedere. Ricky non sapeva che fare. Una volta che il colonnello avesse capito che non aveva intenzione di ucciderlo, cosa sarebbe successo? Che senso aveva puntargli addosso una pistola, se non aveva in programma di usarla?

«Nel caso non ci veda bene al buio, colonnello, le sto puntando contro una .38 presa in prestito a un agente di Capitol Hill. Da questa distanza non sbaglio mira facilmente: le consiglio di non fare follie».

«Certo, Ricky», rispose McGhie senza una traccia di sorpresa o paura. «Come stai? Non mi sembri in gran forma».

«La ringrazio, colonnello. Ha ragione, sto male. Come non può neanche immaginare».

«Ho saputo di Beatriz», disse McGhie. «Ne hanno parlato al telegiornale. Mi dispiace».

Aguzzando lo sguardo nel buio, vide che la pistola tradiva un tremore. Credette di udire Ricky deglutire a fatica, cercando di trattenere le lacrime.

«Mi vuoi parlare degli omicidi?», domandò.

Ricky si strinse nelle spalle.

«Cosa c'è da dire?», rispose. «Hanno ucciso Beatriz, e io ho deciso di vendicarmi. Non sarò soddisfatto finché non li avrò uccisi tutti, con le mie mani. Come un vero americano. Il Principio Primo dell'Esistenza: colpiscili prima che siano loro a colpire te. Non so nemmeno perché sono andato da Hennington, tranne che Beatriz la trovava una buona idea. Avevo cercato di spiegarle che eravamo dei fuorilegge, che Hennington non avrebbe potuto farci nulla».

La voce di Ricky risuonava così remota nel buio che sembrava non rivolgersi a McGhie, ma alla sua compagna scomparsa.

«L'amavo, e non sono riuscito a proteggerla. L'ho uccisa io, anche se non ho premuto il grilletto».

«Mi hai mentito, Ricky», lo interruppe McGhie in tono sommesso. «Mi avevi promesso che ti saresti procurato il portatile e il video e che avresti parlato con Hennington, e invece sei scomparso».

Ricky serrò le dita sull'impugnatura della pistola. A quella distanza, si disse McGhie, la pallottola gli avrebbe sfondato lo stomaco e la colonna vertebrale. Sapeva che ciò che stava per dire avrebbe potuto spingere Ricky a premere il grilletto, ma decise di non fermarsi.

«Mi hai deluso, Ricky. Mi hai usato. Mi sentivo così in colpa che il dolore mi dava la nausea. Credevo che ti avessero ucciso, ed ero sicuro di essere il responsabile. Avrei dovuto proteggerlo, mi dicevo. Te ne rendi conto? E quando sei tornato fra i vivi, ero così infuriato che ti avrei ammazzato a mani nude. Mi credi?».

«Le credo», mormorò Ricky con voce roca. «E adesso?».

«E adesso», rispose Noah McGhie, «adesso sono ancora deluso, ma capisco che l'hai fatto perché credevi di non avere scelta. Voglio che tu mi dica una cosa, Ricky. Huntley sostiene che sei omosessuale. È così?».

Ricky Rush sembrava sbalordito.

«No», replicò. «Non è vero».

«Dicono che fosse nel tuo dossier, che stessero per toglierti gli incarichi segreti e che sia stato questo a farti scatenare».

Ricky balzò in piedi e prese a percorrere il salotto a grandi passi.

«Gesù Cristo, Noah! Non sono un frocio, ho già abbastanza problemi così! Perché dicono queste cose?».

«Perché stanno cercando di distruggere la tua immagine», disse McGhie con un grugnito di rabbia. «E i nostri ricordi. Ti stanno trasformando in un mostro, nel mostro di cui hanno bisogno».

«E lei ci crede?».

«No, Ricky. Ma anche se ci credessi, non farebbe alcuna differenza. Ti voglio aiutare. Sei colpevole, e voglio che ti costituisca».

Ricky non rispose, ma la pistola sembrò tradire un altro tremito.

«Fallo per tuo fratello, Ricky, se non per te stesso. Gli uomini di Huntley l'hanno catturato al Cannon Building. Sostengono di averlo rilasciato, ma di lui non c'è più traccia».

«Dove l'hanno portato?».

«Agli uffici dell'Activity. Ma poi l'hanno lasciato andare, e lui è scomparso. Huntley sostiene che sia tornato in Inghilterra».

«Buon per lui», commentò Ricky. «È meglio che se ne sia tirato fuori».

«Ma io non ci credo. Lucy dice che il suo passaporto e i suoi vestiti sono ancora da lei. Non ha senso».

«Cos'aveva intenzione di fare, colonnello?».

«Stavo per richiamare Lucy per chiedere notizie di David e capire se c'era un modo per salvarti le chiappe».

«Dove crede che sia?», domandò Ricky.

«Conosciamo entrambi la risposta», replicò McGhie. «L'ha sicuramente catturato Oberdorfer, con l'intenzione di torturarlo per scoprire dove ti trovi. Per questo ti devi costituire, Ricky. Per salvare la vita a tuo fratello».

Ricky scosse il capo. Fingeva di non poterci credere, ma sapeva che era vero. Avevano suo fratello. Avevano tutto. McGhie trasse un profondo respiro.

«Posa la pistola, Ricky».

Ricky esitò. «Gliel'ho detto, colonnello...».

McGhie balzò in piedi all'improvviso e accese la luce. Ricky sobbalzò, puntandogli l'arma in faccia.

«Ehi, cosa vuole...».

«Se vuoi uccidermi, fa' pure», lo interruppe McGhie. «In caso contrario, posa quella maledetta pistola».

Ricky lo fissò per un minuto abbondante, lo sguardo fiammeggiante di rabbia e odio. Finalmente il suo braccio sembrò vacillare, e dopo qualche istante si abbassò, posando la pistola sul tavolino. La mano scivolò sotto il giubbotto, ne estrasse la Glock e la sistemò accanto alla .38.

«Non la voglio uccidere. Sprecherei una pallottola. Lei non fa parte della lista. Non è abbastanza importante».

«Ti ringrazio», disse McGhie.

38

Il senatore Howard Hennington gridò a Lucy Cotter di portare le chiappe nel suo ufficio. Erano le sette del mattino, e di lì a mezz'ora si sarebbe tenuta una riunione dello staff, seguita alle nove da una conferenza stampa. I network stavano sistemando i loro riflettori sulla balconata del Senato, e la CNN aveva annunciato che l'avrebbe trasmessa in diretta.

«Ho detto di muovere le chiappe», ripeté Hennington. Non era solito rivolgersi in quel modo al suo personale, ma quella mattina era sull'orlo del panico. «Immediatamente», gridò.

«Eccomi, senatore».

«Siediti», latrò Hennington. «Mi sorprende che tu abbia avuto il coraggio di ripresentarti in ufficio, dopo quello che hai combinato ieri. Ma visto che sei qui, saresti così gentile da spiegarmi per quale ragione mi hai portato Butch Cassidy e Sundance Kid?».

Alle spalle del senatore, Jim McCall sedeva in maniche di camicia, un pollice infilato sotto le bretelle, fingendo di leggere un documento con un'espressione a metà strada fra la preoccupazione e il compiacimento.

«Co... come?», balbettò Lucy. Anche Hennington faticava a trovare le parole, ma nel suo caso la ragione era la rabbia. Le mostrò la copia del *Washington Post*.

«Quel... quel maledetto pazzo armato. Dicono che mi voglia uccidere».

«Se Ricky avesse voluto ucciderla, senatore», obiettò Lucy, «a quest'ora lei sarebbe morto».

Hennington parve calmarsi.

«Be'... lo dicono tutti».

Lucy gli scoccò un'occhiata penetrante, e quando rispose non riuscì a nascondere una sfumatura di disprezzo.

«Fra il dire e il fare c'è una grossa differenza, senatore. Un politico dovrebbe saperlo molto bene. E chi sarebbero "tutti"?».

Hennington non apprezzava affatto il tono di Lucy. Aveva ragione McCall: avrebbe dovuto licenziarla il giorno prima. Decise che l'avrebbe fatto immediatamente, annunciandolo più tardi in riunione e additandola come la responsabile del pasticcio nel corso della conferenza stampa.

«La CNN», rispose. «L'Associated Press. Il *Washington Post*, come vedi. I network televisivi. Il *New York Times*. Persino la BBC, Cristo santo. Ci stanno tempestando di telefonate per chiederci notizie sull'attentato compiuto ai miei danni da parte di un folle omosessuale che ha aggredito un agente di polizia ed è fuggito fra i corridoi di questo stesso edificio. Lo definiscono un... uno stramaledetto serial killer».

Lucy era stupefatta. Quell'uomo, un individuo che aspirava alla Casa Bianca, era pronto a credere a ciò che gli dicevano i giornali piuttosto che a quanto aveva visto con i propri occhi. Scoccò un'occhiata a McCall. La preoccupazione sembrava evaporata, ma il sorrisetto compiaciuto era ancora evidente, e la faceva ribollire di rabbia.

«Senatore!», esclamò con voce ferma. «Rifletta, per l'amor di Dio!».

Hennington trasalì. Era un'esortazione che un membro del Senato si sentiva rivolgere di rado.

«Cosa...?».

«Non dica stupidaggini!», lo incalzò Lucy. «Il capitano Rush ha rischiato la libertà, e molto probabilmente la vita, per fornirle informazioni sul più grosso scandalo finanziario dai tempi del presidente Harding. Qualcuno», soggiunse gettando uno sguardo a McCall, «ha informato l'Activity della sua presenza nell'edificio. Huntley sta cercando di distruggerlo, di farlo passare per pazzo».

«È lui a comportarsi da pazzo», interloquì McCall. «Dicono che fosse un omosessuale i cui rapporti con...».

«Chiudi la bocca, McCall», gridò Lucy con una tale rabbia che il texano obbedì senza fiatare. Hennington la fissò a bocca aperta. Quella pazza doveva andarsene immediatamente dal suo ufficio. «Di te parleremo più tardi», soggiunse Lucy rivolta a McCall.

«Perché invece non parliamo di te?», ringhiò di rimando McCall, che aveva ripreso il controllo. «Mettere a repentaglio la vita del senatore, la sua reputazione, il suo...».

«Ragazzi, controllatevi...».

Temendo che la situazione degenerasse in una rissa, Hennington cercò di intromettersi chiamando a raccolta il suo tono più conviviale, ma Lucy batté le mani con una tale violenza che entrambi gli uomini trasalirono dallo spavento. Se si fossero picchiati, pensò Hennington, Lucy avrebbe spezzato McCall come un gambo di sedano. Dio santissimo: sangue sulla moquette del suo ufficio. Cosa diavolo avrebbe raccontato alla conferenza stampa?

«Perché non informi il senatore della tua recente offerta di lavoro, McCall?», disse Lucy in tono velenoso. L'atmosfera nell'ufficio parve mutare all'improvviso.

«Offerta di lavoro?». Negli occhi del senatore si accese una scintilla. Cosa diavolo stava succedendo? Era impazzito anche McCall? Stavano perdendo tutti la testa? «Ti stai guardando in giro, Jim?».

«Lo può ben dire, senatore», intervenne Lucy prima che McCall fosse in grado di aprir bocca. «Glielo vuoi dire tu, McCall? O preferisci che prosegua?».

Rosso in volto, il texano non disse nulla. Lucy riprese a parlare come un avvocato di fronte a una giuria.

«McCall verrà nominato vicedirettore dell'Economic Security Council, accanto al nostro ottimo amico Joseph R. Huntley. Ho provato a chiedere in giro, senatore: gira voce che il suo fedele capo dello staff abbia intenzione di lasciarla nel giro di un mese, adducendo divergenze inconciliabili...».

«Aspetta un momento!», protestò McCall.

«...divergenze che manderanno all'aria il suo progetto di candidarsi alla presidenza e quindi daranno una gran spinta a Barker. Il quale Barker, guarda caso, è lo stesso senatore che sta facendo grandi pressioni sul nostro McCall per convincerlo a lasciare questo ufficio e mettere il suo enorme talento al servizio dell'Economic Security Council. E mi creda, McCall si merita un premio. Perché non ha mai smesso di fare la spia per Barker».

Vedendo che Hennington era ammutolito dallo stupore, Lucy proseguì.

«Mi accusa di averle mentito. Certo che le ho mentito, senatore – per evitare che questa serpe tradisse il capitano Rush e avvertisse i suoi amici dell'Activity. Non appena lei ha detto a McCall dove ci trovavamo, i gorilla si sono presentati alle porte del Cannon Building. Crede che sia una coincidenza?».

«È uno scandalo!», sbottò McCall, che sembrava farsi sempre più rosso e sottile. «Una calunnia. Non hai alcun diritto... non puoi sapere...».

Al senatore Hennington fu sufficiente un'occhiata per capire che Lucy aveva colpito nel segno come una bomba di precisione. Chinò il capo per un istante, quindi si passò le dita fra i lunghi capelli bianchi e trasse un profondo respiro.

«Jim, non mi mentire», disse.

McCall smise di protestare.

«No, senatore».

«Hai avvertito l'America First o l'Activity della visita di Ricky Rush?».

McCall aveva l'aria di soffrire di una grave indigestione.

«Voglio che me lo dica tu stesso, Jim. Sei stato tu ad avvertirli?».

«Senatore», replicò McCall in tono incerto, «il capitano Rush è uno squilibrato. L'ha detto lei stesso. Certo, ho avvertito le autorità. Ha ucciso la sua compagna, per l'amor del cielo».

«Non è vero», gridò Lucy balzando in piedi. «Può aver fatto qualsiasi altra cosa, ma non ha ucciso Beatriz. Era... la mia... migliore amica...».

Non riuscì a proseguire. Nonostante tutti i suoi sforzi, al pensiero della morte di Beatriz le parole si disintegrarono in un fiume di lacrime. Ma Hennington non se ne fece distrarre.

«Hai avvertito Huntley, Jim? Gli hai detto che il capitano

Rush e suo fratello sarebbero venuti a parlare con me, pur sapendo cosa sarebbe successo?».

«Ricky Rush è un disertore, senatore. È un fuggitivo. È sospettato di alto tradimento. È...».

«Sì o no, Jim? Dimmelo».

McCall esitò. Hennington agitò una mano come a dire che il suo silenzio era già abbastanza eloquente.

«Te lo chiedo per l'ultima volta», riprese lentamente. «Hai informato qualcuno del nostro incontro con il capitano Rush?».

«Come può chiedermi se ho tradito un assassino, senatore?», obiettò McCall. «Voglio dire...».

«Maledizione, McCall», ruggì Hennington pallido di rabbia. «Non ti ho chiesto se hai tradito *lui*. Ti ho domandato se hai tradito *me* e questo ufficio».

McCall arretrò di un passo come se fosse stato schiaffeggiato, ma non aprì bocca.

«Le risponderò io, senatore. McCall è in diretto contatto con l'America First Corporation. Il suo nuovo capo dello staff è una spia di Barker, una sua creatura. L'Fbi sta indagando da mesi su di lui: i dossier federali riportano almeno una dozzina di visite a Barker e più di un centinaio di telefonate. In cambio, Barker gli ha versato 400.000 dollari, e altri aveva in programma di dargliene quando avesse annunciato l'abbandono di questo ufficio. È il barboncino personale di Barker, senatore».

Hennington si fece livido in volto.

«È la risposta che cercavo», mormorò. «Hai qualcosa da dire, McCall?».

Silenzio. Hennington si aprì in un debole sorriso.

«Accetta il mio consiglio», soggiunse lentamente. «Hai un quarto d'ora di tempo per sgombrare la scrivania. Se ti farai rivedere da queste parti, farò friggere quelle tue chiappe da Giuda. E adesso sparisci».

McCall si alzò. Sembrava intenzionato ad accennare a una protesta, ma non riusciva ad andare al di là di una serie di balbettanti mugolii. Hennington sollevò la cornetta del telefono e avvertì la sua segretaria.

«Candi, mister McCall ci lascerà fra pochi minuti. Per sempre». Controllò l'orologio. «Se non se ne sarà andato entro le sette e un quarto, mi avverta e chiami subito il servizio di sicurezza. Sì. Sì, ho detto per sempre. È licenziato. Avverta i suoi colleghi di evitare ogni forma di contatto con lui. Vi spiegherò tutto nel corso della riunione».

«Sì, senatore. A proposito, ho un certo Joseph R. Huntley in attesa sulla linea due».

«Le ha detto cosa riguarda?».

«Solo che era urgente. Ho risposto che era in riunione, ma che l'avrei informata».

«Gli dica di attendere», concluse Hennington. «Addio, Jim», soggiunse quindi rivolto a McCall.

«Forse dovrei sentire cosa vuole Huntley», obiettò il texano.

«E allora chiamalo per conto tuo. Sparisci, maledetto scarafaggio, prima che ti cacci via a pedate».

Jim McCall indietreggiò dall'ufficio e chiuse la porta in silenzio. Hennington guardò Lucy e liberò un sospiro.

«Abbiamo pochi minuti per decidere come giocare le nostre carte. Ma prima spiegami come hai fatto a sapere di McCall».

«Me l'hanno detto, tutto qui».

«Lavori per me o per l'Fbi?».

Lucy accavallò le gambe. Si sentiva a disagio: lo sguardo del suo principale non l'abbandonava un istante. Quando Howard Hennington non è distratto dalla politica, si disse, torna a essere un grande senatore.

«In questo caso sto lavorando per i buoni. E grazie al cielo anche lei. Non ceda. Siamo dalla parte giusta, abbiamo più amici e alleati di quanto sospetti, e vinceremo».

Hennington si drizzò sulla sedia.

«Come fai a essere sicura che quel Ricky non abbia ucciso la tua amica Beatriz?».

«Avevano qualche problema, ma lui l'amava».

«Problemi che potevano spingerlo ad assassinarla? È proprio la teoria su cui sta lavorando la polizia».

Lucy scosse nuovamente il capo.

«Ricky non le avrebbe mai fatto alcun male».
«E il fatto che sia uno squilibrato?».
Lucy assentì.
«Ci credo, dopo tutto quello che è successo. Ma prima era normalissimo».
«Omosessuale?».
Lucy trasse un profondo respiro.
«No, è tutta un'invenzione. Inattendibile, volubile, magari infedele, ma non omosessuale. È una delle tante accuse indimostrabili che gli stanno scaricando addosso per diffamarlo. E per denigrare lei, senatore. L'amante dei pervertiti, ricorda?».
Hennington si abbandonò sulla sedia e si aprì in un sorriso beffardo.
«E Rush si è rivolto a me...».
«Perché la credeva un onesto, tutto qui. E lei lo è, quando i suoi uomini glielo permettono».
Il senatore si alzò di scatto.
«In tal caso devo congratularmi con te», borbottò. «Quella che hai sferrato a McCall è stata la pugnalata più abile che abbia mai visto in tutti i miei anni al Senato. Avevo la scelta fra te e lui, e avevo già deciso di tenere lui. Ma tu mi hai convinto del contrario. Ora, come ci comportiamo con Huntley?».
Lucy trasse un profondo respiro.
«Senatore, deve credermi sulla parola. L'Fbi sta per allungare l'affondo finale».
Hennington la fissò con sguardo inespressivo.
«Sono fatti loro. Voglio sapere cosa devo fare *io*. E ricordati che se sbagli ti potresti ritrovare a lavorare per l'ex senatore del Kansas. Sarò in diretta televisiva fra poco più di un'ora».
«Ha due scelte», replicò Lucy prontamente. «Può tirarsi da parte e lasciare che siano Huntley e Barker a dettare le condizioni della resa, ma da come si è comportato pochi minuti fa con McCall, senatore, direi che si tratta di un'eventualità molto vaga. La seconda scelta è uscire allo scoperto e smascherarli».

«Dicendo cosa?».
«La verità. Che il capitano Richard C. Rush – un valoroso ufficiale delle forze aeree decorato al valore per la guerra del Golfo e l'invasione di Panama – si è rivolto a lei per denunciare la corruzione all'interno dell'Economic Security Council. Mentre si allontanava dal suo ufficio, ha avuto uno scontro con i suoi ex colleghi, ma non esiste alcuna prova che intendesse attentare alla sua incolumità».
«Tutto qui?», domandò Hennington in tono sarcastico. «Nessun riferimento alla sua reputazione di pericoloso assassino?».
«Ricky pagherà, senatore. Può starne certo. Ma se le chiedono anticipazioni, risponda che non ne sa nulla».
«E per quanto riguarda l'omosessualità?».
«Non ne sa niente, ma le preferenze sessuali di un individuo non devono essere un criterio di giudizio sulla sua onestà».
Hennington la fissò pensieroso per qualche istante.
«Sei un bel tipo, lo sai?», disse quindi in tono gentile. «Te l'ha mai detto nessuno?».
Lucy increspò le labbra in un lieve sorriso, ma non rispose. Il senatore sollevò la cornetta.
«Candi, mi passi pure Huntley», disse.
Inserì l'altoparlante, si posò l'indice sulle labbra e premette il tasto della registrazione sulla segreteria telefonica.
«Mister Huntley», esordì in tono affabile. «Mi scusi se l'ho fatta aspettare. Come vanno le cose?».
«Bene, senatore, molto bene», rispose Huntley nella sua cadenza strascicata. «L'ho chiamata per porgerle le mie scuse».
«Scuse, Joe? A che proposito?».
«Ricky Rush. So che ieri è venuto da lei e che ha dato fuori di matto nei corridoi del Cannon Building. Quel ragazzo ha dei grossi problemi, senatore. Problemi personali. So che non posso essere responsabile di tutte le azioni dei miei uomini, ma mi sento in colpa, e volevo chiederle personalmente scusa. Stiamo facendo tutto ciò che è in nostro potere per catturarlo».

Hennington sorrise come un grosso felino.

«È stato molto gentile a chiamarmi, Joe, con tutto quello che avete da fare per la conferenza commerciale del Pacifico. Davvero gentile. Ma mi aiuti a capire un paio di cosette, le dispiace?».

«Certamente, senatore».

Il grosso felino sembrava improvvisamente affamato.

«Il ragazzo, Ricky Rush. È venuto da me, mi ha mostrato un computer che sostiene appartenga a lei. Pare sia la prova delle operazioni finanziarie illegali con cui la sua squadra dell'Activity si è arricchita alle spalle del paese. Cosa risponde, Joe?».

Huntley trasse un lungo, sibilante respiro.

«Come le ho già detto, senatore, il capitano Rush ha precedenti di instabilità mentale e omosessualità. Stavamo cercando di allontanarlo dal servizio attivo. Un anno fa sua madre è morta di cancro. Ricky Rush è uno squilibrato, senatore. Da settimane cerca di spacciare le sue fandonie sul computer, e nel frattempo se ne va in giro a seminare morte e distruzione. Se quel portatile contiene dei documenti, li ha inseriti lui. Le sue sono illazioni senza fondamento».

«Ne sono sicuro, Joe, era solo per mettere in chiaro le cose. Seconda domanda: erano i suoi ragazzi, quelli che ieri si sono presentati al Cannon Building?».

«Ehm... sì, senatore, eravamo noi».

«Mi spiega il perché, Joe? Se non le dispiace?».

Huntley esitò. «Vede», lo incalzò Hennington, «mi stavo chiedendo per quale ragione non avete lasciato che se ne occupasse l'Fbi. Sarebbe stato più giusto, non crede?».

«Sì, senatore, ma vede...».

«E avete informato l'Fbi che Rush era vivo e stava venendo da me?».

«No, signore».

«Per quale ragione, Joe? Non capisco».

Il felino era pronto a lanciarsi sulla preda. Huntley balbettò di non aver avuto tempo.

«Ne siamo stati informati all'improvviso, e...».

«Dal mio capo dello staff, Jim McCall?».

«Non posso dirlo, senatore».
«O forse dovrei dire dal mio *ex* capo dello staff».
«Chiedo scusa?».
«L'ho appena licenziato, Joe. La riservatezza è alla base della fiducia dei cittadini nel governo. Regola numero uno. McCall l'ha infranta, e io ho infranto McCall. Ma tornando a noi, per quale ragione non avete avvertito le autorità?».
«Perché credevo che Rush potesse reagire meglio se avvicinato dai suoi ex colleghi dell'Activity».
Hennington liberò una risata così sonora che Lucy temette di vederlo esplodere. Ma all'improvviso tornarono a spuntare gli artigli.
«Cosa?», esclamò ridendo. «Ex colleghi che lui stesso accusa di corruzione? Mi vuole prendere per i fondelli, Joe?».
«No, senatore. Io... insomma, ho reputato che... Ricky è volubile e pericoloso, e...».
Il buonumore di Hennington svanì con la stessa rapidità con cui era comparso. Il felino affondò il colpo decisivo.
«Joe, mi stia bene a sentire. Prima di ricevere questa sua telefonata, non sapevo bene come comportarmi con Ricky Rush. Volubile? Certo che è volubile. Perde la madre, e subito dopo scopre di far parte di un'agenzia governativa che ogni mese frutta centinaia di migliaia di dollari al senatore Barker e alla sua crociata verso la Casa Bianca».
«Non è vero, senatore», protestò Huntley. «Sono illazioni senza alcun fondamento, glielo giuro».
«Mi fa piacere sentirglielo dire, Joe. Perché è precisamente quello che le chiederò di fare. Dovrà giurarlo di fronte alla mia commissione e all'opinione pubblica. Dovrà presentarmi tutta la documentazione relativa ai suoi rapporti con l'America First Corporation. Se non collaborerà di sua spontanea volontà, glielo imporrò con un mandato di comparizione. Lo annuncerò fra poco più di un'ora alla CNN. Le consiglio di accendere la televisione. Sarà un gran bello spettacolo».
Huntley non trovò la forza di replicare.
«A proposito, Joe», soggiunse Hennington in tono malizioso. «Ha mai visto il video che la ritrae con il senatore Barker?

Non sono certo un giudice, ma credo proprio che sia il video a incastrarla».

«Qua... quale video?», gracchiò Huntley con una voce improvvisamente spoglia della sua tipica musicalità sudista, sorda come quella di un cantante d'opera con la laringite.

«Il video che Barker ha registrato per essere sicuro di tenerla a bada. Ce l'ha Rush, non lo sapeva? Non credo che abbia potuto inventarselo. A meno che non avesse una sua controfigura».

Senza rispondere, Huntley calò il ricevitore sulla forcella. Hennington ascoltò il segnale della linea interrotta, quindi si voltò verso Lucy.

«Ha riagganciato», disse posando la cornetta e spegnendo la segreteria telefonica. Ne estrasse il nastro e vi segnò la data e l'ora, quindi si alzò, raggiunse il mobile bar e prese una bottiglietta di acqua tonica. Fuori dalla finestra, Washington sembrava ancora immersa nella calma del primo mattino.

«Ne vuoi una, Lucy?».

«No, grazie».

Lucy era sbalordita dalla facilità con cui Hennington si era sbarazzato di Huntley. Le era capitato di descriverlo come il pianista nel bordello del Congresso, l'ultimo onest'uomo di Capitol Hill; ma in quel momento avrebbe voluto abbracciarlo.

«Ha davvero intenzione di tenere udienze pubbliche?».

Il senatore sorseggiò la sua bibita.

«Sì», rispose. «Ma quello che sto pensando al momento è che i miei trent'anni al servizio del paese potrebbero andare in fumo. A meno che tu non abbia ragione sul fatto che l'Fbi stia per allungare le mani su Huntley e Barker».

«È così, senatore. Si fidi di me».

Hennington sorrise.

«Un'ora fa ti stavo per licenziare, ora mi devo fidare di te. La vita è meravigliosa, non è vero? Posso farti una domanda?».

«Certamente».

«Perché lo stai facendo?».

Lucy si alzò.

«Perché è la cosa giusta».

«E quello che rischi?».

«Le conseguenze di un'azione giusta sono sempre più sopportabili di quelle dell'inerzia».

«Sei innamorata di quel Ricky?».

«No, senatore. Ma forse amo suo fratello. Non lo so ancora».

«Capisco».

Hennington le diede le spalle, si avvicinò alla finestra e prese a fissare la cupola del Campidoglio, la cui prima pietra era stata posata dallo stesso George Washington. La sua mente stava ancora lottando con i timori e i cattivi presagi, cercando di capire come avrebbe reagito il popolo americano quando l'America First Television avesse deciso di scatenare la sua campagna diffamatoria, ritraendolo come il difensore di un pervertito, di un traditore, di un assassino.

«Ma forse», concluse a voce alta rivolto alla cupola del Campidoglio, «forse gli americani sono migliori di quanto pensi Mark Barker».

Bevve un sorso della sua bibita.

«Lo speriamo tutti», disse Lucy.

39

Noah McGhie compose il numero dell'Activity.

«Joseph Huntley, per favore».

«Sono io».

«Joe? Sono Noah McGhie. Ho qui una persona che ti vuole parlare».

Ricky afferrò la cornetta.

«Ridammi mio fratello», ringhiò.

Huntley scoppiò a ridere, un suono sibilante e catarroso che si trasformò in un accesso di tosse. Il senatore Hennington stava per far saltare in aria l'Activity e l'America First Corporation, e tutto ciò che quell'idiota voleva era suo fratello.

«Non è da me, Ricky caro», rispose. «Ma se vuoi che ti aiuti a trovarlo, forse dovresti portarmi ciò di cui ho bisogno. Vedremo cosa si può fare».

Ricky si accigliò. La forzata allegria di Huntley lo metteva a disagio. Non aveva mai paura, quell'uomo? Non si rendeva conto di ciò che lo aspettava?

«Dov'è? Dove l'avete portato?».

«Sembra scomparso dalla faccia della terra. A volte è difficile starvi dietro. Siete sfuggenti, in famiglia».

«Cosa gli avete fatto?». Nonostante si sforzasse di mantenere la calma, Ricky tradiva una profonda agitazione. «L'avete catturato a Capitol Hill. Dove l'avete nascosto?».

La voce di Huntley era tagliente come un coltello.

«Sai benissimo cosa voglio da te. Quando l'avrò, ti aiuterò a trovare tuo fratello».

Vi fu una lunga pausa. Ricky udì che Huntley si accendeva

languidamente una sigaretta. Era rilassato, il bastardo. Come se stesse chiacchierando con un vecchio amico di famiglia.

«Huntley?».

«Sì?».

«Sei ancora lì?».

Nel sentire il tremolio della voce di Ricky, Huntley si aprì in un sorriso.

«Certo che ci sono, Ricky. Cosa mi proponi?».

«Tu cosa vuoi?».

«Te l'ho detto, tuo fratello non è qui».

«L'hai consegnato a Oberdorfer. Nessuno di noi ha tempo per giocare, Huntley. Ti ho chiesto cosa vuoi in cambio».

«Rivoglio il mio computer e la videocassetta. Se riesco a rintracciare Kerr, cercherò di farlo rilasciare, ma tu dovrai ritrarre tutto ciò che hai detto al senatore Hennington. Ho già preparato una dichiarazione giurata, dovrai soltanto firmarla di fronte ai testimoni».

«E io cosa ottengo?».

«Tuo fratello», replicò Huntley. «Intatto. E proverò a far pressioni perché l'Fbi non lo incrimini».

«E io?», ripeté Ricky in tono cupo.

«Tu?», chiese Huntley.

«Sì, io. Cosa ottengo in cambio?».

«È meglio che tu chieda cosa *non* ottieni, Ricky. Se sei fortunato, tuo fratello non verrà ucciso. Per il resto, non faccio promesse».

Ricky rifletté per un istante. Si asciugò le mani sudate sulle gambe dei pantaloni. Gli restava un'ultima possibilità.

«McGhie è mio prigioniero», disse. «Ha una .38 puntata sullo stomaco».

Huntley non ebbe bisogno di soppesare una risposta.

«E tu sparagli», ridacchiò. «Chi se ne frega?».

E riagganciò con violenza.

40

Ciò che Ricky Rush aveva appena detto a Huntley era quasi la verità. La rivoltella calibro .38 era puntata allo stomaco di McGhie. Il colonnello l'aveva presa dal tavolino e la stava controllando, chiedendosi fino a che punto sarebbe giunto per proteggere Ricky.

«Mi ha detto di spararle», riferì Ricky calando la cornetta sulla forcella. «"Chi se ne frega?", ha aggiunto. Cito testualmente».

«Davvero?», replicò McGhie. «Ho sempre sospettato che Huntley fosse convinto che c'erano troppi negri nel Pentagono. Ora lo so per certo».

«Cosa facciamo?».

McGhie ripose la .38 accanto alla Glock.

«Se David è davvero nelle mani di Oberdorfer, significa che lo stanno usando come hanno fatto fin dal primo giorno. Come esca».

«Se non vuole aiutarmi, colonnello, non ha più bisogno della .38».

«Non ho detto che non voglio aiutarti, solo che non ho intenzione di fare a modo tuo. Irrompere nel grattacielo dell'America First come se fossimo l'ottantaduesimo aviotrasportato?».

«Ha un'idea migliore?».

McGhie sorrise.

«Certo che ce l'ho. Per questo io sono il colonnello con la bella casa a Falls Church e tu sei capitan Psycho».

Dunque è diventata una questione professionale, si disse Ricky. Forse andrà tutto bene.

«Me la vuole spiegare?».

McGhie si carezzò il mento con fare pensoso.

«Li vogliamo tutti, giusto? Barker, Huntley, Oberdorfer. Perché non chiami Oberdorfer e gli comunichi che sei disposto a scambiare il computer e il video con tuo fratello? Lo farai nella sede dell'America First, ma soltanto alla presenza di Barker e Huntley».

«Huntley accetterà, ma se Barker rifiutasse?».

«Non lo farà», rispose McGhie in tono sprezzante. «Non resisterà alla tentazione di redimere un altro peccatore».

«Per quale ragione lo odia così tanto, colonnello? Il mio è un odio personale. Ma lei è diverso. Lei non odia nessuno».

«Ho riflettuto a lungo», rispose McGhie in tono sommesso. «Su di te, su quello che mi hai detto, su ciò che facciamo. Ho osservato Barker, l'ho sentito parlare di Dio, della sua volontà, del suo giudizio su questo e su quello. Io non conosco il Signore, mi sono detto, sebbene ci provi. Ma mio caro senatore, ne so abbastanza per dire che lei non ha nulla a che fare con Dio».

«Ha ragione», convenne Ricky, «è molto probabile che Dio non sia uno stramaledetto chihuahua».

Salirono sulla Oldsmobile famigliare del colonnello e raggiunsero un ristorante sulla Route 7. McGhie telefonò a Oberdorfer e gli pose il suo ultimatum: se l'America First non avesse consegnato David Kerr in cambio del computer e del video, loro avrebbero avvertito l'Fbi. Gli diede un'ora di tempo, tornò al tavolo, cenò e si rialzò subito dopo il dolce.

«Barker ci sta», annunciò a Ricky quando fece ritorno al tavolo. «Ci saranno lui, Huntley, Oberdorfer, gli agenti di sicurezza dell'America First e ciò che resta dei mormoni».

«Ne avanzano ben pochi», rispose Ricky sorseggiando il suo caffè. «Non avevo mai ucciso nessuno, Noah. Né a Panama, né in Kuwait. Mi occupavo dei computer».

«E adesso ti senti in colpa?».

«Mi sento in colpa per non averli fatti soffrire abbastanza».

Ricky scostò la tazza. Il caffè non sapeva di nulla.

«Uccidendo Beatriz hanno distrutto la mia vita. Lo capisce? Avevo qualcosa e loro me l'hanno rovinato, e...». Lo fissò a lungo in volto, senza finire la frase.

«Lo so», disse McGhie spezzando il silenzio. «So che cosa avevi. Ce l'ho anch'io, e posso ancora perderlo. Per questo faremo a modo mio».

Ricky assentì lentamente. McGhie controllò l'orologio.

«È ora di andare. Sei pronto?».

«Sì».

«Devo chiamare Arlene».

«Le dica che le voglio bene».

«Lo farò, Ricky».

McGhie telefonò a sua moglie, e dopo qualche minuto si rimise al volante della Oldsmobile e partì in direzione di Arlington. Giunto nei pressi dell'America First, proseguì fino al retro del grattacielo e imboccò l'ingresso del garage sotterraneo.

«Mi sento come se stessimo entrando nel quartier generale del Ku Klux Klan», sussurrò con voce tesa. «Anzi, molto peggio. Il Klan almeno ha il pudore di coprirsi con il cappuccio bianco».

Si fermarono al cospetto di due guardie armate, una seduta in un gabbiotto protetto da un vetro antiproiettile, l'altra in piedi accanto a una pesante sbarra metallica.

«Il colonnello McGhie?», recitò la guardia consultando il suo documento. «Vi stanno aspettando». Si chinò verso l'auto e guardò il passeggero, che fece un cenno del capo e non aprì bocca. Mentre superavano la barriera, Ricky vide la guardia nel gabbiotto sollevare la cornetta e annunciare il loro arrivo. Carezzò l'impugnatura della .38, che teneva volutamente in vista nella tasca del giubbotto, e nascose la Glock sotto il sedile. Quando ebbero parcheggiato, il colonnello studiò il volto barbuto e gli occhi rossi e affaticati del suo subalterno.

«Capitano, ha una pessima cera», disse.

Ricky drizzò la schiena e gli rivolse un saluto militare.

«La ringrazio, colonnello. E lei si crede forse Sidney Poitier?».

McGhie sorrise. Ricky afferrò la borsa del computer e lo precedette verso gli ascensori.

Il sotterraneo sembrava deserto, ma McGhie continuava ad aspettarsi che un cecchino nascosto fosse sul punto di fulminarli con due colpi alla testa.

Salirono sull'ascensore e Ricky premette il tasto dell'ultimo piano.

«La cima della Power Tower», annunciò. «Gli uffici di Barker e Oberdorfer».

«Ci venivi spesso?».

«Quanto basta», rispose Ricky. «Una volta al mese incontravo personalmente Barker».

McGhie scosse il capo. Se mai fosse riuscito a uscire vivo da quella faccenda, avrebbe riflettuto a fondo su quello che stava succedendo al suo paese. Quando le porte dell'ascensore si aprirono, i due uscirono in corridoio e superarono la saletta di regia dominata dalla parete di schermi accesi, quasi esclusivamente sintonizzati su un cartone animato degli Antenati trasmesso dalla stazione dell'America First. Giunsero di fronte a una porta a vetri antiproiettile che si aprì automaticamente con uno scatto sonoro. Ci stanno sorvegliando, si disse McGhie. Ricky si sincerò che la .38 non gli stesse scivolando di tasca, fece ingresso nel lungo corridoio e seguì lo stesso percorso di suo fratello, superando la collezione di bronzi di Remington: indiani e cowboy, bisonti e mustang, aquile in volo, l'arcigno sorriso di Teddy Roosevelt.

McGhie era sbalordito dall'abbondanza di immagini pastorali appese alle pareti: dipinti di Norman Rockwell, scene idealizzate di vita provinciale, genitori affettuosi, bambini dagli occhi sgranati, ritratti di veterani del Vietnam, fotografie di monumenti ai caduti e agli eroi militari.

«È il Sogno Americano Bianco», commentò indicando le immagini con un cenno del capo. «Non c'è traccia dei fratelli neri».

Nessuno dei dipinti ritraeva uomini o donne di colore, e dalle espressioni dei veterani sembrava che l'America avesse vinto la guerra del Vietnam. In realtà, Barker ne era profondamente convinto. Almeno una volta al mese, nel corso della sua trasmissione, ripeteva che "al di là delle continue pugnalate alla schiena inflitte dai politici e dai media", gli Stati Uniti erano usciti a testa alta dal sud-est asiatico. Il dramma più lacerante che faceva capolino dalle immagini appese ai muri, notò McGhie, non era il crimine, la droga o la povertà, ma l'orrore con cui un bimbo dagli occhi di cerbiatto scopriva che Babbo Natale non era mai esistito.

«Tutti originali», spiegò Ricky. «Barker apprezza solo il meglio».

«Già», bisbigliò McGhie. «Come Hitler. Non è certo il luogo in cui avrei voluto morire».

«Lei non morirà, colonnello».

«Suppongo di no», mormorò McGhie. «Barker non apprezzerebbe il sangue di un negraccio sulla sua moquette».

Al termine del corridoio, una porta si apriva sulla sala del consiglio. All'interno, una squadra di uomini era allineata lungo la parete. Al centro del locale, John Oberdorfer li aspettava in maniche di camicia.

«Lieto di vederti, Ricky», esordì tentando la carta della bonarietà. «E lei dev'essere il colonnello McGhie».

McGhie annuì. Aveva capito immediatamente che Oberdorfer era uno stronzo. L'abbronzatura artificiale gli dava un'aria da modello, per non dire di peggio.

«Mi chiamo John Oberdorfer. Sono il vicepresidente dell'America First Corporation e dell'America First Broadcasting. E quella cos'è, Ricky?», domandò indicando il gonfiore nella tasca del giubbotto del capitano.

«È una trentotto», rispose Ricky in tono noncurante. «Mi era venuto in mente di farti saltare il pisello, sempre che riesca a trovarlo».

«Tuo fratello è al di là di quella porta», ribatté di scatto Oberdorfer. «Nel caso di un... incidente, potrebbe spiccare il volo verso il generoso suolo della Virginia. Dammi la pistola, Ricky, se vuoi evitare *incidenti*».

Ricky non mosse un muscolo. Spazientito, Oberdorfer rivolse un cenno agli uomini schierati lungo le pareti, che estrassero le loro armi e le puntarono sui due militari.

«Se sei venuto per uno scontro a fuoco, Ricky, siamo più che disposti ad accontentarti. Ma tieni conto che abbiamo venti agenti di sicurezza, più gli uomini che vedi in questa stanza e i due che sorvegliano tuo fratello. La pistola, per favore».

Ricky allungò il computer a McGhie, si sfilò di tasca la .38 e la consegnò a Oberdorfer con un profondo sospiro. Lo Scuro la scaricò, controllò che il tamburo fosse vuoto e gliela restituì.

«Riavrai le munizioni quando te ne andrai».

«Mi lascerete andare?».

Oberdorfer si aprì in un sorriso storto, ma lo raddrizzò non appena si rese conto che gli rovinava i lineamenti.

«Dipendesse da me...».

«Lo so», lo interruppe Ricky. «Mi faresti salire sul primo volo per il Sud America con un milione di dollari in tasca».

Oberdorfer annuì.

«Qualcosa del genere. Perquisiteli».

Le quattro guardie obbedirono all'ordine con rude sollecitudine. Ricky si rivolse a McGhie.

«È un individuo interessante», gli disse indicando Oberdorfer con un cenno del capo. «Se ne va in giro con la sua finta abbronzatura come se volesse diventare un nero, ma riesce soltanto a colorarsi di arancione. Curioso, vero? Le sembra forse un fratello?».

Oberdorfer trasalì.

«Nemmeno a me», insistette Ricky. «Me lo sono sempre figurato come una checca o un molestatore di bambini. Cosa mi dici, Oberdorfer? Ti piacciono i maschietti o le femminucce?».

«Entriamo», disse lo Scuro cercando di mantenere la calma.

«È anche uno straordinario leccaculo», riprese Ricky. «Lo guardi mentre accosta quelle sue labbra arancioni alle chiappe di Barker. Mmmm...».

Attraversarono la sala del consiglio ed entrarono nell'ufficio del senatore, seguiti dalle quattro guardie. Oberdorfer si sedette di fronte all'acquario, dove i grossi pesci ondeggiavano fra le bollicine d'aria. In piedi accanto alla vasca, Huntley masticava la sua gomma alla nicotina. Di fianco a lui sedeva il senatore Barker, intento a massaggiarsi il mento con fare pensoso.

«C'è la banda al completo», commentò Ricky.
«Come stai, Ricky?», esordì Barker.
«Bene, senatore. E lei?».
«Ho visto giorni migliori. Mi stavo chiedendo per quale ragione tu mi abbia strappato a un incontro col rappresentante per il commercio alla Camera. Stavamo decidendo il prossimo passo nella guerra commerciale con i giapponesi prima della conferenza del Pacifico. Una Hiroshima economica, la definisco. Ma immagino che le tue ragioni siano ottime. Sentiamole».
«Voglio mio fratello».
«Capisco».
«Dov'è?».
«Qui vicino. Dove sono il computer e la videocassetta?».
Ricky posò il portatile sulla scrivania.
«Mio fratello esce di qui con il colonnello McGhie. Io resto con voi. Non appena McGhie mi telefona e mi assicura che David è in salvo, io vi rivelo dove ho nascosto il video. L'offerta non è trattabile».
«Ma davvero?», replicò Barker. «E se dicessimo di no?».
Ricky si strinse nelle spalle.
«Non potete minacciarmi», disse, «perché ho già perso tutto. Sparatemi pure».
«E se sparassimo a tuo fratello?», domandò Barker.
«Il video finirà a Hennington e all'Fbi. Colpendo David, senatore, ucciderebbe se stesso. E Huntley». Ricky indicò le pareti dell'ufficio con un gesto circolare. «E tutto questo diventerebbe all'improvviso un bel ricordo».
«Tuo fratello in cambio del video», ripeté Barker. «È la tua proposta?».
«Prendere o lasciare».
Barker annuì.
«D'accordo, Ricky. Accetteremo, pregando il Signore che il bagno di sangue che tu stesso hai provocato sia giunto alla fine».
Oberdorfer consegnò il computer a Huntley, che lo accese e caricò i documenti.
«È il suo?», domandò McGhie.

«Sembra di sì», rispose Huntley.

«Ci sono tutti i suoi dati?».

«Per capirlo avrei bisogno di tempo», disse Huntley estraendo di tasca una scatola di dischetti. «Ma non sono i *miei* dati», soggiunse. «Sono quelli che Ricky ha inserito per dare credibilità alle sue folli illazioni. Ora farò un po' di pulizia».

«Per quelli di noi che sono troppo anziani per capire i computer, cosa sta facendo?», intervenne Barker.

«Sto riformattando il disco fisso, senatore. Sto cancellando le menzogne di Ricky. Sarà come se non fossero mai esistite».

«Capisco», assentì Barker. «Ma come fa a sapere che Ricky non ha fatto delle copie di questi... di queste menzogne?».

Huntley scoppiò a ridere.

«Li hai copiati, Ricky? Hai dato i dischetti al senatore Hennington?».

«Certo che no».

Huntley rise di nuovo.

«Vede, senatore? Ricky è un bugiardo, ma qualsiasi informazione che provenga dal Pazzo di Washington non vale niente. Sto soltanto facendo un po' di pulizia. È come se versassi del disinfettante per cancellare il suo tanfo».

Non appena ebbe terminato, Huntley rivolse un cenno a Oberdorfer, che si avvicinò a Ricky con alcuni fogli dattiloscritti.

«Firmali», gli ordinò. «In tre copie. Poi toccherà a lei, colonnello McGhie, e al senatore Barker. In qualità di testimoni».

«Cosa c'è scritto?», domandò McGhie.

«Il nostro caro Ricky dichiara spontaneamente che le false accuse ai danni dell'Activity circa i suoi cosiddetti legami con l'America First Corporation sono da imputare all'eccesso di lavoro e a una serie di problemi psicologici causati, fra le altre cose, dalla morte della madre e dalle sue stesse aberrazioni sessuali, e che ritira tali accuse senza riserve e senza alcuna pressione esterna».

«Quali aberrazioni sessuali?», protestò Ricky.

«È un'offerta non trattabile, Ricky», intervenne il senatore Barker. «Come hai detto tu stesso, prendere o lasciare».

«Mio fratello», disse Ricky. «Non firmo niente finché non lo vedo».

Oberdorfer rivolse un cenno a una delle guardie. Qualche minuto dopo Kerr venne condotto nell'ufficio, legato e incappucciato.

«Toglietegli le manette e il cappuccio», ordinò Ricky.

A un cenno affermativo di Oberdorfer, le guardie obbedirono.

«Ora se ne andrà con il colonnello», soggiunse Ricky.

«Dopo la firma», ribadì Oberdorfer.

«No. McGhie può firmare prima di me. Cosa importa? È tutta una stramaledetta buffonata».

«Ha ragione», decretò Barker, ansioso di farla finita. «Non facciamo questioni di etichetta».

Si avvicinò a Ricky, firmò e consegnò i fogli a McGhie, che fece lo stesso. Ricky guardò il fratello in volto. Gli occhi erano gonfi e coperti di lividi, il naso fratturato.

«Tutto bene, David?», s'informò.

Kerr sorrise, facendo scivolare la lingua nello spazio dove fino a qualche ora prima c'erano stati i due incisivi.

«Mai stato meglio», rispose. «Ma tu non cedere. Non firmare. Non gli ho detto niente».

«Devo farlo», protestò Ricky. «Per salvarti la vita».

«No!», esclamò Kerr.

«Troppo tardi», disse Ricky. «Ti lasceranno andare. Ti hanno detto che sono omosessuale?».

L'aria dell'ufficio parve improvvisamente carica di elettricità, come se tutti attendessero la risposta di Kerr.

«Sì».

«E tu gli hai creduto?».

«Ho risposto che non m'importava, perché sei sempre mio fratello. E se ci uccideranno, sono sicuro che ci ritroveremo in paradiso per pisciare in testa a questa gentaglia».

Ricky si aprì in un gran sorriso. «Non sono una zia».

«Sei mio fratello, te l'ho detto».

Nonostante avesse bisogno di un medico, Kerr tradiva un'espressione di gioia perversa.

«Più ti trattano male, più diventi duro», osservò Ricky. «Sei proprio ritorto, David Kerr».

Kerr cercò di sorridere, ma le labbra gonfie gli dolevano troppo.

«È un difetto di famiglia», replicò a fatica.

«Lei può andare», intervenne Oberdorfer rivolgendogli un cenno del capo. «E anche lei, colonnello».

«Mio fratello viene con me», disse Kerr.

«Diglielo tu, Ricky», ordinò Oberdorfer.

«Vattene, David», lo pregò Ricky. «Non mi succederà niente. Noah si prenderà cura di te».

«Non ti lascio qui».

«Devi andare», insistette Ricky. «Non puoi farci più nulla».

McGhie posò una mano sul braccio di Kerr e gli rivolse un cenno di assenso.

«Davvero», soggiunse Ricky. Kerr gli si avvicinò e lo abbracciò come se sapesse che non l'avrebbe più rivisto. «Ne parleremo poi», mormorò Ricky.

«D'accordo».

Reggendosi a McGhie, Kerr si allontanò verso gli ascensori. I lividi e le contusioni alla schiena, al costato e alle gambe lo facevano zoppicare vistosamente. La mano destra con cui aveva cercato di lottare a suon di pugni era gonfia e dolorante.

«Si sta sacrificando per me», sussurrò quando furono a bordo della Oldsmobile del colonnello.

«Forse», concesse McGhie. «O forse no».

«Sarebbe dovuto scappare. Ce l'avrebbe fatta. Nessuno conosceva la sua nuova identità».

McGhie scosse la testa.

«Ha già troppe cose da cui fuggire», replicò lentamente. «E nessun luogo in cui andare. Voleva fare qualcosa per suo fratello».

Uscirono a gran velocità dal garage e attraversarono il fiume verso Georgetown.

McGhie prese la Glock da sotto il sedile e se la posò in grembo, controllando di continuo lo specchietto retrovisore.

Parcheggiò davanti a un telefono pubblico in una perpendicolare di Wisconsin Avenue, si cacciò la Glock in tasca e compose in numero dell'America First.

«Ricky», disse. «Sono McGhie. Sembra che abbiano mantenuto la parola. Siamo al sicuro, non credo che ci abbiano pedinati».

«Fammi parlare con David».

Kerr afferrò la cornetta.

«Qualsiasi cosa succeda», disse Ricky, «devi credermi: ho cercato di fare del mio meglio».

«Ti credo», rispose Kerr. «Sei mio fratello. E lo sarai sempre».

«Riesci a dirlo anche dopo tutto quello che ho combinato?».

«Quello che conta è che sei mio fratello».

«E tu il mio. È qualcosa che non potranno mai toglierci. Abbi cura di te, David».

Nell'ufficio del senatore Mark Barker, all'ultimo piano della Power Tower, Ricky Rush riagganciò la cornetta. Guardò in volto Oberdorfer, Barker, Huntley e i gorilla che lo circondavano, quindi trasse a sé i documenti. Con la sensazione di firmare la propria esecuzione, scrisse lentamente il suo nome su ognuna delle tre copie.

«Bene», disse quindi. «Ora immagino vogliate sapere dov'è il video».

41

Huntley estrasse una striscia di gomma alla nicotina dal pacchetto, la scartò lentamente e se la cacciò in bocca. Seguendo le indicazioni di Ricky, John Oberdorfer si era precipitato al cimitero di Arlington con un drappello di quattro uomini per recuperare la videocassetta dalla tomba di Ricky Rush.

«Non fatevi sorprendere», aveva latrato il senatore Barker. «Non voglio che la gente vi scambi per una banda di ladri di cadaveri. Visto soprattutto che il corpo è qui da noi».

«Non succederà, senatore», aveva risposto Oberdorfer. «Glielo prometto».

Huntley era rimasto da solo con Barker e Ricky. Il senatore misurava a passi nervosi lo spazio davanti all'acquario, parlando ai suoi pesci. Ricky era ammanettato a una sedia di legno, come fino a poche ore prima era stato suo fratello.

«Non aprire bocca, Ricky, se non vuoi il bavaglio e il cappuccio», lo avvertì Huntley mentre controllava la .38 e tornava a caricarla con le pallottole tolte da Oberdorfer.

«Avrebbe dovuto vedere la conferenza stampa del senatore Hennington», soggiunse in tono allegro rivolgendosi a Barker. «Un coglione di prima categoria. Ha cercato di convincere i media che Ricky non è poi così cattivo».

«Ho sentito», rispose Barker senza voltarsi dall'acquario. «I giornalisti l'hanno sbranato vivo».

«Già», ridacchiò Huntley. «Senza Ricky, il computer o il video, Hennington farà una gran figuraccia».

Caricata la .38, fece ruotare il tamburo e la puntò contro Ricky. «Spero che tu non ci abbia mentito», soggiunse masticando lentamente la gomma. «Al punto in cui siamo, ci farebbe davvero incazzare».

Ricky lo fissava in silenzio.

«Intendiamoci», proseguì imperterrito Huntley. «Seppellirla nella tua fossa è stato un colpo di genio. E tuo fratello lo sapeva?».

«Sì».

«È un tipo tosto. Dopo quello che gli ha fatto passare Oberdorfer, è incredibile che non sia crollato. L'hanno massacrato di botte, e lui neanche una parola».

Ricky non aprì bocca.

«Suppongo che volesse fare il possibile per suo fratello. Oberdorfer e i suoi maledetti mormoni venderebbero la nonna a una nave carica di soldati per cinque miserabili dollari, e tuo fratello, il caro vecchio David, si fa rovinare il bel faccino senza aprire bocca. Questa sì che è lealtà, non trovi? Conosci il concetto di lealtà, Ricky? Anche se non lo rispetti?».

Ricky cercava di evitare di incrociare lo sguardo di Huntley. Sapeva che stava per succedere qualcosa di terribile, e sperava, al momento della resa dei conti, di dimostrare lo stesso coraggio di David. Huntley non sembrava disposto ad aspettare. Si alzò, gli si portò di fronte e gli premette la bocca della pistola sul lato del naso, voltandogli giocosamente la testa prima a destra, poi a sinistra.

«Paura, Ricky?», gli chiese. «Ti piscerai addosso come il povero Brigham?».

Ricky cercava di non guardarlo, di non badare alla pistola, di concentrarsi su Barker e sull'acquario. Huntley controllò l'orologio.

«Oberdorfer è via da più di un'ora», disse continuando a premere la canna della pistola contro il naso del prigioniero. «Se non chiama al più presto, dovrò supporre il peggio. Il peggio per te, naturalmente».

Ricky continuava a fissare nel vuoto. All'improvviso Huntley gli inserì la canna nella narice, costringendolo a reclinare il capo finché non incontrò i suoi occhi.

«Così va meglio», soggiunse. «Voglio vedere cosa pensi di ciò che abbiamo fatto a Beatriz».

Ricky sentì un'ondata di sangue caldo salirgli alla testa e si ritrasse di scatto. Udendo il cambiamento nel tono di voce del texano, Barker distolse gli occhi dall'acquario.

«Forse ti piacerebbe sapere quello che le ha fatto Oberdorfer prima di ucciderla», riprese Huntley. «Quando gliel'ha messo dentro e le ha ordinato di gridare il tuo nome».

Con un ruggito, Ricky cercò di alzarsi, di strapparsi le manette dai polsi. Avrebbe voluto staccare la testa di Huntley con un colpo solo, ma il texano gli sferrò un calcio dietro le ginocchia, facendolo cadere bocconi, le mani ancora legate allo schienale della sedia. Huntley fece un passo indietro, masticando la gomma con il sorriso sulle labbra.

«Era un'urlatrice. Ha lottato, ma Oberdorfer non le dava tregua. Le ha fatto cose che non sapevo si potessero fare. È stato istruttivo. Giù a Texarkana non sapevamo che gli uomini fossero capaci di certi atti, tranne forse i negri».

Sorpreso dal tono di voce di Huntley e affascinato da ciò che stava per succedere, Barker si allontanò dall'acquario. Poteva sentire nell'aria l'odore della violenza.

«Credo che alla fine le piacesse, sai?», riprese lentamente Huntley. «Davvero. È morta con il sorriso sulle labbra».

Ricky premette il volto sulla moquette e chiuse gli occhi. Li sentì velarsi di lacrime rabbiose, e pregò il cielo di dargli la forza sovrumana per balzare in piedi e uccidere quel bastardo. McGhie l'aveva preparato per la tortura, ma non per quell'agonia. Avrebbe voluto che il colonnello tornasse al suo fianco e lo aiutasse a fare giustizia.

«Bene», disse Huntley. «Se scopriremo che ci hai mentito, in confronto a quello che faremo la fine di Beatriz sembrerà uno scherzo».

Ricky premette il volto più a fondo nella folta moquette di Barker.

«So a cosa stai pensando», insistette Huntley implacabile. «Pensi che non ti importa di quello che ti faremo. Ma io sto parlando di tuo fratello, Ricky. Non c'è luogo al mondo in cui possa nascondersi. Se scopriremo che ci hai mentito, non lo tortureremo per ottenere qualche informazione. Lo faremo per il puro piacere di farlo».

«È meglio che dar da mangiare ai miei pesci», commentò Barker, immobile come una statua davanti all'acquario. «È come calare in acqua un pezzo di carne cruda».

Huntley gli rivolse un debole sorriso. «Dimmi una cosa, Ricky», riprese sferrando un calcio sul volto del prigioniero. «Credi che a Beatriz piacessero i giochetti violenti?».

Ricky non riusciva a rispondere. Cercava di spingere il volto sempre più a fondo nella moquette, sperando di far scomparire tutto ciò che lo circondava.

«Forse in Oberdorfer ha trovato quello che aveva sempre desiderato. Un vero uomo, capisci?». Huntley si voltò e aprì la sua valigetta. «Sai cos'è questo?», domandò.

Prese un grosso cristallo di quarzo rosa, si avvicinò a Ricky, glielo accostò al naso e con un calcio glielo scagliò sul volto. Ricky non aprì gli occhi.

«Ti ho chiesto, sai cos'è questo?».

Ricky diede un gemito, ma non rispose. Se David è riuscito a sopportare, pensava, ci riuscirò anch'io. Qualcosa di viscido gli bagnava il volto. Il sangue colava dallo squarcio aperto dalla pietra.

«Te lo dico io cos'è. Questo è un ricordino che ho preso dall'Harmony Supplies appena prima che andasse in fiamme. L'ho preso per te. Potrebbe aiutare la polizia a convincersi che sei stato tu a ucciderla, e che fossi sul punto di assassinare il senatore quando ho fatto irruzione in questo ufficio e gli ho salvato la vita».

Ricky aprì gli occhi per un istante, vide il cristallo e si affrettò a richiuderli.

«A proposito, forse non te l'ho detto», concluse Huntley. «Oberdorfer ha detto che è stata una gran bella scopata. Beatriz gli ha dimostrato tutta la sua gratitudine».

Barker fece una risatina da chihuahua. Huntley si sedette e riprese a masticare con espressione impassibile, fissando il corpo inerme di Ricky disteso sul pavimento. Il telefono squillò e il senatore sollevò la cornetta.

«Abbiamo la cassetta», annunciò Oberdorfer in tono eccitato.

«L'avete controllata?».

«L'ho inserita nell'apparecchio portatile, senatore. È l'originale. Lei e Huntley, seduti nel suo ufficio. Ha anche il conteggio dei secondi alla base dell'inquadratura».

«Me la porti subito».

«Va bene», rispose Oberdorfer. «Ma ci vorrà del tempo. La sto chiamando con il cellulare, sono ancora al cimitero».

«Si muova», latrò Barker. Quindi calò con violenza la cornetta sulla forcella.

«L'hanno presa?», domandò Huntley abbassando gli occhi sulla .38. Aveva il cuore in gola. Erano giunti alla resa dei conti: al momento in cui Billy il Selvaggio avrebbe tentato la fuga, al momento in cui il senatore avrebbe ricevuto una grossa sorpresa.

«Sì», sorrise Barker, per la prima volta veramente felice. «Bene, ricapitoliamo. Oberdorfer ha il video. La memoria del computer è completamente azzerata. Ricky ci ha firmato la confessione. Significa che non esiste più alcuna prova contro di noi, se si eccettua quello stronzo sulla mia moquette», soggiunse indicando Ricky. «Ma noi lo spazzeremo via, giusto Joe?», domandò a Huntley con un ammicco.

«Giustissimo, senatore. Crede che abbia duplicato il nastro?».

«È uno standard professionale», rispose Barker. «Dubito che abbia l'attrezzatura necessaria. Perché non glielo chiede?».

Huntley sferrò un gran calcio al volto del prigioniero.

«Hai fatto qualche copia, Ricky?».

Quando non udì risposta, gli affondò una pedata nel costato.

«Ti ho chiesto se hai duplicato il nastro».

«N-no», gemette Ricky.

Huntley gli tirò un altro calcio. Cos'altro poteva dirgli? C'era il rischio che avesse mentito, ma non si poteva che sperare che non fosse vero. Riprese il cristallo di quarzo, badando bene a non macchiarsi le mani e gli abiti con il sangue di Ricky.

«Ha intenzione di ucciderlo subito?», domandò Barker.

«Fra un attimo, senatore», rispose Huntley. «Prima ho in serbo qualche altra sorpresa».

Dio, imprecò fra sé. Questi dilettanti. Aveva programmato di usare la pietra in un modo che avrebbe profondamente sorpreso il senatore, ma doveva calcolare bene i tempi. Doveva agire prima dell'arrivo di Oberdorfer. Posò il cristallo sulla sua valigetta e chiese a Barker di aiutarlo a risollevare Ricky.

«Perché possa vedere meglio?», ridacchiò il senatore.

«Precisamente», confermò Huntley.

«Credo che le piacerà», soggiunse quindi. «Le piacerà un mondo».

42

Nei piani di Oberdorfer, due dei suoi uomini avrebbero dovuto fare la guardia mentre lui stesso e altre due guardie si dedicavano alla fossa.

«Come ha detto Barker, non vogliamo che si pensi che siamo profanatori di tombe», aveva scherzato. «Restate in giacca e cravatta, crederanno che si tratti di un'esumazione ufficiale».

«Una che?», aveva domandato uno degli uomini.

«Significa recuperare il cadavere», aveva spiegato Oberdorfer. Gesù, erano più stupidi di Scott Swett in coma. Le cose avevano cominciato ad andare per il verso storto quando avevano capito di non poter raggiungere il sepolcro in auto senza un permesso ufficiale.

«No, signore», li aveva bloccati una delle guardie all'ingresso del cimitero. «L'ingresso è consentito soltanto ai partecipanti a un funerale. Siete qui per una cerimonia?».

Lo Scuro aveva dovuto ammettere di no.

«Il garage è laggiù», aveva insistito la guardia. «Vi conviene fare retromarcia».

Mescolandosi ai turisti, lo Scuro aveva cercato di far passare inosservato il badile, chiuso in una grossa borsa sportiva – come se chiunque visitasse il cimitero di Arlington con una sacca da tennis sulle spalle. Giunti al cospetto della tomba, aveva dato ordine di scavare. Grazie al cielo, in pochi minuti erano riusciti a dissotterrare la cassetta, sepolta sotto un sottile strato di terra smossa. L'avevano raccolta e avevano ricoperto il tumulo.

«Tombola», aveva esclamato lo Scuro esaminando il nastro. Si era voltato verso l'agente a cui aveva affidato l'apparecchio portatile e aveva fatto per inserirvi la cassetta, quando aveva notato tre auto che si avvicinavano alla loro postazione lungo i viali sterrati, provenendo da opposte direzioni.

«Perché loro sì e noi no, mister Oberdorfer?», aveva chiesto uno dei suoi. «Hanno qualche raccomandazione?».

Oberdorfer non conosceva la risposta, ma il suo primo istinto era stato quello di estrarre la pistola. Il secondo istinto – confermato da una voce al megafono – gli aveva detto che se avesse fatto una mossa, sarebbe stato un uomo morto.

«Agenti federali! Non vi muovete! Agenti federali! Mani in alto!».

Ed erano proprio drappelli di agenti dell'Fbi quelli che in quel momento li stavano accerchiando, calando dalle colline e saettando fra le lapidi. Le tre auto ne vomitarono un'altra dozzina, armata fino ai denti, e un elicottero sbucò da dietro gli alberi e prese ad aleggiare a una quindicina di metri di altitudine, colpendoli con un violentissimo spostamento d'aria.

«Fbi! A terra! Agenti federali! A terra!».

Le grida, che provenivano da tutte le direzioni, erano così assordanti che Oberdorfer temette di dare di stomaco. Si gettò a terra, sprofondando nel fango con il suo impeccabile completo grigio. Si portò le mani alle orecchie, cercando di cancellare il fracasso. Gli agenti federali perquisirono e ammanettarono il gruppo, e soltanto allora Harold Ruffin fece la sua comparsa e prese in disparte Oberdorfer.

«Co... cosa vuole?», domandò lo Scuro. «Non abbiamo fatto niente. Stavo solo...».

Ruffin si sforzò di non ridere. Di fronte a lui, accanto alla lapide di Ricky Rush, lo Scuro era così sconvolto che persino la sua abbronzatura artificiale sembrava biancastra. Il suo abito era chiazzato di fango, e la mano destra stringeva la famosa videocassetta. Lentamente, come se si rivolgesse a un bambino, Harold Ruffin spiegò al suo prigioniero cosa sarebbe successo. Oberdorfer deglutì a fatica.

«Vu... vuole che menta al senatore B-Barker?».

«Ha indovinato», confermò Ruffin.

«E... e se mi rifiutassi?».

Ruffin gli si parò di fronte con un'espressione impossibile da fraintendere. Non ci pensare neanche, dicevano i suoi occhi. Non ebbe bisogno di rispondere.

«M-mi dia il telefono», si arrese Oberdorfer. «Cosa vuole che gli dica?».

Ruffin glielo spiegò un'altra volta, e Oberdorfer fece esattamente ciò che gli era stato ordinato. Impallidì nell'udire il latrato con cui Barker gli ordinava di rientrare immediatamente alla base con il nastro.

«Naturalmente, senatore. Immediatamente, senatore».

Ruffin era sbalordito. Persino mentre lo tradiva, Oberdorfer non riusciva a disobbedire a Barker. Riprese il suo apparecchio cellulare e lo allungò a Brooks Johnson.

«Bravo cucciolino», si rivolse allo Scuro nel suo tono più condiscendente. «Hai obbedito, ti meriti il biscotto».

Si voltò verso una squadra di agenti.

«Portate via questo buffone, leggetegli i suoi diritti e mettetelo al sicuro finché non saremo rientrati dall'America First. Ci resta poco tempo. Dobbiamo muoverci».

Gli agenti circondarono Oberdorfer e lo scortarono alla prima auto federale parcheggiata sul ciglio del vialetto. Ammanettati sui sedili posteriori delle altre auto, gli uomini dell'America First seguirono l'operazione con sguardi torvi. Una Lincoln nera rallentò e si fermò accanto a Ruffin. Ne scesero Kerr, McGhie e Lucy.

«Arriveremo in tempo?», domandò Kerr con uno sforzo. Le labbra gonfie e i denti rotti gli rendevano difficile parlare.

«Non avrei agito in questo modo se avessi pensato di mettere a repentaglio la vita di suo fratello», rispose Ruffin. «Ma potrebbe essere già tardi. Ci conviene sbrigarci».

McGhie, Lucy e Kerr salirono con Ruffin e Johnson sulla prima auto e partirono per la sede dell'America First, seguiti da tre altre squadre. Le auto con Oberdorfer e i suoi gorilla si diressero a gran velocità verso Washington. Lucy cercò la mano di Kerr e gliela strinse, quindi se la portò alle labbra e la baciò con tenerezza. Forse, si disse lui, andrà tutto bene.

«Come fa a essere sicuro che arriveremo in tempo?», domandò a Ruffin.

«Barker non farà nulla finché non vedrà il video», replicò l'agente sollevando la cassetta infangata. «Sta aspettando l'inizio delle trasmissioni. Quello che non sa è che noi cambieremo il finale».

«Forse ha ragione», concesse Kerr. «Ma è possibile che Barker e Huntley stiano seguendo un copione diverso».

Harold Ruffin non rispose. Si limitò a fissare la strada in silenzio.

43

All'ultimo piano della Power Tower, Ricky Rush seguiva i movimenti di Huntley. Era nuovamente seduto, ammanettato allo schienale, e attorno a lui le telecamere dello studio osservavano la scena come sentinelle elettroniche. Ricky si sentì attraversare da un brivido. Barker sembrava agitato, e svolazzava in tutte le direzioni, giocherellando con i tasti del pannello di regia. Ricky si rese conto che Huntley stava per perdere la pazienza. All'improvviso il texano domandò al senatore il permesso di sciacquare il cristallo di quarzo nell'acquario.

«Ma certo», rispose Barker, palesemente incuriosito. «Vediamo se il sangue di Ricky li eccita».

A quanto sembrava, i pesci del senatore non erano interessati al sangue umano. Si rifugiarono fra le alghe mentre Huntley puliva accuratamente la pietra e tornava a posarla sul tavolo.

«Dovremmo ucciderlo subito», protestò Barker. «Farla finita».

Huntley si accigliò. «Dopo aver visto il video, senatore. Eravamo d'accordo».

Imbecille.

«È vero», concesse Barker. «Eravamo d'accordo».

Si stava innervosendo, aveva bisogno di fare qualcosa.

«Perché non ne approfitta per nutrire i suoi pesci?», suggerì Huntley, cercando di nascondere il disprezzo nel suo tono di voce.

«Ottima idea, Joe. Ma certo, i pesci».

Il chihuahua rovistò per qualche secondo dietro la scrivania e ne riemerse con un sacchetto di cellofan in cui sguazzava una mezza dozzina di pesci rossi. Si avvicinò all'acquario, calò il sacchetto in acqua e lo aprì.

«Vediamo se li apprezzano più del sangue di Ricky», osservò ridacchiando. I pesci rossi si sparsero nella vasca e il senatore si apprestò a godersi lo spettacolo. Huntley controllò l'ora, cercando di calcolare quanto avrebbe impiegato Oberdorfer per rientrare da Arlington. Ancora una quindicina di minuti al massimo, si disse. Prese a misurare lo studio a grandi passi nervosi, quindi raggiunse il punto in cui aveva posato il cristallo di quarzo e lo afferrò.

Barker si portò dietro all'acquario per assistere meglio alla strage.

«Quell'idiota di Janey», brontolò. «Le avevo detto di portarmene di più, e lei cosa fa? Sei, me ne procura. Scusatemi, ragazzi. È solo uno spuntino. Domani ci penso io, d'accordo?».

«È incredibile», disse Huntley passandosi la pietra da una mano all'altra. «Pensare che Beatriz si guadagnava da vivere vendendo pietre. Ci ha mai pensato, senatore? Fare soldi con le pietre?».

Ma Barker era troppo assorto nella contemplazione del suo acquario per rispondere. Il più grosso dei predatori si lanciò su un pesce rosso e gli succhiò via gli occhi, quindi passò a una seconda vittima e infine a una terza, strappandola dalla bocca di un suo simile.

Non si stava sfamando, pensò Ricky. Lo faceva per il gusto dell'aggressione, come uno sport, una nuova forma di crudeltà.

«Immagino di no», soggiunse Huntley, rispondendosi da solo. Si portò alle spalle di Barker. «Se avesse capito di poter guadagnare con i sassi invece che con la benzina, non avrebbe speso tutti quei soldi per trivellare l'Oklahoma. Giusto, senatore?».

Ancora assorto nella contemplazione dei suoi pesci, Barker mormorò qualcosa. Era piegato in avanti quasi ad angolo retto, nel tentativo di guadagnare il punto di vista migliore.

«Mai visto uno spettacolo del genere», commentò. «Di solito attaccano quando hanno fame. In caso contrario, aspettano. Ma in questo momento il più grosso non sta mangiando. È come se giocasse. È un comportamento acquisito, ne sono sicuro. Non è un fatto istintivo».

Il pesce più grosso stava sbocconcellando le branchie di una preda, facendola sanguinare ma evitando di sferrare il colpo mortale. Huntley si portò alle spalle di Barker, fingendosi incuriosito.

«Avanti, bellezza», sussurrò Barker. «Avanti, ne resta ancora uno».

Huntley fece un altro passo avanti. Ciò che fissava non erano i pesci nell'acquario, ma la nuca del senatore. Sollevò lentamente il pugno destro stretto sul cristallo di quarzo.

«Avanti, succhiagli gli occhi», esclamò eccitato Barker. «Affondalo».

Con un colpo violento, Huntley calò la pietra sulla nuca del senatore.

«E questo affonderà te, bastardo».

Con un grugnito di sorpresa, Barker crollò a terra bocconi. Huntley gli fu sopra in un baleno e prese a martellargli il cranio fino a sfondarlo, tingendo di rosso il delicato rosa del quarzo.

Si fermò, rialzandosi ansimante e guardandosi intorno alla ricerca di qualcosa con cui pulirsi. Il suo sguardo si allacciò a quello di Ricky, che lo fissava con la massima calma e un sorriso di comprensione.

«Ottima mossa, Huntley», commentò. «Ma perderai comunque».

«Tu dici?», rispose il texano, ancora senza fiato.

Nell'acquario, il predatore più giovane si era unito al banchetto, succhiando gli occhi dell'ultimo pesce rosso e sbranandolo con l'aiuto dell'esemplare più grosso.

«Io non perdo», scattò Huntley. La sua voce da baritono era resa ancora più agghiacciante dalla tensione. «Non è nella mia natura. Barker, lui sì che ha perso. E tu, Ricky, sei sempre stato un perdente. Io sono lo spirito che ha reso grande questo paese. Lo spirito della possibilità. Quelli come me non perdono mai. Forza implacabile esercitata in modo implacabile. La dottrina Huntley. Non dimenticartene».

«Me ne ricorderò, Joe. Quando arriveremo al processo».

Huntley immerse le mani nell'acquario, sciacquò nuovamente il cristallo di quarzo e lo gettò sui resti insanguinati dell'anziano senatore dell'Oklahoma.

«Sarà perfetto», disse. «Assolutamente perfetto. I nodi vengono al pettine. Che ne dici, Ricky?».

Ricky non rispose. Huntley tornò a immergere le mani nell'acquario e se le asciugò con i lembi della giacca. Gli schizzi di sangue sulle gambe dei pantaloni non lo preoccupavano: avrebbe raccontato di esserseli procurati chinandosi sul corpo di Barker per soccorrerlo. Ormai era tutto a posto. Aveva recuperato il computer, Oberdorfer stava arrivando con il video, e Ricky il Selvaggio stava per rendere un grande servizio a Dio e alla Patria. Huntley non poté fare a meno di ridere. Sputò la gomma e si accese una sigaretta. Era meraviglioso, fumarla nell'ufficio di Barker. Era come danzare sulla tomba del vecchio bastardo. Scosse la cenere sulla moquette accanto al corpo.

«Spero che tu abbia gradito lo spettacolo», disse a Ricky. «Più del senatore, se non altro. Mi ero reso conto che era più pazzo di te, e che bisognava intervenire».

«Non avresti mai dovuto farti coinvolgere, Joe. Ti ha mangiato vivo, come uno di quei pesciolini rossi».

«Non è stato lui a mangiarmi», protestò Huntley con veemenza. «Sono stato io, Ricky. Lui è il cadavere lì a terra, io sono quello che se la caverà. Giusto?».

«Non credo proprio, Joe. È finita».

Huntley controllò il corpo di Barker e consultò l'orologio.

«Continui a ripeterlo, ma non è vero. Non ancora. Quel pagliaccio di Oberdorfer sarà qui a minuti, e io intendo concludere lo spettacolo con il tuo gran finale, il tuo ruolo più glorioso».

«E cioè?».

«Ricky il Selvaggio, il capro espiatorio a cui vengono addossati tutti i peccati».

Huntley oltrepassò il cadavere di Barker e raggiunse la .38 di Ricky. L'afferrò e fece ruotare il tamburo.

«Questa è la rivoltella che hai strappato all'agente di Capitol Hill, giusto?».

Ricky sapeva di dover prendere tempo in attesa dell'arrivo dell'Fbi, ma il texano sembrava procedere spedito in una direzione imprevista. Ora, per esempio, gli stava puntando la .38 sul petto.

«Non è incredibile?», soggiunse Huntley come se stesse provando la parte da recitare al cospetto della polizia. «La cosa più assurda che abbia mai visto. Il senatore Barker ha deciso che eri ormai innocuo e ti ha slacciato le manette. Ingenuo figlio di buona donna. Maledizione, avrebbe dovuto saperlo che eri un pazzo».

«Pazzo?», interloquì Ricky. «A volte, Joe, mi sembra di essere l'unico sano di mente».

Huntley scoppiò in una sonora risata. «Sano di mente? Figlio di puttana. Prendere a mazzate quel povero cristo, tagliare la gola a quell'altro. È questa la tua salute mentale?».

«Sì, Joe, perché l'ho fatto per proteggere coloro che amo. Ma tu che motivo hai? Denaro? Ambizione? Pensi ancora di potertela cavare e ti credi sano di mente? In questo caso, preferisco la pazzia».

Huntley aveva preso ad aggirarsi per lo studio a passi rapidi, alla ricerca delle chiavi per le manette.

«È andata così», spiegò. «Barker ti ha liberato e tu l'hai assassinato con la stessa pietra che hai usato per massacrare Beatriz. Poi hai cercato di aggredirmi, ma io ti ho fermato sparandoti con la pistola che avevi sottratto a un agente di polizia. Te l'avevo detto che era una storia perfetta. Mi manca solo l'ultima mossa».

Trovata la chiave, la sollevò per controllarla.

«Hai intenzione di slacciarmi le manette prima di spararmi?», domandò speranzoso Ricky.

Huntley scosse il capo. «Devi essere davvero pazzo, Ricky, per credermi così stupido da concederti la seppur minima possibilità. Forza implacabile, Ricky, implacabilmente esercitata».

Ricky non riuscì a impedirsi di ridere, una risata così torva e amara che il dito di Huntley si staccò dal grilletto della .38.

«Ho detto qualcosa di divertente?».

«Stavo solo pensando al video», rispose Ricky in tono di scherno, nel disperato tentativo di prendere tempo. «Al modo in cui Oberdorfer vi ha ingannati».

Perplesso, Huntley abbassò la pistola. Ricky era sorpreso dall'improvviso, violento desiderio di vivere che l'aveva sommerso come un'onda. Anche se avesse dovuto trascorrere il resto dei suoi giorni in prigione, voleva sopravvivere per negare la vittoria a Huntley.

«Che intendi dire?», chiese confuso il texano.

«Intendo dire che sei finito, Joe», replicò Ricky. «Oberdorfer è stato arrestato dall'Fbi davanti alla mia lapide. Harold Ruffin non ci avrà impiegato più di un nanosecondo per spiegargli che collaborando avrebbe potuto evitare una condanna a morte».

«Co... cosa significa? Ruffin? Oberdorfer ha detto di avere preso il nastro».

«Certo. E subito dopo Ruffin ha preso Oberdorfer».

La risata di Ricky riecheggiò nello studio deserto.

«St... stai bluffando».

«Ma certo, Joe. Hai ragione, come sempre. Stavo solo bluffando».

All'improvviso, Huntley si sentì invadere dalla rabbia.

Sferrò un colpo violento all'acquario con il calcio della pistola, mandando il vetro in frantumi e rovesciando i quasi duecento litri d'acqua sulla moquette. I pesci presero a dimenarsi attorno al corpo di Barker. Il più grosso, imprigionato dal gomito del senatore, boccheggiava sguazzando nel suo sangue.

«Bugiardo di un figlio di puttana», ringhiò Huntley. «Maledetto traditore».

«È la verità, Joe. Sei finito. Ti conviene liberarmi».

Huntley tornò a puntare la pistola al petto di Ricky.

«Non è quello che avevo in mente», rispose.

44

La prima squadra di agenti speciali si avventò sul gabbiotto all'ingresso del garage. Le guardie, prese di sorpresa, uscirono con le mani in alto chiedendo clemenza. Una seconda squadra circondò il perimetro del grattacielo, mentre un elicottero ne sorvolava il tetto. Gli uomini del servizio di sicurezza dell'America First vennero disarmati e ammanettati senza alcun incidente. L'auto di Ruffin, Johnson, Lucy, Kerr e McGhie entrò spedita nel garage e si fermò davanti agli ascensori.

«Colonnello McGhie, lei rimarrà qui con miss Cotter», disse Ruffin. «David, ci segua». Kerr scese dall'auto e si lanciò dietro ai due federali.

«Stia alle nostre spalle», ordinò Ruffin indicando il grattacielo con un cenno del capo. «Non so cosa troveremo lassù. Voglio che segua le mie indicazioni, ma che sia pronto a intervenire nel caso suo fratello abbia bisogno di parlare con una persona fidata».

Kerr annuì.

«Bene», disse Ruffin. «Andiamo».

Mentre una squadra si lanciava sulle scale, il gruppo capitanato da Ruffin invase gli ascensori e premette i tasti del ventunesimo piano. Non appena le porte si riaprirono, Ruffin si precipitò in corridoio alla testa dei suoi uomini. Subito dopo, dal secondo ascensore uscì la squadra di appoggio. Gli agenti che si erano lanciati sulle scale giunsero al piano ansimando e sfondarono le porte antincendio. Ogni via di fuga era ormai coperta.

«Il tetto», disse Ruffin. Due squadre proseguirono per l'ultima rampa di scale. La porta a vetro antiproiettile attraverso cui si giungeva all'ufficio di Barker e allo studio televisivo era chiusa. Ruffin ordinò alla squadra di sfondamento di abbattere la parete di carta e gesso.

«Guardate», esclamò Kerr. Alla sua sinistra poteva scorgere gli schermi della saletta di regia. Una metà era sintonizzata sulle trasmissioni del network, l'ennesima replica di "I Love Lucy", ma il resto mostrava l'interno dell'ufficio di Barker. I registratori e le telecamere erano in funzione, e su una dozzina di schermi balenava l'immagine muta di Ricky Rush ammanettato a una sedia e intento a discutere con Joseph R. Huntley, armato di rivoltella.

«Presto», gridò Ruffin alla squadra di sfondamento, la cui azione era rallentata da una barriera protettiva di rete metallica che era stata eretta fra gli strati di carta e gesso.

«Usate le pinze», ordinò Ruffin.

«Per l'amor di Dio, fate qualcosa!», gridò Kerr. «Guardate!».

Sugli schermi, Joseph R. Huntley sembrava aver finito di discutere con Ricky. Sfondò la vetrata dell'acquario, liberando una gran cascata d'acqua, alghe e pesci.

«Mio Dio», esclamò Kerr. «Presto!».

La punta della canna della .38 di Huntley aveva smesso di tremare. Era puntata contro il petto di Ricky.

45

Kerr si voltò disperato verso gli agenti speciali impegnati nello sfondamento della rete di protezione. Spalancò la porta della saletta di regia e si lanciò sul quadro comandi, premendo ogni singolo tasto finché non trovò la regolazione del volume dei microfoni.

«Bugiardo di un figlio di puttana», udì ringhiare Huntley. «Maledetto traditore».

«È la verità, Joe», rispose Ricky. «Sei finito. Ti conviene liberarmi».

In corridoio, gli agenti riposero le pinze tagliafili, imbracciarono l'ariete e si aprirono finalmente un varco nella parete. Kerr fece per seguirli oltre la porta a vetri, ma si bloccò sui suoi passi nell'udire la replica di Huntley: «Non è quello che avevo in mente».

Si voltò verso gli schermi nel preciso istante in cui Joseph R. Huntley fissava il prigioniero con i suoi occhi da serpente e gli sparava a bruciapelo, crivellandogli il petto di colpi e fermandosi soltanto quando la rivoltella fu scarica.

«No!», gridò Kerr. «No...».

Sferrò un gran pugno sullo schermo televisivo, mentre gli occhi gli si velavano di lacrime di rabbia e dolore. Davanti a lui, Huntley puntava ancora la pistola contro Ricky, ansimando per l'eccitazione.

«Te l'avevo detto, Ricky», sibilò il texano, «che la tua boccaccia ti avrebbe messo nei pasticci. Ma tu non hai voluto ascoltarmi».

46

Kerr chinò la testa come se stesse per dare di stomaco. Alle sue spalle, Ruffin s'immobilizzò.

«Merda», esclamò. Brooks Johnson fece per lanciarsi in direzione degli spari, ma il collega lo fermò. «Troppo tardi», disse. «Aspettiamo la sua prossima mossa».

Gli agenti della squadra d'intervento non avevano ancora raggiunto lo studio. All'interno, Huntley si avvicinò rapidamente alla sedia sulla quale giaceva il corpo senza vita di Ricky Rush, slacciò le manette e se le infilò in tasca. Il cadavere di Ricky crollò a terra bocconi, e Huntley lo trascinò nei pressi di quello del senatore Barker. Kerr lo seguì con lo sguardo mentre lo faceva rotolare sul pavimento, gli premeva il braccio destro sulla moquette chiazzata di scuro, si risollevava, raggiungeva il tramezzo sul quale campeggiava l'acquario ormai distrutto, spiegava un fazzoletto e ne toglieva un cristallo di quarzo rosa.

«Una pietra?», commentò Brooks Johnson. «Cosa diavolo...?».

Ruffin osservò in silenzio mentre Huntley si riportava accanto al corpo di Ricky, posava la pietra a terra, si inginocchiava e strofinava il cristallo di quarzo sul pavimento, quindi si rialzava, si rimetteva in tasca il fazzoletto e accendeva una sigaretta.

Posata la rivoltella accanto all'acquario, Huntley attraversò tranquillamente lo studio e si sedette sulla poltrona accanto alla scrivania di Barker. Qualche secondo dopo, i primi agenti speciali penetrarono nel locale.

«Fbi!», gridarono. «Non si muova!».

Il texano si alzò e sollevò le mani senza togliersi la sigaretta dalle labbra. Kerr le vide incresparsi in un lieve sorriso.

«Grazie a Dio siete arrivati», disse Huntley. «Ma temo che per il senatore sia troppo tardi».

Ruffin indicò a Johnson di seguirlo, quindi si volse verso Kerr.

«David», disse in tono fermo. «Voglio che resti qui».

Kerr non rispose. Era ancora troppo sconvolto per muoversi, o anche solo per pensare. Ruffin e Johnson scivolarono attraverso il foro in corridoio e raggiunsero lentamente l'ufficio di Barker. Quando ne varcarono la soglia, Huntley era impegnato a spiegare l'accaduto agli agenti speciali. Ruffin fissò sbalordito la scena che gli si parava davanti: la moquette intrisa di sangue, i due corpi, l'intrico di alghe e pesci, uno dei quali si agitava ancora, sbattendo la coda sul pavimento fradicio. Non appena vide l'agente di colore, Huntley smise di sorridere. Aspirò una profonda boccata dalla sua sigaretta e soffiò lentamente una nuvola di fumo.

«Ricky il Selvaggio», spiegò con un cenno del capo. «Lo stavo riferendo ai suoi colleghi, mister Ruffin. Ha ucciso il senatore con quella pietra rosa. Ho lottato e sono riuscito a strappargli di mano la pistola». Abbassò gli occhi sui due corpi. «Sono stato costretto a spararagli. È stato un gesto di misericordia. Ha risparmiato a tutti la sua sofferenza».

«Lo immagino, mister Huntley», rispose Ruffin. «Ma mi dica una cosa».

Huntley si strinse nelle spalle.

«Certamente».

«Mentre faceva tutto questo», chiese lentamente Ruffin indicando i corpi sul pavimento, «Ricky portava forse un paio di manette e una sedia sulla schiena?».

Huntley fece un passo indietro. Il fumo della sigaretta tracciò una spirale a pochi centimetri dalla sua testa, e il suo volto tradì una smorfia involontaria. Prima che potesse rispondere, la porta alle spalle di Ruffin si aprì e David Kerr fece ingresso nello studio reggendo una videocassetta.

«Le avevo detto di non entrare», lo rimproverò Ruffin.

Kerr si limitò a scuotere il capo.

«Il senatore Barker era una creatura abitudinaria», spiegò lentamente. «Non si è limitato a registrare il vostro famoso incontro, Huntley. Si è ripetuto con il suo stesso omicidio e con quello di mio fratello. Sono entrambi su questa cassetta. L'ho appena guardata, due volte di seguito. E continuerò a sognarla per il resto dei miei giorni».

Huntley si tolse la sigaretta di bocca e soffiò una nuvola di fumo senza dire nulla. Harold Ruffin si portò accanto a David e gli tolse delicatamente di mano la videocassetta. Il volto di Huntley sembrava una maschera di granito grigio. Kerr lo fissò finché non ebbe più alcun dubbio. Occhi di Serpente aveva battuto le ciglia.

47

Le onde dell'Atlantico, gonfiate da un lontano temporale, si riversavano sulla spiaggia di Chincoteague. Qualche isolato gabbiano si lasciava trasportare dal vento sulle dune, tracciando cerchi sempre più ampi. Nel vecchio cimitero del paese, David Courtland Kerr stringeva la mano di Lucy Cotter e osservava la sabbia coprire la bara del fratello. Il pastore disse qualche parola, chiuse la Bibbia e se ne andò. Harold Ruffin, Brooks Johnson, Noah McGhie e la sua famiglia rimasero per alcuni istanti attorno alla fossa, le teste chine in preghiera. A pochi passi di distanza, il senatore Howard Hennington fissò a lungo il tumulo, quindi risalì pensieroso le dune. Gli altri si avvicinarono a Kerr.

«Richard avrebbe voluto così», disse Arlene abbracciandolo. «Amava tanto il mare».

«Lo so, Arlene».

Anche Noah McGhie lo strinse in un abbraccio, e così i suoi figli. Il più piccolo, Robert, chiese se Ricky non avrebbe avuto freddo sotto tutta quella sabbia. Kerr sorrise.

«Come ha detto il tuo papà, quaggiù rimane soltanto il suo corpo. La sua anima è in paradiso, e cammina fra noi».

Il piccolo Robert McGhie lo volle riabbracciare.

«Suo fratello mi ha cambiato», disse il colonnello quando sua moglie si fu allontanata con i figli.

«Ci ha cambiati tutti, Noah».

«Lo conoscevo bene, e per questo ho potuto perdonarlo. Lo capisce, David? Quando nonostante tutti gli errori di una persona, continui ad avere voglia di aiutarla?».

«Si chiama amore, Noah», intervenne Lucy.

«Suppongo di sì».
«Pensi a cosa io stessa ho dovuto perdonare nel nome dell'amore», soggiunse Lucy stringendo la mano di Kerr.
«Perché quando sono con voi due mi sento sempre a disagio?», domandò McGhie. «Come se stessi interrompendo qualcosa?».
«Perché la sta interrompendo, Noah», rispose Kerr. «Ora se ne vada e mi lasci accompagnare a casa la signorina».
Lucy gli scoccò un'occhiata.
«Il solito romanticismo britannico?».
Kerr si aprì in un gran sorriso, mostrando le gengive ancora sdentate.
«Naturalmente», disse. «Chi potrebbe resistere a un sorriso come questo?».
McGhie baciò Lucy sulla guancia e abbracciò Kerr.
«Resterà nei paraggi?», gli domandò.
«Fra qualche giorno devo tornare a Londra a sistemare un po' di cose, ma se trovassi qualcuno disposto a darmi corda, mi piacerebbe lavorare a Washington. Riprenderò a fare il giornalista».
«C'è qualche ragione speciale perché ha scelto Washington?», domandò McGhie sorridendo a Lucy.
«Il clima», spiegò Kerr. «Mi fa bene alla spalla».
«Capisco».
«Ci vediamo, David».
Il colonnello raggiunse la moglie, cedendo il posto ad Harold Ruffin.
«Non riesco ancora a capacitarmi che Barker avesse acceso telecamere e registratori», esordì Kerr.
«Viviamo nell'era della televisione», commentò Ruffin. «Voleva salvaguardare tutto per i posteri, compresa la propria morte. La chiamava la storia vivente del Video dell'Angelo Registratore». Si aprì in un sorriso. «Era un pazzo delirante».
Kerr scrollò le spalle sconsolato.
«Non mi restituisce Ricky, purtroppo».
«No, ma pensi che alla fine era dalla parte giusta. Forse non deve sapere altro di lui. Solo che era dalla parte dei buoni».

«È stato come una cometa», disse Kerr. «Ha attraversato la mia vita ed è scomparso».

«Mi dispiace...», fece per dire Ruffin.

«No», lo interruppe Kerr. «È meglio avere avvistato la cometa per pochi istanti che non averla vista affatto. Le sembra logico?».

«Più che logico».

Brooks Johnson si avvicinò.

«Per quanto riguarda i nostri contrasti...», disse stringendogli la mano.

«Lasci perdere, Brooks», tagliò corto Kerr. «Come dicevo ad Harold, io ho dovuto sopportare la sua stronzaggine soltanto per pochi giorni, ma lui ha dovuto farne una carriera».

Johnson lo fissò a bocca aperta.

«È una battuta, Brooks», intervenne Ruffin, e Johnson parve finalmente rendersene conto.

«Humour britannico», decretò. «Monty Python, giusto? Lentamente ci si abitua».

«Proprio così, Brooks. Lentamente ci si abitua».

I due federali si allontanarono, lasciando Kerr e Lucy soli accanto alla tomba. Dopo qualche istante vennero raggiunti dal senatore Hennington.

«Grazie di essere venuto, senatore», disse Kerr. «So quant'è occupato».

Hennington si passò una mano fra i folti capelli grigi. «È il minimo che potessi fare, figliolo. Alla resa dei conti, suo fratello si è dimostrato il miglior patriota che abbia mai conosciuto. Ha dato la propria vita per la famiglia e il paese, ma non ne guadagnerà alcuna medaglia».

«Procederà con le udienze pubbliche, senatore?».

«Non credo. Il fatto che la Casa Bianca abbia deciso di smantellare l'Activity è una buona notizia. E senza quel bigotto di Barker, l'America First non significa più nulla. Non ci sarebbe più ragione di rivelare al mondo intero i nostri sporchi segreti».

«Ma non verrà tutto fuori al processo di Huntley?».

Hennington sorrise.

«Dicono che Huntley si dichiarerà colpevole degli omicidi

di Barker e Ricky e che l'accusa lascerà perdere l'imputazione di corruzione. Fossi in lei, figliolo, non tratterrei il fiato in attesa che venga fuori qualcosa. Nessuno è interessato a pubblicizzare la faccenda».

«E lo spionaggio economico?».

Hennington si scostò un ciuffo di capelli dagli occhi e rifletté per qualche istante.

«Sono sicuro che i responsabili della sicurezza economica del paese», rispose quindi con la massima circospezione, «agiranno nell'interesse e nella grande tradizione degli Stati Uniti d'America».

«È proprio questo che mi preoccupa», commentò Kerr.

Hennington non riusciva a capire se avesse scherzato. Non lo sapeva neanche Kerr.

«Credevo che l'America le piacesse», disse il senatore.

«È vero», rispose l'altro. «La gente, la terra, gli ideali, la cultura. Amo tutto, dell'America». Fece una pausa. «Tranne il governo. Il governo mi fa schifo».

Hennington scoppiò a ridere.

«Lei parla proprio come uno del Kansas, figliolo», esclamò. «Sposalo, Lucy. È più americano di quanto creda».

Quindi gli strinse la mano.

«Vorrei poter dire che è stato un piacere», soggiunse il tono cupo. «O forse dovrei dire soltanto che è stato istruttivo. Ma mi capisce quando dico che non voglio più sentir parlare di questa storia?».

«La capisco», rispose Kerr. «Arrivederci, senatore».

«Arrivederci, mister Kerr».

Hennington ruotò sui tacchi e attraversò il cimitero verso la sua auto. Lucy prese Kerr sottobraccio e lo condusse in cima alle dune, dove si fermarono a godere il vento dell'Atlantico e la vista delle onde che si infrangevano sulla sabbia.

«Ho sentito bene?», domandò Lucy. «Hai detto di volerti fermare a Washington?».

«Sì, se mi vuoi».

«È quello che si chiama un impegno, David. E un impegno richiede la fede, più che il dubbio».

«Non esagerare», obiettò Kerr. «Senza il dubbio, la fede è

solo stupidità. Non l'hai imparato dalla fine di Barker? Per quanto mi riguarda, continuo ad avere dubbi su tutto».

Lucy gli posò le mani sui fianchi e lo guardò negli occhi.

«Proprio tutto?».

Kerr si passò la lingua fra i denti decimati.

«Be', nessuno è perfetto», rispose infine. «Diciamo *quasi* tutto».

Nella stessa collana:

Joseph Amiel: L'ALTEZZA DEI SOGNI
Scott Amour: IL SOGNATORE
Stephen Humphrey Bogart: SUONALA ANCORA
Jonathan Coe: QUESTA NOTTE MI HA APERTO GLI OCCHI
Don Davis: APPUNTAMENTO CON LA STORIA
Katie Fforde: UN CUORE SPERICOLATO
Peter Moir Fotheringham: PASSO FALSO
James Grippando: L'INFORMATORE
James Grippando: OLTRE LA VERITÀ
James Haley: I LEONI DI TSAVO
David Handler: L'UOMO CHE ERA SOLO UN ATTORE
David Handler: L'UOMO CHE VOLEVA ESSERE FRANCIS SCOTT FITZGERALD
S. T. Haymon: OMICIDIO RITUALE
Jane Heller: DOVE L'ACQUA È PIÙ BLU
Jane Heller: GRAZIE PER IL BALLO
Lynn S. Hightower: FLASHPOINT
Jessie Prichard Hunter: MUSICA MORTALE
Eva Ibbotson: LA MIA VIENNA
John Lawton: IL GRANDE BUIO
Elinor Lipman: COSÌ SONO GLI UOMINI
Paul Mann: LA STAGIONE DEI MONSONI
Paul Mann: LE SPIAGGE DI GOA
Robert Oxnam: LA NOTTE DELLA FENICE
Robert Poe: RITORNO A CASA USHER
Sandra West Prowell: CON OGNI MEZZO
Kitty Ray: AMANTI E ALTRI PREDATORI
Yvonne Roberts: OGNI DONNA MERITA UN'AVVENTURA
William Safire: LA SPIA IN SONNO
Audrey Schulman: LA GABBIA
Joan Wickersham: SE QUESTO NON È AMORE

FINITO DI STAMPARE IL 12 GENNAIO 1998
DALLE INDUSTRIE PER LE ARTI GRAFICHE GARZANTI-VERGA S.R.L.
CERNUSCO S/N (MI)